Anaïs Nin wurde 1903 in Neuilly bei Paris als Tochter des spanischen Musikers und Komponisten Joaquin Nin geboren. Später verließ der von ihr abgöttisch verehrte Vater die Familie, was sie nie ganz verwunden hat. Als Dreizehnjährige kam sie in die USA. Schon damals begann sie ein Tagebuch zu schreiben. Mit fünfzehn Jahren verließ sie die Schule und versuchte sich als Autodidakt in Bibliotheken weiterzubilden. In den zwanziger Jahren heiratete sie Hugh Guiler und ließ sich in Louveciennes bei Paris nieder. Seit 1931 war Anaïs Nin mit Henry Miller befreundet. Beide haben sich künstlerisch stark beeinflußt. Ihr ist es auch gelungen, einen Verleger für Millers »Wendekreis des Krebses« zu finden.
In ihrem Heim in Greenwich Village verkehrten viele Künstler, u. a. Dali, Max Ernst, Yves Tanguy, Tennessee Williams, William Saroyan und Miller. 1932 erschien »D. H. Lawrence – An Unprofessional Study«, ihre erste größere Arbeit als Schriftstellerin. Im Frühjahr 1966 wurden die ersten Proben aus ihren Tagebüchern veröffentlicht, die aber schon lange vorher als die bedeutsamste Confessio des Jahrhunderts galten. Inzwischen ist der größte Teil ihrer Tagebücher in deutscher Sprache erschienen. Erst 35 Jahre nach der Niederschrift ihrer erotischen Erzählung »Das Delta der Venus« gab sie die Genehmigung zur Veröffentlichung. Anaïs Nin ist 1976 in Kalifornien gestorben.

Vollständige Taschenbuchausgabe
Droemersche Verlagsanstalt Th. Knaur Nachf.
München/Zürich
Lizenzausgabe mit freundlicher Genehmigung
des Scherz Verlags Bern und München

Titel der Originalausgabe »Delta of Venus«

Aus dem Amerikanischen von Eva Bornemann
Umschlaggestaltung Herbert Joos
Mit freundlicher Genehmigung des Scherz Verlags Bern und München
Gesamtherstellung Hanseatische Druckanstalt GmbH, Hamburg
Printed in Germany · 4 · 30 · 681
ISBN 3-426-00742-8

Gesamtauflage dieser Ausgabe: 91 000

Anaïs Nin:
Das Delta der Venus

Droemer Knaur

VORWORT

Ein Privatsammler bietet Henry Miller hundert Dollar monatlich für erotische Erzählungen. Es erinnert an eine Dantische Strafe, daß Henry dazu verurteilt werden soll, Erotika, die Seite für einen Dollar, zu produzieren. Henry empört sich dagegen, weil seine gegenwärtige Verfassung alles andere als Rabelaisisch ist. Weil Schreiben auf Befehl einer Selbstverstümmelung gleichkommt. Weil das Bewußtsein, daß ein Voyeur durchs Schlüsselloch späht, seinen phantastischen Abenteuern alle Unmittelbarkeit und Vergnüglichkeit raubt.

Henry erzählte mir von dem Büchersammler. Sie treffen sich manchmal zum Mittagessen.

Er hatte Henry ein Manuskript abgekauft, und ihm dann den Vorschlag gemacht, er solle für einen seiner alten und vermögenden Klienten etwas schreiben. Viel wußte er von dem Klienten nicht zu berichten, nur daß er sich für erotische Literatur interessiere.

Henry machte sich vergnügt, unter Späßen, an die Arbeit. Er erfand unsinnige Geschichten, über die wir uns amüsierten.

Henry hatte sich auf ein Experiment eingelassen, und zunächst schien die Aufgabe leicht zu sein. Doch nach einer Weile wurde sie ihm lästig. Er wollte keinen der Stoffe verwenden, über die er in seinem eigentlichen Werk zu schreiben plante, und war deshalb gezwungen, seinen Einfällen und Stimmungen Gewalt anzutun.

Von seinem sonderbaren Auftraggeber erhielt Henry nie ein Wort der Bestätigung. Es war natürlich möglich, daß er seine Identität nicht preisgeben wollte. Doch Henry fing an, den Sammler zu necken. Existierte der Auftraggeber wirklich? Oder waren die Blätter für den Sammler selbst und dazu bestimmt, seinem eigenen trübseligen Leben eine Steigerung zu geben? Waren Auftraggeber und Sammler ein und dieselbe Person?

Henry und ich erörterten diese Fragen des langen und breiten und waren ebenso verwirrt wie amüsiert.

Zu diesem Zeitpunkt teilte der Sammler Henry mit, daß sein Klient auf dem Weg nach New York sei und daß Henry ihn kennenlernen werde. Doch aus irgendeinem Grund fand die Zusammenkunft niemals statt . . .

Wenn Henry ihn nach der Reaktion des Gönners auf seine Geschichten fragte, sagte der Sammler: »Oh, ihm gefällt alles. Er findet alles wunderschön. Aber am liebsten hat er es, wenn es nur Schilderungen sind, Erzählungen ohne Deutungen und philosophische Betrachtungen.«

Als Henry Geld für seine Reise brauchte, schlug er mir vor, inzwischen selbst einige Erotika zu schreiben. Ich wollte nichts Selbsterlebtes preisgeben und beschloß, eine Mixtur aus Gehörtem und Erfundenem zu fabrizieren, jedoch so zu tun, als stammten die geschilderten Episoden aus dem Tagebuch einer Frau.

Den Sammler bekam ich nie zu Gesicht. Er wollte meine Seiten lesen und mir dann sein Urteil mitteilen.

Heute erhielt ich einen Anruf. »Es ist gut so. Aber lassen Sie die poetischen Stellen und die Beschreibungen weg, außer denen, die sich auf Sexuelles beziehen. Beschränken Sie sich auf Sex.«

Wenn ich sinnliche oder poetisch-erotische Beschreibungen gab, beschwerte sich der Klient; ich fing deshalb an, mit heimlicher Ironie zu schreiben, exotisch, erfindungsreich zu werden und derart zu übertreiben, daß ich glaubte, er müsse be-

merken, daß ich Sexualität karikierte. Doch ein Protest erfolgte nicht.

Ich verbrachte mehrere Tage in der Bibliothek mit dem Studium des Kama Sutra, *ließ mir von Freunden ihre außergewöhnlichsten Abenteuer erzählen und schrieb . . .*

Jeden Morgen nach dem Frühstück setze ich mich hin und schreibe mein Tagessoll an Erotika.

Heute morgen tippte ich: »Es war einmal ein ungarischer Abenteurer . . .« Ich verlieh ihm zahlreiche vorteilhafte Eigenschaften: Schönheit, Eleganz, Anmut, Charme, schauspielerische Fähigkeiten, Kenntnis vieler Sprachen, eine hervorragende Begabung für Intrige, das Genie, sich aus schwierigen Situationen herauszuwinden, die Gabe, Verhältnissen von Dauer und Verantwortung aus dem Weg zu gehen.

Ein Telefonanruf: »Der alte Herr ist sehr zufrieden. Konzentrieren Sie sich auf Sex. Lassen Sie den poetischen Firlefanz weg.«

Seither sind die erotischen »Tagebücher« zur Epidemie geworden. Alle schreiben ihre sexuellen Erfahrungen auf. Erfundenes, Erlauschtes, bei Krafft-Ebing und in anderen medizinischen Büchern Gelesenes. Wir führen komische Gespräche. Einer erzählt eine Geschichte, und die übrigen müssen herausfinden, ob sie wahr oder unwahr ist. Oder ob sie glaubhaft klingt. Ist es zu glauben? Robert Duncan machte uns das Anerbieten, unsere Erfindungen durch das Experiment zu prüfen, unsere Phantastereien zu bestätigen oder zu negieren.

Ich bin sicher, daß der alte Mann von den Seligkeiten, Verzückungen, blendenden Rückstrahlungen geschlechtlicher Begegnungen nichts weiß. Lassen Sie die dichterische Verbrämung weg, das ist seine Botschaft. Klinischer Sex, aller Liebesglut, Orchestrierung der Sinne des Gefühls, Gehörs

Gesichts, Geschmacks, aller euphorischen Begleiterscheinungen, musikalischen Hintergründe, Stimmungen, atmosphärischen Veränderungen beraubt, hat ihn gezwungen, seine Zuflucht zu literarischen Aphrodisiaka zu nehmen.

Wir hätten bessere Geheimnisse in Flaschen abfüllen können, um sie ihm mitzuteilen, doch ihnen gegenüber wäre er taub. Aber wenn er eines Tages die Sättigung erreicht hat, werde ich ihm sagen, daß er uns durch seine Besessenheit auf die von Emotionen entleerten Gesten fast um das Interesse an der Leidenschaft gebracht hat. Und wie sehr wir ihn geschmäht haben, weil er uns fast dazu trieb, Keuschheitsgelübde abzulegen, indem er verlangte, daß wir auf all das verzichteten, was unser Aphrodisiakum ist – Dichtung.

Ich erhielt hundert Dollar für meine »Erotika«. Gonzalo brauchte Geld für den Zahnarzt, Helba einen Spiegel, vor dem sie tanzt, und Henry einen Reisezuschuß.

Die Telefonrechnung nicht bezahlt. Das Netz der ökonomischen Schwierigkeiten schließt sich über mir. Alle in meiner Umgebung verantwortungslos, bemerken den Schiffbruch nicht. Ich habe dreißig Seiten Erotika geschrieben.

Mit der Tatsache bewußt geworden, daß ich ohne einen Cent bin. Den Sammler angerufen. Ob er von seinem reichen Klienten Nachricht erhalten habe bezüglich des letzten Manuskripts, das ich geschickt hatte? Nein, aber er wolle das nehmen, was ich gerade beendet hätte, und mich dafür bezahlen. Henry muß zum Arzt gehen. Gonzalo braucht eine Brille. Robert kam mit B. an und bat mich um Geld für die Kinovorstellung. Der Ruß vom blinden Fenster fällt auf mein Maschinenpapier und meine Arbeit. Robert kam und nahm mir meine Schachtel mit Maschinenpapier fort.

Ist der alte Herr der Pornographie nicht endlich müde? Wird denn kein Wunder geschehen? Ich fange an, davon zu träumen, daß er sagt: »Geben Sie mir alles, was sie schreibt. Ich will alles haben, alles gefällt mir. Ich will ihr ein großes Geschenk machen, einen dicken Scheck will ich ihr schicken zum Dank dafür, daß sie geschrieben hat.«

Meine Schreibmaschine ist kaputt.

Mit hundert Dollar in der Tasche fand ich meinen Optimismus wieder. Ich sagte zu Henry: »Der Sammler widerspricht sich. Er behauptet, einfache, unintellektuelle Frauen zu schätzen – aber er hat mich zum Abendessen eingeladen.« Ich habe ein Gefühl, als ob Pandoras Büchse die Geheimnisse der weiblichen Sinnlichkeit enthalte, die von der des Mannes so verschieden ist und durch seine Sprache nicht erfaßt wird. Die Sprache des Geschlechtlichen muß noch erfunden werden. Die Sprache der Sinne muß noch erkundet werden. D. H. Lawrence begann damit, dem Instinkt sprachlichen Ausdruck zu verleihen, er versuchte, das klinische, das wissenschaftliche Vokabular zu vermeiden, da es die Empfindungen des Körpers nicht einfängt.

Bei seinem Besuch stellte er (Henry Miller) einige widersprüchliche Behauptungen auf. Daß er von Nichts leben könne, daß er sich wohl genug fühle, um sogar eine Stellung anzunehmen, daß seine Integrität ihn daran hindere, in Hollywood Szenarios zu schreiben. Zu dieser letzten Feststellung bemerkte ich: »Und was wird aus meiner Integrität, wenn ich für Geld Erotika schreibe?«

Henry lachte, gab Paradoxe und Widersprüche zu, lachte und wechselte das Thema.

Die Ironie des Schicksals will, daß in Frankreich eine Tradition der anspruchsvollen erotischen Literatur besteht, die sich durch vorzüglichen, eleganten Stil auszeichnet und die durch die besten Schriftsteller gepflegt wird. Als ich für den Sammler zu schreiben begann, glaubte ich, hierzulande gäbe es ähnliche Tradition, fand jedoch überhaupt keine. Alles, was ich entdeckte, ist schlecht geschrieben, wirkt unecht und stammt von zweitklassigen Autoren. Kein guter Schriftsteller scheint sich je an Erotika versucht zu haben.

Ich erzählte ihm die Geschichte von unserer gemeinsamen Erotika-Produktion. Welche Beiträge Caresse, Robert, Virginia und andere leisteten. Seinem Sinn für Humor gefiel die Vorstellung, daß ich die »Madame« dieses literarischen snobistischen Schriftsteller-Bordells bin, in dem alles Vulgäre tabu ist.

Unter Lachen erklärte ich ihm: »Ich stelle das Maschinen- und das Kohlepapier, ich befördere die anonymen Manuskripte und sorge dafür, daß die Anonymität aller Mitarbeiter gewahrt bleibt.«

George Baker meinte, dies sei wesentlich amüsanter und anregender, als sich bei seinen Freunden das Geld für Mahlzeiten leihen, erbetteln oder erschmeicheln zu müssen.

Harvey Breit, Robert Duncan, George Barker, Caresse Crosby, alle konzentrieren wir unsere Kräfte zu einem tour de force *und versorgen den alten Herrn mit einem solchen Reichtum an perversen Glückseligkeiten, daß er neuerdings um mehr bettelt.*

Die Homosexuellen schreiben so, als seien sie Frauen, und befriedigen auf diese Weise ihre Sehnsucht danach, Frauen zu sein. Die Schüchternen schildern Orgien. Die Frigiden fabulieren über rasenden Genuß. Die Poetischen frönen krasser Bestialität, und die Reinsten schwelgen in Perversionen. Wir müssen die Poesie ausschließen und werden von den wunderbaren Geschichten verfolgt, die wir nicht erzählen dürfen. Wir haben im Kreise beisammen gesessen und uns den alten Mann vorgestellt, wir haben ausgesprochen, wie sehr wir ihn hassen, weil er uns nicht erlauben will, Sexualität mit Gefühl, Sinnlichkeit mit Leidenschaft und mit dem die Erotik steigernden dichterischen Flug zu verschmelzen.

George Barker lebt in schrecklicher Armut. Fünfundachtzig Seiten schrieb er bereits, die nach Ansicht des Sammlers zu surrealistisch waren. Mir gefielen sie. Seine erotischen Schilderungen waren wirr und phantastisch. Liebe zwischen Trapezen.

Sein erstes Honorar hatte er vertrunken, und ich konnte ihm außer Schreibpapier und Kohlepapier nichts borgen. Der hervorragende englische Dichter George Barker schreibt Erotika, um trinken zu können, wie Utrillo einst für eine Flasche Wein ein Bild gemalt hat. Ich begann über den uns allen verhaßten Mann nachzudenken und ihm zu sagen, was wir von ihm halten:

»Sehr geehrter Sammler! Wir hassen Sie. Das Geschlechtliche verliert alle Macht und Magie, wenn es überdeutlich, übertrieben, mechanisch dargestellt, wenn es zur fixen Idee wird. Es wird stumpfsinnig. Mehr als durch irgendeinen Menschen meiner Bekanntschaft haben wir durch Sie erfahren, wie falsch es ist, das Geschlechtliche von der Emotion, dem Hunger, der Lust, der Begierde, von Stimmungen, Launen, persönlichen Bindungen zu trennen, die seine Farbe, seinen Geschmack, seinen Rhythmus, seine Intensität verändern.

Sie wissen nicht, was Sie dadurch versäumen, daß Sie die sexuelle Betätigung mikroskopisch genau untersuchen unter Ausschluß aller anderen Aktivitäten, die doch der Brennstoff sind, an dem sie sich entzündet. Die Mitwirkung von Verstand, Phantasie, romantischen Gefühlen verleiht dem Sexuellen seine erstaunliche Textur, seine subtilen

Transformationen, seine aphrodisischen Elemente. Sie schränken Ihren Empfindungsbereich ein. Sie lassen ihn verkümmern, verhungern, verbluten.

Wenn Ihr Sexualleben sich von all den erregenden Erfahrungen nährte, welche die Liebe der Sinnlichkeit einflößt, wären Sie der potenteste Mann der Welt. Neugier und Leidenschaft sind die Quelle sexueller Potenz. Sie aber sehen zu, wie ihre Flamme den Erstickungstod stirbt. In der Eintönigkeit kann Sexualität nicht gedeihen, nicht ohne Gefühl, Einfälle, Launen, Überraschungen im Bett. Das sexuelle Geschehen muß sich mit Tränen mischen, mit Gelächter, mit Worten, Versprechungen, Szenen, Eifersucht, Neid, allen Gewürzen der Angst, der Reisen in ferne Länder, der neuen Gesichter, der Romane, Geschichten, Träume, Phantasiegebilde, der Musik, des Tanzes, des Opiums, des Weins.

Wieviel geht Ihnen durch dieses Periskop am Ende Ihres Geschlechtsteils verloren! Dabei könnten Sie einen Harem voll der verschiedensten und sich nie wiederholenden Wunder erleben. Kein Haar gleicht dem anderen, doch Sie wollen nicht, daß wir an die Beschreibung von Haaren auch nur ein Wort verschwenden; kein Duft gleicht dem anderen, doch wenn wir uns darüber auslassen, begehren Sie auf: ›Lassen Sie alles Poetische weg.‹ Keine Haut hat die gleiche Textur wie die andere, immer wieder ändern sich Beleuchtung, Temperatur, Schatten, Gesten; denn ein Liebender, den die wahre Liebe erfaßt hat, kann sich die Liebeskunde von Jahrhunderten zu eigen machen. Welche Spannweite, welche Veränderungen innerhalb der Lebensalter, wie viele Spielarten der Reife und Unschuld, Perversität und Kunst, der natürlichen und graziösen Tiere.

Stundenlang haben wir zusammengesessen und über Ihr Aussehen spekuliert. Wenn Sie keinen Nerv mehr haben für Seide, Licht, Farbe, Geruch, Charakter, Temperament, dann müssen Sie ja ganz verschrumpelt sein. Es gibt so viele Neben-

sinne, die alle wie Seitenläufe in den Hauptstrom des Sexus einmünden und ihn nähren. Nur der gemeinsame Pulsschlag von Herz und Sexus kann wahre Ekstase schaffen.«

(Aus »Die Tagebücher der Anaïs Nin«, Band III – April 1940 bis Oktober 1941.)

POSTSKRIPTUM

Damals, als wir alle Erotika für einen Dollar die Seite verfaßten, war es mir klargeworden, daß wir jahrhundertelang nur ein einziges Vorbild für dieses literarische Genre gehabt hatten: Die Schriften der Männer. Schon damals fiel mir der Unterschied zwischen männlicher und weiblicher Sexualität auf. Ich hatte erkannt, daß es wesentliche Gegensätze gab zwischen der Ausdrücklichkeit eines Henry Miller und meinen Verschleierungen – zwischen seiner derb-komischen Sicht des Sexus und meinen eher lyrischen Schilderungen erotischer Beziehungen in den unveröffentlichten Passagen des Tagebuches, *in dessen drittem Band ich andeutete, Pandoras Büchse enthielte eigentlich die Rätsel weiblicher Sexualität, die so anders war als die männliche und für welche die Sprache des Mannes nicht ausreichte. Frauen, meinte ich, neigten dazu, Geschlechtlichkeit mit Gefühl, mit Liebe zu verschmelzen und sich lieber einen einzigen Mann auszusuchen, als häufig den Partner zu wechseln. Dies wurde mir, während ich die Romane und das* Tagebuch *verfaßte, klar und wurde noch deutlicher, als ich mit dem Unterricht begann. Obwohl die Einstellung der Frauen dem Sex gegenüber ganz anders als die der Männer war, hatten wir es noch nicht gelernt, darüber zu schreiben.*

Diese Erotika, die ich ja nur als Unterhaltung und auf Bestellung verfaßte, unter dem Druck eines Auftraggebers, der mir aufgetragen hatte, »die Poesie wegzulassen«, schrieb ich unter dem Eindruck einer von Männern verfaßten Literatur. Deshalb glaubte ich immer, ich hätte die weibliche Sache verraten. Aber wenn ich nun diese, vor so langer Zeit verfaßten Texte wieder lese, merke ich, daß meine eigene Stimme nicht ganz unterdrückt war, denn in vielen Passagen sprach ich intuitiv in der Sprache der Frau und schilderte sexuelles Erleben aus weiblicher Sicht. Am Ende entschloß ich mich zu einer Veröffentlichung der Erotika, weil sie die ersten Schritte einer Frau auf ein Gebiet belegen, das bisher nur Männern überlassen war.

Sollte die unzensierte Fassung des Tagebuches *je veröffentlicht werden, wird diese weibliche Sicht deutlicher werden. Sie wird zeigen, daß Frauen (wie auch ich, im* Tagebuch*) niemals Sexualität von Gefühl, von Liebe zum ganzen Mann getrennt haben.*

Anaïs Nin
Los Angeles
September 1976

ELENA

Während sie auf den Zug nach Montreux wartete, sah sie sich die Leute auf den Bahnsteigen an. Jedesmal erweckte eine Reise in ihr die gleiche Neugierde, die gleiche Hoffnung, die einen erfüllt, ehe sich der Bühnenvorhang hebt, die gleiche aufkeimende Furcht, die gleiche Erwartung.

Ihr Blick prüfte verschiedene Männer, mit denen sie sich vielleicht unterwegs unterhalten könnte. Sie spekulierte, ob dieser oder jener in ihr Abteil steigen oder ob er nur von anderen Reisenden Abschied nehmen würde. Ihre Träume und Wünsche waren unbestimmt, romantisch. Hätte sie jemand ganz brutal gefragt, was sie denn erwarte, hätte sie vielleicht gesagt: »*Le merveilleux.*« Es war ein Hunger, der sich nicht etwa irgendwo im Körper lokalisieren ließ. Es stimmte schon, was ihr einmal jemand sagte, als sie einen Autor, den man ihr vorgestellt hatte, kritisierte: »Sie sehen ihn ja nicht, wie er wirklich ist. Sie können überhaupt niemanden so sehen, wie er wirklich ist. Jedesmal werden Sie enttäuscht sein, denn Sie erwarten jemanden ganz *Bestimmtes.*« Ja, das erwartete sie, und zwar jedesmal, wenn sich eine Tür auftat, wenn sie auf eine Party ging, wenn sie mit Menschen zusammentraf, ein Café besuchte oder ein Theater.

Keiner der Männer, die sie sich als Reisebegleiter ausgesucht hatte, stieg in den Zug. Deshalb vertiefte sie sich in das Buch, das sie als Reiselektüre bei sich hatte. Es war *Lady Chatterley's Lover.*

Nachher konnte sich Elena an nichts mehr erinnern außer an eine unglaubliche körperliche Wärme – als hätte sie eine ganze Flasche erlesensten Burgunders getrunken – und an ein Empfinden des Zorns bei der Entdeckung eines Geheimnisses, das, wie sie meinte, auf eine kriminelle Weise allen Menschen vorenthalten würde. Erstens hatte sie herausgefunden, daß sie die von Lawrence geschilderten Sinnesstürme nie selbst erlebt hatte, und zweitens, daß dies haargenau das war, wonach sie lechzte. Aber noch eine andere Art von Wahrheit war ihr bewußt geworden: Irgend etwas hatte in ihr eine stete Abwehrhaltung gegen eben die Möglichkeiten einer derartigen Erfahrung erzeugt, einen Wunsch zu fliehen, der sie von den Schauplätzen der Lust, der Bewußtseinserweiterung wegführte. Mehrmals war sie ganz nahe herangekommen, aber jedesmal war sie weggelaufen. Der Grund dafür, daß ihr etwas entgangen, daß etwas von ihr nicht wahrgenommen worden war, lag deshalb nur in ihr allein.

Es war die in Lawrences Buch unterdrückte Frau, die auch in ihr sprungbereit lag, genau so offen, vibrierend. Es war, als hätte eine Unzahl von Liebkosungen sie auf das Erscheinen eines *Bestimmten* vorbereitet.

In Caux stieg gleichsam eine andere Frau aus dem Zug. Das Dorf war allerdings alles andere als der Ort, wo sie ihre Reise zu beginnen gehofft hatte. Caux lag auf einem Berggipfel, isoliert und steil oberhalb des Genfer Sees. Es war Frühling, der Schnee geschmolzen. Als der kleine Zug mühsam den Berghang hinaufkletterte, spürte Elena so etwas wie Ungeduld. Wie langsam doch alles war, wie bedächtig die Gesten der Schweizer, wie träge die Bewegungen der Rinder, wie unverrückbar die drückende Landschaft. Aber in ihr rasten Gefühle wie neugeborene Sturzbäche. Sie beschloß, nicht lange zu bleiben und sich nur auszuruhen, bis ihr neuestes Buch erschienen war.

Von der Bahnstation ging sie zu dem wie ein Knusperhäuschen aussehenden Chalet. Die Frau, die ihr öffnete, sah genauso aus wie eine Knusperhexe. Aus pechschwarzen Augen starrte sie Elena an und bat sie herein. Elena hatte den Eindruck, als sei das ganze Haus nur auf die Besitzerin zugeschnitten worden, mit Türen und Möbeln, die kleiner schienen als üblich. Und es war keine Einbildung, denn die Frau wandte sich um und sagte: »Ich habe die Beine meiner Tische und Stühle abgesägt. Gefällt Ihnen mein Haus? Ich nenne es Casutza, ›Häuschen‹ auf rumänisch.«

Elena stolperte über Schneestiefel, Windjacken, Pelzmützen, Capes und Bergstöcke, die in einem unordentlichen Haufen in der Diele nahe dem Hauseingang lagen. Der Wandschrank hatte sie offenbar nicht mehr gefaßt. Das Frühstücksgeschirr stand noch auf dem Tisch.

Das Schuhwerk der Knusperhexe knarrte, als wäre es aus Holz, als sie Elena die Treppe hinaufführte. Ihre Stimme war tief wie die eines Mannes, die Lippen umsäumte ein dunkler Flaum wie der beginnende Bart eines Jünglings. Sie sprach nachdrücklich, bedeutungsvoll.

Elenas Zimmer ging auf eine Veranda mit Trennwänden aus Bambusstäben. Sie verlief über die ganze Sonnenseite des Hauses, und man hatte einen Blick auf den Genfer See. Elena wollte ein Sonnenbad nehmen, etwas, was ihr eigentlich gegen den Strich ging, denn sie präsentierte sich nicht gerne derart. Sonnenbäder machten sie sinnlich, steigerten ihr Körpergefühl. Manchmal streichelte und liebkoste sie sich dabei. Nun schloß sie die Augen und rief sich Szenen aus *Lady Chatterley's Lover* ins Gedächtnis zurück.

Während der nächsten Tage unternahm sie lange Spaziergänge. Sie kam regelmäßig zu spät zu den Mahlzeiten, und jedesmal starrte Madame Kazimir sie böse an und strafte sie, während sie sie bediente, mit Schweigen. Jeden Tag kamen Leute zu Madame Kazimir wegen der fälligen Hypotheken für das Haus. Man drohte, es zu verkaufen. Es war offenbar, daß Madame Kazimir es nicht überleben würde, wenn man sie ihres Hauses, ihrer Zuflucht, ihres Schildkrötenpanzers beraubte. Nichtsdestoweniger wies sie Gäste, die ihr nicht behagten, zurück und weigerte sich, Männer aufzunehmen.

Aber einmal gab sie doch nach und machte eine Ausnahme: Eine Familie, ein Ehepaar mit einer kleinen Tochter, die eines Vormittags direkt von der Bahnstation kamen und entzückt waren von dem Pfefferkuchenhäuschen. Es dauerte nicht lange, und sie nahmen auf der Veranda neben Elenas Balkon ihr Frühstück ein und genossen die Morgensonne.

Eines Tages traf Elena auf einem ihrer Spaziergänge den Mann. Er überholte sie in forschem Tempo und lächelte ihr zu. Dann setzte er seinen Weg den Berghang hinauf fort, als werde er verfolgt. Um die Sonnenstrahlen voll zu nützen, hatte er sein Hemd ausgezogen. Sie sah einen herrlichen, goldgebräunten Männeroberkörper. Das Gesicht war jugendlich und intelligent, das Haar jedoch vorzeitig ergraut. In seinem Blick lag etwas merkwürdig Unmenschliches. Er war starr wie der eines Dompteurs, hypnotisch, beherrschend, ja beinahe gewalttätig. Elena glaubte, diesen Ausdruck zu kennen: von den Gesichtern der Zuhälter, die an den Straßenecken von Montmartre mit ihren Schiebermützen und grellbunten Halstüchern standen. Abgesehen von den Augen war der Mann eine aristokratische Erscheinung. Sein Schritt war jugendlich, aber ein wenig schwankend, als sei er beschwipst. Er hatte seine ganze Kraft in den Blick gelegt, den er auf Elena warf. Dann lächelte er unbefangen und setzte seinen Weg fort. Aber der Blick war so vielsagend, so unverfroren, daß Elena wie gebannt stehenblieb. Das jugendlich-naive Lächeln, das ihn begleitete, dämpfte die brennende Wirkung der Augen und hinterließ bei ihr ein Gefühl, das sie sich nicht erklären konnte. Sie kehrte um.

Die Begegnung hatte sie so verwirrt, daß sie mit dem Gedanken spielte, abzureisen. Sie hatte erkannt, daß ihr Gefahr drohte. Sie wollte nach Paris zurück, aber schließlich blieb sie doch.

Eines Tages spielte jemand auf dem Klavier, das unten verstaubte. Die verstimmten Töne erinnerten an die Klaviere kleiner, verkommener Bars. Elena lächelte. Der Unbekannte amüsierte sich offenbar, indem er hier und da absichtlich danebengriff, um dem Instrument einen seiner bürgerlichen Muffigkeit fremden Ton zu verleihen, der gar nicht mit dem harmonierte, was brave kleine Schweizerinnen mit langen Zöpfen darauf gespielt hatten.

Unverhofft war Freude in das Haus eingezogen. Elena wollte tanzen. Das Klavierspiel verstummte, aber sie war aufgezogen wie eine mechanische Puppe und wirbelte auf ihrer Veranda herum wie ein Kreisel. »Es gibt also doch lebendige Menschen in diesem Haus!« sagte die lachende Stimme eines Mannes unerwartet und ganz in der Nähe.

Er hatte die Bambusstäbe auseinandergebogen und sah durch den Spalt. Sie konnte seine Gestalt erkennen, die wie ein Tier im Käfig dort hing.

»Wollen Sie nicht ein Stück mit mir spazierengehen?« fragte er. »Es ist hier ja wie in einem Grab, einem Mausoleum. Und Madame Kazimir ist der Große Versteinerer. Sie will uns alle zu Stalaktiten machen. Alle Stunde dürfen wir eine Träne fallen lassen, wie in einer Tropfsteinhöhle – Tropfsteintränen.«

Elena und ihr Zimmernachbar machten sich auf den Weg. Als erstes sagte er: »Sie haben die Angewohnheit, umzukehren. Sie begeben sich auf einen Spaziergang und kehren um. Das ist nicht gut. In der Tat gehört es zu den schweren Sünden gegen das Leben. Ich vertraue auf Kühnheit.«

»Die Menschen drücken Kühnheit auf unterschiedliche Weise aus«, entgegnete Elena. »Ich kehre gewöhnlich um, wie Sie sagen, aber ich gehe nach Hause zurück, um ein

Buch zu schreiben, das zum Alptraum für die Zensoren werden wird.«

»Ich nenne das Zweckentfremdung naturgegebener Kräfte«, erwiderte der Mann.

»Aber ich gebrauche«, fuhr Elena fort, »mein Buch wie eine Ladung Sprengstoff. Ich plaziere es dort, wo es die größte Wirkung hat, und sprenge mir meinen Weg frei.«

Im Augenblick, da sie das sagte, ertönte das Donnern einer entfernten Explosion; eine Straße wurde durch den Berg gesprengt. Sie mußten beide lachen.

»Sie sind also Schriftstellerin«, sagte er. »Und ich, ich bin ein Hansdampf in allen Gassen: Maler, Autor, Musiker, Vagabund. Ehefrau und Töchterchen wurden vorübergehend gemietet – zur Tarnung. Ich mußte nämlich mit dem Paß eines Freundes reisen, der mir Frau und Kind geborgt hat. Ohne sie wäre ich nicht hier. Die französische Polizei mag mich nicht. Ich habe zwar nicht meine Portiersfrau erschlagen, obwohl sie es verdient hätte, denn sie hat mich oft genug gepiesackt. Nein – ich habe nur, wie andere Kaffeehausrevolutionäre, dem Umsturz allzu laut und allzu häufig und immer im selben Café das Wort geredet. Ein Polizist in Zivil befand sich unter meinen eifrigsten Anhängern – er war ein Anhänger im wahrsten Sinne des Wortes. Wenn ich betrunken bin, halte ich immer die besten Reden. Aber Sie, Sie waren niemals unter meinen Zuhörern« fuhr der Mann fort. »Sie gehen niemals in Cafés. Die Frau, nach der wir uns sehnen, finden wir niemals in einem überfüllten Café. Wir müssen sie aufspüren wie der Jäger das Wild und sie trotz der Verkleidung durch ihre Geschichten ausfindig machen.«

Während er sprach, ruhte sein lächelnder Blick auf ihr. Beide hatten erkannt, daß sie ausweichen, Ausflüchte machen wollte. Der Blick wurde zum Katalysator, der sie bannte. Der Wind hatte ihren Rock wie den einer Ballettänzerin gehoben, er war in ihrem Haar, es sah aus, als wollte sie davonsegeln. Er wußte, daß sie es verstand, sich unsichtbar zu machen. Aber seine Macht war größer, er konnte sie, solange er wollte, auf der Stelle festnageln. Nur wenn er die Augen abwandte, würde sie freikommen. So aber konnte sie ihm nicht entfliehen.

Nach einem dreistündigen Spaziergang ließen sie sich auf ein Bett von Kiefernnadeln unweit eines Chalets fallen. Der Klang eines Pianolas tönte herüber.

Er lächelte ihr zu und sagte: »Wäre das nicht ein herrlicher Ort, um einen Tag und eine Nacht zu verbringen? Was meinen Sie?«

Er ließ sie ruhig rauchen, legte sich zurück in die Kiefernnadeln und wartete. Sie antwortete nicht. Sie lächelte.

Dann gingen sie in das Chalet. Er bestellte eine Mahlzeit und ein Zimmer. Das Essen sollte ihnen auf dem Zimmer serviert werden. Er gab seine Anweisungen ganz souverän und ließ keinen Zweifel über seine Absichten aufkommen. Seine Entschiedenheit in kleinen Dingen gab ihr das Gefühl, daß er sich mit ebensolcher Sicherheit über alle Hindernisse, die der Erfüllung seiner größeren Wünsche im Wege stehen könnten, hinwegsetzte.

Diesmal wollte sie nicht umkehren, wollte ihm nicht entkommen. Leidenschaftliche Erregung hatte sie ergriffen, eine Vorahnung, daß sie nun jenen Gipfel des Entzückens erreichen würde, der sie ein für allemal aus sich selbst herausschleudern und einem Unbekannten überlassen würde. Sie kannte nicht einmal seinen Namen, noch er den ihren. Die Unverhülltheit seiner Augen war wie ein Eindringen in ihre fiebernde Fotze. Auf der Treppe zitterte sie.

Als sie beide in dem Zimmer standen mit dem riesigen, geschnitzten Bett, ging sie zunächst auf den Balkon. Er folgte ihr. Sie war gewiß, daß er nun nach ihr greifen, eine Besitzergeste machen würde, der sie nicht ausweichen konnte. Sie wartete. Was dann geschah, hatte sie nicht vorausgesehen.

Denn nicht sie war die Zögernde, sondern der Mann, dessen Wille sie hierhergebracht hatte. Er stand vor ihr, schlaff, verlegen, mit verwirrtem Blick. Dann sagte er mit einem entwaffnenden Lächeln: »Ich muß Ihnen gestehen, daß Sie die erste richtige Frau sind, die ich jemals kennengelernt habe – Sie sind eine Frau, die ich lieben könnte. Ich habe Sie gezwungen, hierherzukommen. Nun möchte ich sicher sein, daß Sie auch hier sein möchten. Ich . . .«

Dieses unerwartete Geständnis berührte sie tief. In ihr stieg eine Zärtlichkeit auf, die sie noch nie zuvor empfunden hatte. Seine Stärke beugte sich vor ihr, zögerte, ehe sich der Traum, der zwischen ihnen entstanden war, verwirklichte. Zärtlichkeit überflutete sie. Und sie war es auch, die den ersten Schritt tat und ihm den Mund bot.

Er küßte sie, er legte die Hände auf ihre Brüste. Sie spürte seine Zähne. Er küßte ihren Hals, in dem die Adern klopften, ihre Kehle, die er jetzt mit beiden Händen umspannt hielt, als wollte er ihren Kopf vom Rumpf trennen. Sie taumelte vor Begierde, ganz von ihm besessen zu werden. Während er sie küßte, zog er sie aus. Die Kleider fielen auf den Boden. Sie standen immer noch da und küßten sich. Ohne ihr ins Gesicht zu sehen, trug er sie auf das Bett, er ließ den Mund nicht von ihrem Gesicht, ihrem Hals, ihrem Haar. Seine Zärtlichkeiten waren merkwürdig: Manchmal waren sie weich und schmelzend und dann wieder heftig, wie die Liebkosungen, die sie erwartet hatte, als sein Blick auf sie gerichtet war, die Liebkosungen eines wilden Tieres. Etwas von einem wilden Tier war auch in seinen Händen, mit denen er jeden Teil ihres Körpers bedeckte, mit denen er sich im lockigen Delta ihres Schoßes festgekrallt hatte, als wollte er es ihr vom Körper reißen, als hätte er Erde und Gras gleichzeitig ergriffen.

Wenn sie die Augen schloß, kam es ihr vor, als hätte er unzählige Hände, die sie überall berührten, unzählige Münder, die rasch über sie fuhren und die sich wie mit

Wolfszähnen in die fleischigsten Stellen gruben. Er war jetzt nackt und hatte sich in seiner ganzen Länge auf sie gelegt. Sie fand es herrlich, sein Gewicht zu tragen, herrlich, unter seinem Körper zermalmt zu werden. Sie gierte danach, vom Mund bis zu den Füßen an ihn geschweißt zu werden. Schauder schüttelten ihren Körper. Manchmal gab er ihr geflüsterte Anweisungen. Sie sollte die Beine heben, wie sie es noch nie zuvor getan hatte, bis ihre Knie das Kinn berührten. Er bat sie, sich umzudrehen, und er spreizte mit beiden Händen ihre Hinterbacken. Er ruhte sich in ihr aus, legte sich zurück, wartete. Dann entzog sie sich ihm, setzte sich halbwegs auf, das Haar aufgelöst und wirr, der Blick wie betäubt. Wie durch einen Nebelschleier sah sie ihn auf dem Rücken liegen. Sie rutschte nach unten, bis ihr Mund seinen Schwanz erreichte. Sie küßte ihn rundum, und bei jedem Kuß erbebte er. Der Mann sah ihr zu. Seine Hand lag auf ihrem Kopf, und er drückte ihn herunter, so daß ihr Mund sich schließlich über seinen lüsternen Kolben stülpte. Er hielt sie fest, während sie sich auf und ab bewegte, bis sie sich schließlich mit einem Seufzer unerträglicher Wollust auf seinen Bauch fallen ließ und dort liegenblieb und mit geschlossenen Augen ihre Wonne auskostete.

Sie vermochte es nicht, ihn so anzusehen, wie er sie ansah. Ihr Blick trübte sich, so hatte die Leidenschaft sie gepackt. Als sie ihn endlich wieder ansehen konnte, wurde sie magnetisch von seinem Fleisch angezogen. Sie wollte es mit Mund, Händen, mit dem ganzen Körper berühren. Mit einer Art animalischer Sinnlichkeit rieb sie ihren ganzen Körper an dem seinen. Dann fiel sie auf die Seite und berührte seinen Mund, als formte sie ihn immer wieder, wie eine Blinde, die die Umrisse von Mund, Augen, Nase, die Haut, die Länge und Konsistenz des Haares und seines Ansatzes hinter den Ohren ertasten will. Zuerst waren die Finger leicht, aber dann wurden sie drängender, leidenschaftlicher. Sie gruben sich in sein Fleisch, sie taten ihm weh. Es war, als wollte sie sich mit Gewalt von seiner Wirklichkeit überzeugen.

Dies waren die äußeren Gefühle der Körper, während sie einander entdeckten. Vor lauter Berührung waren sie wie betäubt. Ihre Gesten wurden schwerer und traumhaft, die Hände wurden träge. Sein Mund schloß sich nicht mehr. Wie der Honig aus ihr floß! Liebevoll verweilend tauchte er den Finger hinein, dann seinen Schwengel, zog sie über sich, bis sie über ihm lag, die Beine über seine geworfen. Er nahm sie, er konnte sehen, wie er in sie eindrang, auch sie konnte es sehen. Beide sahen, wie sich ihre Körper wanden, wie sie dem Höhepunkt zutaumelten.

Weil sie aber nicht schneller wurden, wechselte er ihre Stellung und legte sie auf den Rücken. Er kauerte sich über sie, um sie mit noch mehr Kraft zu nehmen, zu dem tief innen liegenden Mund vorzudringen, immer wieder die fleischigen Wände ihrer Fotze zu spüren. Da fühlte sie, wie in ihren innersten Falten neue Zellen zum Leben erwachten, neue Finger, neue Münder, die auf sein Eindringen reagierten, sich seinem Rhythmus tausendfältig anpaßten. Das Saugen in ihr wurde immer lustvoller, als hätte die Reibung in der Tat ungeahnte Tiefen der Verzückung bloßgelegt. Sie bewegte sich schneller, um den Höhepunkt zu erjagen. Er merkte es und steigerte sein Tempo ebenfalls und feuerte sie mit Worten, Händen, liebkosenden Gesten und mit seinem Mund, der wie angeschweißt auf ihrem war, an, gleichzeitig mit ihm zu kommen. Zungen, Höhle und Glied bewegten sich nun im gleichen Rhythmus. Wellen der Lust breiteten sich aus zwischen ihrem Mund und ihrem schmatzenden Geschlecht, Gegenströmungen von fast unerträglicher Verzückung schüttelten sie, bis sie, halb schluchzend, halb lachend, aufschrie.

Als Elena wieder in der »Casutza« erschien, weigerte sich Madame Kazimir, mit ihr zu sprechen. Sie trug ihre angestaute Wut zwar wortlos, aber so deutlich mit sich herum, daß man sie im ganzen Hause spürte.

Elena verschob ihre Rückkehr nach Paris, denn Pierre konnte nicht dorthin zurück. Sie trafen sich täglich; manchmal blieben sie eine ganze Nacht lang weg. Dieser Traum dauerte zehn Tage.

Dann wurde er jäh unterbrochen durch die Ankunft einer Frau, die Pierre sprechen wollte. Sie kam eines Abends, als Pierre und Elena weg waren. Pierres Frau empfing sie. Dann schlossen sie sich ein. Madame Kazimir versuchte, zu lauschen. Aber die beiden Frauen konnten es durch ein kleines Seitenfenster beobachten.

Die Frau war eine Russin von außergewöhnlicher Schönheit, mit violetten Augen, dunklem Haar und einem ägyptischen Gesichtsschnitt.

Als Pierre am nächsten Morgen in die Pension kam, war sie immer noch da. Er war offensichtlich überrascht, sie zu sehen. Elena bekam einen Schock, der sie mit Angst erfüllte. Sie fürchtete die Frau, weil sie glaubte, ihre Liebe sei gefährdet. Aber als sie Pierre viele Stunden später traf, beruhigte er sie und erklärte, das Auftauchen der Frau hätte mit seiner Arbeit zu tun. Sie war mit Anweisungen zu ihm geschickt worden. Er mußte weiter, und zwar nach Genf, wo ihn neue Aufträge erwarteten. Er wäre aus einer schwierigen Situation in Paris nur gerettet worden, erklärte er Elena, weil man ihm zur Auflage gemacht hätte, alle Anweisungen zu befolgen. Er forderte Elena nicht auf, mit nach Genf zu kommen. Sie wartete ab, was er sagen würde.

»Wie lange wirst du fort sein?«

»Das ist unbestimmt.«

»Und du gehst mit . . .?« Sie brachte es nicht über sich, den Namen auszusprechen.

»Ja, sie trägt die Verantwortung.«

»Wenn wir uns nicht wiedersehen sollten, Pierre, dann sage mir zumindest die Wahrheit.«

Aber weder der Gesichtsausdruck noch die Worte schienen von dem Mann zu kommen, den sie bis ins Innerste zu kennen glaubte. Sie hatte den Eindruck, als betete er nur nach, was man ihm vorgebetet hatte. Seine persönliche Autorität war auf einmal wie weggeblasen. Er sprach, als hörte ihm ein fremder Mensch zu. Elena schwieg. Dann kam Pierre näher und flüsterte: »Ich bin in keine Frau verliebt, war es nie. Für mich gibt es nur eine Liebe: meine Arbeit. Bei dir war ich in großer Gefahr, weil wir miteinander reden konnten, weil wir uns auf so vielfältige Weise verstanden. Deshalb bin ich allzu lange bei dir geblieben. Darüber habe ich meine Arbeit vergessen.«

Später sollte sich Elena diese Worte immer wieder ins Gedächtnis zurückrufen. Sie erinnerte sich an sein Gesicht, seine Augen, die sie nun nicht mehr mit jener hypnotischen Konzentration anstarrten. Jetzt waren es die Augen eines Mannes, der gehorchte, aber nicht den Gesetzen des Verlangens und der Liebe.

Pierre, der sie mehr als irgendein menschliches Wesen aus dem Dunkel ihres geheimen, unerschlossenen Lebens herausgeholt hatte, stürzte sie nun in noch größere Tiefen der Furcht und des Zweifels. Der Sturz war jäher als alles, was sie bisher erfahren hatte, denn sie hatte sich gefühlsmäßig entblößt und verausgabt. Sie zweifelte nicht an Pierre, dachte auch nicht daran, ihm zu folgen. Noch ehe er abreiste, verließ sie die »Casutza«. Im Zug stellte sie sich sein Gesicht vor, wie es seinerzeit gewesen war: so unverhüllt, so souverän und doch so verletzlich und nachgiebig.

Das Schreckliche an der Sache aber war, daß sie nicht mehr, wie früher, einen Rückzieher machen konnte, mit dem sie die Welt ausschloß, nicht wieder taub und farbenblind wurde und sich einem lang ausgesponnenen Tagtraum überließ, wie sie es als junges Mädchen getan hatte, um die Wirklichkeit zu ersetzen. Diesmal bedrängten sie

Sorgen um seine Sicherheit, Befürchtungen wegen seines gefährlichen Lebens. Ihr war bewußt geworden, daß er nicht nur in ihren Körper, sondern auch in ihre Seele eingedrungen war. Jedesmal, wenn sie sich seine Haut ins Gedächtnis zurückrief, sein Haar, dort, wo es die Sonne zu einem feinen Gold gebleicht hatte, seine grünen Augen, die nur aufflackerten, wenn er sich über sie beugte und ihren Mund zwischen seine starken Lippen nahm, zitterte ihr Fleisch, reagierte es noch immer auf die bloße Vorstellung und quälte sie.

Nach Stunden eines so lebendigen, heftigen Schmerzes, daß sie glaubte, völlig von ihm zerrissen zu werden, sank sie in eine sonderbare Lethargie, eine Art Halbschlaf. Es war, als sei etwas in ihr zerbrochen. Dann fühlte sie nicht mehr Schmerz noch Lust, die ganze Reise war unwirklich geworden. Sie war betäubt. Ihr Körper war wieder tot.

Nachdem sie acht Jahre voneinander getrennt waren, kam Miguel nach Paris. Er kam, aber er brachte Elena weder Freude noch Erleichterung, denn er war das Symbol ihrer ersten Niederlage. Miguel war ihre Jugendliebe.

Als sie einander zum ersten Mal begegneten, waren sie noch Kinder, Cousin und Cousine beim Festmahl eines riesigen Familienclans. Miguel hatte sich magisch von Elena angezogen gefühlt und folgte ihr auf Schritt und Tritt, wie ein Schatten. Er lauschte begierig auf jedes ihrer Worte, Worte, die so geflüstert waren, daß außer ihm niemand sie hören konnte, so sanft, so gestaltlos war ihre Stimme.

Von jenem Tag an schrieb er ihr regelmäßig und besuchte sie auch manchmal während der Schulferien. Es war eine Schwärmerei, bei der beide einander als die Verkörperung von Märchenfiguren verstanden oder als Held und Heldin der Geschichte oder des Romans, den sie gerade lasen; Elena war jedesmal die Prinzessin, Miguel der Prinz.

Wenn sie sich trafen, umgab sie eine solche Unwirklichkeit, daß sie einander nicht anfaßten, nicht einmal an der Hand. Sie schwelgten in ihrem Zusammensein, sie schwebten in höheren Sphären, die gleichen Gefühle bewegten sie. Als erste spürte Elena eine tiefere Empfindung.

Einmal waren sie zusammen auf einen Ball gegangen. Es war ihnen nicht bewußt, was für ein schönes Paar sie abgaben. Aber die anderen hatten es gemerkt. Elena sah, wie die jungen Mädchen Miguel mit den Augen verschlangen, wie sie versuchten, seine Aufmerksamkeit auf sich zu lenken.

Plötzlich sah auch sie ihn ganz objektiv und außerhalb der schwärmerischen Zuneigung, mit der sie ihn umgeben hatte. Er stand wenige Schritte von ihr entfernt, ein hochgewachsener, anmutiger junger Mann mit selbstverständlichen, gefälligen, aber durchaus männlich ausgeprägten Bewegungen, mit Muskeln und dem elastischen Gang einer Raubkatze, die stets bereit war, zu springen. Seine Augen waren grün wie Blätter, seine Haut schimmerte, als schiene eine rätselhafte Sonnenglut hindurch wie durch ein phosphoreszierendes Meerestier. Sein Mund war geschwungen und voll und von sinnlichem Hunger geprägt.

Zum erstenmal sah auch er sie außerhalb der Legende, die er um sie gesponnen hatte, sah, wie der Blick eines jeden Mannes sie verfolgte, sah ihren sich stets verändernden Körper, der leichtfüßig, schmiegsam, herausfordernd, ja fast sich verflüchtigend war. Was sie für jedermann zum Jagdobjekt machte, war ein Etwas, das leidenschaftlich, sinnlich, lebendig und doch erdnah war: ihr voller Mund ein Gegensatz zu dem grazilen Körper, der sich mit der Zartheit von Tüll bewegte.

Dieser Mund, der wie in ein Gesicht aus einer anderen Welt gebettet schien und aus dem eine Stimme kam, die die Seele selbst zu berühren schien, zog Miguel derart magnetisch an, daß er Elena mit keinem der anderen jungen

Männer tanzen ließ. Trotzdem berührte er sie mit keinem Teil seines Körpers, außer, wenn er mit ihr tanzte. Mit den Augen zog sie ihn in sich und hinein in Welten, in denen er betäubt und wie narkotisiert war.

Aber sie hatte, während sie mit ihm tanzte, ihren Körper sehr wohl gespürt. Es war, als sei er auf einmal Fleisch geworden – flammendes Fleisch, in das jede Bewegung des Tanzes neue Funken warf. Sie wollte vorwärts und in das Fleisch seines Mundes sinken, wollte sich ganz einer rätselhaften Trunkenheit überlassen.

Miguels Rausch war anderer Art. Er benahm sich, als hätte ihn ein überirdisches Wesen verführt, ein Stück Phantasie. Sein Körper spürte sie nicht. Je näher er ihr kam, desto stärker empfand er das Tabu, das sie umgab. Er stand vor ihr, als wäre sie ein angebetetes Bild. Sobald er sich in ihrer Gegenwart befand, erlag er einer Art Kastration.

Während sich ihr Körper durch seine Nähe entflammte, vermochte er nur ihren Namen zu flüstern: »Elena!« Dabei verspürte er eine derartige Lähmung in Armen, Beinen und Geschlecht, daß er nicht weitertanzen konnte. Was er bei der Nennung ihres Namens empfand, war die Gegenwart seiner Mutter, und zwar war sie so, wie er sie als kleiner Junge erlebt hatte: eine überlebensgroße Frauengestalt mit schwellenden Kurven, von losen weißen Gewändern verhüllt, mit Brüsten, die ihn genährt hatten und an die er sich lange über die Zeit der Entwöhnung hinaus geklammert hatte, bis ihm das ganze, dunkle Rätsel des Fleisches bewußt geworden war.

Jedesmal, wenn er die Brüste großer, stattlicher Frauen sah, die seiner Mutter ähnelten, überkam ihn ein Verlangen, zu saugen, zu kauen, zu beißen, den Brüsten weh zu tun, sein Gesicht in ihnen zu vergraben, unter ihrer prallen Fülle zu ersticken, seinen Mund ganz mit den Warzen zu füllen . . . Aber er spürte kein Verlangen, eine Frau durch einen sexuellen Akt zu besitzen.

Als er Elena zum erstenmal begegnete, hatte sie die unentwickelten Brüste eines Backfisches. Miguel empfand eine Art Verachtung dafür, denn ihr fehlte die erotische Ausstrahlung der Mutter. Niemals war er versucht, Elena auszuziehen, denn er stellte sie sich nicht als Frau vor. Sie war ein Bildnis, ein Bildnis, wie die Abbildungen von Heiligen auf den Heiligenbildchen, wie Illustrationen heroischer Frauen in Büchern, wie Gemälde von Frauen. Nur Huren besaßen so etwas wie Geschlechtsorgane. Als Halbwüchsiger war er mit solchen Frauen zusammengekommen, als nämlich seine älteren Brüder ihn in die Bordelle schleppten. Während die Brüder die Frauen besaßen, streichelte er ihre Brüste und nahm sie gierig in den Mund. Aber das, was er zwischen ihren Schenkeln sah, erschreckte ihn. Ihm kam es vor, als sei es ein riesiger, feuchter, hungriger Mund, den er niemals zu sättigen vermochte. Er fürchtete sich vor der lauernden Spalte, den geschwollenen Lippen unter dem streichelnden Finger, vor der Nässe, die wie der Speichel eines Hungernden austrat. Er stellte sich vor, daß dieser Hunger von Frauen überwältigend, gierig, unersättlich wäre. Es kam ihm vor, als würde sein Glied für immer verschlungen. Die Huren, mit denen er zusammenkam, hatten große Mösen, große, lederne Schamlippen, gewaltige Hinterteile.

Wohin konnte Miguel sich wenden? Nun, an Knaben, Knaben ohne jene gierigen Öffnungen, Knaben, deren Geschlecht wie seins war, die ihn nicht erschreckten, deren Verlangen er befriedigen konnte.

Genau an jenem Abend, als Elena den warmen Pfeil der Begierde spürte, hatte Miguel eine Zwischenlösung gefunden, einen Jungen, der ihn ohne Tabus, Ängste und Zweifel erregen konnte.

Elena, die nichts von der Liebe zwischen jungen Männern wußte, ging nach Hause und schluchzte die ganze

Nacht hindurch über Miguels Unnahbarkeit. Er war nie schöner gewesen, und sie hatte seine Liebe, seine Anbetung gespürt. Weshalb berührte er sie nicht? Der Tanz hatte sie zusammengebracht, aber er war kühl geblieben. Was bedeutete das? Welche Rätsel waren dahinter verborgen? Weshalb war er so eifersüchtig, wenn andere ihr zu nahe kamen? Weshalb haßte er die anderen jungen Männer, die gerne einmal mit ihr getanzt hätten? Und weshalb hatte er nicht einmal ihre Hand berührt?

Trotzdem verfolgte er sie, wurde von ihr verfolgt. Ihre Erscheinung stellte alle anderen Frauen in den Schatten. Seine Verse galten ihr, seine Schöpfungen, seine Erfindungen, seine Seele. Nur die sexuelle Erlösung fand anderswo, fern von ihr statt. Wieviel Leid wäre ihr erspart geblieben, hätte sie es gewußt, es verstanden. Sie war zu feinfühlig, um ihn ganz offen zu fragen, er zu beschämt, um sich ihr zu offenbaren.

Und jetzt war Miguel gekommen; keiner, der nicht wußte, wie es um seine Vergangenheit stand, um seine ununterbrochene Folge von Liebschaften mit Knaben. Stets war er auf der Suche, stets war er unbefriedigt: Miguel, mit dem gleichen Charme von damals, nur noch gesteigerter, vertiefter.

Wieder spürte sie, daß er Abstand halten wollte. Nicht einmal ihren Arm, gebräunt und glänzend von der Pariser Sommersonne, hatte er genommen. Aber alles, was sie trug, gefiel ihm: Er schmeichelte ihr wegen ihrer Ringe, ihrer klirrenden Armbänder, er bewunderte ihr Kleid, ihre Sandalen, aber er berührte Elena nicht.

Miguel ließ sich von einem prominenten Pariser Psychiater analysieren. Jedesmal, wenn er jemanden berührte, liebte, nahm, hatte er das Gefühl, als zöge sich der Knoten seines Lebens enger um seinen Hals. Er sehnte sich nach Befreiung, Befreiung, um seine Andersartigkeit auszuleben. Dies war ihm versagt geblieben, denn jedesmal, wenn er einen Knaben liebte, vermeinte er, ein Verbrechen begangen zu haben. Er fühlte sich nachher schuldig, und dann litt er, um es zu sühnen. Aber jetzt konnte er zumindest darüber sprechen, und er vertraute sich Elena an, er breitete sein ganzes Leben vor ihr aus, er schämte sich nicht länger. Auch sie litt nicht darunter. Im Gegenteil, es linderte ihre eigenen Zweifel. Weil er seine eigene Natur nicht begriff, hatte er anfangs sie dafür verantwortlich gemacht und ihr seine Kälte Frauen gegenüber zur Last gelegt. Er hatte behauptet, das sei so gewesen, weil sie intelligent war und weil intelligente Frauen Literatur und Dichtung erotisierten und ihn das lähmte. Sie sei bejahend und auch in mancher Hinsicht maskulin, und das schüchtere ihn ein. Sie sei so jung gewesen, habe all das ohne Widerspruch akzeptiert, und er sei zu der Überzeugung gelangt, daß knabenhaft schlanke Frauen, die intellektuell und bejahend waren, nicht begehrenswert sein könnten.

So sagte er zum Beispiel: »Wenn du doch nur ganz passiv, ganz unterwürfig und sehr sehr träge wärest, könnte ich dich begehren. Aber ich spüre immer, daß sich ein Vulkan in dir aufstaut, ein Vulkan, der kurz vor seinem Ausbruch ist, ein Vulkan der Leidenschaft. Und davor fürchte ich mich.« Oder: »Wenn du doch nur eine Hure wärst und ich das Gefühl hätte, du wärst nicht allzu kritisch, dann könnte ich dich begehren. Aber ich würde immer deine klugen Augen vor mir haben und wie sie auf mich herabsehen, sollte ich versagen und plötzlich impotent sein.«

Arme Elena. Jahrelang hatte sie Männer, die sie begehrten, nicht beachtet, weil sie Miguel verführen wollte, nur ihn, als ob nur in ihm der Beweis für ihre Macht läge.

Miguel, der dringend jemand anderen außer seinem Psychoanalytiker brauchte, dem er sich anvertrauen konnte, brachte Elena mit seinem Freund Donald zusammen. Sowie sie ihn sah, liebte sie ihn auch, sie liebte ihn, als wäre er ein *enfant terrible*, pervers und wissend.

Er war schön, er hatte den schlanken Körper eines Ägypters und das zerzauste Haar eines atemlos rennenden Kindes. Zeitweilig ließen ihn seine weichen Gesten klein erscheinen, aber wenn er aufstand mit seinem ebenmäßigen, gestreckten Körper, schien er groß. Seine Augen waren wie die eines Menschen unter Hypnose, und er sprach automatisch, wie ein Medium.

Elena war derart von ihm entzückt, daß sie bald ein ganz subtiles und mysteriöses Vergnügen empfand, wenn sie sich vorstellte, daß Miguel ihn liebte – um ihretwillen. Donald als Frau, die von Miguel geliebt wurde, Miguel, der Donalds unverbrauchte Jugend, seine langen Wimpern, seine kleine, ebenmäßige Nase, seine Satyrohren, seine muskulösen Knabenhände anbetete.

In Donald hatte sie einen Zwillingsbruder gefunden, jemanden, der ihre Worte, ihre Koketterien, ihre Verführungskünste gebrauchte. Ihn faszinierten die gleichen Worte und Empfindungen, die sie bedrängt hatten. Ohne aufzuhören sprach er von seiner Sehnsucht, ganz von der Liebe besessen zu sein, von seinem Verlangen nach Selbstaufgabe, seinem Wunsch, andere zu beschützen. Es war, als hörte sie ihre eigene Stimme. Wußte Miguel, daß er in Donald einen Zwillingsbruder Elenas liebte, Elena im Körper eines Knaben?

Miguel hatte die beiden einen Augenblick allein gelassen. Sie warfen einander einen Blick des Erkennens zu. Ohne Miguel hörte Donald auf, eine Frau zu sein. Er streckte sich, sah Elena unverwandt ins Gesicht und gestand ihr, daß er Intensität und Spannung suchte, daß Miguel nicht der Vater sei, den er brauchte – Miguel war zu jung, Miguel war im Grund doch nur ein Kind. Miguel wollte ihm ein Paradies bieten, irgendwo an einem Meeresstrand, wo sie einander Tag und Nacht ungestört lieben konnten, ein Paradies der Liebkosungen und Zärtlichkeiten. Aber er, Donald, suchte etwas anderes. Er wollte die Höllenqualen der

Liebe erfahren, einer Liebe, die mit großem Leid, mit großen Wagnissen verknüpft war. Er wollte Drachen töten und Feinde besiegen und kämpfen wie ein Don Quichotte.

Als er Miguels Namen sprach, breitete sich über sein Gesicht derselbe Ausdruck aus, den Frauen zeigen, wenn sie einen Mann verführt haben: ein Ausdruck eitler Genugtuung, eine triumphierende, unkontrollierbare Bestätigung der eigenen Macht.

Jedesmal, wenn Miguel sie einen Augenblick allein ließ, waren sich Donald und Elena dessen bewußt, was sie verband: Sie wurden ein Frauengespann, das danach trachtete, Miguel zu bezaubern, zu verführen, zu unterwerfen.

Donald warf Elena einen verschwörerischen Blick zu. »Miteinander reden, wie wir beide es tun, ist eine Form des Geschlechtsverkehrs. Du und ich – wir sind alle beide in den berauschenden Welten des Sexus zu Hause. Du, Elena, ziehst mich in das Wunderbare. Dein Lächeln ist wie ein magnetischer Strom.«

Miguel war zurückgekommen. Warum war er so rastlos? Schon ging er wieder weg, um Zigaretten zu holen. Dann war es etwas anderes, das er besorgen mußte. Er verließ sie wieder. Und jedesmal, wenn er zurückkam an ihren Tisch, bemerkte sie, wie Donald sich veränderte, wie er wieder zur Frau, zum Liebesobjekt wurde. Sie sah, wie die beiden sich mit Blicken liebkosten, fühlte, wie sich unter dem Tisch ihre Knie trafen. Zwischen den beiden pulsierte ein derart starker Strom der Liebe, daß er sie mitriß. Sie sah, wie sich Donalds femininer Körper dehnte, sah sein Gesicht sich wie eine Blüte öffnen, die durstigen Augen, die feuchten Lippen. Es war, als hätte man ihr den Eintritt in die verschwiegenen Gemächer der körperlichen Liebe eines anderen gewährt, als dürfte sie Zeugin von etwas werden, das Donald und Miguel bisher vor ihr verborgen hatten. Es war ein sonderbarer Übergriff.

Miguel sagte: »Ihr beide seid euch zum Verwechseln

ähnlich.« – »Aber Donald ist wahrheitsliebender«, entgegnete Elena und dachte daran, wie schnell er gestanden hatte, daß er Miguel nicht rückhaltlos liebte. Sie dagegen hätte diese Tatsache aus Furcht, dem anderen weh zu tun, verschwiegen.

»Weil er weniger stark liebt«, sagte Miguel. »Er ist ein Narziß.« Das Tabu zwischen Donald und Elena und Miguel und Elena war auf einmal durchbrochen. Wärme und Liebe verband die drei miteinander, floß durch sie hindurch, übertrug sich, steckte sie an, fesselte sie aneinander.

Mit Miguels Augen sah sie nun Donalds ebenmäßigen Körper, die schmale Taille, die breiten Schultern einer ägyptischen Relieffigur, die stilisierten Gesten. In seinem Gesicht war eine unverhüllte Zügellosigkeit, die wie ein Akt von Exhibitionismus wirkte. Alles war entblößt, den Augen preisgegeben.

Miguel und Donald verbrachten die Nachmittage zusammen, und dann ging Donald jedesmal zu Elena. Bei ihr fand er seine Maskulinität wieder, bei ihr spürte er das Männliche, ihre Stärke, die auf ihn übergriff. Sie empfand das auch und sagte: »Donald, ich gebe dir, was in meiner Seele männlich ist.« In ihrer Gegenwart richtete er sich auf, wurde fest, rein, ernsthaft. Eine Verschmelzung fand statt. Aus ihm wurde ein perfekter Hermaphrodit.

Miguel sah es nicht. Er fuhr fort, seinen Freund wie eine Frau zu behandeln. Gewiß, wenn Miguel dabei war, wurde Donalds Körper weich, er wiegte sich in den Hüften, sein Gesicht bekam den Ausdruck einer Schmierenschauspielerin, eines billigen Vamps, der mit gefühlvollem Augenaufschlag einen Blumenstrauß entgegennimmt. Er wurde flattrig wie ein Vogel, zog einen Schmollmund, Küßchen, Küßchen, war geschmückt für ihn, wurde zur Karikatur der überraschten und umworbenen Frau, die nicht nein sagen möchte. Warum liebten Männer diese Travestie des Weibes und wollten trotzdem der Frau entfliehen?

Donalds männlicher Zorn darüber, wie eine Frau genommen zu werden, stand im Widerspruch dazu. »Er übersieht völlig das Männliche in mir«, beschwerte er sich. »Er nimmt mich von hinten, er besteht darauf, mich ärschlings zu nehmen, er behandelt mich wie eine Frau. Darum hasse ich ihn. Er wird mich noch ganz zur Tunte machen. Aber ich will etwas anderes, ich will nicht zur Frau gemacht werden. Wenn er mit mir zusammen ist, ist Miguel brutal und männlich. Offenbar quäle ich ihn. Er dreht mich gewaltsam um und nimmt mich, als sei ich eine Hure.«

»Ist es das erstemal, daß man dich wie eine Frau behandelt?«

»Ja. Vorher habe ich es nur mit dem Mund gemacht, das war alles. Ich habe mich vor den Mann, den ich liebte, hingekniet und seinen Schwanz in den Mund genommen.«

Sie betrachtete Donalds kleinen Mund, den Mund eines Kindes, und fragte sich, wie er ihn überhaupt hineinbekommen konnte. Sie entsann sich einer Nacht, da Pierres Zärtlichkeiten sie so wild gemacht hatten, daß sie seinen Schaft, seinen Sack und sein Schamhaar mit beiden Händen umschlossen hatte. Heißhungrig wollte sie alles in den Mund nehmen, noch nie zuvor hatte sie das gewollt. Er hatte es verhindert, denn ihm gefiel es nur in ihrem Loch, er wollte immer dort bleiben.

Und nun konnte sie auf einmal ganz deutlich einen riesigen Penis sehen – Miguels blonden Schwanz –, wie er in Donalds kleinen Kindermund eindrang. Ihre Brustwarzen richteten sich auf. Sie wandte den Blick ab.

»Den ganzen Tag nimmt er mich, vor Spiegeln, auf dem Fußboden des Badezimmers, mit einem Fuß in der Tür, auf dem Teppich. Er ist unersättlich, aber das Männliche in mir will er nicht wahrhaben. Wenn er meinen Schwengel betrachtet, der in Wirklichkeit größer ist als seiner – doch, es stimmt –, dann scheint er durch ihn durchzusehen. Er nimmt mich von hinten, richtet mich zu wie eine Frau und läßt meinen Pimmel baumeln. Er nimmt mein wirkliches Geschlecht überhaupt nicht wahr. Zwischen uns beiden kann es keine Erfüllung geben.«

»Dann ist es wie Liebe zwischen Frauen«, erwiderte Elena. »Es fehlt die Erfüllung, es gibt keinen echten Besitz.«

Eines Nachmittags hatte Miguel Elena zu sich in die Wohnung eingeladen. Als sie anklopfte, glaubte sie eilige Schritte zu hören. Sie wollte gerade wieder gehen, als Miguel aufmachte und sagte: »Komm doch herein, bitte komm.« Sein Gesicht war gedunsen, seine Augen blutunterlaufen, sein Haar zerzaust, seine Lippen von Küssen geschwollen.

Elena sagte: »Ich komme später wieder.«

Miguel antwortete: »Aber nein, nein, bleib nur, du kannst ja einen Augenblick ins Badezimmer gehen. Donald verabschiedet sich gerade.«

Also wollte er sie dabei haben! Er hätte sie ja wegschikken können. Aber er geleitete sie durch die kleine Diele zum Badezimmer, das neben dem Schlafzimmer lag, und setzte sie dort hin. Er lachte.

Die Tür war nur angelehnt. Sie konnte Stöhnen und schweres Atmen hören. Es war, als kämpften sie in dem dunklen Zimmer miteinander. Das Bett knarrte im Rhythmus. Sie hörte Donalds Stimme: »Du tust mir weh.« Aber Miguel stöhnte, und Donald mußte es wiederholen: »Du tust mir weh.«

Das Stöhnen dauerte an, das rhythmische Quietschen der Sprungfedern wurde schneller. Trotz allem, wovon Donald ihr berichtet hatte, mußte sie sich anhören, wie er vor Wollust stöhnte. Dann sagte er: »Du erstickst mich!«

Die Szene, die sich dort im Dunkel abspielte, hatte eine seltsame Wirkung auf sie. Ihr war, als hätte sie selbst teil daran, und zwar als Frau in Donalds Knabenkörper, und werde von Miguel geliebt.

Sie war so verstört, daß sie, um sich abzulenken, ihre

Handtasche aufmachte und einen Brief herausnahm, den sie beim Weggehen im Briefkasten vorgefunden, aber noch nicht gelesen hatte.

Als sie ihn öffnete, war es wie ein Donnerschlag: »Meine unbegreifliche, schöne Elena, ich bin wieder in Paris – Deinetwegen. Ich konnte Dich nicht vergessen. Ich habe es versucht. Als Du Dich mir ganz gabst, hast Du auch mich ganz und gar genommen. Können wir uns treffen? Oder hast Du Dich ganz zurückgezogen und bist für mich auf immer unerreichbar geworden? Gewiß verdiene ich das, aber tue es mir nicht an, oder Du wirst eine wahre Liebe umbringen, eine Liebe, die um so intensiver wird, je mehr sie gegen Dich ankämpft. Ich bin in Paris . . .«

Elena stand auf, rannte aus der Wohnung und schlug die Tür nachdrücklich hinter sich zu. Als sie in Pierres Hotel ankam, wartete er schon ungeduldig. Er hatte kein Licht in seinem Zimmer gemacht, er wollte sie im Dunkeln wiedertreffen, sie fühlen, ihre Haut, ihren Körper, ihre Öffnungen.

Die lange Trennung hatte allzu viel in ihnen aufgestaut. Trotz ihrer wilden Vereinigung gab es für Elena keinen Höhepunkt. Tief in ihrem Inneren lauerte ein Rest von Furcht; sie konnte sich einfach nicht vergessen. Pierres Entladung erfolgte mit solcher Gewalt, daß er sie nicht zurückhalten und auf sie warten konnte. Er kannte sie so gut, daß er den Grund für ihren Vorbehalt spürte, die Wunde fühlte, die er ihr beigebracht hatte, die untergrabene Zuversicht, den erschütterten Glauben an seine Liebe.

Sie legte sich zurück, erschöpft von Verlangen und Liebkosungen, aber sie war unerfüllt geblieben. Pierre beugte sich über sie und flüsterte: »Ich habe es nicht anders verdient. Du versteckst dich, und gleichzeitig willst du mir entgegenkommen. Vielleicht habe ich dich für immer verloren.«

»Nein«, entgegnete Elena. »Warte bitte. Laß mir Zeit, damit ich meinen Glauben an dich wiederfinde.«

Ehe sie Pierre verließ, wollte er sie noch einmal besitzen. Und wieder stieß er auf jenen verborgenen Widerstand, auf jenes geheime, im letzten Sinne verschlossene Wesen, die Frau, die sexuelle Erfüllung gefunden hatte, als er sie das erstemal liebte. Pierre ließ den Kopf hängen und setzte sich auf den Bettrand: besiegt, betrübt.

»Du kommst doch morgen wieder, nicht wahr? Du kommst wieder? Was kann ich nur tun, damit du mir vertraust?«

Er hielt sich illegal in Frankreich auf, er riskierte Verhaftung. Sicherheitshalber versteckte Elena ihn in der Wohnung eines Freundes, der gerade verreist war. Und nun trafen sie sich täglich. Er empfing sie jedesmal im Dunkeln, damit ihre Hände einander wiederentdecken konnten, ehe sie sich ins Gesicht sahen. Wie Blinde betasteten sie sich, verweilten bei den wärmsten Kurven, beschrieben mit den Händen jedesmal dieselbe Bahn, erkannten die Stellen, wo die Haut am zartesten und weichsten war, wo sie widerstandsfähiger und dem Tageslicht ausgesetzt war, wo im Hals der Herzschlag pochte, wo die Nerven vibrierten, wenn die Hand sich zwischen die Beine schob und sich dem Zentrum näherte.

Seine Hände begrüßten die unerwartet breiten Schultern, die straffen Brüste, das warme Achselhaar, das er nicht abrasiert haben wollte. Ihre Taille war sehr schlank. Seine Hände liebten die sich immer schwellender weitende Kurve bis zu den Hüften. Jede dieser Linien zeichnete er liebevoll mit den Händen nach, als wollte er ihren Körper ganz in Besitz nehmen, als stellte er sich seine Farbtöne vor. Nur einmal hatte er bei hellichtem Tag in Caux ihren Körper betrachtet. Das Farbenspiel hatte ihn entzückt: blasses Elfenbein, ganz glatt, das nur ganz unten zu einem satten Gold wurde, wie alter Hermelin. Ihrer Fotze hatte er den Kosenamen »kleiner Fuchs« gegeben, dessen Pelz sich sträubte, wenn er danach griff.

Seine Lippen folgten dem, was seine Hände vorgezeichnet hatten. Seine Nase vergrub sich in die Düfte ihres Körpers, er wollte vergessen, er war süchtig nach der Droge, die ihr Körper ausströmte.

Elena hatte einen kleinen, in den Falten ihrer Schamlippen versteckten Leberfleck. Er gab vor, ihn zu suchen, und fuhr mit den Fingern ihre Beine hoch und unter den Pelz des Fuchses. Er gab vor, er wollte nur den kleinen Leberfleck berühren und nicht mehr. Wenn er ihn dann streichelte, streifte er nur ganz beiläufig ihren Eingang, um das wie bei einer Pflanze sich zusammenziehende, von seinen Fingern hervorgerufene feuchte Pulsieren der Lust zu spüren. Ihre Schamlippen waren wie die Blätter eines lichtempfindlichen Gewächses, die sich schützend über die Quelle der Lust falteten, deren Vibrato er spürte.

Er küßte den Leberfleck und nicht ihre Öffnung, er spürte ihre Reaktion auf seine Küsse, er konnte verfolgen, wie sie sich unter der Haut bis zum Eingang ihrer Muschel fortpflanzte. Sie öffnete und schloß sich, als sein Mund näher kam. Er vergrub sein Gesicht dort, überwältigt von Sandelholzdüften, Muschelgerüchen, er liebkoste ihr Schamhaar, streichelte den Fuchspelz, ein Haar verirrte sich in seinen Mund, ein anderes ins Bettlaken, wo er es später fand - schimmernd, elektrisch. Oft vermischten sich ihre Schamhaare; hinterher beim Baden, entdeckte Elena Kräusel von Pierres Haar in ihrem Pelz: Es war länger, drahtiger, dichter.

Elena ließ seinen Mund und seine Hände alle möglichen geheimen Nischen finden, ließ sie dort ruhen und verfiel in einen Traum allumfassender Zärtlichkeit. Sie beugte ihren Kopf über ihn, als sein Mund auf ihrer Kehle ruhte und die Worte küßte, die sie nicht herausbrachte. Es war, als ahnte er jedesmal, wo sie geküßt werden wollte, welcher Teil ihres Körpers nach Wärme verlangte. Ihr Blick wanderte zu ihren eigenen Füßen: Seine Küsse folgten. Oder auf ihre Achselhöhle, auf ihr hohles Kreuz oder dorthin, wo der Bauch sich ins Tal senkte und die Schamhaare begannen, klein und hell und spärlich.

Pierre streckte den Arm aus, ähnlich einer Katze, die gestreichelt werden will. Manchmal warf er den Kopf zurück und ließ sich von ihr mit Schmetterlingsküssen bedecken, die aber nur wildere versprachen. Wenn er die seidigen, kitzelnden Berührungen nicht länger ertragen konnte, machte er die Augen auf und bot ihr seinen Mund wie eine reife Frucht, in die sie gierig hineinbiß, als wollte sie daraus den Urquell des Lebens saugen.

Wenn Begehren jede einzelne Pore, jedes Haar ihrer Körper durchdrungen hatte, steigerten sie sich in die wildesten Liebkosungen. Manchmal konnte sie hören, wie ihre Knochen knackten, wenn er sich ihre Beine über die Schultern legte und sie das saugende Geräusch vernahm, das seine Küsse hervorriefen, das Regentropfengeräusch von Lippen und Zungen, die Feuchtigkeit, die sich in den warmen Mundhöhlen ausbreitete, als bissen sie in eine schmelzende, zerrinnende Frucht. Er vernahm ein seltsames Zirpen, als sei sie ein ekstatischer exotischer Vogel; sie lauschte auf seinen Atem, der allmählich und mit dem sich immer mehr stauenden Blut zu einem Stöhnen geworden war.

Mit seiner steigenden Erregung wurde sein Atem wie das Schnauben eines Stieres, der einen Anlauf nimmt, um sein Opfer auf seine Hörner zu spießen, nur war der Stoß schmerzlos, aber so wild, daß er sie beinahe vom Bett warf, ihr zuckendes Geschlecht in die Luft hob, als wollte er es ganz und gar durchbohren, ihren Körper zerreißen und sie erst dann wieder freigeben, wenn sie die Wunde empfangen hatte, eine Wunde aus Ekstase und Verzükkung, die ihren Körper wie ein Blitzstrahl traf und sie dann fallen ließ, stöhnend, Opfer einer allzu großen Wonne, einer Wonne, die wie ein kleiner Tod war, ein gleißender kleiner Tod, wie ihn keine Droge, kein Alkohol verursachen konnte, sondern nur zwei sich liebende Körper, die einander zutiefst verfallen waren, die sich liebten mit jedem Atom und jeder Zelle und jedem Nerv und jedem Gedanken.

Pierre saß auf dem Bettrand; er hatte sich die Hosen wieder angezogen und wollte gerade seinen Gürtel schließen. Elena hatte ihr Kleid an und lag mit dem Kopf in seinem Schoß. Er zeigte ihr den Gürtel. Sie setzte sich auf, um ihn näher zu betrachten.

Einst ein derber, fester Ledergürtel mit einer silbernen Schnalle, war er nun so abgewetzt und brüchig geworden, daß er jeden Moment zu zerreißen drohte. Das Ende war ganz ausgefranst, und dort, wo die Schnalle befestigt war, war das Leder so dünn wie ein Stück Stoff.

„Wie abgetragen mein Gürtel ist«, sagte Pierre. »Schade, ich trage ihn schon zehn Jahre.« Er sah ihn nachdenklich an. Während sie ihn betrachtete, wie er da saß mit seinem offenen Gürtel, kam ihr auf einmal die Erinnerung an den Augenblick, wo er die Hose fallen ließ. Er machte nämlich den Gürtel erst dann auf, wenn eine Liebkosung oder eine enge Umarmung sein Verlangen geweckt hatte und sein beengter Ständer ihm weh tat.

Es hatte stets jene Sekunde der Spannung gegeben, ehe er die Hose fallen ließ und sein Glied herausnahm, damit sie es anfassen konnte. Manchmal erlaubte er ihr, es herauszuholen. Wenn sie seine Unterhosen nicht schnell genug öffnen konnte, half er ihr dabei. Das schnappende Geräusch der Schnalle wirkte bei ihr als Auslöser, genauso wie jener Moment auf ihn wirkte, wenn sie aus ihrem Slip stieg oder die Strumpfbänder löste. Es war ein erotisches Signal.

Obwohl sie einen Augenblick zuvor noch ganz befriedigt war, hatte die Erregung sie wieder gepackt. Sie selbst wollte den Gürtel lösen, wollte, daß seine Hosen fielen, wollte noch einmal seinen Schwanz berühren. Wie er auf sie gezeigt hatte, als er vorhin das erstemal aus der Hose kam, wie er sich ihr entgegengereckt hatte, als hätte er sie wiedererkannt!

Auf einmal kam ihr der Gedanke an das Alter des Gürtels und daß Pierre ihn bereits besessen hatte, bevor sie zusammengekommen waren. Es gab ihr einen Stich, denn sie stellte sich vor, wie er den Gürtel löste – anderswo, zu anderer Stunde, für andere Frauen.

Heftige, plötzliche Eifersucht hatte sie gepackt, denn die Vorstellung wollte nicht weichen. Sie wollte ihm sagen: »Wirf doch den Gürtel weg, oder trage zumindest nicht immer denselben, den du für andere getragen hast. Ich schenke dir einen neuen.« Es war, als sei dieses sentimentale Hängen an dem alten Gürtel so etwas wie eine Anhänglichkeit an seine Vergangenheit, von der er sich nie ganz freimachen konnte. Sie sah in dem Gürtel ein Symbol für vergangene Gesten. Sie fragte sich, ob auch die Zärtlichkeiten dieselben gewesen waren.

Etwa eine Woche lang hatte Elena sich von ihm lieben lassen, hatte in seinen Armen fast die Besinnung verloren. Einmal hatte sie vor Verzückung geschluchzt. Nun glaubte sie zu bemerken, wie sich seine Stimmung veränderte. Er war nicht bei der Sache. Sie fragte ihn nicht. Sie deutete seine Geistesabwesenheit auf ihre Weise: Er dachte an seine politische Tätigkeit, die er um ihretwillen aufgegeben hatte. Mag sein, daß er darunter litt. Kein Mann vermochte es, ganz für die Liebe zu leben, nur Frauen konnten das. Ein Mann kann die Liebe niemals zum Lebenszweck machen, kann seine Tage nie ganz damit ausfüllen.

Sie dagegen hätte nur für die Liebe leben können. Während der Zeit, die sie nicht mit ihm zusammen war, kam sie sich wie betäubt vor. Sie hörte alles wie durch einen Schleier, sie war abwesend. Nur in seinem Zimmer kam sie wieder ganz zum Leben. Tagsüber, wenn andere Dinge sie in Anspruch nahmen, kreisten ihre Gedanken um ihn. Lag sie allein im Bett, rief sie sich seine Worte, seine Heiterkeit, die Lachfältchen in den Augenwinkeln, das eigenwillige Kinn, die blitzenden Zähne, die Lippen, die Worte des Verlangens formten, ins Gedächtnis zurück.

An jenem Nachmittag lag sie wieder in seinen Armen, sah die Wolken auf seiner Stirn, die verschleierten Augen: Sie konnte sich nicht auf ihn konzentrieren. In der Regel war beider Rhythmus der gleiche. Er spürte, wenn ihre Erregung stieg, sie spürte, wenn er so weit war. Auf eine rätselhafte Weise verstanden sie es, den Augenblick der Erfüllung hinauszuzögern. Meist fingen sie langsam an und steigerten dann das Tempo. Parallel damit stieg die Hitze ihres Blutes, die Wellen der Lust schlugen höher. Zusammen erreichten sie den Orgasmus, sein Schwanz zuckte und bebte, wenn er den Samen ausstieß, ihr Schoß erschauerte von den Pfeilen, die wie züngelnde Flammen in ihr Inneres drangen.

Auch heute wartete er auf sie. Sie bewegte sich seinen Stößen entgegen, drückte das Kreuz durch, aber sie kam nicht.

Er flehte: »Komm doch, Liebes. Komm, mein Schatz. Ich kann nicht länger warten. Komm!«

Dann entleerte er sich und fiel wortlos auf ihre Brust. Dort lag er nun, als hätte sie ihn geohrfeigt. Nichts konnte ihn so verletzen wie ihre Reaktionsunfähigkeit.

»Du bist grausam«, sagte er schließlich. »Weshalb hältst du dich jetzt zurück?«

Sie schwieg. Es bedrückte sie, daß Angst und Zweifel es so leicht vermocht hatten, sie von dem auszuschließen, was sie für ihren Besitz hielt. Selbst wenn es das letzte war, was sie besaß – sie wollte es haben. Aber eben weil sie fürchtete, es könnte ihr letzter Besitz sein, verschloß sie sich und beraubte sich der völligen Vereinigung mit ihm. Ohne den gleichzeitig erreichten Höhepunkt aber gab es keine wahre Vereinigung, kein absolutes Kommunizieren zwischen den beiden Körpern. Nachher, das wußte sie, würde sie sich die bittersten Vorwürfe machen. Sie würde unbefriedigt bleiben und den Stempel seines Körpers auf ihrem tragen.

Sie wollte den Akt im Geiste wiederholen, wollte sehen, wie er sich über sie beugte, wie sich ihre Beine miteinander verflochten, wollte sein Glied immer wieder in sie dringen sehen, wollte dabei sein, wie er wegsackte, als es vorüber war.

Sie wollte wieder den aufsteigenden Hunger in sich spüren, wollte das quälende Verlangen empfinden, ihn tief in sich zu fühlen. Ihr war die ungelöste Spannung vertraut, die entblößten, wachen, ungeschützten Nerven, das tobende Blut. Alles war auf einen Höhepunkt ausgerichtet, der dann aber nicht kam. Nachher konnte sie nicht schlafen. Sie spürte Krämpfe in den Beinen, sie schüttelten sie wie ein nervöses Rennpferd. Erotische Phantasien verfolgten sie die ganze Nacht.

»Woran denkst du?« wollte Pierre wissen, der sie beobachtet hatte.

»Daran, wie traurig ich bin, wenn ich dich verlassen muß und dir doch nicht ganz gehört habe.«

»Aber du hast doch außerdem noch etwas auf dem Herzen, Elena, etwas, das schon vorher da war und das ich wissen will.«

»Es war deine niedergedrückte Stimmung. Ich dachte, du könntest dich nach deiner früheren Tätigkeit gesehnt haben.«

»Also das war's. Das war's. Du wolltest dich darauf einstellen, daß ich dich wieder einmal verlasse. Nichts liegt mir ferner, im Gegenteil. Ich habe mich mit Freunden getroffen, die mir bei der Umstellung helfen wollen. Sie möchten mir beweisen, daß ich in Wirklichkeit überhaupt kein aktiver Revolutionär war. Entsinnst du dich an die Gestalt bei Gogol? An den Mann, der Tag und Nacht redete, aber niemals handelte? Der bin ich. Ich habe nur geredet.

Wenn das bewiesen werden kann, darf ich hierbleiben und frei sein. Und darum bemühe ich mich jetzt.«

Wie diese Worte auf Elena wirkten! Genauso stark wie ihre physischen Ängste um ihr sinnliches Selbst sie gelähmt, beherrscht hatten. Sie fürchtete sich. Sie wollte nun auf Pierre liegen und von ihm genommen werden. Sie wußte, daß seine Worte genügt hätten, um sie zu befreien. Mag sein, daß er es geahnt hatte; jedenfalls streichelte er sie weiter, ausdauernd. Er wartete, bis seine Finger in ihren feuchten Hautfalten seine Begierde wiederbelebten. Viel später, als sie im Dunkeln lagen, nahm er sie wieder, und jetzt war sie an der Reihe, ihren Orgasmus mit dem seinen kommen zu lassen, der so intensiv, so heftig, so schnell kommen wollte. Sie kamen gleichzeitig, sie schrien auf, und sie weinte vor Glück.

Von nun an war ihre Liebe in ein neues Stadium getreten; Elena kämpfte um den Sieg über die in ihr schlummernde Kälte, die ein einziges Wort, eine winzige Verwundung, ein kleiner Zweifel heraufbeschwören konnten, um ihre Verzückung zu zweit zu vernichten. Pierre dachte nur noch daran. Es war zu einer Manie geworden, denn er beobachtete ihre Stimmungen und Launen weit sorgfältiger als seine eigenen. Selbst wenn er Elena ganz besaß und sie sich liebten, suchte sein Blick nach einem Zeichen der Verdüsterung, die stets über ihnen hing. Er erschöpfte sich im Warten auf Elenas Orgasmus, er zögerte seinen Höhepunkt hinaus. Er lief Sturm gegen jenen unerobertcn Kern ihres Wesens, den sie zu jeder Zeit und nach Belieben vor ihm verschließen konnte. Nun begriff er die perverse Leidenschaft einiger Männer für frigide Frauen.

Die Zitadelle – die uneroberte jungfräuliche Frau: Der Eroberer in Pierre, der es nicht fertiggebracht hatte, an einer wirklichen Revolution teilzunehmen, widmete sich nun ganz diesem Feldzug. Ein für allemal sollte diese letzte, gegen ihn errichtete Bastion gestürmt werden. Aus ihren Liebesstunden wurde ein geheimer Zweikampf, eine Reihe von Kriegslisten.

Wenn sie sich stritten (und er stritt sich mit ihr wegen ihrer Freundschaft mit Miguel und Donald, weil diese, meinte er, sie liebten, indem sie dazu ihre beiden Körper benutzten), dann wußte er, daß sie ihm ihren Orgasmus vorenthielt. Er stürmte dagegen an, überschüttete sie mit den wildesten Zärtlichkeiten. Manchmal benahm er sich brutal, als wäre sie eine Hure, deren Willigkeit für Geld zu haben war. Dann wieder versuchte er es mit Zärtlichkeit. Er machte sich klein, ja, er wurde fast zu einem Kind in ihren Armen. Er umgab sie mit einer erotischen Atmosphäre, verwandelte das Zimmer in ein Liebesnest, das er mit Teppichen und Wandbehängen drapierte und mit Wohlgerüchen erfüllte. Er hoffte, Elena über ihre Empfänglichkeit für das Schöne, den Luxus, den Duft zu erreichen. Er kaufte ihr erotische Bücher, in denen sie gemeinsam lasen. So also war seine neueste Strategie: Er wollte sie sexuell derart erregen, daß sie seiner Berührung nicht widerstehen konnte. Während sie auf dem Sofa lagen und in den Büchern lasen, wanderten ihre Hände über ihre Körper, berührten die Stellen, die im Buch beschrieben wurden. Sie erschöpften sich in Exzessen aller Art, suchten jedes Lustempfinden, das je Liebende entdeckt hatten, befeuerten ihre Phantasie durch Worte, aufreizende Bilder und Beschreibungen neuer Stellungen. Pierre glaubte, in ihr einen derartigen Grad sexueller Besessenheit erzeugt zu haben, daß sie sich niemals wieder beherrschen könnte. Und es sah tatsächlich so aus, als wäre Elena erlegen. In ihren Augen funkelte nun ein sonderbares Feuer, und zwar nicht das des strahlenden Tages, sondern eher das brennende Flakkern einer Schwindsüchtigen, ein Fieber, so heftig, daß es Ringe um die Augen brannte.

Jetzt ließ er das Zimmer nicht mehr im Dunkel. Er wollte sehen, wie sie zu ihm kam mit diesem Fieber in den Augen. Es schien, als sei ihr Körper schwerer geworden. Ihre Brustwarzen waren immer hart, als befände sie sich in einem Zustand dauernder Erregung. Ihre Haut war so überempfindlich geworden, daß sie bei der Berührung seiner Finger zusammenzuckte. Ein Schauder lief ihr über den Rücken und brachte jeden Nerv zum Zittern. Dann legten sie sich beide bäuchlings und immer noch angezogen hin und blätterten in einem neuen Buch. Sie liebkosten sich mit den Händen. Sie küßten sich beim Anblick erotischer Bilder. Ihre aneinandergeschweißten Münder fielen auf gigantische Frauenhintern, auf weit gespreizte Beine, auf Männer mit riesigen, am Boden schleifenden Gliedern, die sich wie Hunde hingekauert hatten.

Das Bild einer gefolterten Frau, die von einem dicken Pfahl durchbohrt war, der in ihre Fotze spießte und ihr aus dem Mund wieder herauskam. Es war der Inbegriff sexueller Besitznahme. Das Bild erregte Elena. Als Pierre sie nahm, schien es ihr, als ob das durch seinen Mast vermittelte Glücksgefühl bis in ihren Mund dränge. Sie öffnete ihn und streckte die Zunge heraus, als wollte sie seinen Schwanz gleichzeitig im Mund haben.

Tagelang führte sich Elena wie eine Besessene, ja fast wie eine Wahnsinnige auf. Aber Pierre hatte gemerkt, daß ein Streit oder ein böses Wort von ihm immer noch ihren Orgasmus vereiteln, die erotische Flamme in ihren Augen ersticken konnte.

Als ihnen Erotika nichts Neues mehr zu bieten hatten, begaben sie sich auf ein anderes Gebiet, das der Eifersucht, des Schreckens, des Zweifels, des Zorns und des Hasses, Zustände, die Menschen manchmal erdulden, um die Fesseln, die sie aneinanderbinden, abzuwerfen.

Pierre wollte in Elena in ihr verborgene Persönlichkeiten lieben, diejenigen, die am zerbrechlichsten waren. Er beobachtete sie im Schlaf, während sie sich anzog, während sie sich vor dem Spiegel das Haar bürstete. Er suchte nach einem geistigen Schlüssel zu ihrer Identität, der ihm neue Formen der Liebe erschließen sollte. Er achtete nicht mehr darauf, ob sie einen Orgasmus erreicht hatte, und zwar aus dem einfachen Grund, weil Elena ihm ihre Lust nur vorspielte. Sie war zu einer vollendeten Schauspielerin geworden. Sie zeigte alle Symptome der Lust, die Scham pochte, der Atem ging rascher, der Pulsschlag erhöhte sich, das Herz klopfte. Dann kam das plötzliche Erschlaffen, das Wegsacken, der betäubende Nebel, der sie zu umgeben schien. Sie konnte alles simulieren: Für sie waren Lieben und Geliebtwerden so untrennbar mit ihrer Lust verbunden, daß sie mit atemlosen Gefühlen reagieren konnte, auch wenn sie dabei keine körperliche Lust empfand – sie konnte alles simulieren, außer eben jenem inneren, zuckenden Orgasmus. Dies aber, und das wußte sie, war mit einem Penis kaum zu fühlen. Sie hatte Pierres Bemühungen, sie stets zum Orgasmus zu treiben, als zerstörerisch und ihrer Liebe abträglich empfunden. Sie meinte, daß dies schließlich seinen Glauben an ihre Liebe untergraben und sie am Ende entzweien könnte. Deshalb hatte sie den Weg der Verstellung gewählt.

Und darum mußte sich Pierre eine neue Art des Liebeswerbens einfallen lassen. Sobald sie in sein Zimmer trat, verfolgte er jede ihrer Bewegungen: Wie sie Mantel und Hut ablegte, ihre Haare freischüttelte, welche Ringe sie trug. Er vermeinte, an all diesen Zeichen ihre Stimmung ablesen zu können. Und diese Stimmung bestimmte dann die Art und Weise seiner Eroberungstaktik. Heute war sie ein Kind, fügsam, nachgiebig, das Haar hing lose, der Kopf wie unter der Bürde des Lebens leicht gebeugt. Sie hatte weniger Make-up aufgelegt, gab sich unschuldig, trug ein bunt bedrucktes Sommerkleid. Er würde sie heute sanft streicheln, zärtlich, würde die Vollkommenheit ihrer Zehen bewundern und wie sie freistanden, wie die Finger einer Hand. Er würde ihre Knöchel betrachten, auf denen sich blaßblaue Äderchen abzeichneten, den kleinen bläulichen Fleck – wie eine Tätowierung – unterhalb ihres Knies, wo sie als Fünfzehnjährige, ein Schulmädchen in schwarzen Strümpfen, ein kleines Loch mit Tintenstift zugemalt hatte. Dabei war die Spitze abgebrochen und hatte ihre Haut lebenslang markiert. Er suchte nach einem abgebrochenen Fingernagel, damit er den Verlust beklagen konnte, damit er ihr sagen konnte, wie traurig der Finger aussähe neben den anderen, mit langen Nägeln geschmückten Fingern. Alle ihre kleinen Schmerzen grämten auch ihn. Er hielt das kleine Mädchen, das er so gerne gekannt hätte, an sich gepreßt. Er fragte: »Sag mir, hast du wirklich schwarze Baumwollstrümpfe getragen?«

»Wir waren sehr arm, und außerdem gehörten sie zu unserer Schuluniform.«

»Was hast du sonst noch getragen?«

»Matrosenblusen und dunkelblaue Faltenröcke, die ich gehaßt habe. Ich wollte mich so gerne elegant anziehen.«

»Und darunter?« fragte er und sah dabei so unschuldig aus, als hätte er sie gefragt, ob sie im Regen einen Regenmantel getragen hätte.

»Ich kann mich nicht genau an die Unterwäsche von damals erinnern – jedenfalls entsinne ich mich, daß ich Unterröcke mit Volants mochte. Leider mußte ich wollenes Unterzeug tragen und im Sommer weiße Baumwollunterröcke und Schlüpfer. Die Schlüpfer waren mir besonders zuwider, sie waren viel zu weit und pluderig. Damals träumte ich von Spitzenunterwäsche und starrte oft stundenlang die in den Schaufenstern ausgestellten Dessous an. Ich war wie verhext und stellte mir vor, ich träge Seide und Spitzen. Du hättest bestimmt nichts Verführerisches an der Unterwäsche kleiner Mädchen gefunden.«

Aber Pierre dachte, o doch, . . . er konnte sich gut vorstellen, in eine Elena mit schwarzen Baumwollstrümpfen verliebt zu sein.

Dann wieder wollte er wissen, wann sie das erstemal sexuelle Erregung empfunden hätte. Beim Lesen, erzählte ihm Elena, und dann, als sie auf einem Rodelschlitten talwärts gefahren sei und ein Junge auf ihr gelegen hätte, und dann, als sie sich in Männer verliebte, die sie nur von weitem kannte. Wenn sie näher kamen, fand sie jedesmal irgend etwas an ihnen, das ihr nicht gefiel, einen Mangel, der sie ernüchterte. Sie sehnte sich nach dem Unbekannten, dem Mann, der am Fenster stand, dem Mann, dem sie nur ein einziges Mal auf der Straße begegnet war, dem Mann, den sie einmal in einem Konzertsaal gesehen hatte. Nach einer solchen Begegnung ließ Elena ihr Haar ungekämmt und ungebürstet wirr um ihren Kopf stehen, sie vernachlässigte ihre Erscheinung, trug zerknitterte Kleidung und saß herum wie jemand, der nur mit Belanglosigkeiten und kleinen Kümmernissen beschäftigt war.

Danach streckte Pierre sich neben ihr aus, nahm ihre Hand und erzählte ihr aus seinem Leben. Er bot sich ihr als kleiner Junge an, der zu dem kleinen Mädchen paßte. Es schien, als wären bei jedem von ihnen die älteren Schalen einer reifen Persönlichkeit abgestreift worden wie irgendeine, später hinzugefügte Struktur, ein Überbau. Der Kern war sichtbar geworden.

Als Kind bereits war Elena, was sie neuerdings für ihn geworden war: eine Schauspielerin, eine Simulantin, ein Mensch, der in der Phantasie und in seinen Rollen lebte und niemals zugab, was er wirklich empfand.

Pierre war zeitlebens ein Rebell gewesen, unter Frauen aufgewachsen und ohne Vater, der auf See geblieben war. Die Frau, die bei ihm Mutterstelle vertrat, war sein Kindermädchen. Seine leibliche Mutter hatte sich bald mit einem anderen Mann getröstet. Ihrem Sohn gegenüber empfand sie nichts Mütterliches. Sie war die geborene Geliebte und behandelte ihren Sohn wie einen jungen Liebhaber. Sie verwöhnte ihn und ließ ihn jeden Morgen in ihr Bett kommen, in dem es noch Spuren eines anderen Mannes gab. Gemeinsam nahmen sie das vom Kindermädchen hereingebrachte Frühstück ein, das sich jedesmal aufregte, wenn der Junge in dem Bett lag, in dem noch kurz zuvor der Geliebte der Mutter gelegen hatte.

Pierre liebte seine üppige Mutter, das wollüstige, durch die Spitzen scheinende Fleisch, die Silhouette des sinnlichen Körpers, den die Chiffonnegligés kaum verhüllten, er liebte die abfallenden Schultern, die zierlichen Ohren, die mandelförmigen, ironischen Augen, die schimmernden, aus weiten Ärmeln kommenden Arme. Ihr ging es nur darum, aus jedem Tag ein Fest zu machen. Sie fand Leute nicht amüsant, die über Krankheit oder Unglück sprachen, und hielt sie von sich fern. Ging sie einkaufen, dann machte sie ein Fest daraus, als sei Weihnachten: Jeder in der Familie wurde beschenkt, jeder bekam eine Überraschung. Und für sich selbst kaufte sie sich das, wonach ihr gerade der Sinn stand. Oft war es ganz nutzloser Kram, der sich ansammelte, bis sie ihn wegschenkte.

Pierre wußte bereits als Zehnjähriger, wie ein Leben verlief, das nur aus einer Folge von Affären bestand. Er half ihr bei der Toilette, sah zu, wie sie sich die Achselhöhlen puderte und die Quaste in ihren Ausschnitt schob, sah, wie sie, nur halb von ihrem Kimono bedeckt, aus dem Bad kam, mit nackten Beinen, sah, wie sie sich die überlangen Strümpfe anzog. Sie liebte es, wenn die Strumpfbänder ganz hoch saßen, so daß der Strumpfrand beinahe in Hüfthöhe war. Während sie sich anzog, beschrieb sie Pierre den Mann, mit dem sie sich treffen würde. Da war der, dessen Noblesse sie bewunderte, der, dessen Charme sie liebte, der, der sich so ungezwungen gab, der, den sie für ein Genie hielt – als sollte Pierre eines Tages alle vier verkörpern.

Noch als Pierre schon zwanzig war, ließ sie es nicht zu, daß er Frauenbekanntschaften hatte, ja sie verbot ihm sogar den Besuch des Bordells. Die Tatsache, daß er Frauen bevorzugte, die ihn an seine Mutter erinnerten, machte keinerlei Eindruck auf sie. Wenn er ins Bordell ging, verlangte er von den Frauen, sich für ihn anzukleiden. Dabei mußten sie langsam und bedächtig vorgehen, um ihm ein obskures, schwer definierbares Vergnügen zu verschaffen – dasselbe, das ihm die Gegenwart der Mutter vermittelte. Sie mußten sich kokett gebärden und bestimmte Kleidung tragen. Die Huren fanden es lustig und ließen ihn gewähren. Während dieser Spiele überkam ihn oft eine wilde Gier: Er stürzte sich auf die Frauen und riß ihnen die Kleider vom Leibe. Es war wie eine Vergewaltigung.

Jenseits von diesen Jugenderinnerungen lagen Bereiche reifer Erfahrungen, von denen er Elena an jenem Tage nichts erzählte. Er gab ihr nur das Kind Pierre, dessen Unschuld und dessen Perversität.

Aber es gab auch Tage, an denen Bruchstücke seiner Vergangenheit, die am aufregendsten waren, an die Oberfläche kamen, jede seiner Gesten durchdrangen und seinen Augen jenen starren Blick verliehen, den Elena zuerst an ihm bemerkt hatte. Sein Mund wurde schlaff und hemmungslos, sein Gesicht war das eines Menschen, der alles erfahren hatte. Sie konnte Pierre dann bei einer seiner Huren sehen, als einen Menschen, der sich Armut, Schmutz und Verfall als einzige Kulisse für bestimmte Handlungen ausgesucht hatte. Dann kam der Strolch, der *voyou* zum Vorschein, der verkommene Mensch, der fähig war, drei Tage und drei Nächte lang durchzusaufen, und der sich jedem Erlebnis überließ, als wäre es sein letztes, der all sein Verlangen irgendeinem Monstrum von Frau schenkte, der sie begehrte, weil sie ungewaschen war, weil so viele Männer sie besessen hatten, weil ihre Sprache die Sprache der Gosse war. Es war die Sucht nach Selbsterniedrigung, nach dem Letzten, nach dem Jargon der Straße, den Frauen der Straße, der Gefahr. So hatte man ihn während einer Opiumrazzia festgenommen und ihn als Zuhälter verhaftet.

Dieser Hang zur Anarchie und Verderbtheit war es, was ihm zeitweilig den Ausdruck eines zu allem fähigen Mannes verlieh und Elenas Mißtrauen ihm gegenüber wachhielt. Zur selben Zeit aber spürte er, daß auch Elena das Dämonische, Verkommene gefiel, daß sie sich nach Erniedrigung sehnte, daß sie Lust hatte, ihr eigenes Idealbild zu entweihen und zu zerstören. Aber gerade weil er sie so liebte, ließ er es nicht zu, daß sie all das mit ihm gemeinsam erlebte. Er fürchtete, sie könnte dann irgendeinem Laster verfallen, einem Kitzel, den er ihr nicht geben konnte. Deshalb wurde die Tür, die zu dem bösen Element in ihnen führte, nur selten aufgestoßen. Sie wollte nicht wissen, was sein Mund, sein Körper, sein Organ getan hatte. Er wiederum fürchtete, Elenas abgründige Möglichkeiten zu entfesseln.

»Ich weiß«, sagte er, »daß du zu vielen Liebesverhältnissen fähig bist. Ich werde das erste sein, und von nun an wird dich nichts mehr an deiner Entfaltung hindern. Du bist so sinnlich, so sinnlich.«

»Aber man kann doch nicht so viele Male lieben«, protestierte sie. »Meine Sinnlichkeit muß jedesmal mit Liebe verquickt sein. Und echte Liebe erfährt man nicht oft.«

Er war auf ihre Zukunft eifersüchtig, sie auf seine Vergangenheit. Sie war sich ihrer fünfundzwanzig Jahre bewußt, spürte seine vierzig, stellte sich vor, daß er vieles erlebt und bereits abgetan hatte, was sie noch nicht erfahren konnte.

Als das Schweigen zwischen ihnen immer länger wurde und Elena auf seinem Gesicht keinen Ausdruck der Unschuld mehr wahrnahm, sondern nur ein müdes Lächeln, eine gewisse Verachtung, wußte sie genau, daß er an seine Vergangenheit dachte. Sie lag neben ihm und betrachtete seine langen Wimpern.

Nach einer Weile sagte er: »Elena, ehe ich dich kannte, war ich ein Don Juan, der niemals eine Frau richtig kennenlernen wollte. Bei keiner wollte ich bleiben. Ich hatte immer das Gefühl, eine Frau benutzt ihre Verführungskünste nicht etwa, weil sie eine leidenschaftliche Verbindung sucht, sondern weil es ihr um eine dauerhafte Bindung an einen Mann geht. Zum Beispiel eine Ehe oder zumindest ein Leben zu zweit, damit sie am Ende so etwas wie eine Versorgung bekommt. Sie will Frieden, Besitz. Und gerade das schreckte mich ab: daß in der *grande amoureuse* ein kleines Hausmütterchen verborgen war, das nur Sicherheit in der Liebe suchte. Was mich an dir so faszinierte, ist die Tatsache, daß du immer nur Geliebte geblieben bist. Du hast dir deine Leidenschaft, deine Liebeskraft bewahrt. Wenn du meinst, den Liebessieg nicht erringen zu können, bleibst du weg. Übrigens: Es ist nicht das Glücksgefühl, das ich dir vermitteln kann, was mich an dich fesselt. Du weist es zurück, wenn du unerfüllt geblieben bist. Aber du bist zu allem fähig, zu allem. Ich spüre das. Nichts im Leben ist dir fremd. Ich habe dir dein Leben geöffnet. Zum erstenmal bereue ich es, die Macht zu besitzen, Frauen dem Leben, der Liebe zu öffnen. Wie sehr ich dich liebe, wenn du dich weigerst, mit dem Körper zu kommunizieren, und neue Wege suchst, in das ganze Wesen des anderen einzudringen. Alles hast du getan, um meinen Widerstand gegen die Lust zu brechen. Es stimmt. Anfangs konnte ich deine Fähigkeit, dich zu verweigern, nicht ertragen. Es kam mir vor, als hätte ich meine Macht über dich verloren.«

Diesen Worten entnahm Elena eine Bestätigung für Pierres labilen Charakter. Sie klingelte nie mehr an seiner Haustür, ohne das Gefühl zu haben, er könnte verschwunden sein. In einem alten Wandschrank hatte er unter einem Haufen von Bettdecken eine Sammlung erotischer Bücher entdeckt, die die vorigen Bewohner zurückgelassen hatten. Nun empfing er Elena jeden Tag mit einer neuen Geschichte, um sie zu amüsieren, denn ihm war bewußt geworden, daß er sie traurig gemacht hatte. Er wußte anscheinend nicht, daß eine Verquickung von Eros und Zärtlichkeit bei einer Frau eine starke Bindung, ja fast eine Fixierung bewirkt. Elena war nur zu erotischen Phantasien fähig, die sie mit ihm und seinem Körper verknüpfte. Hatte sie sich einen dieser Guckkastenfilme auf den Boulevards angesehen, der sie erregte, brachte sie ihre Neugier oder ein neues Experiment mit zu ihrem nächsten Rendezvous. Sie hatte sich daran gewöhnt, ihm bestimmte Wünsche ins Ohr zu flüstern.

Pierre war jedesmal verblüfft über Elenas Bereitschaft, ihm Lust zu verschaffen, ohne selbst welche zu suchen. Es gab Zeiten, da er nach ihren Exzessen erschöpft, ausgelaugt, müde war. Trotzdem wollte er es noch einmal auskosten. Er erregte sie mit seinen Liebkosungen, mit seinen flinken Händen. Es war fast wie Masturbation. Inzwischen kreisten ihre eigenen Hände mit kundigen Fingerspitzen wie zarte Spinnen um seinen Schwanz, die verborgenste Nervenenden kitzelten. Langsam schlossen sich die Finger um das Glied, zuerst streichelten sie die fleischige Hülle, dann spürten sie das Blut hineinschießen, das leichte Anschwellen der Nerven, das plötzliche Anspannen der Muskeln, bewegten sich, als ob sie auf einem Saiteninstrument spielten. Der Grad der Anspannung verriet Elena, wann Pierre steif genug war, in sie einzudringen, sie wußte aber auch, wann er nur ihren sensiblen Fingern gehorchen, es mit der Hand gemacht haben wollte. Dann erlahmte durch die eigene, in ihm aufwallende Lust, die Tätigkeit seiner Hände auf ihrem Körper, er schloß die Augen und überließ sich ganz ihren Liebkosungen. Ein paarmal versuchte er wie im Schlaf, mit den Bewegungen seiner Finger fortzufahren, aber bald lag er wieder reglos da, um ihre raffinierten Spielereien, die wachsende Spannung, besser auskosten zu können. »Jetzt, jetzt«, murmelte er dann. »Jetzt!« Dann steigerte sie ihr Tempo, um mit dem Fieber, das in ihm pulsierte, Schritt zu halten. Ihre Finger bewegten sich im gleichen Rhythmus wie das stoßende Pochen des Blutes, und seine Stimme flehte: »Jetzt, jetzt, jetzt.« Dann gab es für sie nurmehr seine Lust, sie beugte sich über ihn, ihr Haar fiel ihr über das Gesicht, ihr Mund war seiner glänzenden Eichel nahe, ihre fliegenden Hände tanzten auf und ab, und jedesmal, wenn der glühende Kopf seines Schwanzes in die Reichweite ihrer Zunge kam, leckte sie ihn, so lange, bis ein Schauder seinen Körper durchlief und er sich aufbäumte, um von ihren Händen und ihrem Mund ganz verschlungen und ausgelöscht zu werden. Der Samen kam wie kleine Wellen, die sich am Meeresufer brachen, eine die andere überrollend, kleine Wellen salzigen Schaumes, die den Strand ihrer Hände benetzten. Dann umschloß sie das entleerte Pendel mit ihrem Mund, um voller Zärtlichkeit das unschätzbare Elixier der Liebe zu kosten.

Seine Lust machte ihr solche Freude, daß sie überrascht war, als er sie dankbar küßte und sagte: »Aber du, du hast doch nichts davon gehabt.«

»O doch«, entgegnete sie, und zwar mit einem Nachdruck, der ihm keinen Zweifel ließ.

Sie war entzückt, weil ihre Ekstase nicht nachlassen wollte, und fragte sich, wann in ihrer Liebe eine Ruhepause eintreten würde.

Pierre wurde langsam frei. Er war oft nicht zuhause, wenn sie anrief. Inzwischen traf sie sich mit Kay, einer langjährigen Freundin, die gerade aus der Schweiz zurückgekommen war. Im Zug hatte Kay einen Mann kennengelernt, den sie als eine Art jüngeren Bruder Pierres beschrieb. Kay hatte sich immer derart mit Elena identifiziert, war so sehr von Elenas Persönlichkeit beherrscht gewesen, daß nur eine Liebesaffäre, die der Elenas zumindest äußerlich ähnlich sah, sie ganz befriedigen konnte. Auch dieser Mann, sagte Kay, hätte einen Auftrag. Was das für ein Auftrag war, verriet sie nicht, aber er benutzte ihn als Vorwand, möglicherweise auch als Alibi, um von Zeit zu Zeit zu verschwinden oder einen ganzen Tag ohne Kay zu verbringen. Elena vermutete, Kay malte diesen »Bruder« von Pierre in lebhafteren Farben, als dieser sie in Wirklichkeit besaß. Zunächst stattete sie ihn mit einer abnormen Potenz aus, deren einziger Makel darin bestand, daß er unmittelbar nach dem Akt einschlief, ohne sich bei ihr zu bedanken. Mitten in einer Unterhaltung überkam ihn das Bedürfnis, sie zu vergewaltigen. Außerdem haßte er jegliche Art von Unterkleidung. Er brachte sie dazu, unter ihrem Kleid nackt zu sein. Sein Verlangen war so gebieterisch – und kam ohne Vorwarnung. Er konnte niemals warten. Mit ihm erlebte sie, wie er hastig ein Restaurant verlassen mußte, wie er sie in Taxis zerrte, um sie zu nehmen, hinter ein Gebüsch im Bois de Boulogne, wie sie ihn in dunklen Kinos auspumpen mußte – niemals, so schien es, liebten sie sich in einem bürgerlichen Bett, in dem warmen Komfort eines Schlafzimmers. Sein Verlangen war ausgesprochen ambulant und unkonventionell. Er bevorzugte teppichbelegte Böden, ja selbst die kalten Kacheln eines Badezimmerfußbodens; oder aber überhitzte türkische Bäder, Opiumhöhlen, wo er zwar nicht rauchte, aber wo er mit ihr gerne auf einer schmalen Matte lag, so daß ihnen hinterher alle Knochen weh taten. Kays Aufgabe war, sich allzeit seinen Launen anzupassen und dabei doch bei diesem rasanten Tempo auf ihre Kosten zu kommen, was leichter gewesen wäre, wenn er ihr etwas mehr Zeit dazu gelassen hätte.

Aber nein: Er liebte einfach dieses tropische Gewitter. Sie folgte ihm wie eine Schlafwandlerin, und Elena hatte den Eindruck, als stoße sie sich an ihm wie an einem Stück Möbel. Wenn es gar zu schnell und stürmisch zugegangen war und sie sich nicht ganz und gar unter seiner Vergewaltigung öffnen konnte, streckte sie sich neben ihm aus, während er schlief, und träumte von einem einfühlsameren Liebhaber. Sie schloß die Augen und dachte: Nun hebt er langsam, ganz langsam die Hand und fährt mir unters Kleid. Dabei schaut er mich unverwandt an. Die eine Hand ruht auf meinem Hintern, mit der anderen geht er auf Entdeckungsreisen, gleitet über mich, umkreist mich. Und nun taucht er den Finger dort hinein, wo es naß ist. Er faßt meine Möse an wie eine Frau ein Stück Seide begutachtet. Ganz zart.

Pierres Doppelgänger drehte sich auf die andere Seite. Kay hielt den Atem an. Falls er aufwachte, würde er sie mit den Händen in einer merkwürdigen Position finden. Dann plötzlich, als hätte er ihre Wünsche erraten, schob er die Hand zwischen ihre Beine und ließ sie dort liegen, so daß sie sich nicht bewegen konnte. Die Gegenwart seiner Hand steigerte ihre Erregung. Sie machte die Augen zu und stellte sich vor, daß sich die Hand bewegte. Um die Vorstellung zu steigern, zog sie die Muskeln ihrer Vagina rhythmisch zusammen und öffnete sie wieder, bis der Orgasmus kam.

Pierre hatte nichts von Elena zu befürchten, das heißt von der Elena, die er kannte und der er so geschickt ausgewichen war. Aber es gab noch eine andere Elena, die er nicht kannte: die männlich starke Elena. Obwohl sie weder einen männlichen Haarschnitt noch Männerkleidung trug, ritt, Zigarren rauchte oder sich in lesbischen Bars sehen ließ, gab es eine latent maskuline Elena.

Außer in der Liebe war Pierre in jeder anderen Beziehung hilflos. Er konnte weder einen Nagel in die Wand schlagen noch ein Bild aufhängen, ein Buch leimen oder auch nur über irgendwelche technischen Dinge diskutieren. Sein Alptraum waren Dienstboten, Portiersfrauen, Installateure. Er war unfähig, eine Entscheidung zu treffen oder einen wie auch immer gearteten Vertrag zu unterzeichnen: Er wußte nicht, was er wollte.

Elenas Energien wurden mobilisiert. Sie machte sich über viel mehr Dinge Gedanken als früher. Sie kaufte Bücher und Zeitungen, entwickelte Initiative, traf die notwendigen Entscheidungen. Pierre ließ es geschehen, denn es kam seiner Gelassenheit entgegen. Elena wurde immer selbständiger.

Allmählich gefiel sie sich in der Beschützerrolle. Sobald er seine sexuelle Aggressivität abreagiert hatte, legte er sich wie ein Pascha zurück und ließ sie regieren. Er übersah dabei, daß sie eine andere Elena mit neuen Konturen, neuen Gewohnheiten, einer neuen Persönlichkeit entwikkelt hatte. Elena entdeckte, daß sie auf Frauen wirkte.

Dann stellte Kay ihr Leila vor. Leila war eine bekannte Nachtklubsängerin, eine Frau, die eindeutig ihrem eigenen Geschlecht zugetan war. Sie besuchten sie. Leila lag im Bett. Im Zimmer hing der schwüle Duft von Narzissen. Leila hatte den Kopf träge und wie berauscht zurückgelehnt. Sie machte auf Elena den Eindruck, als wollte sie sich von einer durchzechten Nacht erholen, aber Leila lag immer so im Bett. Aus dem lässig hingestreckten Körper kam die Stimme eines Mannes. Dann hefteten sich die violetten Augen auf Elena und fixierten sie mit einem männlich-abschätzenden Blick. Die Tür öffnete sich, und Leilas Freundin Mary flog mit einem Rauschen ihrer weiten Seidenröcke ins Zimmer. Sie warf sich ungestüm über das Fußende des Bettes und nahm Leilas Hand in die ihre. Die beiden schauten einander mit einem derartigen Verlangen in die Augen, daß Elena wegsehen mußte. Leila hatte ausgeprägte Gesichtszüge, die Marys waren weich und verschwommen. Leilas Augen waren schwarz umrandet, wie die Augen auf ägyptischen Fresken. Mary dagegen war wie ein Pastellbild: blasse Augen, seegrüne Lidschatten, korallenfarbige Nägel und Lippen. Leilas Augenbrauen wuchsen natürlich, Marys bestanden aus einem dünnen Strich. Wenn sie einander ansahen, schien es, als lösten sich Leilas Gesichtszüge auf, und die Marys nahmen etwas von Leilas Bestimmtheit an. Aber ihre Stimme blieb unwirklich, ihre Sätze hingen in der Luft. Elenas Gegenwart verwirrte Mary. Doch anstatt feindselig oder gar eingeschüchtert zu reagieren, nahm Mary eine typisch weibliche Haltung ein. Sie wollte Elena bezaubern. Ihr gefiel die Art nicht, mit der sie Leila ansah. Sie setzte sich neben Elena auf einen Sessel und zog die Beine hoch wie ein kleines Mädchen. Während sie sprach, wandte sie ihr einladend den Mund entgegen. Aber gerade diese kindischen Affektiertheiten waren es, die Elena bei Frauen nicht ausstehen konnte. Darum wandte sie sich Leila zu, deren Gesten reif und unkompliziert waren.

Leila sagte: »Gehen wir doch alle ins Atelier. Ich ziehe mich inzwischen an.«

Sie sprang aus dem Bett und war auf einmal gar nicht müde. Sie war hochgewachsen und sprach im Argot der Pariser Unterwelt, wie ein Straßenjunge, aber dabei mit einer königlichen Kühnheit. Niemand wagte es, sie im gleichen Ton anzusprechen. Sie unterhielt nicht etwa die Besucher des Nachtklubs, sie regierte dort. Sie war zum magnetischen Zentrum in der Welt der Frauen geworden, die sich als von der Welt verkannt, als moralische Außenseiter betrachteten. Erst Leila hatte es vermocht, ihnen Stolz auf ihre Andersartigkeit einzuflößen, erst Leila hatte ihnen erklärt, daß man sich nicht vor kleinbürgerlichen Moralaposteln zu fürchten brauchte. Selbstmorde und Nervenzusammenbrüche wurden streng von ihr verurteilt. Sie wollte, daß die Frauen stolz auf ihr Lesbiertum waren. Sie lebte es ihnen vor. Trotz polizeilicher Vorschriften trug sie Männerkleidung. Nie hatte man sie deshalb belästigt. Sie tat es mit Eleganz und Gelassenheit, war dabei so aristokratisch, daß selbst Leute, die sie nicht kannten, automatisch den Hut zogen. Es war ihr Verdienst, daß andere Frauen den Kopf hochtrugen. Sie war die einzige maskuline Frau, die von den Männern als Kamerad behandelt wurde. Wenn sich hinter ihrer glatten Fassade ein Drama verborgen hielt, so machte es sich in ihren Liedern Luft, mit denen sie den Menschen ihren Seelenfrieden raubte und überall Angst, Reue und Nostalgie verbreitete.

Im Taxi, neben ihr, verspürte Elena nicht ihre Kraft, sondern ihre geheime Verwundbarkeit. Sie wagte eine Geste der Zärtlichkeit und nahm die königliche Hand und hielt sie fest. Leila jedoch ließ sie nicht einfach so liegen, sondern beantwortete den Druck mit nervöser Kraft.

Elena wußte sofort, was dieser Kraft bisher versagt geblieben war: Erfüllung. Die weinerliche Stimme von Mary, ihre allzu offenen Tricks – wie konnte das jemanden wie Leila zufriedenstellen? Frauen waren mit Männern niemals so tolerant wie ihren eigenen Geschlechtsgenossinnen gegenüber, die sich in der Rolle des hilflosen Weibchens gefielen, weil sie hofften, so eine aktive Liebe zu erwecken. Leila, dachte Elena, mußte mehr leiden als ein Mann, denn sie durchschaute Frauen. Man konnte ihr nichts vormachen.

Im Atelier herrschte ein sonderbarer Geruch wie angebrannter Kakao und frische Trüffeln. Die Frauen gingen in einen Raum, der einer rauchgeschwängerten Moschee glich. Es war ein riesiges Zimmer mit einer Galerie und Alkoven, die nur mit einer Matte und kleinen Lampen ausgestattet waren. Alle trugen Kimonos; auch Elena bekam einen. Dann begriff sie: Sie befand sich in einer Opiumhöhle. Das Licht war gedämpft, die Menschen lagen apathisch herum und nahmen keine Notiz von den Neuankömmlingen. Es herrschte absoluter Friede, man unterhielt sich nicht, nur ab und zu stieg ein Seufzer auf. Einige Paare, bei denen das Opium erotisierend gewirkt hatte, lagen aneinandergeschmiegt in den dunklen Ecken und schienen zu schlafen. Dann erhob sich eine Frauenstimme. Zuerst klang es wie ein Lied, aber dann wurde es zu einer Art Sprechgesang, wie der Ruf eines exotischen Vogels, den man in der Paarungszeit überrascht hatte. Zwei junge Männer hielten einander umarmt und flüsterten sich etwas ins Ohr.

Elena hörte, wie ab und zu Kissen auf den Boden fielen, vernahm das Geräusch von knisternder Seide. Der Sprechgesang der Frau wurde deutlicher, lauter, erhob sich zugleich mit ihrer steigenden Lust und war dann ebenmäßig in seinem Rhythmus, daß Elena ihn unwillkürlich mit einem Nicken ihres Kopfes begleitete, bis er auf dem Höhepunkt angelangt war. Dann bemerkte sie, daß die Kadenz Leila zu irritieren schien. Sie wollte sie nicht hören. Sie war so eindeutig, so feminin, so typisch für das weiche Kissen weiblicher vom männlichen Speer durchbohrter Liebe, die jeden Stoß in die ekstatische Wunde mit einem kleinen Schrei der Lust begleitet. Was auch immer Frauen miteinander tun, es wird ihnen nie gelingen, dieses Crescendo, diesen vaginalen Gesang hervorzubringen. Nur die Folge von Stößen, der fortgesetzte Angriff des Mannes, konnte so etwas erzeugen.

Die drei Frauen ließen sich nebeneinander auf die kleinen Matten fallen. Mary wollte dicht bei Leila liegen, aber diese ließ es nicht zu. Der Hausherr bot ihnen Opiumpfeifen an. Elena lehnte ab. Die verschleierten Lampen, die rauchige Luft, die exotischen Wandbehänge, die Gerüche und das gedämpfte Flüstern hatten sie genügend berauscht. Ihr Gesichtsausdruck war so verzückt, daß Leila glaubte, Elena stünde bereits unter dem Einfluß einer Droge. Es war ihr entgangen, daß der Druck ihrer Hand im Taxi Elena in einen Zustand versetzt hatte, der sich nicht mit dem, den Pierre je in ihr hervorgerufen hatte, vergleichen ließ.

Anstatt direkt ins Zentrum ihres Körpers zu treffen, hatten Leilas Stimme und Berührung Elena in einen wollüstigen Mantel ganz neuer Empfindungen gehüllt und in ihr eine Spannung erzeugt, die sich nach keiner Lösung, sondern nur nach einer Verlängerung sehnte. Sie war wie dieser Raum mit seinen rätselhaften Lichtern, seinen betäubenden Gerüchen, seinen dunklen Nischen, seinen nur zu ahnenden Gestalten und deren geheimnisvollen Freuden. Ein Traum. Opium hätte Elenas Sinne nicht wirksamer erweitern, ihr kein intensiveres Bewußtsein der Lust schenken können.

Sie streckte die Hand nach Leila aus. Mary rauchte bereits und hatte die Augen geschlossen. Leila hatte sich zurückgelegt und sah Elena unverwandt an. Sie nahm die ausgestreckte Hand, hielt sie eine Zeitlang fest und führte sie dann unter ihren Kimono. Sie legte sie auf ihre Brüste. Elena streichelte sie. Leila hatte ihr Schneiderkostüm, das sie unter dem Kimono anbehalten hatte, geöffnet. Sie trug keine Bluse. Aber ihr Unterleib steckte in einem sehr engen Rock. Dann spürte Elena Leilas Hand, wie diese ihr behutsam und sanft unters Kleid griff und nach dem Hautstreifen zwischen dem oberen Rand der Strümpfe und ihrem Höschen tastete. Elena drehte sich vorsichtig auf die linke Seite, so daß sie den Kopf auf Leilas Brust legen und sie küssen konnte.

Sie hatte Angst, Mary könnte aufwachen und es ihr übelnehmen. Von Zeit zu Zeit sah sie sie an. Leila lächelte. Dann beugte sie sich herunter zu Elena und flüsterte: »Wir werden uns treffen und zusammen sein. Willst du? Möchtest du morgen zu mir in die Wohnung kommen? Mary wird nicht da sein.«

Elena lächelte, nickte zustimmend, stahl noch einen Kuß und legte sich zurück. Aber Leila zog ihre Hand nicht weg. Sie beobachtete Mary und fuhr fort, Elena zu liebkosen. Elena verging unter dem Spiel ihrer Finger.

Stunden später kam es ihr vor, als hätten sie nur einen Augenblick so dagelegen. Dann aber spürte sie, wie kalt es im Atelier geworden war, und sah, daß der Morgen dämmerte. Überrascht sprang sie auf. Die übrigen schienen zu schlafen. Elena schlüpfte in ihren Mantel und verließ das Atelier. Die frische Morgenluft belebte sie. Sie mußte sich jemandem anvertrauen. Zufällig befand sie sich in der Nähe von Miguels Studio. Miguel und Donald lagen im Bett und schliefen. Sie weckte Miguel und setzte sich auf das Fußende des Bettes. Sie sprach, aber Miguel konnte sie kaum verstehen. Er hielt sie für betrunken.

»Weshalb ist meine Liebe zu Pierre nicht stark genug, um mich zurückzuhalten?« fragte sie immer wieder. »Warum treibt sie mich in neue Liebesabenteuer, in Abenteuer mit einer Frau? Warum?«

Miguel lächelte. »Warum fürchtest du dich vor einem kleinen Umweg? Es bedeutet nichts, es wird vorbeigehen. Pierres Liebe hat deine wahre Natur erweckt. Du bist voll von Liebe, du wirst viele Menschen glücklich machen.«

»Aber ich will das doch nicht, Miguel. Ich will ganz bleiben.«

»Das ist kein so schwerer Verrat, Elena. In der anderen Frau suchst du ja nur immer wieder dich selbst.«

Sie ging nach Hause, badete, ruhte sich aus und ging dann zu Pierre. Er war in sehr zärtlicher Stimmung, in der Tat so zärtlich, daß er ihre geheimen Ängste zerstreute. Sie schlief in seinen Armen ein.

Leila wartete vergebens. Ein paar Tage lang verdrängte Elena jeden Gedanken an Leila und konzentrierte sich darauf, von Pierre immer neue Beweise seiner Liebe zu bekommen. Sie wollte ganz von ihm eingeschlossen sein, sie wollte davor bewahrt werden, Seitenwege zu erforschen.

Er merkte bald, daß mit ihr etwas nicht stimmte. Instinktiv hielt er sie zurück, wenn sie sich früher als gewöhnlich verabschieden wollte. Er hinderte sie daran, ihn zu verlassen.

Dann aber stellte Kay Elena den Bildhauer Jean vor, einen Mann mit einem weichen, weiblichen, ansprechenden Gesicht. Trotzdem liebte er nur Frauen. Elena verhielt sich ablehnend. Er bat sie um ihre Adresse. Als er sie besuchen kam, sprach sie von nichts anderem als ihrem Widerwillen gegen jegliche Art von Intimität.

Er entgegnete: »Es geht mir um etwas Schöneres, Wärmeres.«

Sie bekam es mit der Angst zu tun. Sie verhielt sich noch distanzierter. Beiden schien es peinlich zu sein. Sie dachte: »Jetzt habe ich es verdorben. Er wird nicht wiederkommen.« Und sie bereute es. Sie fühlten sich auf seltsame Weise zueinander hingezogen.

Er schrieb ihr einen Brief: »Als ich Sie verließ, kam ich mir vor wie neugeboren. Ich war geläutert. Wie bringt man es fertig, ein neues Selbst zu gebären, ohne es überhaupt zu wollen? Ich will Ihnen beschreiben, was mir einmal passiert ist. Ich stand an einer Londoner Straßenecke und besah mir den Mond. Ich starrte ihn so unverwandt an, daß er mich hypnotisierte. Ich weiß nicht mehr, wie ich viele, viele Stunden später nach Hause gelangt bin. Seitdem habe ich gedacht, ich hätte meine Seele dem Mond verschrieben. Genau das haben Sie bei mir bewirkt, als ich bei Ihnen war.«

Als sie das las, hörte sie wieder seine melodiöse Stimme, spürte seinen Charme. Er sandte ihr noch mehr Briefe mit Stücken von Bergkristall, einem ägyptischen Skarabäus. Sie ließ die Briefe unbeantwortet.

Sie spürte seine Anziehungskraft, aber die Nacht, die sie mit Leila verbracht hatte, war ihr warnend im Gedächtnis geblieben. Sie war damals zu Pierre zurückgekehrt, wie jemand, der eine lange Reise hinter sich hat und dem der andere fremd geworden ist. Jedes Band zwischen ihnen mußte erneut geknüpft werden. Die Trennung war es, vor der sie Angst hatte, die Entfremdung zwischen ihrer wahren Liebe und ihrem Selbst.

Eines Tages stand Jean vor ihrer Haustür. Er hatte sie abgefangen, als sie gerade das Haus verließ. Er bebte, er war bleich vor Erregung, er hatte nicht schlafen können. Sie war böse, weil er die Kraft besaß, sie zu verwirren.

Der Zufall wollte es, daß sie beide in Weiß waren. Der Sommer umfing sie. Sein Gesicht war weich, der Aufruhr in seinem Blick hielt sie gefangen. Er lachte wie ein Kind, hell und unbeschwert. Sie fühlte Pierre in sich, spürte, wie er nach ihr griff, sich an sie klammerte, sie zurückhielt. Sie schloß die Augen, um Jean nicht ins Gesicht zu sehen. Sie glaubte, sich nur angesteckt zu haben – angesteckt mit seiner Leidenschaft.

Sie setzten sich in ein einfaches Café. Die Kellnerin hatte ein wenig Absinth verschüttet. Verärgert bestand er darauf, daß der Tisch abgewischt wurde, als sei Elena eine Prinzessin.

Elena sagte: »Ich komme mir ein wenig vor wie der Mond, der einen Augenblick lang von Ihnen Besitz ergriffen hatte und der Ihnen dann Ihre Seele zurückgab. Sie sollten mich nicht lieben. Man darf sich nicht in den Mond verlieben. Wenn Sie mir zu nahekommen, werde ich Ihnen weh tun.«

Aber sie las in seinen Augen, daß sie ihm bereits weh getan hatte. Er wich ihr nicht von der Seite, begleitete sie fast bis an die Tür von Pierres Apartment-Haus.

Pierres Gesicht sprach Bände. Er hatte sie auf der Straße gesehen und war ihnen von dem Café bis nach Hause gefolgt. Er hatte jede Geste, jeden Ausdruck mitbekommen, die sie gewechselt hatten. Er sagte: »Zwischen euch beiden hat es recht viele verräterische Gesten gegeben.«

Er sah dabei aus wie ein wildes Tier: Das Haar hing ihm in die Stirn, der Blick war ganz verstört. Eine geschlagene Stunde lang war er so verdüstert, außer sich vor Zorn und Zweifel. Sie beschwor ihn, beschwor ihn mit Liebe, nahm seinen Kopf an ihre Brust und beruhigte ihn schließlich. Am Ende war er so erschöpft, daß er einschlief. Sie glitt aus dem Bett und stand einen Augenblick am Fenster. Der Charme des Bildhauers verblaßte, alles verblaßte angesichts von Pierres Eifersucht. Sie dachte an Pierres Fleisch, an seinen Geruch, an die Liebe zwischen ihnen. Gleichzeitig aber hörte sie Jeans Lachen, kindlich, vertrauend, empfindsam, und stellte sich Leilas starke Reize vor. Sie hatte Angst. Sie hatte Angst, weil sie nun nicht mehr fest an Pierre gebunden war, sondern an eine fremde Frau, die nur da lag und auf sie wartete, gefügig, offen, ausgebreitet. Pierre wachte auf. Er streckte die Arme aus und sagte: »Es ist vorüber.«

Sie brach in Tränen aus. Sie wollte ihn beschwören, sie einzuschließen, damit keiner sie fortlocken könnte. Sie küßten sich leidenschaftlich. Er spürte ihr Verlangen und schloß sie mit einer derartigen Kraft in die Arme, daß ihre Knochen krachten. Sie lachte und rief: »Du erstickst mich ja!« Ein mütterliches Gefühl hatte sie überwältigt, ein Gefühl, als müßte sie ihn vor jeglichem Schmerz bewahren. Er dagegen schien sie für immer besitzen zu wollen. Seine Eifersucht hatte in ihm eine Art Besessenheit erzeugt. Der Saft stieg mit einer solchen Macht in ihm hoch, daß er nicht auf sie warten wollte. Aber sie teilte diese Lust nicht, sah sich eher als Mutter, die ihr Kind abschirmt, es behütet, es einlullt, es beschützt. Sie verspürte kein sexuelles Verlangen, sondern nur den Wunsch, sich aufzutun, zu empfangen, zu umschließen.

Es gab Tage, da sie Pierre kraftlos, passiv, unsicher und mit trägem Körper vorfand, Tage, an denen er nicht einmal genug Energie aufbrachte, sich anzuziehen, geschweige denn aus dem Haus zu gehen. Dann fühlte sie sich stark und aktiv. Im Halbschlaf überkam sie ein merkwürdiges Gefühl. Schlafend schien er ihr so verletzlich. Ihre Stärke kam wieder. Sie wollte in ihn eindringen wie ein Mann, sie wollte ihn besitzen. Sie wollte ihn wie mit einem Dolchstoß aufspießen.

So lag sie da, zwischen Schlafen und Wachen. Sie identifizierte sich mit seinem Geschlecht, stellte sich vor, sie wäre er geworden und nähme ihn, wie er sie genommen hatte.

Dann fiel sie wieder in die Kissen zurück, wurde wieder sie selbst – Meer und Sand und Feuchtigkeit. Dann war keine Umarmung zu heftig, zu brutal, zu tierisch. Wenn sie auch nach Pierres Eifersuchtsszene einander noch leidenschaftlicher liebten, so waren doch Zweifel in der Luft geblieben. Ihre Gefühle füreinander waren in Aufruhr geraten, Feindseligkeit, Verwirrung und Schmerz waren zurückgeblieben. Elena wußte nicht, ob ihre Liebe eine neue Wurzel geschlagen oder aber ein Gift absorbiert hatte, das ihren Verfall beschleunigte.

Lag etwa eine perverse Lust darin, die ihr entgangen war, wie ihr die vielfältigen Masochismen der anderen entgangen waren, die unter Niederlagen, Miseren, unter Armut, Demütigung, Fehlschlägen und Versagen litten? Pierre hatte einmal gesagt: »Meine lebendigsten Erinnerungen knüpfen sich an erlittene Schmerzen. Die angenehmen Augenblicke habe ich vergessen.«

Dann kam Kay, um Elena zu besuchen, eine neue, strahlende Kay. Ihre Pose, das Leben zwischen mehreren Geliebten zu verbringen, war endlich Wirklichkeit geworden. Sie kam, um Elena zu berichten, daß sie ihr Leben zwischen ihrem übereiligen Liebhaber und einer Frau teilte. Sie saßen auf Elenas Bett, rauchten und redeten. Kay sagte: »Du kennst die Frau. Es ist Leila.«

Elena dachte unwillkürlich: Also Leila liebt wieder einmal ein Frauchen. Wird sie jemals einen ebenbürtigen Menschen lieben können, jemanden, der es mit ihr an Stärke aufnimmt? Sie spürte einen Stich der Eifersucht. Sie wollte Kays Stellung einnehmen, sie wollte von Leila geliebt werden.

Sie fragte Kay: »Wie ist es, wenn man von Leila geliebt wird?«

»Unbeschreiblich wunderbar, Elena. Etwas Unvorstellbares. Zuerst einmal weiß sie jedesmal genau, was ich will, in welcher Stimmung ich bin, wonach ich mich sehne. Sie irrt sich nie. Sie braucht mich nur anzusehen, wenn ich zu ihr komme, und sie weiß es. Sie nimmt sich so viel Zeit zur Liebe. Sie schließt mich ein an irgendeinem wunderbaren Ort – es muß ein wunderbarer Ort sein, darauf besteht sie. Einmal mußten wir ein Hotelzimmer nehmen, weil Mary in ihrer Wohnung war. Das Licht war so grell. Sie hängte ihre Unterwäsche darüber. Zuerst liebt sie meine Brüste. Wir küssen uns manchmal stundenlang. Sie wartet, bis wir beide ganz betrunken sind von lauter Küssen. Dann müssen alle Kleider verschwinden. Wir liegen aneinandergepreßt, rollen übereinander, küssen uns immer noch. Sie setzt sich rittlings auf mich, als sei ich ein Pferd, und bewegt sich auf mir, reibt sich an mir. Sie läßt mich aber nicht kommen. Bis es tatsächlich nicht mehr zu ertragen ist. Solch ein überlanges, absichtlich verlängertes Liebesspiel, Elena! Meine Haut prickelt, ich will mehr.«

Nach einer Weile fügte sie hinzu: »Wir haben uns über dich unterhalten. Sie wollte wissen, wie es um dein Liebesleben steht. Ich habe ihr gesagt, daß es für dich nur Pierre gibt.«

»Was hat sie geantwortet?«

»Sie hat behauptet, sie kenne Pierre nur als Liebhaber von Frauen wie die Hure Bijou.«

»Pierre hat Bijou geliebt?«

»Nun ja, ein paar Tage lang.«

Die Vorstellung von Pierre im Bett mit der berühmten Bijou verdrängte die Vorstellung von Leila und Kay. Einen Tag lang war sie erfüllt von Eifersucht. Würde aus der Liebe nichts als eine lange Folge von Eifersüchteleien werden? Jeden Tag erschien Kay mit neuen Einzelheiten, denen Elena nicht ausweichen konnte. Während Kay davon berichtete, haßte sie deren Weiblichkeit, liebte Leilas Männlichkeit. Sie ahnte Leilas Sehnsucht nach Erfüllung, spürte ihre Enttäuschung. Sie stellte sich vor, wie Leila ihr seidenes Männerhemd anzog und die silbernen Manschettenknöpfe befestigte. Sie wollte wissen, wie ihre Unterwäsche aussah. Sie wollte Leila beim Anziehen zusehen. Elena kam es vor, als ob, ähnlich wie der passive Homosexuelle für den aktiven Partner zu einer Karikatur der Frau wurde, Frauen, die sich einer dominierenden lesbischen Liebe unterwarfen, zu Karikaturen aller unattraktiven weiblichen Eigenschaften wurden. Kay war ein gutes Beispiel dafür: Sie übertrieb ihre Launenhaftigkeit, sie liebte sich narzißtisch durch Leila. Außerdem verstand sie es, Leila zu quälen, wie sie niemals einen Mann zu quälen gewagt hätte, weil sie spürte, daß die Frau in Leila ihr verzeihen würde.

Elena war zu der Überzeugung gelangt, daß Leila unter der Durchschnittlichkeit der von ihr geliebten Frauen litt. Die Beziehung könnte niemals wahre Größe erreichen, denn ihr haftete der Mangel der Infantilität an.

So erschien Kay zum Beispiel bei ihr und aß Bonbons aus der Tüte, wie ein Schulmädchen. Oder sie machte einen Schmollmund, sie zierte sich, ehe sie in einem Restaurant etwas bestellte, sie überlegte es sich anders und änderte ihre Bestellung, sie spielte die *cabotine*, die Frau mit den unwiderstehlichen Kapricen. Elena ging Kay aus dem Wege, denn sie hatte begriffen, welche Tragödie hinter Leilas Liebesbeziehungen stand. Leila hatte eine neue Geschlechtlichkeit bekommen – jenseits von Mann und Frau. Für Elena war Leila zu einer mythischen Gestalt herangewachsen, übergroß, unwirklich. Leila verfolgte sie.

Einem vagen Impuls gehorchend, beschloß sie, in einen englischen Tea-Room zu gehen, der über einem Buchladen in der Rue de Rivoli lag und ein Treffpunkt für Homosexuelle beiderlei Geschlechts war. Sie saßen in getrennten Gruppen: einsame ältere Herren auf der Suche nach jungen, männlichen Partnern, ältere Lesbierinnen, die die Bekanntschaft von jungen Frauen machen wollten. Das

Licht war gedämpft, der Tee aromatisch, der Kuchen raffiniert.

Als Elena hereinkam, sah sie Miguel und Donald an einem Tisch sitzen und setzte sich zu ihnen. Donald spielte gerade seine Hurenrolle. Er wollte anscheinend Miguel beweisen, daß es den Männern gefiel und daß er ohne weiteres für seine Gunst kassieren konnte. Er war aufgeregt, denn ein sehr distinguiert aussehender grauhaariger Engländer, der bekannt war, großzügig für sein Vergnügen zu bezahlen, starrte Donald unverwandt an. Dieser ließ alle seine Verführungskünste spielen und benahm sich wie eine Frau, die ihr Gesicht hinter einem Schleier versteckt. Miguel gefiel es nicht. Er sagte: »Wenn du wüßtest, was dieser Mann von seinen Bubis verlangt, würdest du aufhören, mit ihm zu flirten.«

»Was denn?« wollte Donald wissen.

»Willst du es wirklich wissen?«

»Ja, ich will es wissen.«

»Er will nur, daß die Jungens sich unter ihn legen. Er hockt sich dann über ihr Gesicht und bedeckt es mit – du weißt schon.«

Donald zog eine Grimasse und besah sich den grauhaarigen Mann. Er wollte es nicht glauben: diese aristokratische Gepflegtheit, dieses gutgeschnittene Gesicht. Und mit welcher Eleganz er die Zigarettenspitze hielt, wie verträumt, ja romantisch sein Blick war. Konnte so ein Mann wirklich einen solchen Akt begehen? Donald beschloß, sein provozierendes Flirten einzustellen.

Dann kam Leila herein, sah Elena und setzte sich zu ihr an den Tisch. Sie kannte Miguel und Donald. Sie liebte Donalds pfauenhaftes Schillern – sein sich Schmücken mit Federschmuck, imaginären Farben, die er nicht besaß, denn er hatte ja nicht die gefärbten Haare, getuschten Augenwimpern, rotlackierten Fingernägel der Frauen. Sie lachte mit Donald, bewunderte Miguels Anmut, wandte sich dann an Elena und tauchte ihre dunklen Augen in Elenas tiefgrüne.

»Wie geht es Pierre? Weshalb bringen Sie ihn nie mit ins Atelier? Sie sind niemals in den Club gekommen, um mich singen zu hören. Ich trete jeden Abend gegen elf Uhr dort auf.«

Eine Weile später sagte sie: »Dürfte ich Sie ein Stück in meinem Wagen mitnehmen?«

Zusammen verließen sie das Lokal und stiegen in den Fond von Leilas schwarzer Limousine. Leila beugte sich über Elena und bedeckte ihren Mund mit einem unendlich langen Kuß ihrer vollen Lippen. Elena verlor fast die Besinnung.

Die Hüte fielen ihnen vom Kopf, als sie sich gegen die Rückenpolster warfen. Leila verschlang sie. Elenas Mund fiel auf Leilas Kehle, auf den Ausschnitt ihres schwarzen Kleides, das zwischen den Brüsten offen war. Sie brauchte nur die Seide mit dem Mund beiseite zu schieben, um den Ansatz der Brüste zu fühlen.

»Wirst du mir noch einmal entfliehen?« fragte Leila.

Elena preßte ihre Finger auf Leilas seidenumspannte, reife Hüften, ertastete die üppigen Schenkel, streichelte sie. Die unwiderstehliche Glätte der Haut und der Seide flossen ineinander. Sie spürte die kleine Erhebung des Strumpfbandes. Sie wollte Leilas Knie auseinanderdrükken, und zwar auf der Stelle. Leila gab dem Fahrer eine Anweisung, die Elena nicht verstand. Der Wagen änderte seine Richtung. »Du wirst entführt«, sagte Leila und lachte tief.

Ohne Hut und mit wirrem Haar gingen sie in eine verdunkelte Wohnung, in der die Jalousien gegen die Hitze des Sommers heruntergelassen waren. Leila führte Elena bei der Hand in ihr Schlafzimmer. Sie ließen sich beide gleichzeitig auf das luxuriöse Bett fallen. Wieder Seide, Seide unter ihren Fingern, Seide zwischen den Beinen, seidige Schultern, Hälse, Haare. Seidige, unter den Fingern bebende Lippen. Es war wie die Nacht in der Opiumhöhle. Die Zärtlichkeiten dehnten sich, die wollüstige Spannung blieb kunstvoll erhalten. Jedesmal, wenn bei der einen oder anderen der Höhepunkt nahte und sie sich schneller bewegten, nahmen entweder Leila oder Elena das Küssen wieder auf. Es war ein Bad der Liebe, wie man es sich in einem ununterbrochenen Traum vorstellte und wo die Nässe Geräusche machte wie Regentropfen zwischen den Küssen. Leilas Finger waren kräftig und herrisch wie ein Penis, ihre bohrende Zunge kannte die Verstecke, wo die Nerven besonders empfindlich waren. Statt eines einzigen Lustzentrums schien Elenas Körper nun Tausende von erogenen Öffnungen zu besitzen. Alle waren gleichermaßen aufgepeitscht; jede Hautzelle war ein vergrößerter Mund. Selbst das Fleisch ihres Armes öffnete und schloß sich unter Leilas wollüstiger Zunge. Sie stöhnte auf. Leila biß sie ins Fleisch, als wollte sie ihr ein noch lauteres Stöhnen entringen. Ihre Zunge zwischen Elenas Schenkeln war wie ein Dolchstoß, behende und scharf. Als dann die Erlösung kam, war sie so erschütternd, daß beide von Kopf bis Fuß erbebten.

Elena träumte von Pierre und Bijou. Die üppige Bijou, die Hure, das Weibtier, die Löwin, strahlende Göttin des Überschwanges, ihr Fleisch ein Bett der Wollust - in jeder Pore, jeder Kurve. Im Traum griffen ihre Hände nach ihr, ihr Fleisch brandete in gigantischen Wellen, gärte, war durchtränkt von Feuchtigkeit, gefaltet in viele wollüstige Schichten. Bijou lag immer passiv und reglos da und wachte nur auf, wenn der Augenblick der Liebe kam. Ausdünstungen des Verlangens sickerten wie silberne Schatten ihre Beine entlang, flossen um die wie eine Violine geformten Hüften, liefen herunter und stiegen wieder auf mit dem Klang nasser Seide.

Elena sah sie überall, in dem engen Rock der Straßendirne, auf Beute erpicht, lauernd. Pierre hatte ihren obszönen Gang geliebt, ihren naiven Blick, ihr trunkenes Schmollen, ihre jungfräuliche Stimme. Ein paar Nächte lang hatte er diese Fotze auf zwei Beinen, diese ambulante Möse, die für jeden zu haben war, geliebt.

Und jetzt – jetzt liebte er sie vielleicht wieder. Pierre zeigte Leila eine Fotografie seiner Mutter, seiner Muttergöttin. Die Ähnlichkeit mit Bijou war verblüffend, nur, daß Bijous Augen lila umrandet waren. Und Pierres Mutter sah gesünder aus. Aber der Körper . . .

Dann dachte Elena: Ich bin verloren. Sie glaubte Pierre nicht, daß er Bijou nun abstoßend fand. Sie besuchte regelmäßig das Café, wo Bijou und Pierre einander zum erstenmal begegnet waren, und hoffte auf eine Entdeckung, die ihre Zweifel beenden würde. Aber sie kam nicht. Sie fand nur heraus, daß Bijou sehr junge Männer mit frischen Gesichtern, frischen Lippen, frischem Blut bevorzugte. Dies beruhigte sie ein wenig.

Während Elena Bijou nachstellte, um ihre Feindin zu entlarven, verfolgte Leila Elena mit raffinierten Winkelzügen.

Dann trafen sich die drei Frauen zufällig im selben Café, als gerade ein heftiger Regenschauer niederging: Leila, parfümiert und elegant, mit hoch erhobenem Haupt, eine Silberfuchsstola um die Schultern ihres elegant geschneiderten Kostüms geschlungen; Elena in weinrotem Samt und Bijou in ihrem Straßendirnenaufzug: enganliegendes schwarzes Kleid, hochhackige Schuhe. Leila lächelte Bijou zu und erkannte dann Elena. Vor Nässe zitternd setzten sich die drei an einen Tisch und bestellten ihre Apéritifs. Worauf sich Elena nicht gefaßt gemacht hatte, war der überwältigend sinnliche Zauber, den Bijou ausstrahlte. Rechts saß Leila, ausdrucksvoll, brillant. Links saß Bijou, ein Pfuhl der Wollust, in den Elena sich fallen lassen wollte.

Leila merkte es und litt. Dann umwarb sie Bijou. Sie verstand es viel besser als Elena. Für Bijou waren Frauen wie Leila neu, denn sie kannte nur ihre Arbeitskolleginnen, die, wenn keine Männer dabei waren, sich mit Bijou abknutschten, um sich für die Brutalität der Männer zu entschädigen. Sie saßen herum und küßten sich leidenschaftlich, bis sie wie hypnotisiert waren - und das war alles.

Leilas Annäherungsversuche wirkten auf sie, aber gleichzeitig war sie fasziniert von Elena, denn auch so einer Frau war sie noch niemals begegnet. Elena war für die Männer der Inbegriff des Gegenteils einer Hure, nämlich eine Frau, welche die Liebe poetisieren, dramatisieren konnte, welche Liebe und Gefühl ineinander zu mischen verstand, eine Frau, die aus einem anderen Stoff zu sein schien, eine Frau, wie sie die Legende hätte schaffen können. Gewiß kannte Bijou Männer gut genug, um zu wissen, daß dies auch eine Frau war, die sie herausforderte, sie in die Geheimnisse der Sinnlichkeit einzuführen, und die den Männern, die sie zur Sklavin der Lust gemacht hatten, hörig geworden war. Je legendärer die Frau war, desto größer war offenbar das Vergnügen, sie zu entweihen, sie zum Lustobjekt zu machen. Tief innen, unter all ihrer Verträumtheit, war sie doch nur eine unter vielen Kurtisanen, die auch nur zum Vergnügen der Männer existierte.

Bijou, Inbegriff aller Huren, hätte gerne mit Elena getauscht. Huren beneiden stets Frauen, welche die Eigenschaft besitzen, nicht nur Hunger, sondern auch Sehnsucht und Illusionen zu wecken. Bijou, das unverhüllte, wandelnde Lustloch, hätte gerne wie Elena ausgesehen.

Elena andererseits beneidete Bijou um die vielen Male, da Männer es offenbar satt hatten, eine Frau zu hofieren, und nichts weiter wollten als Sex, tierischen, ungeschminkten Sex. Elena sehnte sich danach, täglich wieder von neuem und ganz rücksichtslos vergewaltigt zu werden. Bijou dagegen sehnte sich nach Anbetung.

Nur Leila war überzeugt, daß sie frei von der Tyrannei der Männer, ja frei von Männern überhaupt war. Was Leila dagegen nicht erkannt hatte, war, daß Nachahmung eines Mannes eben keine Freiheit von ihm bedeutete.

Sie machte der Hure aller Huren den Hof, schmeichelnd, selbstsicher. Aber keine der Frauen gab sich geschlagen. Schließlich verließen sie gemeinsam das Café. Leila lud Elena und Bijou zu sich in die Wohnung ein.

Als sie dort ankamen, duftete es nach Räucherstäbchen. Das einzige Licht verbreiteten gläserne Kugeln, in denen Zierfische zwischen Korallen und gläsernen Seepferdchen schwammen. Dies tauchte den Raum in eine traumhafte Untersee-Atmosphäre und verwandelte ihn in einen Ort, wo drei ganz verschieden schöne Frauen eine derart sinnliche Aura ausstrahlten, daß es kein Mann hätte aushalten können.

Bijou wagte kaum, sich zu bewegen, denn alles kam ihr so zerbrechlich vor. Sie hatte sich mit untergeschlagenen Beinen wie eine Araberin hingesetzt und rauchte. Von Elena ging ein Schimmer aus wie von den Glaskugeln. Ihre Augen funkelten im Halbdunkel wie im Fieber. Leila strömte einen für beide gleichermaßen faszinierenden Charme aus, einen Hauch des Unbekannten.

Die drei saßen auf einer sehr niedrigen Couch, auf einem Meer von Kissen. Die erste, die etwas tat, war Leila: sie griff Bijou mit ihrer beringten Hand unter den Rock. Sie zog überrascht die Luft ein, als ihre Hand nacktes Fleisch statt seidener Dessous berührte. Bijou lehnte sich zurück und bot Elena den Mund, denn Elenas Fragilität hatte sie gereizt. Zum erstenmal kam sie sich stark wie ein Mann vor, der spürt, daß eine zierliche Frau sich unter dem Gewicht eines Mundes beugt, der fühlt, wie die kräftigen Hände den grazilen Kopf nach hinten biegen konnten, wie das helle Haar sich löste. Bijous sehnige Hände legten sich um den zarten Hals. Entzückt hielt sie den Kopf zwischen den Händen, um mit vor Erregung zitternder Zunge von dem Mund in vollen Zügen süßen Atem zu trinken.

Leila verspürte einen Anflug von Eifersucht. Jede Liebkosung, die sie Bijou schenkte, wurde von dieser an Elena weitergegeben - genau dieselbe Art von Zärtlichkeit. Nachdem Leila Bijous vollen Mund geküßt hatte, nahm Bijou Elenas zwischen die Lippen. Leilas Hand schlüpfte noch weiter unter Bijous Rock - Bijou ließ ihre Hand unter Elenas Kleid gleiten. Elena lag reglos da und ließ sich treiben. Dann sank Leila auf die Knie, um Bijou mit beiden Händen zu streicheln. Als sie Bijous Rock hochschob, lehnte Bijou sich zurück und schloß die Augen, um die Berührungen der warmen, zielbewußten Hände besser auskosten zu können. Elena sah nun eine zur Hingabe bereite Bijou und wagte es, ihren üppigen Körper abzutasten und jede wollüstige Kurve mit den Händen nachzuzeichnen - ein Lager aus daunenweichem, aber festem Fleisch, das keine Knochen zu haben schien und nach Sandelholz und Moschus duftete. Ihre eigenen Brustwarzen reckten sich auf, als sie Bijous Brüste streifte. Als ihre Hand Bijous Hintern umschloß, begegnete ihr die Leilas.

Als erste zog Leila sich aus. Sie trug nur ein kleines, weiches Korselett aus schwarzer Seide, mit schmalen schwarzen Strumpfbändern, an denen die Strümpfe befestigt waren. Die Schenkel, schlank und weiß, schimmerten, das Delta der Venus lag im Schatten. Elena löste die Strumpfhalter, um die blanken Beine zu enthüllen. Bijou zog sich das Kleid über den Kopf und lehnte sich nach vorne, um es ganz abzustreifen. Dabei entblößte sie ihren üppigen Hintern, die Grübchen dicht darüber, den schlanken, gebogenen Rücken. Dann schlüpfte Elena aus ihrem Kleid. Darunter trug sie schwarze Spitzenwäsche, die hinten und vorn geschlitzt war und nur die schattigen Nischen und Höhlungen verriet.

Zu ihren Füßen lag ein dichtes weißes Fell. Sie ließen

sich alle drei darauf fallen, drei Frauenleiber, die sich verknäuelten, Brust an Brust, Schoß an Schoß. In ihrer Verschlingung hörten sie auf, drei Körper zu sein, wurden zu Mündern, Fingern, Zungen und Sinnen. Ihre Münder suchten einen anderen Mund, eine Brustwarze, eine Klitoris. So ineinander verstrickt, bewegten sie sich nur langsam. Sie küßten sich, bis es zur Tortur wurde und der Körper mit Unruhe reagierte. Ihre Hände gruben sich in nachgiebiges Fleisch, fanden eine Öffnung. Das Fell, auf dem sie lagen, gab einen tierischen Geruch von sich, der sich mit den Ausdünstungen des Sex vermischte.

Elena liebkoste den wollüstigen Körper Bijous. Leila war aggressiver. Bijou, ein Bein über Leilas Schulter geworfen, lag auf der Seite. Leila küßte sie zwischen den Schenkeln. Von Zeit zu Zeit zuckte Bijou zusammen, denn Leilas Küsse und Bisse waren scharf, ihre Zunge so hart, wie der Schwanz eines Mannes.

Jedesmal, wenn Bijou zurückzuckte, fuhr sie Elena mit ihren Hinterbacken ins Gesicht. Zuerst hatte Elena nur mit den Händen das Gesäß liebkost, jetzt aber steckte sie den Finger in die enge dunkle Öffnung. Dort konnte sie jede Kontraktion spüren, die Leilas küssende Zunge bewirkte; es war, als berührte sie Leilas Zunge durch die dünne Trennwand. Bijou, die der herrischen Zunge ausweichen wollte, zuckte dem suchenden Finger entgegen, der sie erregte. Sie summte und zirpte vor Wollust, und hin und wieder entblößte sie ihre Zähne wie ein wildes Tier, das man reizt, und versuchte, die eine oder andere ihrer Peinigerinnen zu beißen.

Als sie ihren Höhepunkt nahen fühlte und sich nicht mehr bezähmen konnte, hielt Leila mitten im Küssen inne und ließ Bijou, die kurz vor dem Gipfel war, halb wahnsinnig vor Lust hängen. Im gleichen Augenblick hatte auch Elena aufgehört.

Bijou war nicht mehr zu bändigen. Wie eine herrliche

Wahnsinnige warf sie sich auf Elena, drückte ihr die Beine auseinander, schob sich dazwischen, preßte ihren Schamhügel gegen Elenas tropfende Möse und rieb, rieb, rieb. Wie ein Mann stieß sie gegen Elena, um den Aufprall der beiden Schöße zu fühlen, um zu spüren, wie sie zusammenflossen. Dann aber, als sie merkte, daß der Orgasmus unausweichlich war, hielt sie inne, ließ sich zurückfallen und öffnete den Mund für Leilas Brüste, deren Warzen brannten und nach Liebkosung lechzten.

Auch Elena war nun im Endstadium. Sie spürte eine Hand, die sich unter sie schob, eine Hand, an der sie sich reiben, gegen die sie sich pressen konnte. Sie wollte sich auf diese Hand werfen, bis sie ihr einen Orgasmus gab; gleichzeitig aber wollte sie die wollüstige Spannung verlängern. Darum bewegte sie sich nicht mehr. Die Hand verfolgte sie. Sie stand auf, und wieder tastete die Hand nach den dunklen Feldern zwischen ihren Beinen. Dann fühlte sie Bijou, die sich hinter sie gestellt hatte und keuchte. Sie spürte, wie Bijous lockiges Vlies ihren Hintern streifte. Bijou rieb sich an ihr, rieb langsam Elenas Rücken hinauf und hinunter. Sie wußte, daß das Elena veranlassen würde, sich umzudrehen, um die erregende Bewegung auch mit den Brüsten, dem Bauch, dem Schamhügel, den Schenkeln zu spüren. Überall und gleichzeitig Hände, Hände. Leilas spitze Fingernägel hatten sich in das weiche Fleisch von Elenas Schultern gekrallt, dort, wo es am nachgiebigsten war, zwischen Brust und Achsel. Es tat weh, aber es war ein köstlicher Schmerz, die Tigerin hatte sie in den Fängen, wollte sie zerfleischen. Elenas Körper war so brennend heiß, daß sie fürchtete, bei der nächsten Berührung zu explodieren. Leila ahnte es und ließ von ihr ab.

Alle drei fielen auf die Couch. Sie berührten sich nicht mehr, sondern blickten einander nur an, bewunderten das verschlungene Chaos, sahen die Feuchtigkeit, die auf ihren schönen Beinen glänzte.

Dennoch konnten sie die Hände nicht voneinander lassen. Jetzt waren es Leila und Elena, die vereint Bijou angriffen, erpicht darauf, aus ihr die höchste Verzückung herauszupressen. Bijou wurde buchstäblich umzingelt, belagert, geleckt, gebissen, geküßt und wieder auf den Fellteppich gerollt und von Hunderten von Händen und Zungen gefoltert. Nun flehte sie um Gnade, spreizte die Beine, wollte sich selbst befriedigen, indem sie sich an den Körpern der anderen rieb. Aber sie ließen es nicht zu. Mit Zungen und Fingern brachen sie in sie ein – von vorne und von hinten –, und dann wieder brachen sie ab, um ihre Zungen zu trinken: Elena und Leila, Mund an Mund, Zunge um Zunge gewunden, über Bijous gespreizten Beinen. Bijou setzte sich auf, um einen letzten Kuß zu empfangen, der ihr Erlösung bringen sollte, aber Elena und Leila schienen sie vergessen zu haben und konzentrierten alle ihre Gefühle auf das Spiel ihrer Zungenspitzen. Bijou, ungeduldig und außer sich vor Verlangen, hatte angefangen, es sich selbst zu machen. Elena und Leila schoben jedoch ihre Hand weg und fielen wieder über Bijou her. Bijous Orgasmus kam wie eine exquisite Marter. Bei jedem Zukken bäumte sie sich auf, als würde sie erdolcht. Sie flehte fast um das Ende.

Über ihrem ausgestreckten Körper hatten sich Elenas und Leilas Zungen wiedergefunden. Hände, die trunken nach einander tasteten, die überall eindrangen, bis Elena laut aufschrie, denn Leilas Finger hatten ihren Rhythmus gefunden. Elena klammerte sich an sie und wartete auf die Explosion der Lust, während ihre eigenen Hände danach trachteten, Leila die gleiche Lust zu verschaffen. Sie wollten gleichzeitig kommen, doch Elena kam zuerst, ließ sich fallen, trennte sich von Leilas Hand, gefällt von der Macht des eigenen Orgasmus. Während Elena spürte, daß ihre Lust verebbte, wegrollte, abklang, gab sie Leila ihre Zunge und schnellte sie immer wieder in Leilas glitzernden Spalt, bis Leila sich zusammenzog und aufstöhnte. Dann biß sie in Leilas empfindliches Fleisch. Im Paroxysmus der Erregung spürte Leila die Zähne nicht, die sich dort hineingegraben hatten.

Nun begriff Elena, weshalb es spanische Ehemänner gab, die ihre Frau niemals in alle nur möglichen Liebesspiele einweihten: Sie fürchteten nämlich das Risiko, in ihnen eine unersättliche Leidenschaft zu erwecken. Anstatt ausgeglichen und durch Pierres Liebe beschwichtigt zu sein, war Elena viel anfälliger geworden. Je mehr sie Pierre begehrte, desto mehr wuchs zur gleichen Zeit ihr Hunger nach anderen Arten der Liebe. Es schien, als läge ihr nichts an einer eingewurzelten, beständigen Liebesbeziehung. Jetzt ging es ihr nur um den Augenblick der Verzückung, und sie wollte ihn mit allen erleben. Selbst Leila wollte sie nicht wiedersehen und sehnte sich statt dessen nach dem Bildhauer Jean, denn dieser befand sich nun in jenem Zustand brennenden Verlangens, den sie liebte. Sie wollte sich an ihm verbrennen. Sie dachte: Jetzt rede ich ja fast wie eine Märtyrerin, ich will für die Liebe brennen – aber nicht für eine mystische Verzückung, sondern für eine verzehrend körperliche. Pierre hat in mir eine Frau geweckt, die ich nicht kannte, ein unersättliches Wesen.

Es war fast, als hätte ihr Begehren Gestalt angenommen, denn Jean stand draußen vor der Tür. Wie gewöhnlich hatte er ein kleines Geschenk für sie, das er ihr ungeschickt hinhielt. Wie sich sein Körper bewegte, wie seine Augen flackerten, wenn sie sich ihm näherte! Alles verriet seine Begierde. Ja, sein Körper hatte sie schon besessen, und er bewegte sich, als wäre er bereits in ihr zuhause.

»Du bist nie zu mir zu Besuch gekommen«, beklagte er sich schüchtern. »Nie hast du dir meine Arbeiten angesehen.«

»Gut, gehen wir jetzt«, entgegnete sie und schritt leicht

und tänzelnd auf ihn zu. Nebeneinander gingen sie durch die Straßen der Stadt, bis sie zu einem tristen, verlassenen Bezirk kamen in der Nähe einer der »Portes«. Es war eine Siedlung von in Ateliers verwandelten Schuppen, verstreut zwischen den unscheinbaren Häusern der Arbeiter von Paris. Dort hauste Jean mit seinen Skulpturen anstelle von Mobiliar, massiven Standbildern im Gegensatz zu ihm, der fließend in seinen Bewegungen sich wandelnd, übersensitiv war. Mit zitternden Händen hatte er überraschend solide Zeugnisse seiner Kraft geschaffen.

Die Skulpturen waren monumental, von fünffacher Lebensgröße, die Frauengestalten schwanger, die Männer träge und sinnlich, mit Händen und Füßen wie Baumwurzeln. Eine Zweiergruppe, Mann und Frau, war derart ineinander verschmolzen, daß die Trennungslinie zwischen ihnen verschwunden war. Die Konturen waren miteinander verschweißt. Mit den Genitalien aneinander gefesselt, ragten sie über Jean und Elena auf.

Im Schatten dieser Statue gingen sie aufeinander zu, wortlos und ohne zu lächeln. Selbst ihre Hände waren still. Als sie zusammenkamen, preßte Jean Elena gegen die Skulptur. Sie küßten sich nicht, noch berührten sie sich mit den Händen. Nur ihre Oberkörper trafen sich und wiederholten mit warmem, menschlichem Fleisch, was über ihnen zu Stein geworden war. Er preßte seinen steifen Schwanz gegen ihren Schoß in einem langsamen, verzückten Rhythmus, als könnte er so in sie eindringen.

Dann ließ er sich zu Boden gleiten, als wollte er vor ihr knien, stand aber wieder auf, um diesmal durch den Druck seines Körpers ihr Kleid hochzuschieben, bis es eine Wulst von Stoff unter ihren Armen bildete. Und wieder drückte er sich gegen sie. Manchmal bewegte er sich von links nach rechts, manchmal von rechts nach links, und dann wieder im Kreis. Er preßte sich mit verhaltener Gewalt in sie. Sie spürte sein gestautes Verlangen, das sich an ihr rieb, als wollte es wie mit zwei Feuersteinen einen Brand entfachen und jedesmal, wenn er sich bewegte, Funken herausschlagen. Schließlich sank sie zu Boden wie in einem wirren Traum. Sie fiel zusammen zwischen der Zange seiner Beine. Nun wollte er sie in dieser Stellung festhalten, für immer und ewig wollte er ihren Körper festnageln mit den mächtigen Stößen seiner Begierde. Sie bewegten sich wieder; Elena bot ihm ihren klaffenden Schoß, er bewegte sich, um sie beide aneinanderzufesseln. Sie zog sich zusammen, um ihn besser zu fühlen, und stieß einen unterdrückten Freudenschrei aus, als hätte sie den Kern seines Ichs berührt.

Er machte die Augen zu, denn er wollte diese Verlängerung seines Ichs auskosten, in der alles Blut pulsierte und die nun in der wollüstigen Dunkelheit lag. Aber er konnte es nicht mehr aushalten und stieß vor, um Elena zu erobern, um ihren Schoß bis zum Rande mit seinem Saft zu füllen. Als sie den Stoß empfing, schloß sich der kleine, enge Durchgang, in dem er sich bewegte, noch enger um ihn und verschlang das Elixier seines Ichs.

Die Skulptur warf ihren Schatten über ihre Umarmung, die sich nicht gelöst hatte. Sie lagen da, als wären sie selbst zu Stein geworden, und spürten, wie der letzte Tropfen der Verzückung verebbte. Aber schon jetzt waren Elenas Gedanken zu Pierre gewandert. Sie wußte, daß sie nicht zu Jean zurückkommen würde. Sie dachte: Morgen wird es bereits weniger vollkommen sein. Eine beinahe abergläubische Furcht überkam sie, daß Pierre den Verrat entdekken und sie bestrafen würde.

Sie erwartete, bestraft zu werden. Als sie vor Pierres Tür stand, bildete sie sich ein, Bijou läge auf seinem Bett mit weit geöffneten Beinen. Weshalb Bijou? Weil Elena Vergeltung für den Verrat an ihrer Liebe erwartete.

Ihr Herz pochte. Aber als er ihr aufmachte, lächelte er unschuldig. Hatte sie nicht auch unschuldig zurückgelächelt? Sie warf einen prüfenden Blick in den Spiegel. Hatte sie denn erwartet, daß der Dämon, der sie besessen hatte, noch immer in ihren grünen Augen leuchtete?

Sie sah herab an ihrem zerknitterten Rock, sah den Staub auf ihren Sandalen. Sie glaubte, Pierre würde es merken, wenn er sie nahm, daß es Jeans Samen war, der sich mit ihren eigenen Säften vermischt hatte. Deshalb entwand sie sich ihm und schlug vor, Balzacs Haus in Passy zu besuchen.

Es war ein milder, regenschwerer Nachmittag von jener tristen, typisch pariserischen Stimmung, welche die Menschen in ihre Häuser trieb und die wie für die Liebe gemacht schien. Diese Melancholie lag wie eine Dunstglocke über der Stadt und schloß alle ein. Überall waren die Signale erotischen Lebens: ein Geschäft mit halb herabgelassenen Läden, in der Auslage Unterwäsche, schwarze Strumpfbänder und schwarze Stiefel; der herausfordernde Gang der Pariserin; Taxis, in denen sich Liebespaare küßten.

Balzacs Haus befand sich am Ende einer steil den Berg hinaufführenden Straße in Passy, von der aus man auf die Seine sehen konnte. Zuerst mußten sie an der Tür eines Mietshauses läuten, dann eine Treppe hinuntersteigen, die in einen Keller zu führen schien, aber an einer Gartenpforte mündete. Weiter ging es durch den Garten, und dann kam wieder eine Tür, an der man klingeln mußte. Dies war der eigentliche Eingang zu Balzacs Haus, ein Haus voller Geheimnisse, versteckt im Garten des Mietshauses, verborgen, abgeschieden und doch mitten im Herzen von Paris.

Die Frau, die ihnen öffnete, erschien wie ein Gespenst aus der Vergangenheit – verblaßtes Gesicht, verblaßtes Haar, verblaßte Kleidung, blutlos. Ein Dasein inmitten von Balzacs Manuskripten, Bildern, Stichen von Frauen, die er geliebt hatte, von Erstausgaben hatte sie derart mit der Vergangenheit erfüllt, daß alles Blut aus ihr gewichen war.

Selbst ihre Stimme klang entfernt, gespenstisch. Sie wohnte in diesem Haus voll toter Andenken. Sie war genauso gestorben für alles, was in der Gegenwart lebte. Es war, als bettete sie sich jede Nacht in das Grab Balzacs, um mit ihm zu schlafen.

Sie führte ihre beiden Besucher durch eine Flucht von Zimmern zum hinteren Teil des Hauses. Dort befand sich eine Falltür. Sie hakte ihre langen knöchernen Finger durch den Ring und hob die Tür an, damit Elena und Pierre einen Blick hinunterwerfen konnten. Die Falltür ging auf eine kleine Treppe.

Balzac hatte sie selbst konstruiert, damit die Frauen, die ihn besuchten, nicht gesehen wurden und sie unerkannt ihren eifersüchtigen Ehemännern entkommen konnten. Er selbst hatte die Falltreppe benutzt, wenn allzu hartnäkkige Gläubiger ihn bedrängten. Die Treppe führte zu einem kleinen Pfad und dieser wiederum an eine Gittertür, durch die man auf eine abgelegene, am Seine-Ufer vorbeiführende Straße gelangte. So konnte man verschwinden, noch ehe jemand, der sich am Eingang des Hauses gemeldet hatte, das erste der Zimmer betreten hatte.

Elena und Pierre waren vom Anblick der Falltür, die ihnen so viel über Balzacs Liebesleben erzählte, derart gerührt, daß es wie ein Aphrodisiakum auf sie wirkte. Pierre hatte geflüstert: »Ich könnte dich auf der Stelle und gleich hier auf dem Boden nehmen.« Die Geisterfrau hatte zwar diesen Satz, den Pierre mit der Unverfrorenheit eines Zuhälters geäußert hatte, nicht mitbekommen, aber sie hatte den Blick, der ihn begleitete, aufgefangen. Die Laune der Besucher paßte wohl nicht zu dem geheiligten Ort. Jedenfalls drängte sie sie hinaus.

Der Atem des Todes hatte die beiden beflügelt. Pierre winkte ein Taxi herbei. Im Wagen setzte er Elena auf seinen Schoß, mit dem Rücken zu ihm. Ihr Körper lag auf dem seinen und verbarg ihn völlig. Er schob ihren Rock hoch.

Elena sagte: »Nicht hier, Pierre, warte doch, bis wir zuhause sind! Man kann uns beobachten. Bitte warte, Pierre! Du tust mir weh! Der Polizist hat uns angestarrt. Und jetzt müssen wir hier warten. Die Passanten auf dem Gehsteig können uns sehen. Pierre, Pierre, hör doch auf!«

Sie strampelte, wollte heruntergleiten, aber die Lust hatte auch sie gepackt. Sie mußte stillsitzen, und das wiederum ließ sie jede von Pierres Bewegungen deutlicher spüren. Sie fürchtete, er könnte womöglich schneller machen, denn das Taxi war wieder angefahren, würde bald vor der Haustür halten und der Fahrer würde sich nach ihnen umdrehen. Sie aber wollte Pierre in Ruhe genießen, ihre Bindung an ihn und die Harmonie ihrer Körper erneut bestätigt haben. Vom Gehsteig aus beobachtete man sie. Doch sie konnte sich nicht freimachen, denn Pierre hielt sie fest umschlungen. Dann aber fuhr der Wagen über ein Schlagloch, und der Ruck riß sie auseinander. Das Taxi hielt. Pierre konnte sich gerade noch zuknöpfen. Elena glaubte, die Leute müßten sie für betrunken halten, so zerzaust und matt und schwankend waren sie.

Pierre fand die Unterbrechung schön: Er hatte ein perverses Vergnügen daran, seine Knochen wie geschmolzen in seinem Körper zu spüren und den beinahe schmerzhaften Stau des Blutes. Seine Stimmung teilte sich Elena mit. Bald lagen sie auf seinem Bett und streichelten und unterhielten sich. Dann erzählte Elena ihm die Geschichte einer jungen Pariserin, die für sie nähte und die diese ihr am Vormittag berichtet hatte.

»Madeleine war in einem großen Warenhaus angestellt. Sie stammte aus einer bettelarmen Familie. Sowohl der Vater wie auch die Mutter bestritten ihren Lebensunterhalt als Lumpensammler. Sie durchstöberten die Mülltonnen nach Metall-, Leder- und Papierresten und verkauften diese dann. Madeleine war Verkäuferin in der Schlafzimmerabteilung des Warenhauses. Ihr Vorgesetzter war ein selbstbewußter, geschniegelter Abteilungsleiter. Madeleine hatte niemals in einem richtigen Bett geschlafen, sondern nur immer auf einem Haufen Lumpen und alten Zeitungen in einer elenden Baracke. Wenn die Warenhauskunden gerade nicht hinsahen, strich sie mit der Hand über die seidenen Überwürfe, die luxuriösen Matratzen, die Daunenkissen, als seien sie aus Hermelin oder Chinchilla. Wie jede junge Pariserin verstand sie es, sich attraktiv zu kleiden und nicht mehr dafür auszugeben, als andere Frauen für Strümpfe. Sie war anziehend, mit fröhlichen Augen, lockigem schwarzem Haar und einer üppig gerundeten Figur.

Sie hatte zwei Schwächen: Sie pflegte sich ein paar Tropfen Parfüm oder Eau-de-Cologne aus der Kosmetikabteilung zu stibitzen, und sie wartete gern bis zum Geschäftsschluß, um sich auf eines der weichen Betten zu legen und zu träumen. Am liebsten hatte sie Himmelbetten. Wenn die Vorhänge zugezogen waren, fühlte sie sich sicherer. Der Abteilungsleiter hatte es bei Geschäftsschluß meist so eilig fortzukommen, daß ihr ein paar Minuten für ihren Traum übrigblieben. Sie stellte sich vor, daß ihre weiblichen Reize, wenn sie in einem solchen Bett lag, ins Tausendfache gesteigert würden. Sie stellte sich vor, die eleganten Männer auf den Champs-Elysées könnten sie so sehen und ihr bestätigen, wie gut sie in ein elegantes Schlafzimmer paßte.

Ihre Phantasie trieb Blüten, und sie ließ sich eine Frisiertoilette vor das Bett stellen, damit sie sich bewundern konnte. Eines Nachmittags, als sie noch einmal die ganze Zeremonie durchgegangen war, merkte sie, wie der Abteilungsleiter sie ganz erstaunt beobachtete. Erschreckt wollte sie vom Bett springen, aber er hielt sie zurück.

›Madame‹, sagte er (vorher war sie immer nur mit Mademoiselle angeredet worden), ›ich bin entzückt, Ihre Bekanntschaft zu machen. Ich nehme an, Sie sind zufrieden mit dem Bett, das ich nach Ihren Angaben anfertigen ließ. Ist es weich genug? Meinen Sie, es wird Monsieur le Comte gefallen?‹

»Monsieur le Comte ist Gott sei Dank eine Woche lang verreist. Deshalb werde ich mein Bett mit einem anderen einweihen‹, entgegnete sie. Sie setzte sich auf und streckte dem Mann die Hand hin. ›Küssen Sie sie, wie Sie die Hand einer vornehmen Dame küssen würden.‹

Er lächelte und tat, wie ihm befohlen, mit der Grazie des geborenen Kavaliers. Dann aber hörten sie ein Geräusch und huschten, jeder in eine andere Richtung, auseinander.

Jeden Tag stahlen sie sich ein paar Minuten vor Geschäftsschluß. Sie gaben vor, die Möbelstücke wieder zurechtzurücken, sie abzustauben oder eine irrtümliche Preisauszeichnung zu korrigieren. In Wahrheit aber spielten sie die Scharade durch. Er selbst gab schließlich dem Ganzen die besondere Note: einen Wandschirm. Er organisierte Spitzenbettwäsche aus einer anderen Abteilung. Er bezog das Bett und schlug die Decke zurück. Nachdem er ihre Hände geküßt hatte, machten sie Konversation. Er nannte sie Nana. Sie kannte den Zola-Roman gleichen Namens nicht; er lieh ihn ihr. Was ihn nun am meisten störte, war der Widerspruch zwischen ihrem engen schwarzen Kleid und der pastellfarbenen Bettdecke. Deshalb borgte er sich von einer Schaufensterpuppe ein hauchzartes Negligé und zog es Madeleine an. Auch wenn das Verkaufspersonal tagsüber an der Schlafzimmerabteilung vorbeiging, ahnte es nicht, was sich hinter dem Wandschirm abspielte.

Nach dem Handkuß ließ er seine Lippen aufwärts wandern bis zur Innenseite ihres Ellenbogens. Dort war die Haut am empfindlichsten, und wenn sie danach den Arm beugte, konnte sie sich vorstellen, der Kuß sei eingefangen worden. Madeleine ließ ihn dort wie eine gepreßte Blume liegen. Später, als sie wieder allein war, öffnete sie den Arm und küßte die Stelle, als wollte sie den Kuß insgeheim ganz und gar verschlingen. Dieser Kuß, der mit solcher Raffinesse dort plaziert wurde, war wirkungsvoller als all die derben Kniffe in den Popo, die sie auf der Straße als Kompliment für ihre Reize empfangen hatte, oder die geflüsterten Obszönitäten der Arbeiter, die an ihr vorbeigingen: *›Viens que je te suce.‹*

Zu Beginn hatte er sich ans Fußende des Bettes gesetzt. Später jedoch streckte er sich neben ihr aus, um mit der Versunkenheit eines Opiumsüchtigen eine Zigarette zu rauchen. Schritte jenseits des Wandschirms liehen ihrem geheimen Stelldichein den zusätzlichen Reiz der Gefahr, entdeckt zu werden. Madeleine sagte dann: ›Ich wünschte, wir könnten dem Grafen, der immer so eifersüchtig über mich wacht, ein Schnippchen schlagen. Er fällt mir langsam auf die Nerven.‹ Aber ihr Verehrer war zu gewitzt um zu erwidern: ›Komm mit, und wir gehen in ein kleines Hotel.‹ Er wußte genau, daß es nicht in irgendeiner schäbigen Absteige auf einem Messingbett mit zerrissenen Decken und angegrauten Laken hätte stattfinden können. Er drückte einen Kuß auf die wärmste Stelle ihres Nackens, unmittelbar unter dem lockigen Haaransatz, dann einen zweiten auf ihre Ohrmuschel, wo ihn Madeleine später zwar nicht schmecken konnte, ihn jedoch mit den Fingern ertastete. Ihr Ohr brannte den ganzen Tag von diesem Kuß, denn er war von einem Biß begleitet worden.

Sowie Madeleine sich auf dem Bett ausstreckte, überfiel sie eine Mattigkeit, die möglicherweise mit ihrer Vorstellung von einem aristokratischen Verhalten zu tun hatte, oder aber auch mit den Küssen, die nun wie die Perlen einer Kette um ihren Hals fielen und dann tiefer hinuntergingen, bis zum Brustansatz. Madeleine war keineswegs unberührt, aber die Grobschlächtigkeiten, die sie erlebt hatte, wenn die Männer sie in irgendeiner dunklen Straße gegen die Hauswand drückten oder auf den Boden eines Lastwagens warfen oder sie einfach hinter den Baracken der Lumpensammler genommen hatten, wo Menschen sich paarten, ohne einander ins Gesicht zu sehen, hatten sie niemals so berühren können wie diese stufenweise, zeremonielle Liebesscharade. Drei Tage lang liebte er nur ihre Beine, brachte ihr Pelzpantoffeln, zog ihr die Strümpfe aus, küßte ihre Füße und hielt sie mit seinen Händen umfangen, als besäße er ihren ganzen Körper. Als es an der Zeit war, ihren Rock hochzuheben, hatte er ihren übrigen Körper derart entflammt, daß der kritische Augenblick gekommen schien.

Weil die Zeit aber drängte und man erwartete, daß sie mit den anderen Angestellten zusammen das Kaufhaus verließen, mußte er auf sein Vorspiel verzichten. Für sie war es ein Dilemma. Würde er seine Liebkosungen allzu sehr ausdehnen, wäre ihm nicht genug Zeit geblieben, sie zu nehmen. Kam er jedoch gleich zur Sache, würde sie es viel weniger genießen. Hinter dem Wandschirm spielten sich Szenen ab, die in dem luxuriösesten Schlafzimmer hätten stattfinden können, nur eben im Eiltempo, denn jedesmal mußte die Schaufensterpuppe wieder angezogen und das Bett glattgestrichen werden. Solcherart verlief ihr täglicher Traum. Er verachtete die hastigen Abenteuer seiner Arbeitskollegen in den billigen Absteigequartieren. Statt dessen phantasierte er sich den Besuch bei der verführerischsten Kurtisane von ganz Paris zusammen; er war der *amant de cœur* einer Frau, welche die reichsten Männer aushielten.«

»Wurde dieser Traum jemals zerstört?« wollte Pierre wissen. »Ja. Entsinnst du dich an den Sitzstreik in den großen Kaufhäusern? Die Angestellten hatten sich zwei Wochen lang eingeschlossen. Inzwischen hatten auch andere Pärchen entdeckt, wie weich die eleganten Betten, die Sofas und Couches und Chaiselongues waren, und hatten die mannigfaltigsten Stellungen auf den breiten, niedrigen Diwanen mit den seidigen, der Haut schmeichelnden Überzügen durchprobiert. So wurde Madeleines privater Traum öffentlicher Besitz, zur vulgären Travestie dessen, was sie erlebt hatte. Die Einmaligkeit ihrer gestohlenen Zusammenkünfte war ein für allemal dahin. Ihr Kavalier redete sie wieder mit Mademoiselle an, sie nannte ihn wieder Monsieur. Dann hatte er sogar etwas an ihrem Verkaufstalent auszusetzen, und sie mußte schließlich gehen.«

Für die Sommermonate hatte Elena ein Haus auf dem Lande gemietet. Es mußte neu gestrichen werden. Miguel hatte versprochen, ihr bei den Malerarbeiten zu helfen. Sie strichen zuerst das Obergeschoß. Es war winklig und romantisch und bestand aus einer Reihe von kleinen, unregelmäßig gebauten Mansarden, die ihrerseits wieder in andere, nachträglich hinzugebaute Zimmer führten. Auch Donald war gekommen, aber er interessierte sich nicht für die Renovierungsarbeiten, sondern ging lieber in dem riesigen Garten spazieren, im Dorf oder in dem an das Haus grenzenden Wald. Elena und Miguel arbeiteten alleine und bedeckten sich selbst und die Wände mit Farbe. Miguel schwang den Pinsel, als malte er ein Porträt, und trat zurück, um die Wirkung zu prüfen. Als sie so vereint arbeiteten, erinnerten sie sich an ihre gemeinsam verbrachte Jugend.

Um sie zu schockieren, erzählte Miguel Elena von seiner »Arschsammlung« und gab vor, dieser Körperteil und seine Vollkommenheit faszinierten ihn besonders. Und besonders Donald besäße diese Schönheit in höchstem Maße: Sein Hintern nämlich sei nicht rund wie der der meisten Frauen, noch sei er flach, wie der der meisten Männer, sondern ein Mittelding zwischen beiden Extremen, etwas, wo man richtig zupacken konnte.

Elena lachte. Sie dachte an Szenen mit Pierre, wo er ihr den Rücken zugewandt hatte und wo er wie eine Frau auf sie wirkte, eine Frau, die sie vergewaltigen wollte. Sie konnte sich Miguels Gefühle gut vorstellen, wenn er sich gegen Donalds Rücken preßte.

»Wenn der Arsch rund und fest genug ist und der Partner keinen Steifen hat«, sagte Elena, »ist der Unterschied zu einer Frau nicht sehr groß. Tastest du dann immer noch herum nach dem Unterschied?«

»Aber gewiß doch. Stell dir vor, wie enttäuschend es wäre, nichts vorzufinden und weiter oben Milchdrüsenprotuberanzen – Brüste, die Milch geben –, genug, um einem jeden Appetit zu verderben.«

»Es gibt aber Frauen, die sehr kleine ›Milchbehälter‹ haben«, erwiderte Elena.

Sie stand auf der Leiter, um an ein Gesims und an die Mansardendecke heranzukommen. Als sie den Arm hob, rutschte auch ihr Rock hinauf. Sie trug keine Strümpfe. Ihre Beine waren sehr glatt und schlank und ohne »kugelige Auswüchse«, wie Miguel es nannte. Er machte ihr Komplimente, denn er glaubte sich sicher davor, in ihr irgendwelche Hoffnungen zu erwecken.

Elenas Ehrgeiz, einen Homosexuellen zu verführen, war nichts Ungewöhnliches. Meistens betrachteten die Frauen es als eine Art Herausforderung, eine Kraftprobe angesichts einer recht aussichtslosen Sache. Vielleicht aber war es auch die Vorstellung, daß jeder Mann sich von der Vorherrschaft der Frauen befreien wollte und sie ihn deswegen immer wieder von neuem verführen müßten. Es war Miguels Los, denn er sah nicht effeminiert aus; er hielt sich gut, seine Gesten waren männlich. Aber sobald eine Frau mit ihm flirten wollte, geriet er in Panik. Er stellte sich das ganze Drama vor: die Aggressivität der Frau, ihre Auslegung seiner Zurückhaltung als bloße Scheu, ihre Annäherungsversuche und dann den hassenswerten Augenblick, da er sie zurückweisen müßte. Er konnte es nie ohne ein schlechtes Gewissen tun, dazu war er zu zart besaitet, zu mitfühlend. Er litt manchmal mehr darunter als die betreffende Frau, deren Eitelkeit ja nur verletzt worden war. Er sah in Frauen Familienangehörige. Es kam ihm jedesmal vor, als hätte er seine Mutter, eine Schwester oder Elena beleidigt.

Ihm war aufgegangen, wie verderblich sein Einfluß auf Elena gewesen war, weil er als erster in ihr Zweifel an ihrer Liebesfähigkeit geweckt hatte. Jedesmal, wenn er die Annäherungsversuche einer Frau zurückwies, vermeinte er, ein kleines Verbrechen begangen zu haben. Er hatte einen Glauben, eine Zuversicht für immer vernichtet.

Aus diesem Grund war er so gerne mit Elena zusammen, deshalb konnte er ihre femininen Reize so gefahrlos genießen. Pierre kümmerte sich um das sinnliche Geschöpf Elena. Nichtsdestoweniger war Miguel eifersüchtig auf Pierre, ebenso eifersüchtig, wie er als Kind dem Vater gegenüber war. Seine Mutter hatte ihn immer aus dem Zimmer geschickt, wenn der Vater hereinkam. Der Vater wollte den Sohn aus dem Wege haben. Miguel haßte es, wenn sich die Eltern stundenlang einschlossen. Sobald sein Vater gegangen war, wandten sich die Zärtlichkeiten der Mutter, ihre Küsse und ihre Liebkosungen wieder ihm zu.

Wenn Elena erklärte: »Ich gehe jetzt zu Pierre«, dann war es dasselbe. Nichts konnte sie zurückhalten. Wenn sie auch noch so gerne zusammengewesen waren, es gab immer einen Moment, wo Pierre sie in Anspruch nahm. War es an der Zeit, dann konnte nichts sie zurückhalten.

Aber auch das Mysterium von Elenas männlichen Zügen faszinierte ihn. Immer, wenn er mit ihr zusammen war, sprach ihn die vitale, aktive, positive Seite ihres Wesens an. In ihrer Gegenwart verschwanden seine Lethargie, seine Unsicherheit, sein Zögern.

Sie elektrisierte ihn, sie war sein Katalysator. Er sah auf ihre Beine, die Beine der Diana, der Göttin der Jagd, der Knabenfrau, Beine, die zum Rennen und Springen geschaffen schienen. Ihn überkam eine unwiderstehliche Neugier nach ihrem übrigen Körper. Er trat näher an die Leiter heran. Die wie gemeißelten Beine verschwanden in spitzenbesetzten Höschen. Er wollte noch mehr sehen. Sie blickte auf ihn herunter, sah, wie er dort stand und sie mit aufgerissenen Augen anstarrte.

»Elena, darf ich sehen, wie du gebaut bist?«

Sie lächelte.

»Darf ich dich ansehen?«

»Du siehst mich ja an.«

Er breitete den Saum ihres Kleides, das sich wie ein Sonnenschirm über ihm öffnete, aus und steckte den Kopf darunter. Sie wollte von der Leiter heruntersteigen, aber er hielt sie fest. Seine Hände zogen an dem Gummizug des Höschens, um es ihr abzustreifen. Sie war halbwegs auf der Leiter stehengeblieben, ein Bein höher als das andere, so daß er das Höschen nicht ganz herunterziehen konnte. Er ergriff ihr Bein, um ihr das Höschen ganz auszuziehen. Seine Hände hatten sich liebevoll um ihren Hintern gelegt. Wie ein Bildhauer formte er die Konturen nach, jede Kurve, jeden Muskel. Er ertastete die Festigkeit, zeichnete die Rundungen nach, als hätte er nur ein Fragment einer Skulptur in den Händen, die er ausgegraben hatte und von der der übrige Teil des Körpers fehlte. Er beachtete das benachbarte Fleisch überhaupt nicht, ignorierte dessen Linien. Er streichelte nur den Hintern und brachte ihn allmählich immer näher an sein Gesicht. Er ließ es nicht zu, daß Elena sich beim Herabsteigen von der Leiter zu ihm umdrehte.

Sie ließ ihn gewähren, weil sie glaubte, sein Vergnügen gelte nur dem, was Augen und Hände festhalten konnten. Als sie schließlich auf der untersten Sprosse stand, hielt er in jeder Hand eine Rundung und knetete sie, als seien sie Brüste. Wie hypnotisiert umkreisten seine Hände ihr Hinterteil.

Elena gelang es doch, sich umzudrehen. Sie lehnte sich

gegen die Leiter. Sie vermutete, daß er sie nehmen wollte. Zuerst berührte er eine Öffnung, die zu eng für ihn war, und tat ihr weh. Sie schrie auf. Dann bewegte er sich nach vorn und fand das richtige Loch und merkte, er konnte hineinschlüpfen. Sie war überrascht, daß er so stark und fest war. Er blieb in ihr und bewegte sich. Er tat es mit Macht, aber er beschleunigte sein Tempo nicht. War ihm aufgegangen, daß er sich in einer Frau und nicht in einem Knaben befand? Langsam zog er sich zurück und ließ sie in der Schwebe. Er versteckte sein Gesicht vor ihr, damit sie seine Enttäuschung nicht sehen konnte.

Sie küßte ihn als Zeichen dafür, daß es ihrer Freundschaft keinen Abbruch getan hatte, daß sie es verstand.

Manchmal – sei es auf der Straße oder in einem Café – war Elena hypnotisiert von dem Zuhältergesicht eines Mannes, von einem muskulösen Arbeiter in kniehohen Stiefeln, von einer brutalen Verbrechervisage. Dann verspürte sie einen sinnlichen Schauder aus Angst und Anziehung. Das Weib in ihr war fasziniert. Eine Sekunde lang kam sie sich vor wie eine Hure, die wegen ihrer Treulosigkeit den Messerstich im Rücken erwartete. Sie spürte Angst. Sie saß in einer Falle. Sie vergaß, daß sie ja frei war. Eine verborgene Schicht war bloßgelegt worden, ein unterirdischer Primitivismus, eine Sucht, die Brutalität des Mannes zu spüren, die Kraft, die die Frau in ihr aufbrechen und restlos fertigmachen würde. Die geheime Sehnsucht der Frau nach Vergewaltigung. Sie mußte sich freimachen von solchen Phantasien.

Sie entsann sich in solchen Augenblicken, daß das, was sie anfangs an Pierre am meisten geliebt hatte, das bedrohliche Blitzen seiner Augen gewesen war, jener Augen eines skrupellosen, sich keiner Schuld bewußten Mannes, der sich nahm, was er haben wollte, der sein Vergnügen daran hatte und sich nicht um Auswirkungen kümmerte.

Was war aus diesem ungezähmten, eigenwilligen Wilden geworden, dem sie eines lichten Vormittags auf jenem Bergpfad begegnet war? Nun war er domestiziert, lebte nur für die Liebe. Elena mußte lächeln. Gewiß war dies etwas, was selten bei Männern vorkam. Nichtsdestoweniger war er ein Naturmensch geblieben. Manchmal neckte sie ihn und fragte: »Wo ist dein Pferd? Du siehst immer aus wie einer, der sein Pferd draußen vor der Tür angebunden hat und der jederzeit wieder davongaloppieren möchte.«

Er schlief nackt. Er haßte Schlafanzüge, Kimonos, Pantoffeln. Er warf seine Zigarettenkippen auf den Boden. Er wusch sich täglich wie ein Pionier in eiskaltem Wasser. Er verachtete jede Art von Komfort. Er suchte sich stets den härtesten Stuhl aus. Einmal war sein Körper so heiß und staubbedeckt, das Waschwasser so eiskalt, daß es buchstäblich auf ihm verdampfte und Schwaden aus seinen Poren aufstiegen. Er hatte ihr seine dampfenden Hände entgegengestreckt, und sie hatte gesagt: »Du bist der Gott des Feuers.«

Er hatte überhaupt kein Zeitgefühl. Er wußte nicht, was sich in einer Stunde bewältigen ließ. Sein halbes Selbst schlief, zugedeckt von mütterlicher Liebe, die sie ihm gab, eingesponnen in Träumereien, in Lethargie. Er sprach dann von Reisen, die er machen, Büchern, die er schreiben wollte.

Dann wieder gab es Momente, wo er ganz unschuldig war. Er besaß die angeborene Scheu einer Katze. Obwohl er nackt schlief, lief er niemals nackt herum.

Pierre näherte sich allen Regionen des Verstandes mit Intuition. Und doch lebte er nicht, schlief und aß nicht in diesen höheren Regionen, wie sie es tat. Er stritt sich, prügelte sich, betrank sich mit seinen Kumpanen, vergeudete seine Abende mit belanglosen Menschen. Sie konnte das nicht. Sie liebte nur das Außergewöhnliche, Besondere. Das trennte sie voneinander. Wie gerne wäre sie wie er gewesen, allem und jedem aufgeschlossen, aber sie brachte es nicht fertig. Es betrübte sie. Oft, wenn sie zusammen ausgehen wollten, ging sie weg.

Ihre erste ernsthafte Auseinandersetzung entbrannte wegen Pünktlichkeit. Pierre hatte angerufen und gesagt: »Komm gegen acht zu mir in die Wohnung.« Sie hatte einen Schlüssel. Sie kam und nahm sich ein Buch. Er erschien um neun Uhr. Oder er rief sie an, wenn sie bereits in der Wohnung war. »Ich komme sofort«, und dann kam er erst nach zwei Stunden. Eines Abends, als er sie allzu lange hatte warten lassen (und das Warten war um so schmerzlicher, als sie glaubte, er sei mit einer anderen Frau im Bett), war sie weg, als er kam. Er war außer sich vor Wut, aber er änderte sich nicht. Einmal sperrte sie ihn aus. Sie stellte sich hinter die Tür und lauschte, sie hoffte bereits, er würde nicht weggehen, es tat ihr sehr leid, ihm die Stimmung verdorben zu haben. Aber sie wartete doch. Er läutete wieder, aber diesmal ganz zaghaft. Hätte er Sturm geklingelt, wäre sie vielleicht hart geblieben, so aber machte sie ihm auf. Sie war immer noch wütend. Er begehrte sie. Sie wehrte sich. Ihr Widerstand entflammte ihn, und sie war traurig, ihn so voller Verlangen zu finden.

Sie hatte das Gefühl, Pierre hätte die Szene provoziert. Je ungestümer er sie bedrängte, desto größer wurde ihr Widerstand. Sie verschloß sich ihm, aber der Honig sickerte durch die zusammengepreßten Lippen. Pierre war ekstatisch. Er wurde immer leidenschaftlicher, er zwang ihre Knie mit seinen muskulösen Beinen auseinander und verströmte sich in Elena mit einer unglaublichen Intensität.

Es hatte Zeiten gegeben, da sie Lust vorspiegelte, auch wenn sie keine empfunden hatte, nur um ihn nicht zu kränken. Aber diesmal hatte sie ihm absichtlich nichts vorgemacht. Als Pierres Leidenschaft verebbt war, fragte er: »Bist du gekommen?«

»Nein«, entgegnete sie, und er war gekränkt. Er fühlte,

wie grausam sie sein konnte, wenn sie sich zurückhielt. Er sagte: »Ich liebe dich mehr, als du mich liebst.« Dennoch wußte er genau, wie sehr sie ihn liebte. Er konnte sich keinen Vers darauf machen.

Nachher lag sie da mit offenen Augen. Sicher, er war nur wieder einmal unpünktlich gewesen. Er war wie ein Kind eingeschlafen, die Hände zu Fäusten geballt, sein Haar in ihrem Mund. Er schlief immer noch, als sie ihn verließ.

Auf der Straße überflutete sie eine derartige Welle der Zärtlichkeit, daß sie kehrtmachte und in die Wohnung zurückging. Sie warf sich über ihn und sagte: »Ich mußte einfach zurückkommen, ich mußte zurückkommen.«

»Ich habe es gewollt«, erwiderte er und berührte sie. Sie war so feucht, so feucht. Er glitt in sie hinein und dann wieder hinaus. Dann sagte er: »Ich will mitansehen, wie ich dir weh tue, wie ich dich durchbohre, wie ich hineinstoße in die kleine Wunde.« Und dann hämmerte er mit solcher Macht in sie hinein, daß er ihr den Orgasmus entrang, den sie ihm versagt hatte. Als sie ihn ein zweites Mal verließ, war sie voller Freude. Konnte Liebe tatsächlich zu einem Feuer werden, an dem man sich nicht verbrannte, wie das Feuer der Hindupriester? Lernte sie endlich, unversehrt auf glühenden Kohlen zu wandeln?

DER UNGARISCHE ABENTEURER

Es war einmal ein ungarischer Abenteurer, den die Natur mit allem ausgestattet hatte: Er sah blendend aus, besaß einen unfehlbaren Charme, große Anmut, die Überzeugungskraft eines Schauspielers, er beherrschte viele Fremdsprachen und verfügte über aristokratische Manieren. Dazu war er ein genialer Liebhaber mit der Fähigkeit, sich aus schwierigen Situationen herauszuwinden und gegebenenfalls in ein anderes Land zu verschwinden.

Er reiste in großem Stil mit fünfzehn Koffern voll erlesener Garderobe und zwei dänischen Doggen. Wegen seines selbstsicheren Auftretens hatte man ihm den Spitznamen »Der Baron« gegeben. Der Baron stieg nur in den besten Hotels ab, besuchte Modebäder und Pferderennen, machte Weltreisen, Streifzüge durch Ägypten, die Sahara und bis ins Herz Afrikas.

Überall war er der Mittelpunkt weiblicher Bewunderung. Wie ein wandlungsfähiger Schauspieler schlüpfte er von einer Rolle in die andere, um sich dem Geschmack der betreffenden Frau anzupassen. Er tanzte hervorragend, war der geistreichste Gast bei Diners, der routinierteste Partner bei Tête-à-têtes. Er konnte segeln und reiten. Er kannte jede Stadt, als hätte er sein ganzes Leben dort verbracht. Er war befreundet mit allen Prominenten, er galt einfach als unersetzlich.

War er knapp bei Kasse, heiratete er eine begüterte Frau, brachte ihr Geld durch und zog in ein anderes Land.

Meistens rebellierten die Frauen nicht, noch liefen sie zur Polizei. Die paar Wochen oder Monate, da sie ihn als ihren Ehemann genossen, hatten eine Erinnerung zurückgelassen, die stärker war als der Verlust des Geldes. Einen Augenblick lang hatten sie erleben dürfen, was es hieß, starke Flügel zu besitzen, mit denen sie sich über das Mittelmaß erheben konnten.

Er führte sie mit sich in solche Höhen, wirbelte sie derart durch den Reigen seiner Verzauberungen, daß sogar noch sein Abschied etwas von diesem Höhenflug hatte. Es schien beinahe natürlich, denn kein Partner konnte den Flügelschlägen dieses Adlers auf lange Zeit folgen.

Dieser unbezähmbare, unereroberte, von einem goldenen Zweig auf den anderen flatternde Abenteurer ging plötzlich beinahe in eine Falle, und zwar die menschlicher Liebe, denn eines Abends begegnete er in einem peruanischen Theater der brasilianischen Tänzerin Anita. Ihre mandelförmigen Augen schlossen sich nicht wie die anderer Frauen, sondern eher wie die von Tigern, Pumas oder Leoparden: Die beiden Lider bewegten sich träge und langsam aufeinander zu. Aus dieser Verengung fiel ein versteckter, lasziver Blick, wie der einer Frau, die nicht sehen will, was mit ihrem Körper geschieht. Es gab ihr den Anschein, als würde sie gerade beschlafen. Der Baron stand sofort in Flammen.

Als er zu ihr in die Garderobe ging, um sich vorzustellen, machte sie sich gerade inmitten von Blumensträußen zurecht. Zum Entzücken ihrer Verehrer, die um sie herumsaßen, zog sie ihre Schamlippen mit dem Lippenstift nach, ohne den Männern auch nur eine einzige Geste der Annäherung zu gestatten.

Als der Baron eintrat, hob sie nur den Kopf und lächelte ihm zu. Einen Fuß hatte sie auf einen kleinen Tisch gestellt, ihr volantbesetztes brasilianisches Kostüm war hochgeschlagen, und mit juwelengeschmückten Fingern malte sie weiter ihr Geschlecht an. Sie lachte über die Erregung der anwesenden Männer.

Ihre Vulva glich einer riesigen Treibhausblüte, sie war größer als irgendeine, die der Baron jemals zu sehen bekommen hatte. Das Haar darüber war üppig, kraus und glänzend schwarz. Sie legte das Rot auf ihre Scham, als sei sie ein Mund, bedächtig, sorgfältig, so daß die Schamlippen wie blutrote Kamelien wurden, gewaltsam geöffnet, die verborgene innere Knospe offenbarend, ein blaßroter, zarthäutiger Blütenstempel.

Der Baron versuchte vergeblich, sie zum Souper einzuladen. Ihre Vorstellung auf der Bühne war nur der Auftakt zu ihrem eigentlichen Auftritt. Jetzt erst folgte das, weshalb sie in ganz Südamerika berühmt geworden war, nämlich dann, wenn sich Logen, tief, dunkel, halb von einem Vorhang verhüllt, mit der männlichen Prominenz aller Herren Länder füllten. Frauen wurden zu dieser Exklusiv-Vorstellung nicht mitgebracht.

Inzwischen hatte sie sich wieder ihr rüschenbesetztes, von Unterröcken gebauschtes Kostüm angezogen, das sie auf der Bühne getragen hatte, während sie ihre brasilianischen Lieder zum besten gab. Das Kleid ließ die Schultern nackt. Ihre üppigen, großen Brüste waren in die eng taillierte Korsage gezwängt und hochgepreßt; sie boten sich fast völlig den Blicken dar.

In diesem Kostüm, und während die Vorstellung auf der Bühne weiterging, machte sie die Runde durch die Logen. Wurde es verlangt, ließ sie sich vor einem Mann nieder, knöpfte ihm die Hose auf, nahm seinen Schwanz in ihre beringten Finger, und mit unglaublicher Raffinesse, Erfahrung und Subtilität, wie sie nur wenige Frauen jemals entwickeln, saugte sie ihn aus. Dabei waren ihre beiden Hände ebenso aktiv wie ihr Mund.

Das Lustgefühl, das dann den Mann überwältigte, war kaum zu ertragen. Ihre geschmeidigen Finger, die Vielfalt der Rhythmen, dieses abwechselnde Umgreifen des ganzen Stammes und das sanfteste Streicheln der Spitze, dieses feste Massieren aller Teile und dann ein kaum spürbares Ziehen am Schamhaar, das sie umgab - all das bot diese ungewöhnlich schöne und sinnliche Frau, während sich die Aufmerksamkeit der übrigen Zuschauer auf die Bühne richtete. Der Anblick des Schwengels, wie er zwischen den blitzenden Zähnen in ihrem herrlichen Mund verschwand, während sich ihre Brüste hoben und senkten, schenkte den Männern ein Lustgefühl, das sie großzügig entlohnten.

Ihr Auftritt auf der Bühne war nur die Ouvertüre für ihre Vorstellungen in den Logen. Dort provozierte sie die Männer mit ihrem Mund, ihren Blicken, ihren Brüsten. Danach aber befriedigt zu werden, während Musik erklang, Lichter leuchteten, gesungen wurde, und dabei in einer verdunkelten Loge hinter einem halb zugezogenen Vorhang hoch über dem nichtsahnenden Publikum zu sitzen, das war eine außergewöhnlich pikante Sache.

Der Baron verliebte sich fast in Anita und blieb länger mit ihr zusammen als mit irgendeiner anderen Frau. Sie erwiderte seine Zuneigung und gebar ihm zwei Kinder.

Aber nach ein paar Jahren hatte er genug - er wollte weg. Die Macht der Gewohnheit war zu stark, er wollte frei sein, wollte Abwechslung.

Er reiste nach Rom und mietete sich eine Suite im Grandhotel. Der Zufall wollte es, daß sie sich neben der des spanischen Botschafters befand, der mit seiner Gemahlin und seinen beiden hübschen Töchtern ebenfalls dort abstiegen war. Auch sie ließen sich von dem Baron bezaubern. Die Gattin des Botschafters bewunderte ihn. Sie freundeten sich an. Er verstand es so ausgezeichnet, mit den Mädchen umzugehen, die sich in dem Hotel gelangweilt hatten, daß sie es zur Gewohnheit machten, den Baron morgens in seinem Zimmer zu wecken. Dieser Spaß war den Mädchen bei ihrem ein wenig strengen Elternpaar verwehrt.

Das eine der beiden kleinen Mädchen war etwas rundlicher, das andere schlank. Beide waren angehende Schönheiten mit riesigen, samtschwarzen Augen, langem seidigem Haar und goldbraunem Teint. Sie trugen kurze weiße Kleider und weiße Söckchen. Mit lautem Gekreische stürmten sie jeden Morgen ins Schlafzimmer des Barons und warfen sich auf sein breites Bett. Er tollte mit ihnen herum und liebkoste sie.

Nun aber war der Penis des Barons, wie bei vielen Männern, frühmorgens in einem sehr empfindlichen Zustand. Der Baron hatte nie Zeit, aufzustehen und durch Wasserlassen seine Erektion zu lindern, denn die beiden Mädchen waren bereits ins Zimmer und über das glänzende Parkett gestürmt und hatten sich auf ihn und auf sein hartes Glied geworfen, das nur eine hellblaue große Daunendecke einigermaßen verbarg.

Die beiden Mädchen scherten sich nicht darum, wie hoch dabei ihre Röcke flogen und wie ihre schlanken Arme und Beine in einem Wirrwarr auf seinen unter der Daunendecke verborgenen, steifen Penis fielen. Unter viel Gelächter drehten sie sich, warfen sich über ihn und setzten sich rittlings auf ihn wie auf ein Pferd. Dann wollten sie, daß er das Bett durch die Bewegung seines Körpers zum Schaukeln brachte. Dabei küßten sie ihn, ziepten ihn am Haar und plapperten kindischen Unsinn. Das Entzücken des Barons wuchs, bis er es kaum noch aushalten konnte.

Eines der beiden Mädchen legte sich bäuchlings auf ihn. Er brauchte sich eigentlich nur ein wenig an ihr zu reiben, um seinen Höhepunkt zu erreichen. Also machte er ein Spiel daraus und gab vor, sie von seinem Bett herunterzustoßen. Er sagte: »Du wirst bestimmt herunterfallen, wenn ich in diese Richtung stoße.«

»Ich werde aber nicht herunterfallen«, entgegnete das Mädchen und stemmte sich auf ihn und hielt ihn mit der Decke fest. Die ganze Zeit über bewegte er sich, als wollte er sie tatsächlich über die Bettkante rollen. Lachend drückte er ihren Körper hoch, aber sie lag fest auf ihm, ihre kleinen Beine, ihr Höschen, alles rieb sich an ihm. Er tollte weiter mit ihnen, und sie lachten. Dann versuchte das andere Mädchen, ihn mit ihrem zusätzlichen Gewicht niederzuhalten und setzte sich rittlings vor ihre Schwester. Jetzt mußte er sich noch heftiger bewegen. Sein unter der Daunendecke verborgenes, steifes Glied erhob sich immer wieder zwischen den jungen Beinen, und so geschah es, daß er kam, und zwar mit einer Heftigkeit, die selbst ihn überraschte.

Ein andermal, als sie hereingestürmt waren, um mit ihm herumzualbern, hatte er die Hände unter die Daunendecke gesteckt. Dann hob er die Decke mit seinem Zeigefinger an und forderte die Mädchen auf, den Finger zu fangen. Mit großem Eifer machten sie sich auf die Jagd nach dem Finger, der verschwand und unversehens woanders wieder auftauchte. Sie griffen zu, aber nun war es kein Finger mehr, sondern sein Schwanz, den sie immer wieder einfingen. Er versuchte, ihn ihrem Griff zu entziehen, mit dem Resultat, daß sie ihn noch fester hielten. Dann schlüpfte der Baron unter die Decke. Er nahm seinen Ständer in die Hand und stieß ihn unvermittelt nach oben, damit sie ihn fangen konnten.

Er tat nun, als sei er ein wildes Tier, das sie greifen und beißen wollte. Manchmal kam er dabei ganz nahe an die Stelle, nach der er sich sehnte. Sie waren entzückt darüber. Sie spielten auch Versteck mit dem »Tier«. Es mußte die Mädchen aus irgendeinem versteckten Winkel anspringen. Dazu hockte er sich zum Beispiel auf den Boden des Wandschrankes unter einen Haufen Kleider. Eins der beiden Mädchen machte die Schranktür auf. Dabei konnte er ihr unter den Rock sehen. Er fing sie und biß sie wie zum Spaß in den Oberschenkel.

So erhitzt waren die Mädchen bei dem Spiel, so groß war das Schlachtgetümmel, so sehr waren die Mädchen von dem Kampf begeistert, daß seine Hand oft genau dort landete, wo er sie haben wollte.

Schließlich zog der Baron weiter, aber sein Trapezakt von einem Vermögen zum anderen erlahmte immer mehr, je häufiger sexuelle statt finanzielle Motive im Spiel waren. Es schien, als hätte sein Verlangen nach Frauen nun gänzlich die Überhand gewonnen. Er trachtete nur danach, sich seiner Ehefrauen zu entledigen, um sich ungestörter seiner Jagd nach erotischen Abenteuern widmen zu können.

Eines Tages erfuhr er, daß die brasilianische Tänzerin, die einst seine Geliebte gewesen war, an einer Überdosis Opium gestorben war. Die beiden Töchter, inzwischen fast schon junge Frauen, verlangten, daß ihr Vater sich um sie kümmerte. Er ließ sie kommen. Damals wohnte er in New York, ein verheirateter Mann mit Frau und Sohn. Seine Gattin war nicht gerade begeistert bei dem Gedanken an die bevorstehende Ankunft ihrer beiden Stieftöchter. Sie war eifersüchtig wegen ihres gerade vierzehn Jahre alten Sohns. Nach all den Jahren der Herumtreiberei und trotz aller Abenteuer sehnte sich der Baron nach einem Heim, nach Ruhe. Er hatte die Komplikationen und Lügen satt, hatte eine Ehefrau, die ihm gefiel, und drei Kinder; der Gedanke an ein Wiedersehen mit seinen Töchtern reizte ihn. Er empfing sie mit allen Zeichen der Zuneigung. Die eine Tochter war bildschön, die andere weniger schön, aber dafür um so aparter. Sie hatten das Leben ihrer Mutter mitgemacht und waren weder schüchtern, noch prüde.

Das gute Aussehen ihres Vaters beeindruckte sie. Er hingegen entsann sich der Spiele mit den beiden netten Mädchen in Rom, nur waren die Töchter ein wenig älter, und dadurch wurde die Situation noch pikanter.

Man hatte ihnen ein breites Bett gegeben. Später, als sie sich über ihre Seereise und das Wiedersehen mit dem Vater unterhielten, kam er in ihr Zimmer, um ihnen gute Nacht zu sagen. Er streckte sich neben sie aufs Bett und küßte sie. Sie erwiderten seine Küsse. Als er ihre Lippen berührte, fuhr er mit der Hand ihre Körper entlang, die er durch die Nachthemden spüren konnte. Seine Zärtlichkeiten gefielen ihnen. »Wie schön ihr seid, ihr beide. Ich bin stolz auf euch. Ich kann euch einfach nicht alleine schlafen lassen . . . Ich habe euch doch so lange nicht mehr gesehen.«

Er hielt sie wie ein Vater, beider Köpfe ruhten auf seiner Brust. Er streichelte sie wie ein Beschützer, bis sie eingeschlafen waren, doch ihre jungen Körper mit ihren kleinen, straff geformten Brüsten, machten ihm derart zu schaffen, daß er keine Ruhe fand. Erst liebkoste er die eine, dann die andere. Er tat es verstohlen, denn er wollte ihren Schlaf nicht stören. Aber auf einmal übermannte ihn seine Begierde. Eines der Mädchen wachte auf, und er nahm es mit Gewalt. Auch das andere entging ihm nicht. Sie wehrten sich zwar und weinten ein wenig, aber sie hatten in ihrem Zusammenleben mit ihrer Mutter so viel erfahren, daß sie sich nicht widersetzten.

Aber dies war kein gewöhnlicher Fall von Trieb; die Besessenheit des Barons wurde immer stärker, wurde zur Manie. Die Befriedigung befreite, aber beruhigte ihn nicht mehr. Im Gegenteil: Sie wurde zum immer stärkeren Reizmittel. Aus dem Bett seiner Töchter stieg er in das seiner Frau und nahm auch sie.

Er fürchtete, seine Töchter könnten ihn verlassen, könnten ausreißen. Also spionierte er ihnen nach und hielt sie so gut wie gefangen.

Seine Frau kam dahinter und machte ihm schreckliche Szenen. Aber der Baron benahm sich wie ein Verrückter. Er vernachlässigte seine Erscheinung, seine Kleidung, Liebesabenteuer ohne Geld interessierten ihn nicht mehr. Er blieb lieber zu Hause, um den Augenblick abzupassen, wo er seine beiden Töchter gleichzeitig besitzen konnte. Er hatte ihnen alle erdenklichen Zärtlichkeiten beigebracht. Sie liebkosten sich in seiner Gegenwart, um ihn aufzugeilen.

Aber seine Besessenheit, seine Exzesse waren auch ihnen lästig geworden. Seine Frau hatte sich inzwischen längst von ihm getrennt.

Die Auflehnung der Mädchen gegen ihren Vater wuchs, und auch sie verließen den gealterten, nun völlig verrückten Baron.

MATHILDE

Als sie zwanzig Jahre alt war, wurde Mathilde, eine Pariser Putzmacherin, von dem Baron verführt. Zwar dauerte die Beziehung nur zwei Wochen, aber trotzdem gelang es dem Baron, ihr in dieser kurzen Zeit etwas von seiner Lebensphilosophie und seiner geschwinden Art, mit Problemen fertig zu werden, mitzugeben. Was ihr der Baron eines Abends ganz beiläufig anvertraut hatte, ließ sie nicht ruhen: nämlich, daß man in Südamerika Pariserinnen besonders schätzte, weil man glaubte, sie seien im Gegensatz zu vielen südamerikanischen Ehefrauen, die immer noch in der Tradition des aufopfernden und unterwürfigen Eheweibs lebten, liebeserfahren, temperamentvoll, geistreich. Die Ehefrauen seien verkümmert, wohl weil ihre Männer sich weigerten, sie zu Mätressen zu machen.

Genauso wie der Baron hatte auch Mathilde ein Rezept entwickelt, nach dem sie ihr Leben als eine Folge von Rollen verstand. So sagte sie sich beispielsweise morgens, während sie ihr blondes Haar bürstete: »Heute will ich diese oder jene Person sein.« Und dann spielte sie diese Rolle.

Eines Tages hatte sie entschieden, sie würde gerne die elegante Vertreterin eines bekannten Pariser Modesalons sein und nach Peru geschickt werden. Sie brauchte ja nur die Rolle zu verkörpern. Also zog sie sich sorgfältig an, präsentierte sich mit größter Selbstsicherheit in besagtem Salon, wurde tatsächlich als Vertreterin engagiert und erhielt ihre Passage nach Lima.

An Bord des Dampfers benahm sie sich wie die elegante französische Botschafterin der Mode. Ihr angeborener Geschmack für erlesene Weine, kostbare Parfüms, ausgesuchte Kleidung kennzeichnete sie als Dame von Welt. Sie war eine Feinschmeckerin.

Mathilde besaß aber auch den Charme, der zu dieser Rolle gehörte. Sie lächelte unaufhörlich, einerlei, was geschah. War ihr Koffer abhanden gekommen, lächelte sie. Wenn man ihr auf den Fuß trat, lächelte sie. Dieses Lächeln war es, was Dalvedo, den Generalvertreter der Spanischen Schiffahrtslinie, so bezauberte. Er bat sie, am Tisch des Kapitäns Platz zu nehmen. Dalvedo machte eine gute Figur in seinem Smoking, benahm sich wie ein Kapitän und war voller Anekdoten. Am nächsten Abend führte er sie zum Tanz. Er wußte, daß er ihr während der kurzen Zeit der Überfahrt nicht in der üblichen Weise den Hof machen konnte, also begann er gleich, ihr pikante Komplimente wegen des kleinen Leberflecks auf ihrem Kinn zu machen. Um Mitternacht wollte er wissen, ob sie gerne indische Feigen äße. Sie hatte sie nie gekostet. Er erklärte, er hätte ein paar davon in seiner Kabine.

Aber Mathilde wußte, was sie sich schuldig war, und wollte sich nicht allzu schnell erobern lassen. Deshalb war sie auf der Hut, als sie die Kabine betraten. Es war ihr immer ein leichtes gewesen, die frechen Annäherungen der Männer abzuwehren, die verstohlenen Klapse auf den Hintern, die ihr die Ehemänner ihrer Kundinnen gaben, die Griffe an die Brust, wenn sie mit ihrem Freund im Kino war. All dies hatte sie kaltgelassen. Von dem, was sie bestimmt nicht kaltlassen würde, hatte sie eine vage, aber beharrliche Vorstellung: Sie wollte mit geheimnisvollen Worten umworben werden. Diese fixe Idee war das Resultat ihrer ersten Erfahrung, die sie als Sechzehnjährige gemacht hatte.

Damals war ein Schriftsteller, den ganz Paris kannte, in

ihrem Laden erschienen. Aber er wollte keinen Hut erstehen. Er fragte sie, ob sie lumineszierende Blumen führe, von denen man ihm berichtet hatte, Blumen, die im Dunkeln leuchteten. Er wollte sie, so sagte er, für eine Frau, die im Dunkeln leuchtete. Er könne schwören, daß die Haut dieser Frau, wenn er mit ihr im Theater war und sie in ihrem Abendkleid zurückgelehnt in ihrer Loge saß, leuchtete wie die zartesten Meeresmuscheln, mit einem blaßrosa Schimmer. Er wollte, daß sie diese Blumen in ihrem Haar trug.

Mathilde hatte keine solchen Blumen. Aber sobald der Mann den Laden verlassen hatte, trat sie vor den Spiegel. So ein Gefühl wollte sie erwecken. Aber konnte sie es denn? Sie war weit eher Feuer als Licht. Ihre Augen waren heiß und veilchenblau. Ihr Haar war blond getönt, aber es warf einen kupfernen Schatten auf ihr Gesicht. Ihr Teint war ebenfalls kupferfarben, kräftig und alles andere als durchscheinend. Ihr Körper füllte ihre Kleider aus. Sie trug kein Korsett, und doch hatte ihre Figur die Kurven der Frauen, die eins trugen. Sie machte ein hohles Kreuz, damit die Brüste und die Hinterbacken hervortraten.

Inzwischen war der Mann zurückgekommen. Diesmal wollte er gar nichts kaufen. Er stand nur da und starrte sie an und lächelte mit seinem langen, markanten Gesicht; seine schlanken Finger machten ein Ritual aus dem Anzünden einer Zigarette. Er sagte: »Diesmal bin ich zurückgekommen, nur weil ich Sie sehen wollte.«

Mathilde hatte ein solches Herzklopfen bekommen, daß sie glaubte, dies wäre nun der Augenblick, auf den sie so lange gewartet hatte. Fast stellte sie sich auf die Zehenspitzen, so gespannt wartete sie auf seine nächsten Worte. Sie war jetzt die leuchtende Frau in der schummrigen Loge, für die man die ungewöhnlichen Blumen verlangt hatte. Aber alles, was der elegante, graumelierte Schriftsteller mit der aristokratischen Stimme herausbrachte, war: »Sowie ich Sie sah, bekam ich einen Steifen in der Hose.«

Es klang so brutal, daß es eine Beleidigung für sie war. Sie errötete und schlug nach ihm.

Szenen in dieser Art wiederholten sich. Mathilde hatte erkannt, daß es den Männern meist die Rede verschlug, wenn sie irgendwo erschien. Sie vergaßen romantisches Werben und kamen gleich zur Sache. Mathildes Wirkung war so unmittelbar, daß die Männer nur ihre physische Erregung in Worte fassen konnten. Anstatt es als ein Kompliment zu sehen, nahm Mathilde das übel.

Nun befand sie sich in der Kabine von Dalvedo, dem welterfahrenen Spanier. Er schälte ihr ein paar indische Feigen und plauderte mit ihr.

Dann unterbrach er sich und stand auf. »Sie haben den verführerischsten kleinen Leberfleck auf Ihrem Kinn.« Sie glaubte, dies sei der Auftakt zu einem Kuß. Aber nein. Statt dessen knöpfte er sich die Hose auf, holte seinen Schwanz heraus, und mit der Geste eines Zuhälters gegenüber einer Straßendirne gebot er: »Auf die Knie!«

Wieder schlug Mathilde nach dem Mann und drehte sich zur Tür. »Bitte bleiben Sie doch«, flehte er, » ich bin wild nach Ihnen. Den ganzen Abend lang, als ich mit Ihnen tanzte, war ich in dieser Verfassung. Sie dürfen mich jetzt nicht verlassen.« Dabei versuchte er, sie zu umarmen. Als sie sich sträubte und ihm entkommen wollte, ergoß er sich über ihr Kleid. Sie mußte sich in ihr Abendcape wickeln, um in ihre Kabine zu gelangen.

Sowie Mathilde in Lima angekommen war, wurde ihr Traum Wirklichkeit. Die Männer machten ihr mit blumigen Worten den Hof und verbargen ihre Absichten hinter sehr viel Charme und schönen Komplimenten. Dieses Vorspiel auf dem Weg ins Bett befriedigte sie. Ein wenig Weihrauch tat ihr gut. In Lima bekam sie eine Menge, denn er gehörte zum Ritual. Sie fand sich auf einem Postament aus Poesie, von dem aus dann der Sturz in die endgültige Umarmung um so herrlicher schien. Sie verkaufte weitaus mehr Nächte als Mode.

Damals gab es in Lima eine große chinesische Kolonie; Opiumrauchen war an der Tagesordnung. Gruppen reicher junger Männer zogen von einem Bordell ins nächste oder verbrachten ihre Nächte in Opiumhöhlen, wo Prostituierte verkehrten; oder sie mieteten sich leere Zimmer im Bordellviertel, wo sie gemeinsam Rauschgift nahmen und sich von Huren bedienen ließen.

Die jungen Männer kamen gern zu Mathilde. Sie hatte ihre »Gesandtschaft« in ein Boudoir mit Sofas, Spitzenüberwürfen, Seidenvorhängen und Kissen verwandelt. Ein Peruaner namens Martinez gab ihr zum erstenmal Opium zu rauchen. Später brachte er seine Freunde mit. Oft blieben sie mehrere Tage bei ihr, unauffindbar für die übrige Welt und für ihre Familien. Die Vorhänge waren zugezogen, die Stimmung schummrig, einschläfernd. Sie teilten sich Mathilde. Das Opium vertiefte ihre Wollust, ließ sie beständiger werden. Sie verbrachten Stunden damit, nur Mathildes Beine zu streicheln. Dann nahm sich jemand eine ihrer Brüste, ein zweiter drückte den Mund ins weiche Fleisch ihres Halses und preßte es nur mit den Lippen. Ein Kuß ließ sie, unter der Wirkung des Opiums, von Kopf bis Fuß erschauern.

Mathilde pflegte sich nackt auf den Boden zu legen. Alle ihre Gesten hatten sich verlangsamt. Die jungen Männer lehnten sich in die Kissen zurück. Ein träger Finger tastete nach ihrem Geschlecht, drang ein, blieb unbeweglich zwischen ihren Schamlippen liegen. Dann kam eine zweite Hand und suchte diesselbe Stelle, beschrieb Kreise darum und fand einen anderen Eingang.

Ein dritter Mann bot ihrem Mund seinen Schwanz an. Dann saugte sie ganz langsam daran. Jede Berührung wurde durch die Droge intensiviert. So lagen sie stundenlang still da und träumten. Dann tauchten andere erotische Vorstellungen auf. Martinez sah den Körper einer Frau vor sich, langgestreckt, kopflos, ein weibliches Wesen mit den Brüsten einer Balinesin, dem Unterleib einer Afrikanerin, dem hohen Steiß einer Negerin. Alles floß zusammen zu einem Bild von beweglichem Fleisch, Fleisch, das wie aus Gummi schien. Die straffen Brüste schwollen seinem Mund entgegen, seine Hand wollte sie ergreifen. Aber dann streckten sich ihm andere Körperteile entgegen, traten in den Vordergrund, hingen über seinem eigenen Körper. Beine spreizten sich auf unmenschliche, unmögliche Weise, als seien sie selbständig geworden, und gaben das Geschlecht frei. Es war, als hätte man eine Tulpe geöffnet.

Die Vulva aber begann sich ebenfalls zu bewegen und dehnte sich wie eine Seeanemone, als zögen unsichtbare Hände an ihr, Hände, die neugierig waren, die den Körper zerstückeln wollten, um an sein Innerstes zu gelangen. Dann wandte sich der Hintern ihm voll zu und verlor seine Kontur, als würde er auseinandergezogen. Jede Bewegung schien den Körper völlig und bis zum Zerreißen zu öffnen. Martinez wurde jedesmal fuchsteufelswild, wenn andere Hände diesen Körper betasteten. Er richtete sich halbwegs auf und suchte Mathildes Brust, und wenn er dann auf eine andere Hand stieß oder auf einen Mund, der daran saugte, tastete er sich zu ihrem Bauch hinunter, als habe er immer noch jenes Bild vor sich, das ihn in seinem Opiumtraum verfolgt hatte. Er ließ sich noch tiefer über ihren Körper sinken, damit er sie zwischen ihren gespreizten Beinen küssen konnte.

Mathilde empfand eine so intensive Lust, die Männer zu liebkosen und von ihnen wiederum so schrankenlos und ohne Unterlaß gestreichelt zu werden, daß sie nur selten einen Höhepunkt erreichte. Es wurde ihr erst bewußt, als die Männer gegangen waren. Sie erwachte aus ihren Opiumträumen mit einem unbefriedigten Körper.

Sie blieb liegen, feilte ihre Nägel und lackierte sie. Sie bereitete sich sorgfältig auf das nächste Mal vor, bürstete ihr blondes Haar, setzte sich in die Sonne. Mit kleinen, in Wasserstoffsuperoxyd getauchten Wattebäuschen färbte sie sich ihr Schamhaar blond.

Allein gelassen, verfolgte sie die Erinnerung an die Hände, die über ihren Körper geglitten waren. Nun spürte sie, wie eine unter ihrem Arm liegende Hand nach ihrer Taille tastete. Sie dachte an Martinez, der ihre Schamlippen wie eine Blüte geöffnet hatte, an seine behende, flinke Zunge, wie sie über den Damm zwischen Scham und Gesäßbakken strich, bis zu den Grübchen am Ende des Rückgrats. Oh, wie er diese Grübchen anbetete, die seinem forschenden Finger und seiner frechen Zunge den abwärts führenden Pfad wiesen, bis sie wieder zwischen den beiden üppigen Hügeln verschwanden.

Mathilde dachte an Martinez. Es erregte sie. Sie wollte seine Rückkehr nicht abwarten und sah herab auf ihre Beine. Da sie kaum noch an die frische Luft ging, hatten sie eine sehr verführerische Blässe bekommen, wie der kreideweiße Teint von Chinesinnen, eine Treibhausblässe, die den Männern, und besonders den dunklen Peruanern, so sehr gefiel. Sie starrte auf ihren Bauch. Er war makellos, besaß keine Falte, die nicht dort hingehörte. In der Sonne glänzte das Schamhaar rötlich golden.

»Wie wirke ich auf ihn?« fragte sie sich. Sie stand auf und trug einen langen Spiegel zum Fenster. Dann lehnte sie ihn auf dem Fußboden gegen einen Stuhl. Sie hockte sich auf den Teppich davor und öffnete langsam ihre Beine. Der Anblick war bezaubernd. Die Haut war makellos, die Vulva rosig und voll. Sie erinnerte sie an das eingerollte Blatt eines Gummibaums mit seiner verborgenen Milch, die ein Druck der Finger heraustreten ließ, eine duftende Feuchtigkeit wie die der Seemuscheln. So wurde Venus aus dem Meeresschaum geboren, mit diesen Körnchen von salzigem Honig, den nur Liebkosungen aus den verborgenen Winkeln des Körpers herausholen können.

Mathilde war neugierig geworden, ob auch sie diesen rätselhaften Honig aus seinem geheimnisvollen Gefäß holen konnte. Mit den Fingern öffnete sie die beiden kleinen Lippen und begann, sie mit einer katzenhaften Behendigkeit zu streicheln, vorwärts und rückwärts bewegte sie die Finger, wie Martinez es mit seinen nervigeren, dunklen Fingern tat. Sie stellte sich seine braunen Finger auf ihrer Haut vor und welchen Gegensatz sie bildeten. Ihre Stärke verhieß eher Schmerz als Wollust auf ihrer Haut. Und trotzdem war seine Berührung ganz zart, sanft hatte er ihre Schamlippen zwischen seine Finger genommen, als berührte er Samt. Sie hielt sie jetzt genauso wie er, zwischen Daumen und Zeigefinger. Sie spürte dasselbe Verströmen, das sie unter seinen Fingern gefühlt hatte. Tief aus ihrem Innersten heraus kündigte sich die salzige Feuchtigkeit an, trat heraus und benetzte die Flügel der Vulva.

Als nächstes wollte Mathilde wissen, wie sie wohl aussah, wenn Martinez ihr befahl, sich umzudrehen. Sie legte sich auf die linke Seite, die Gesäßbacken dem Spiegel zugewendet. Jetzt konnte sie den schimmernden Spalt von der anderen Seite sehen. Sie bewegte sich, wie sie sich für Martinez bewegt hatte. Sie sah, wie ihre eigene Hand über dem kleinen Hügel auftauchte, den ihr Hinterteil bildete, das sie jetzt streichelte. Die andere Hand schob sich zwischen die Beine, der Spiegel warf das Bild zurück. Mit dieser Hand fuhr sie nun vorwärts und rückwärts über ihre Fotze. Dann führte sie den Zeigefinger ein und begann, sich dagegen zu reiben. Jetzt überwältigte sie das Verlangen, von beiden Seiten gleichzeitig genommen zu werden. Sie steckte den anderen Zeigefinger in ihre hintere Öffnung. Wenn sie sich nun vorwärts bewegte, fühlte sie ihren Finger vorn; ließ sie sich rückwärts sinken, fühlte sie den anderen Finger. Es war, als liebkosten Martinez und ein Freund sie gleichzeitig. Der nahende Orgasmus schüttelte sie, die Bewegungen wurden konvulsiv, als wollte sie, um die letzte Frucht vom Baum zu reißen, immer wieder an dem Zweig ziehen, als wollte sie alles in einem wahnsinnigen Orgasmussturm vereinen. Während sie sich im Spiegel betrachtete, kam der Höhepunkt. Sie sah, wie sich ihre Hände bewegten, sah, wie der Honig glänzte, sah ihr ganzes Geschlecht und den Spalt ihres Hintern feucht zwischen den Beinen schimmern.

Nach dieser Vorstellung verstand sie die Geschichte, die ihr einmal ein peruanischer Seemann erzählt hatte – wie die Mannschaft sich eine Gummifrau gebastelt hatte, um sich mit ihr die Zeit zu vertreiben und die sechs, sieben Monate allein auf See zu überbrücken. Die Frau wirkte sehr echt und schön – die perfekte Illusion. Die Seeleute liebten sie, nahmen sie mit ins Bett. Sie war so konstruiert, daß jede Öffnung den Männern zur Befriedigung dienen konnte. Sie besaß jene Beschaffenheit, die ein alter Indio einst seiner jungen Frau zuschrieb, als diese kurz nach der Hochzeit mit jedem der jungen Männer auf der Hacienda geschlafen hatte. Der Besitzer hatte den alten Indio zu sich kommen lassen, ihm von dem skandalösen Benehmen seiner Frau erzählt und ihm geraten, in Zukunft besser auf sie aufzupassen. Darauf schüttelte der Indio skeptisch den Kopf und entgegnete: »Weshalb denn? Warum sollte ich mir den Kopf zerbrechen? Schließlich ist meine Frau nicht aus Seife. Sie wird sich nicht abnutzen.«

Genauso war es mit der Frau aus Gummi. Den Seeleuten war sie eine stets bereite, stets nachgiebige, wahrhaft wundervolle Gespielin. Es gab keine Eifersüchteleien, keine Handgreiflichkeiten, keine Ausschließlichkeiten. Die Gummifrau wurde sehr geliebt. Aber trotz ihrer Unschuld, ihrer gutwilligen Bereitschaft, ihrer Großzügigkeit, ihrer Diskretion, trotz ihrer Treue gegenüber den Seeleuten brachte sie es fertig, sie alle mit Syphilis anzustecken.

Mathilde hatte gelacht, als ihr der junge Seemann die Geschichte erzählte, auf ihr liegend, als sei sie eine aufgeblasene Gummimatratze, die so straff war, daß sie ihn beinahe abgeworfen hätte. Mathilde kam sich vor wie diese Gummifrau, wenn sie Opium geraucht hatte. Wie lustvoll war dieses Gefühl, sich ganz hinzugeben! Ihre einzige wirkliche Beschäftigung bestand darin, nachher das Geld, das ihre Freunde ihr zurückgelassen hatten, zu zählen.

Einem von ihnen, nennen wir ihn Antonio, paßte ihr luxuriöses Zimmer nicht. Immer wieder hatte er sie gebeten, ihn bei sich zu besuchen. Er war ein Boxer, und er sah aus wie ein Mann, der es versteht, Frauen für sich arbeiten zu lassen. Gleichzeitig war er von jener Eleganz, welche die Frauen stolz auf ihn machten. Er hatte das gepflegte Aussehen eines Müßiggängers und jene lässigen Manieren, die, so fühlte man, im gegebenen Augenblick in Gewalttätigkeit umschlagen könnten. Sein Blick war wie der eines Katers, den man streicheln will, der aber niemanden liebt, der niemals auf die Impulse, die er weckt, zu reagieren braucht.

Er hatte eine Geliebte, die gut zu ihm paßte und die es mit seiner Stärke und seiner Potenz aufnehmen und seine Schläge energisch parieren konnte. Kurz, sie war eine Frau, die ihrer Weiblichkeit Ehre machte und von den Männern kein Mitleid verlangte, eine Frau, die wußte, daß ein kräftiger Streit das Blut ins Wallen brachte. Sie wußte, daß es nur nach einem Kampf eine wirklich süße Versöhnung geben konnte. Sie wußte, daß Antonio, wenn er nicht bei ihr war, die Französin besuchte, um bei ihr Opium zu rauchen. Es machte ihr weniger aus, als überhaupt nicht zu wissen, wo er sich aufhielt.

An jenem Tage hatte er gerade sorgsam seinen Schnurrbart gebürstet und sich auf eine Opiumorgie vorbereitet. Um seine Geliebte zu beschwichtigen, kniff und tätschelte er ihren Hintern. Sie war eine apart aussehende Frau mit afrikanischem Blut in den Adern. Ihre Brüste saßen unwahrscheinlich hoch, höher, als bei irgendeiner anderen Frau, fast parallel zu ihrer Schulterlinie. Sie waren kugelrund und groß. Diese Brüste waren es, die Antonio aufgefallen waren. Die Tatsache, daß sie so herausfordernd, so nahe dem Mund, so nach oben gerichtet waren, löste bei ihm eine unmittelbare Reaktion aus. Es schien, als hätte sein Schwanz eine direkte Beziehung zu diesen Brüsten. Sowie er sie in dem Bordell, wo die Frau arbeitete, zum erstenmal sah, hatte sich sein Stengel erhoben, um mit ihnen gleichzuziehen.

Jedesmal, wenn er in den Puff kam, machte er die gleiche Erfahrung. Schließlich nahm er die Frau aus dem Bordell heraus und zu sich in die Wohnung. Zuerst konnte er überhaupt nur ihre Brüste lieben. Sie verfolgten ihn. Steckte er seinen Schwanz in den Mund der Frau, glaubte er, sie zeigten hungrig auf ihn. Also nahm er ihn wieder heraus, schob ihn zwischen ihre Brüste und preßte sie dagegen. Die Warzen waren groß und verhärteten sich wie ein Fruchtkern in seinem Mund.

Unter seinen Liebkosungen stieg ihre Erregung, aber die ganze untere Partie ihres Körpers durfte nicht mitspielen. Ihre Beine zitterten und bebten, flehten darum, ihnen Gewalt anzutun, die Schamlippen öffneten sich, aber er beachtete sie nicht. Statt dessen nahm er ihre Brüste in den Mund oder ließ seinen harten Stamm zwischen ihnen arbeiten. Er wollte sehen, wie sein Samen sie bespritzte. Ihre vernachlässigte Körperhälfte, die wulstigen Lippen ihrer Scham wanden sich wie Blätter im Winde jeder Liebkosung, ihre Beine stießen ins Leere. Schließlich machte sie es sich selbst.

An diesem Vormittag, kurz vor dem Weggehen, wiederholte er diese Attacke. Er biß sie in die Brüste. Sie bot ihm ihre klaffende Fotze, er verschmähte sie. Statt dessen zwang er sie in die Knie und drang mit seinem Rohr in ihren Mund. Sie rieb ihre Brüste gegen seine Schenkel, denn manchmal konnte sie sich so befriedigen. Dann verließ er sie und schlenderte zu Mathildes Wohnung. Die Tür war nicht verschlossen. Mit der Lautlosigkeit einer Katze schlich er hinein, der dichte Teppich verschluckte jedes Geräusch. Er überraschte Mathilde vor dem Spiegel. Sie hatte sich auf alle viere niedergelassen und sah zwischen den Beinen hindurch.

Er sagte: »Bleib so, Mathilde, rühr dich nicht. Ich liebe diese Stellung.«

Dann beugte er sich über sie wie eine riesige Katze und durchbohrte sie von hinten. Er gab Mathilde, was er seiner Geliebten versagte. Sein Gewicht preßte sie schließlich zu Boden, bis sie flach auf dem Teppich lag. Mit beiden Händen hob er ihre Hinterbacken hoch und stieß immer wieder zu. Sein Schwanz schien aus glühendem Eisen. Er war lang und dünn und bewegte sich nach allen Richtungen. Er tanzte in ihr mit einer Wendigkeit, die sie nie zuvor erlebt hatte. Dann wurden seine Bewegungen immer schneller, und er keuchte heiser: »Komm schon, komm, sag ich dir. Gib mir alles, jetzt, gib's mir wie noch nie. Gib's mir, wie noch nie. Gib's mir, los, jetzt, jetzt!« Da bäumte sie sich mit aller Kraft auf und ließ ihren Hintern gegen seinen Bauch, seine Schenkel, seinen Sack klatschen. Der Orgasmus kam wie ein Blitzschlag, der sie beide gleichzeitig traf.

Als die anderen kamen, lagen die beiden immer noch ineinander verknäuelt auf dem Teppich. Der Spiegel, der Zeuge des Geschehens war, belustigte sie. Sie bereiteten ihre Opiumpfeifen vor. Mathilde war erschöpft. Martinez träumte wieder seinen Traum von den auseinanderquellenden Frauen mit geöffneten Fotzen. Antonio hatte immer noch einen Steifen und befahl Mathilde, sich auf ihn zu stülpen.

Nach der Opiumorgie, als außer Antonio alle gegangen waren, wiederholte er seine Bitte, ihn in seine spezielle

Opiumhöhle zu begleiten. Obwohl ihr der Schoß noch immer weh tat und von seinen wilden Stößen brannte, willigte sie ein, denn sie wollte bei Antonio bleiben und die wilde Nummer wiederholen.

Schweigend gingen sie durch die engen Gassen des Chinesenviertels. An jeder Straßenecke boten sich Frauen an, lächelten ihnen aus offenen Fenstern zu, standen in den Türeingängen, winkten sie zu sich. In einige der Zimmer hatte man von der Straße aus Einblick. Das Bett war nur durch einen dünnen Vorhang verhüllt. Man konnte erkennen, wie Paare miteinander fickten. Da gab es Syrerinnen in Nationaltracht, arabische Frauen, mit halbnackten, von bunten Steinen bedeckten Körpern, Japanerinnen und Chinesinnen, die verstohlene Gesten machten, üppige afrikanische Frauen, die im Kreise hockten und sich miteinander unterhielten. Eines der Häuser war voller französischer Huren in kurzen rosa Hemdchen; sie strickten und nähten, als seien sie zu Hause. Sie versprachen den Passanten ganz besondere Spezialitäten.

Die Häuser selbst waren eng, schwach beleuchtet, verstaubt, voll von Rauch und dunklem Stimmengewirr, von dem Gemurmel Betrunkener, von Liebesgestöhn. Die Chinesen hatten ihre Häuser mit spanischen Wänden, Vorhängen, Lampions, Weihrauchkerzen und goldenen Buddhastatuetten möbliert. Es war ein Labyrinth aus falschen Juwelen, Papierblumen, seidenen Behängen und Teppichen - mit Frauen, die so vielfältig waren wie die Muster und Farben.

In diesem Viertel hatte Antonio ein Zimmer. Er führte Mathilde die ausgetretene Treppe hinauf, stieß eine Tür auf, die kaum noch in den Angeln hing, und schob sie hinein. Der Raum war unmöbliert bis auf eine chinesische Matte auf dem Fußboden. Darauf lag ein in Lumpen gehüllter Mann, der so ausgezehrt und krank aussah, daß Mathilde erschrocken zurückwich.

»Ach, du bist es«, sagte Antonio verstimmt.

»Ich hatte kein Dach überm Kopf.«

»Du weißt, daß du hier nicht bleiben kannst. Die Polizei ist hinter dir her.«

»Jaja, ich weiß.«

»Ich nehme an, du warst es, der neulich das Kokain gestohlen hat, stimmt's?«

»Stimmt«, bestätigte der Mann mit teilnahmsloser, schläfriger Stimme.

Mathilde bemerkte, daß der Körper des Mannes mit Schrammen und Einstichen übersät war. Er versuchte, sich aufzusetzen. In der einen Hand hielt er eine Ampulle, in der anderen einen Füllfederhalter und ein Taschenmesser.

Entsetzt starrte sie ihn an.

Mit dem Finger brach er die Spitze der Ampulle ab, säuberte den Rand von Glassplittern. Statt einer Injektionsnadel benutzte er den Füllfederhalter und sog die Flüssigkeit auf. Mit dem Taschenmesser brachte er sich einen Einschnitt am Arm bei, der mit vernarbten und frischen Wunden bedeckt war. In den Einschnitt stach er den Füllfederhalter und drückte zu.

»Er hat kein Geld, um sich eine Spritze zu besorgen«, kommentierte Antonio. »Ich habe versucht, ihn vom Stehlen abzuhalten. Aber genau das hat er getan.«

Mathilde wollte fort, aber Antonio ließ es nicht zu. Der Mann war auf die Matte zurückgesunken und hatte die Augen geschlossen. Antonio holte eine Spritze heraus und gab Mathilde einen Schuß.

Sie streckten sich auf dem Boden aus. Eine überwältigende Müdigkeit hatte Mathilde ergriffen. Antonio sagte: »Du fühlst dich wie tot, stimmt's?« Sie fühlte sich, als hätte er ihr Äther verabreicht. Seine Stimme kam von ganz weit her. Mathilde gab ihm zu verstehen, daß sie einer Ohnmacht nahe sei. Er erwiderte: »Das geht vorüber.«

Dann begann ein Alptraum. Ganz weit weg lag die ausgestreckte Gestalt des in Lumpen gehüllten Mannes; dann waren da die Umrisse Antonios, groß und schwarz. Antonio nahm dem Mann das Taschenmesser aus der Hand und beugte sich über Mathilde. Sie spürte seinen Schwanz in sich weich und zärtlich. Sie bewegte sich langsam, entspannt, wellenartig. Der Schwanz wurde herausgezogen.

Sie fühlte, wie er über der seidigen Feuchtigkeit zwischen ihren Beinen schwang, aber sie war unbefriedigt und machte eine Bewegung, als wollte sie ihn wieder einfangen. Dann ging der Alptraum weiter. Antonio ließ das Taschenmesser aufspringen und beugte sich über ihre gespreizten Beine, berührte sie mit der Messerspitze und stieß diese dann sachte in sie hinein. Mathilde spürte keinen Schmerz und konnte sich auch nicht bewegen. Das offene Messer hatte sie hypnotisiert. Aber dann wachte sie plötzlich auf. Ihr war erschreckend klargeworden, daß dies kein Alptraum mehr war. Antonio starrte wie gebannt auf die Spitze des Taschenmessers am Eingang ihres Lochs. Sie schrie. Die Tür flog auf. Es war die Polizei, die gekommen war, um den Kokaindieb festzunehmen.

Im letzten Augenblick war Mathilde dem Mann entkommen, der so oft den Huren in ihre Schlitze gestochen hatte und der nur aus diesem Grunde seine Geliebte niemals dort berühren wollte. Solange er mit ihr lebte, war er gegen die Versuchung gefeit, denn ihre herausfordernden Brüste lenkten seine Begierde von ihrem klaffenden Geschlecht ab und besiegten seine krankhafte Sucht, das, was er »die kleine Wunde der Frau« nannte, mit Gewalt zu vergrößern.

DAS INTERNAT

Diese Geschichte schildert das Leben in Brasilien, wie es vor vielen Jahren, fernab von der Stadt, war und wo streng katholische Sitten herrschten. Söhne aus gutem Hause kamen in ein von Jesuiten geleitetes, mittelalterlich strenges Internat. Dort schliefen die Jungen auf Holzpritschen, standen in der Morgendämmerung auf, gingen, ohne gefrühstückt zu haben, zur Messe, beichteten täglich und wurden auf Schritt und Tritt bewacht und bespitzelt. Die Atmosphäre war kalt und beklemmend. Die Priester aßen nicht mit den Zöglingen zusammen und hatten eine Aura von Heiligkeit um sich geschaffen, der auch ihre Sprache und Gestik angepaßt war.

Unter ihnen befand sich ein dunkelhäutiger Jesuit, der Indioblut in den Adern hatte, das Gesicht eines Fauns, große, eng am Kopf liegende Ohren, schlaffe, stets feuchte Lippen, dichtes Haar und den Geruch eines Tieres. An seiner langen braunen Kutte hatten die Jungen oft eine Ausbuchtung bemerkt, die den jüngeren unter ihnen Rätsel aufgab und über die die älteren hinter seinem Rücken kicherten. Diese Ausbuchtung konnte ganz unvermutet erscheinen, zum Beispiel, wenn in der Klasse *Don Quichotte* oder Rabelais durchgenommen wurde, manchmal auch, wenn der Priester die Schüler nur beobachtete, und zwar besonders einen, den einzigen Blondkopf in der ganzen Schule, mit den Augen und der Haut eines Mädchens.

Diesen Jungen nahm er gern beiseite und zeigte ihm Bücher aus seiner Privatbibliothek. Sie enthielten Reproduktionen von Keramiken aus der Inkazeit, auf denen manchmal Männer abgebildet waren, die einander gegenüberstanden. Der Junge stellte Fragen, die der alte Priester ausweichend beantwortete. Andere Abbildungen waren eindeutig: Ein langes Glied kam aus der Mitte des einen Mannes und bohrte sich von hinten in den anderen. Während der Beichte fragte der Priester die Jungen aus. Je unschuldiger sie schienen, desto eindringlicher wurden die Fragen im Dunkel des kleinen Beichtstuhls. Die knienden Schüler konnten den Priester im Beichtstuhl nicht sehen. Seine Stimme drang durch ein kleines vergittertes Fenster an ihr Ohr. »Hast du an Frauen gedacht? Hast du dir eine nackte Frau vorgestellt? Wie verhältst du dich nachts im Bett? Hast du dich jemals berührt? Dich gestreichelt? Was tust du, wenn du morgens aufstehst? Hast du ein steifes Glied? Hast du jemals versucht, deine Mitschüler beim Anziehen zu beobachten? Oder im Bad?«

Wer noch unwissend war, lernte bald, was von ihm erwartet wurde, denn die Fragen brachten es ihm bei. Wer Bescheid wußte, dem machte es Spaß, seine Empfindungen und Träume in allen Einzelheiten auszumalen. Einer der Jungen träumte jede Nacht. Er wußte zwar nicht, wie eine Frau aussah, wie sie gebaut war, aber er hatte gesehen, wie die Indiohirten es mit einem Lama, das einem grazilen Reh ähnelt, trieben. Darum träumte er, daß auch er es mit Lamas triebe, und wachte jeden Morgen ganz naß auf.

Der alte Priester ermutigte diese Geständnisse und konnte sie sich mit unendlicher Geduld anhören. Er verhängte kuriose Bußen. So wurde zum Beispiel dem Jungen, der ununterbrochen masturbierte, auferlegt, mit dem Priester in die Kapelle zu gehen, wenn sie unbeobachtet waren, seinen Penis ins Weihwasser zu tauchen und sich so wieder reinzuwaschen. Diese Zeremonie wurde mitten in der Nacht und mit größter Heimlichkeit vollzogen.

Es gab auch einen widerspenstigen Jungen mit dem Aussehen eines kleinen maurischen Prinzen. Er hatte schwarze Haut, edle Gesichtszüge, eine königliche Haltung und einen bezaubernden, ebenmäßigen Körper, der so wohlgerundet war, daß man keine Knochen sehen konnte, dabei aber so schlank und glänzend wie eine Statue. Dieser Junge rebellierte gegen das übliche Tragen eines Nachthemds. Er hatte sich daran gewöhnt, nackt zu schlafen. Er zog das Hemd zwar jeden Abend an, aber dann, insgeheim und unter der Decke, wieder aus.

Jeden Abend kam der alte Jesuit in den Schlafsaal, um zu kontrollieren, ob sich etwa einer der Zöglinge zu einem anderen ins Bett geschlichen hatte oder masturbierte oder sich verstohlen mit seinem Bettnachbar unterhielt. Jedesmal, wenn er an das Bett des widerspenstigen Jungen trat, lüpfte er behutsam die Decke und starrte minutenlang auf den nackten Körper. Wachte der Junge auf, tadelte er ihn. »Ich wollte nur nachsehen, ob du wieder ohne Nachthemd schläfst!« Schlief der Junge weiter, begnügte er sich mit einem langen Blick auf den schlummernden Körper. Einmal, als er während des Anatomieunterrichts auf dem Podium stand und ihn der schon erwähnte mädchenhaft aussehende blonde Junge unverwandt anstarrte, wurde die Ausbuchtung unter der Kutte des Priesters für alle sichtbar.

Er fragte den blonden Schüler: »Wie viele Knochen hat ein Mann in seinem Körper?«

»Zweihundertundacht«, kam die schüchterne Antwort.

Dann aber tönte die Stimme eines Schülers aus der hintersten Bankreihe: »Aber Vater Dobo hat zweihundertundneun!«

Kurz nach diesem Vorfall veranstaltete man für die Zöglinge einen naturkundlichen Ausflug. Zehn, einschließlich des blonden Jungen mit dem mädchenhaften Aussehen, kamen vom Weg ab und gerieten auf eine Waldlichtung, weit weg von den übrigen Zöglingen und Lehrern. Sie setzten sich hin und hielten Kriegsrat, dann aßen sie ein paar Beeren. Was den eigentlichen Anstoß gegeben hatte, konnte keiner sagen, aber nach einer Weile wurde der blonde Junge ins Gras geworfen, ausgezogen, auf den Bauch gelegt, und er mußte die übrigen neun über sich lassen, einen nach dem anderen. Sie vergewaltigten ihn wie eine Hure. Die Erfahreneren unter ihnen drangen von hinten in ihn ein, um sich zu befriedigen, die weniger Erfahrenen wetzten ihre Steifen zwischen seinen Oberschenkeln, deren Haut so zart war wie die einer Frau. Sie spuckten auf ihre Hände und rieben sich den Schwanz mit Speichel ein. Der blonde Junge schrie, strampelte und weinte, aber sie hielten ihn fest und mißbrauchten ihn so lange, bis sie genug hatten.

DER RING

Bei den Indios in Peru herrscht die Sitte, daß Verlobte Ringe tauschen, die seit langem in ihrem Besitz sind. Diese Ringe sind manchmal wie eine Kette geformt.

Ein sehr gut aussehender Indio hatte sich in eine Peruanerin spanischer Abstammung verliebt, doch ihre Familie wollte nichts von dieser Verbindung wissen. Man hielt Indios für faul und degeneriert und glaubte, sie zeugten debile, schwache Nachkommen – und zwar besonders dann, wenn sie sich mit Menschen spanischer Herkunft zusammentaten.

Trotz heftiger Opposition seitens der Familie der jungen Frau verlobten sich die jungen Leute im Kreise ihrer Freunde. Während des Festes war dann der Vater des Mädchens erschienen und hatte gedroht, dem Indio den Kettenring, den ihm das Mädchen geschenkt hatte, gewaltsam vom Finger zu reißen, sollte er ihm jemals allein begegnen; wenn nötig würde er ihm den Finger sogar abhacken.

Dieser Zwischenfall verdarb den jungen Leuten die Festtagsstimmung. Alle gingen nach Hause, und das junge Paar trennte sich mit dem Versprechen, einander insgeheim zu treffen.

Eines Abends und nach vielen Schwierigkeiten gelang es ihnen, zu einem Stelldichein zu kommen. Sie küßten einander lange und leidenschaftlich. Die junge Frau war so erregt, daß sie bereit war, sich hinzugeben; auch deshalb, weil sie glaubte, es wäre das letztemal, daß sie einander treffen konnten, denn der Zorn ihres Vaters schien sich täglich zu steigern. Doch der Indio wollte sie nicht nur heimlich besitzen, er wollte sie jetzt um jeden Preis zu seiner Frau machen.

Auf einmal bemerkte sie, daß er seinen Ring nicht trug, und sah fragend zu ihm auf. Er flüsterte: »Ich trage ihn ja, aber nicht dort, wo man ihn sehen kann. Ich trage ihn, wo er mich davor bewahrt, dich oder irgendeine andere Frau zu nehmen, bis wir verheiratet sind.«

»Ich verstehe dich nicht«, entgegnete die junge Frau. »Wo ist denn der Ring?«

Er nahm ihre Hand und führte sie zwischen seine Schenkel. Zuerst berührten die Finger des Mädchens die Spitze seines Glieds, dann führte er ihre Hand weiter, bis sie den Ring um dessen Wurzel fühlte. Bei der Berührung bekam der junge Mann einen Steifen und schrie auf, weil der Ring ihm ins Fleisch schnitt und qualvolle Schmerzen bereitete.

Die Frau wurde vor Schreck fast ohnmächtig. Es war, als wollte ihr Verlobter seine Begierden abtöten. Gleichzeitig aber erregte sie die Vorstellung des durch ihren Ring gefesselten und umschlossenen Gliedes. Ihr Körper wurde heiß und empfänglich für alle möglichen erotischen Phantasien. Sie ließ nicht ab, ihn zu küssen; er flehte sie an, aufzuhören, denn die Schmerzen wurden immer schlimmer.

Ein paar Tage später litt der Indio wieder entsetzlich, aber der Ring ließ sich nicht mehr abstreifen. Ein Arzt wurde gerufen, der ihn abfeilte.

Die junge Frau kam und bot ihrem Verlobten an, mit ihm zu fliehen. Er willigte ein. Sie setzten sich auf ihre Pferde und ritten die ganze Nacht lang, bis sie in die nächste Stadt kamen. Dort versteckte er sie in einem Zimmer und ging weg, um sich auf einer Hacienda Arbeit zu suchen. Sie verließ das Zimmer nie. Schließlich gab ihr Vater es auf, nach ihr zu forschen. Der Nachtwächter der Stadt war der einzige, der von ihrem Versteck wußte, denn er, selber ein junger Mann, hatte ihnen zu dem Unterschlupf verholfen. Vom Fenster aus konnte sie beobachten, wie er auf und ab schritt mit den Schlüsseln zu den Häusern und rief: »Hört ihr Leut und laßt euch sagen...« Wenn ein Bewohner sich verspätet hatte, klatschte er in die Hände und rief den Nachtwächter, der dann die Haustür aufschloß.

Während der Indio bei der Arbeit war, pflegten der Nachtwächter und die junge Frau sich in aller Unschuld zu unterhalten. So berichtete er ihr einmal von einem grausigen Verbrechen, das sich kürzlich im Dorf zugetragen hatte: Indios, die aus den Bergen gekommen waren und nicht mehr auf den Haciendas arbeiten wollten, waren im Urwald untergetaucht, wo sie völlig verwilderten und wie die Tiere lebten. Ihre knochigen, einst edlen Gesichtszüge nahmen den Ausdruck tierischer Fratzen an.

Eine solche Verwandlung hatte sich gerade bei einem Indio ereignet, der früher der ansehnlichste junge Mann im ganzen Dorf gewesen war: liebenswürdig, besonnen, mit einem seltsamen Humor und von verhaltener Sinnlichkeit. Auch er war in den Urwald gegangen, um als Jäger Geld zu verdienen. Jetzt war er bettelarm zurückgekommen. Er hatte Heimweh gehabt. Obdachlos irrte er umher, niemand erkannte ihn wieder.

Dann hatte er mitten auf der Straße ein kleines Mädchen angefallen und ihr ein langes, zum Häuten von Tieren bestimmtes Messer in den Unterleib gestoßen und sie damit entsetzlich zugerichtet; doch er hatte sie nicht vergewaltigt. Das ganze Dorf schrie nach Rache, aber man konnte sich nicht über die Strafe einigen. Schließlich verfiel man auf eine alte indianische Sitte. Die Wunden, die man ihm bei seiner Überwältigung beigebracht hatte, sollten wieder geöffnet und mit Wachs beträufelt werden, dem man, um den Schmerz zu verdoppeln, eine nur den Indios bekannte Säure beimischte. Danach sollte er zu Tode gepeitscht werden.

Gerade als der Nachtwächter der jungen Frau diese Geschichte erzählte, kam ihr Verlobter von der Arbeit nach Hause. Er sah, wie sie sich aus dem Fenster beugte und gespannt den Wächter anschaute.

Er stürzte die Treppe hinauf in ihr Zimmer und erschien vor ihr mit wild ums Gesicht stehendem schwarzem Haar und mit vor Wut und Eifersucht blitzenden Augen. Er verfluchte sie, quälte sie mit tausend Fragen und Zweifeln.

Seit dem Vorfall mit dem Ring war sein Glied empfindlich geblieben. Jedesmal, wenn er mit seiner Braut schlief, tat es ihm weh. Deshalb konnte er es nicht so oft tun, wie er wollte. Sein Schwanz schwoll an und schmerzte ihn tagelang. Deshalb verfolgte ihn die Vorstellung, er könnte ihr nicht genügen, und sie würde sich in einen anderen Mann verlieben.

Als er sie beim Gespräch mit dem hochgewachsenen Nachtwächter überraschte, war er überzeugt, die beiden hätten ein Liebesverhältnis. Er wollte ihr weh tun, wollte ihr physische Schmerzen zufügen, wollte, daß sie litt, so wie er um ihretwillen litt. Er zwang sie, mit ihm in den Keller des Hauses zu gehen, wo Wein in großen Fässern unter einer Balkendecke gelagert wurde.

Um einen dieser Balken warf er einen langen Strick. Die Frau glaubte, er wollte sie verprügeln, und konnte nicht begreifen, weshalb er den Strick zu einer Schlinge knüpfte. Er fesselte ihr die Hände und zog an dem Strick, bis ihre Zehenspitzen den Fußboden nicht mehr berührten und ihr ganzes Gewicht an den Handgelenken hing. Es tat sehr weh. Sie schluchzte und beteuerte ihre Unschuld, aber er war wie von Sinnen. Als er wieder an dem Strick zog, verlor sie das Bewußtsein. Das ernüchterte ihn. Er befreite sie, nahm sie in die Arme und liebkoste sie. Sie schlug die Augen auf und lächelte ihn an.

Da überwältigte ihn seine Begierde, und er warf sich auf sie. Er hatte angenommen, sie würde sich wehren, daß die Folter, mit der er sie gestraft hatte, sie zornig gemacht hätte. Aber sie wehrte sich nicht und lächelte ihn weiter an. Als er ihren Schlitz berührte, war er feucht. Er nahm sie leidenschaftlich, und sie erwiderte seine Leidenschaft. Es war die beste Nacht, die sie jemals miteinander verbracht hatten – dort auf den kalten Kellerfliesen in der Dunkelheit.

MALLORCA

Einmal verbrachte ich den Sommer auf der Insel Mallorca, und zwar in Deya, unweit des Klosters, wo einst George Sand und Chopin gewohnt hatten. Frühmorgens setzten wir uns auf kleine Maulesel und ritten den steilen, steinigen Bergpfad hinunter ans Meer. Der Ritt dauerte fast eine Stunde und führte rötlich schimmernde Lehmpfade entlang, über Felsen, schlüpfrige Steine, durch silbernschimmernde Olivenwälder bis hinunter zu den Fischerdörfern mit ihren an den Bergwänden klebenden Hütten.

Ich ritt täglich hinunter zu der kleinen Bucht, deren Wasser so klar war, daß man bis auf den Grund sehen und die Korallenriffe und seltsamen Meeresgewächse erkennen konnte.

Über diese Bucht erzählten sich die Fischer eine seltsame Geschichte. Die Frauen auf Mallorca waren in der Regel sehr abweisend, puritanisch und strenggläubig. Wenn sie badeten oder schwammen, zogen sie sich die langen Badekleider und die schwarzen Strümpfe unserer Großmütter an. Die meisten aber machten sich ohnehin nichts aus dem Baden. Sie überließen es lieber den schamlosen Fremden, die dort ihre Sommerferien zubrachten. Auch die Fischer rümpften die Nase über die modernen Badeanzüge und das ungenierte Verhalten der Fremden. Fremde, das waren für sie Nudisten, die sich bei dem kleinsten Anlaß völlig entblößten und nackt wie die Heiden in der Sonne lagen. Sie mißbilligten auch die von den Fremden eingeführten mitternächtlichen Strandpartys.

Vor einigen Jahren ging die achtzehnjährige Tochter eines Fischers am Strand spazieren. Es war Abend. Sie hüpfte von einem Felsen zum anderen; ihr weißes Kleid schmiegte sich an ihren Körper. Während sie so spazierenging und vor sich hinträumte und sah, wie das Mondlicht auf der Meeresoberfläche tanzte und sanfte Wellen ihre Füße benetzten, kam sie an eine verborgene Bucht, in der jemand schwamm. Alles, was sie erkennen konnte, war ein Kopf und hin und wieder ein Arm. Der Schwimmer war weit weg. Dann hörte sie, wie eine helle Stimme rief. »Komm ins Wasser! Es ist wunderbar!« Die Stimme war spanisch, der Akzent aber fremd. »Hallo, Maria«, kam es übers Wasser. Man kannte sie also. Wahrscheinlich war es eine der jungen Amerikanerinnen, die immer hier badeten.

Sie entgegnete: »Wer sind Sie?«

»Evelyn«, antwortete die Stimme. »Komm und schwimm mit mir.«

Die Versuchung war groß. Ohne weiteres konnte sie ihr weißes Kleid ausziehen und in dem kurzen weißen Hemd schwimmen. Sie sah sich um, es war keiner in der Nähe. Das Meer war unbewegt und von Mondlicht gesprenkelt. Zum erstenmal begriff Maria, warum die Fremden gerne nachts badeten. Sie zog ihr Kleid aus. Sie hatte langes schwarzes Haar, ein blasses Gesicht, mandelförmige Augen, grüner als das Meer. Sie war wunderbar gewachsen, mit hoch angesetzten Brüsten, langen Beinen, einem harmonischen Körper. Und sie konnte besser schwimmen als irgendeine Frau auf der Insel. Sie ließ sich ins Wasser gleiten und schwamm mit kräftigen, leichten Stößen auf Evelyn zu.

Evelyn war untergetaucht, kam ihr entgegen und hielt ihre Beine fest. Sie tollten beide im Wasser herum. Das Halbdunkel und die Badekappe ließen das Gesicht nicht genau erkennen. Amerikanische Frauen hatten oft Stimmen wie Knaben.

Evelyn rang mit Maria und schlang unter dem Wasser die Arme um sie. Dann tauchten beide wieder auf, um Luft zu holen, lachten, schwammen unbekümmert wieder auseinander und dann wieder aufeinander zu. Marias Hemd trieb auf dem Wasser und behinderte sie. Dann verlor sie es und war nackt. Evelyn tauchte wieder und berührte sie wie im Scherz, rang mit ihr und schwamm unter und zwischen ihren Beinen hindurch.

Evelyn spreizte die Beine, damit ihre Gefährtin zwischen ihnen tauchen und auf der anderen Seite wieder hochkommen konnte. Sie ließ sich auf dem Rücken treiben und Maria unter ihrem hohlen Kreuz hindurchschwimmen.

Maria fühlte, daß auch Evelyn nackt war. Plötzlich wurde sie von hinten umarmt; Evelyn bedeckte ihren ganzen Körper mit ihrem. Das Wasser war warm wie ein weiches Kissen und so salzig, daß es sie trug. Sie konnten sich treiben lassen und ohne sich anzustrengen, schwimmen.

»Wie schön du bist, Maria«, kam es mit tiefer Stimme. Evelyn hielt sie noch immer umarmt. Maria wollte sich wegtreiben lassen, aber die Wärme des Wassers und der Kontakt mit dem Körper ihrer Gefährtin hielten sie zurück. Sie ließ sich umarmen. Es kam ihr vor, als hätte ihre Freundin keine Brüste; andererseits hatte sie beobachtet, daß viele junge Amerikanerinnen nur sehr winzige hatten. Maria war erschöpft und ermattet; sie wollte die Augen schließen.

Aber auf einmal war das, was sie zwischen ihren Beinen spürte, keine Hand mehr, sondern etwas ganz anderes, Unerwartetes, Überraschendes. Sie schrie auf. Dies war keine Evelyn, sondern ein junger Mann, Evelyns jüngerer Bruder, der seinen steifen Schwanz zwischen ihre Beine hatte gleiten lassen. Sie schrie ein zweites Mal, aber niemand hörte sie. Dieser Schrei war eigentlich nur eine angelernte Reaktion. In Wahrheit gefiel ihr die Umarmung, die einschläfernd, erwärmend und zärtlich war wie das Wasser. Wasser, Schwanz und Hände verbanden sich nun, um ihren Körper zu erregen. Sie wollte wegschwimmen, aber der Junge tauchte wieder, streichelte sie, griff nach ihren Beinen und bedrängte sie von hinten.

Sie kämpften miteinander im Wasser, und jede Bewegung erregte Maria noch mehr, vertiefte ihre Antwort auf die Berührungen seines Körpers, der sich an ihren schmiegte, seiner Hände, die sie umfaßten.

Ihre Brüste schwangen im Wasser hin und her wie zwei große, treibende Wasserlilien. Er küßte sie. Bei der ständigen Bewegung konnte er Maria nicht richtig nehmen, aber sein steifer Klöppel schlug immer wieder gegen die empfindliche Pforte ihres Geschlechts. Maria fühlte, wie ihre Kräfte schwanden. Sie schwamm auf das Ufer zu, er folgte ihr. Sie ließen sich auf den sandigen Strand fallen. Kleine Wellen wuschen über sie, während sie nach Luft ringend am Meeresufer lagen. Der Junge nahm das Mädchen, die Flut kam und spülte über sie, wusch das jungfräuliche Blut weg.

Seit jener Nacht trafen sie sich nur, wenn es dunkel geworden war. Er nahm sie dort im Wasser, schwankend, treibend. Die wellengleichen Bewegungen ihrer sich aneinander ergötzenden Körper schienen Teil des Meeres. Sie fanden Halt auf einem Felsen, standen dicht nebeneinander, umkost von den Wellen und erschauernd im Orgasmus.

Wenn ich nachts hinunter zum Strand ritt, glaubte ich oft, ich sähe sie noch, wie sie zusammen schwammen und sich der Liebe hingaben.

KÜNSTLER UND MODELLE

Eines Vormittags erhielt ich einen Anruf. Ich sollte mich in einem Atelier in Greenwich Village vorstellen, wo ein Bildhauer eine kleine Statuette angefangen hatte. Er hieß Millard. Er hatte bereits einen Rohentwurf fertig und brauchte nun ein Modell.

Die Statuette trug ein enganliegendes Kleid, durch das man die Körperformen genau erkennen konnte. Der Bildhauer bat mich, alles auszuziehen, denn nur so könne er arbeiten. Er war derart in sein Werk vertieft und hatte mir einen abwesenden Blick zugeworfen, daß ich beruhigt war, mich auszog und die gewünschte Pose einnahm. Ich war damals noch ziemlich unschuldig, und er gab mir das Gefühl, als gebe es keinen Unterschied zwischen meinem Gesicht und meinem Körper, als sei ich gleichfalls eine Statuette.

Während Millard arbeitete, erzählte er mir aus seinem früheren Leben am Montparnasse. Die Zeit verging schnell. Ich wußte nicht, ob seine Geschichten meine Phantasie beflügeln sollten. Jedenfalls zeigte er nichts, was auf irgendein persönliches Interesse an mir hätte schließen lassen. Offenbar machte es ihm Vergnügen, sich selbst die Atmosphäre vom Montparnasse ins Gedächtnis zurückzurufen. Dies ist eine der Geschichten, die er mir erzählte:

»Die Ehefrau eines modernen Malers war Nymphomanin. Sie hatte Tuberkulose. Ihr Gesicht war kalkweiß, mit tiefliegenden, brennenden schwarzen Augen und grüngeschminkten Lidern. Ihre Figur war üppig. Meist trug sie enganliegende schwarze Kleider. Ihre Taille war, im Gegensatz zum übrigen Körper, schmal. Um die Mitte trug sie einen großen griechischen, etwa fünfzehn Zentimeter breiten und mit Steinen besetzten Silbergürtel. Dieser Gürtel war faszinierend, er glich dem einer Sklavin. Er erweckte unterschwellig den Eindruck, als sei sie tatsächlich *versklavt* – eine Sklavin ihres sexuellen Hungers. Man hatte das Gefühl, man brauchte nur den Gürtel zu fassen und zu öffnen, und sie würde einem in die Arme fallen. Er war dem im Musée Cluny ausgestellten Keuschheitsgürtel nachempfunden, von dem es heißt, Kreuzritter hätten ihn ihren Frauen angelegt – ein breiter Silbergürtel mit einem Anhängsel, das die intimste Öffnung bedeckte und sie für die Dauer der Kreuzzüge unter Verschluß hielt. Übrigens fällt mir da eine amüsante Anekdote von dem Kreuzritter ein, der seiner Ehefrau einen Keuschheitsgürtel angelegt und seinem besten Freund den Schlüssel dazu anvertraut hatte, für den Fall, daß der Ritter in der Schlacht fiele. Kaum war er davongeritten, als ihm der Freund im Galopp nachraste und rief: ›Ihr habt mir den falschen Schlüssel gegeben!‹

Solcherart waren die Reaktionen, die Louises Gürtel bei jedem von uns auslöste. Sie pflegte in unser Café zu kommen, uns mit hungrigem Blick zu mustern, als erwartete sie eine Einladung, sich zu uns zu setzen. Dann wußten wir jedesmal, daß sie wieder auf der Jagd war. Natürlich hatte ihr Ehemann davon erfahren. Er war ständig hinter ihr her, eine jämmerliche Figur. Seine Freunde gaben vor, sie sei wohl in einem der anderen Cafés. Dort wurde er wieder in ein anderes geschickt. Inzwischen hatte sie jeweils genügend Vorsprung gewonnen, um mit irgendeinem von uns in einem Hotel zu verschwinden. Darauf versuchten wir, wiederum ihr Bescheid zu geben, wo ihr Mann sie gerade suchte. Am Ende war er so verzweifelt, daß er sie seinen besten Freunden offerierte, damit sie zumindest nicht in die Hände von Ausländern falle.

Er hatte Angst vor Ausländern, besonders vor Südamerikanern, Negern oder Kubanern, denn er hatte Bemerkungen über deren angebliche Potenz aufgeschnappt und fürchtete, seine Frau, finge sie je mit einem von ihnen etwas an, könnte ihn für immer verlassen.

Louise war durch die Betten aller seiner Freunde gegangen. Eines Tages begegnete sie aber tatsächlich einem dieser Exoten.

Er war aus Kuba, ein starker, brünetter Typ, außerordentlich gut aussehend, mit dem langen glatten Haar eines Hindu und klassisch geformten, aristokratischen Gesichtszügen. Er residierte praktisch im Dôme, bis er jeweils der Frau begegnete, die sein Typ war. Dann verschwanden die beiden für ein paar Tage. Sie schlossen sich in einem Hotelzimmer ein und kamen erst wieder ans Tageslicht, wenn beide genug hatten. Es war seine Art, sich einer Frau derart mit Haut und Haaren zu bemächtigen, daß nachher keiner den anderen wiedersehen wollte. Wenn es vorbei war, erschien er wieder im Café und war der alte, brillante Plauderer. Als er und Louise einander begegneten, gingen sie sofort zusammen weg. Ihre blasse Haut faszinierte Antonio, ihre üppigen Brüste, die schmale Taille, das lange, glatte, schwere blonde Haar. Sie war genauso hingerissen von seinem Kopf und seinem muskulösen Körper, seiner Gelassenheit und Unbefangenheit. Alles machte ihm Freude. Er gab einem das Gefühl, als sei jetzt die ganze Welt ausgeschlossen, als gebe es nur dieses Fest der Sinne, als gebe es kein Morgen, keine anderen Frauen mehr: Nur dieses Zimmer, diesen Nachmittag, dieses Bett.

Als sie neben dem großen Messingbett stand und wartete, sagte er: ›Behalte den Gürtel an.‹ Und dann begann er, langsam das Kleid, das der Gürtel umspannte, zu zerreißen. Ruhig und ohne sich anzustrengen zerfetzte er es, als sei es aus Papier. Louise erzitterte unter den starken Händen. Dann stand sie nackt da, nackt bis auf den schweren Silbergürtel. Er löste ihr Haar und ließ es über ihre Schultern fallen. Erst dann bog er sie zurück aufs Bett, wo er sie endlos küßte, die Hände auf ihren Brüsten. Sie spürte, wie der Gürtel ihr ins Fleisch schnitt, spürte das Gewicht seiner Hände, die sich fest in ihr nacktes Fleisch gegraben hatten. Ihre Begierde war ihr wie eine Art Wahnsinn zu Kopf gestiegen und hatte alles ausgelöscht. Ihr Verlangen war so stark, daß sie nicht warten konnte, nicht einmal, bis er sich auszog. Aber Antonio schien es nicht zu bemerken. Er küßte sie weiter, als wollte er ihren ganzen Mund, die Zunge, den Atem in seinen großen dunklen Mund hineinsaugen. Seine Hände richteten sie übel zu, preßten sich in ihr Fleisch, hinterließen überall Male und Schmerzen. Sie fühlte, wie die Lust sie naß machte, sie bebte und wollte die Beine öffnen. Dann versuchte sie, auf ihn zu klettern. Sie wollte ihm die Hose öffnen.

›Das hat Zeit‹, sagte er. ›Wir haben viel Zeit. Wir werden tagelang hier in diesem Zimmer bleiben. Wir zwei haben eine Menge Zeit.‹

Dann wandte er sich ab und zog sich aus. Er hatte einen goldbraunen Teint, sein Schwanz war so glatt wie sein übriger Körper, ein großer, fester, wie glänzend polierter Stab. Sie warf sich über ihn und nahm ihn in den Mund. Seine Finger waren überall, in ihrem Anus, in ihrer Fotze. Mit der Zunge fuhr er ihr in den Mund, in die Ohren. Er knabberte an ihren Brustwarzen, küßte und biß sie in den Bauch. Sie wollte ihren Orgasmus erzwingen, indem sie sich an seinem Bein rieb, aber er ließ es nicht zu. Er bog sie, als sei sie aus Gummi, drehte sie in jede Richtung. Mit seinen muskulösen Händen holte er sich, wonach ihn gerade gelüstete. Es war ihm gleich, ob dabei der Rest ihres Körpers ins Leere fiel. Er packte ihre beiden Hinterbacken, brachte sie an seinen Mund, biß und küßte sie. Sie bettelte: ›Nimm mich, Antonio, so nimm mich doch, ich halte es nicht mehr aus!‹ Aber er nahm sie nicht.

Inzwischen loderte ihre Geilheit wie ein wahres Höllenfeuer. Sie dachte, sie müßte den Verstand verlieren. Was immer sie anstellte, um sich endlich durch einen Orgasmus zu befreien – er kam ihr zuvor. Wenn sie ihn allzu ausdauernd küßte, wandte er sich ab. Wenn sie sich bewegte, kam ein klirrendes Geräusch von dem breiten Gürtel, wie von einer Sklavenkette. In der Tat war sie jetzt die Sklavin dieses riesigen, braunhäutigen Mannes. Er herrschte über sie wie ein König. Ihre Lust war der seinen untertan geworden. Sie hatte erkannt, daß sie angesichts seiner Kraft und Entschlossenheit machtlos war. Er verlangte bedingungslose Kapitulation. Vor reiner Erschöpfung verging ihr das Verlangen. Ihr Körper verlor die Spannung, wurde weich wie Watte. Um so eifriger versenkte er sich in ihn: Seine Sklavin, sein Besitztum, ein zerbrochener, nach Luft ringender Körper, der unter seinen Händen immer gefügiger wurde. Seine Hände suchten jeden Winkel, ließen nichts unberührt, modellierten ihn nach seinem Wunsch. Er bog ihn seinem Munde entgegen, seiner Zunge, drückte ihn an seine großen, blendendweißen Zähne, kurz, sie gehörte ihm.

Zum erstenmal hatte sich der sexuelle Hunger, der bisher nur Reiz ihrer Hautoberfläche gewesen war, in ihr Inneres zurückgezogen und saß jetzt tief im Körper und staute sich dort an. Er wurde allmählich zu einem feurigen Kern, der nur darauf wartete, von ihrem Geliebten, wenn er den Zeitpunkt für gekommen hielt, zur Explosion gebracht zu werden. Seine Berührung war wie ein Tanz, in dem sich die beiden Körper drehten und neue Formen, neue Konfigurationen, neue Muster annahmen. Einmal lagen sie wie Löffel aneinandergeschmiegt, sein Schwanz drückte gegen ihren Hintern, ihre Brüste wogten wie Wellen unter seinen Händen, schmerzhaft wach, empfindlich. Dann wieder hockte er sich über ihren ausgestreckten Körper wie ein mächtiger Löwe. Sie schob ihre zu Fäusten geballten Hände unter ihr Gesäß, um sich seiner lüsternen Keule entgegenzustemmen. Da drang er das erstemal in sie ein und füllte sie, wie es keiner zuvor vermocht hatte; er berührte die tiefsten Höhlungen ihres Inneren.

Der Honig strömte aus ihr. Während er in sie hineinstieß, gaben sein Glied und ihr Loch saugende Geräusche von sich. Alle Luft war aus ihrer tiefen Grotte herausgepumpt, so füllte sein Kolben sie aus. Unaufhörlich stieß er hinein in den Honig, immer wieder berührte er die Spitze der festen, tiefgelagerten Birne in ihrem Leib. Aber sowie ihr Atem schneller wurde, zog er ihn, naß und glänzend, zurück und liebte sie auf andere Weise. Er legte sich auf das Bett und machte die Beine breit. Sein Schaft ragte hoch aufgereckt. Er stülpte sie bis ans Heft darüber, so daß sich ihr Schamhaar an dem seinen rieb. Er hielt sie fest und ließ sie auf seinem Schwanz tanzen. Sie ließ sich vornüberfallen und rieb ihre Brüste an seinem Oberkörper. Sie suchte seinen Mund. Dann setzte sie sich wieder auf und nahm erneut den Tanz auf seinem Stab auf. Manchmal hob sie sich ein wenig ab, damit sie dessen Spitze an den empfindlichen Lippen ihrer Scham spürte. Sie bewegte sich ganz sachte, nur genug, um ihn nicht herausschlüpfen zu lassen. Die glänzende Rute rieb sich am Eingang ihrer Pforte, die ganz rot und geschwollen war und den Eindringling wie ein saugender Mund festhielt. Dann ließ sie sich unvermittelt niedersinken und sog ihn restlos in sich hinein. Sie keuchte vor Lust, fiel wieder über seinen Körper her, suchte wieder seinen Mund. Die ganze Zeit über hielten seine Hände ihre Hinterbacken umfaßt. Er steuerte ihre Bewegungen, damit sie nicht plötzlich das Tempo beschleunigte und kommen konnte.

Er nahm sie vom Bett, legte sie auf Händen und Knien auf

den Fußboden und befahl: ›Bewege dich!‹ Sie kroch im Zimmer herum, ihr langes, blondes Haar fiel über ihr Gesicht, der schwere Gürtel zog ihr die Taille herunter. Er kniete sich hinter sie und steckte ihr den Schwanz hinein, bedeckte sie mit seinem ganzen Körper und schob sie mit seinen eisenharten Knien und langen Armen vorwärts. Nachdem er sie so genossen hatte, ließ er den Kopf unter sie gleiten, um an ihren üppigen Brüsten zu saugen, als sei sie ein Tier. Dabei hielt er sie mit seinen Händen und seinem Mund fest. Sie keuchten und wanden sich, und erst dann hob er sie auf, trug sie wieder aufs Bett und legte sich ihre Beine über die Schultern. Er nahm sie nun mit aller Kraft; sie zitterten und bebten, als sie gleichzeitig ihren Höhepunkt erreichten. Abrupt, hysterisch schluchzend ließ sie sich auf die Seite fallen. Der Orgasmus war so übermächtig gewesen, daß sie glaubte, sie müsse wahnsinnig werden; Haß und Freude erfüllten sie wie nie zuvor. Er lächelte und keuchte; sie legten sich zurück und schliefen ein.«

Am nächsten Tag erzählte Millard mir von Mafouka, dem Hermaphroditen vom Montparnasse.

»Niemand wußte genau, was sie eigentlich war. Sie trug Männerkleidung, war zierlich, mager, flachbrüstig. Ihr Haar trug sie kurzgeschnitten und glatt. Sie hatte die Züge eines Knaben, spielte Billard wie ein Mann, trank wie ein Mann, den Fuß auf die Stange unter dem Schanktisch gestellt. Sie erzählte schmutzige Witze wie ein Mann. Ihre Zeichnungen verrieten eine Kraft, die man in den Arbeiten von Frauen sonst nicht fand. Aber ihr Name klang weiblich, sie ging wie eine Frau und es hieß, sie hätte keinen Penis. Die Männer wußten nicht recht, wie sie sich ihr gegenüber verhalten sollten. Manchmal klopften sie sie brüderlich auf die Schulter.

Sie teilte ihr Atelier mit zwei Mädchen. Die eine war ein Modell, die andere tanzte in einem Nachtklub. Niemand wußte, welches Verhältnis zwischen den dreien bestand. Die beiden jungen Frauen, schien es, waren ein lesbisches Paar. Welche Rolle spielte Mafouka? Was bedeutete sie ihnen? Die Frage blieb unbeantwortet. Aber das Volk vom Montparnasse wollte es immer ganz genau und mit allen Einzelheiten wissen. Manchmal fühlten sich Homosexuelle zu Mafouka hingezogen, aber sie ließ sie abblitzen. Sie war kampflustig und wußte sich zu wehren.

Eines Tages – ich war ziemlich betrunken – war ich zu Mafouka gegangen. Die Tür zu ihrem Atelier stand offen. Als ich hereinkam, hörte ich, wie auf der Balustrade gekichert wurde. Offenbar liebten sich die beiden Mädchen gerade. Die Stimmen wurden leiser, zärtlicher, dann leidenschaftlich und unverständlich. Dann wieder folgte ein Keuchen und Stöhnen. Dann Stille.

Mafouka kam nach Hause und überraschte mich, wie ich die beiden belauschte. Ich sagte: ›Darf ich zusehen?‹

›Meinetwegen‹ entgegnete Mafouka. ›Steig hinter mir die Treppe herauf, sei leise. Sie werden weitermachen, wenn sie meinen, ich sei es. Sie mögen es, wenn ich zuschaue.‹

Wir gingen hintereinander die Treppe hinauf. Mafouka rief: ›Ich bin es.‹ Die Geräusche gingen weiter. Ich hielt mich hinter Mafouka gebückt, damit ich nicht bemerkt wurde. Mafouka war an das Bett getreten. Die beiden Mädchen waren nackt. Sie hatten sich eng umschlungen und rieben sich aneinander. Mafouka beugte sich über sie, streichelte sie. Sie sagten: ›Komm, Mafouka, leg dich zu uns.‹ Aber sie ging weg und nahm mich mit. ›Mafouka‹, sagte ich. ›Was bist du eigentlich? Bist du ein Mann oder eine Frau? Warum lebst du mit diesen beiden Mädchen zusammen? Wenn du ein Mann bist, weshalb hast du keine Freundin? Wenn du eine Frau bist, weshalb hast du nicht hin und wieder einen Mann?‹

Mafouka lächelte.

›Das wollen sie alle wissen. Jeder meint, ich sei ein Junge. Die Frauen denken es. Die Männer sind nicht immer ganz sicher. Ich bin eine Künstlerin.‹

›Was willst du damit andeuten, Mafouka?‹

›Nun, daß ich, wie viele Künstler, bisexuell bin.‹

›Gewiß, aber Bisexualität gehört zu ihrer Natur. Sie können äußerlich ein Mann sein und innerlich weiblich empfinden. Und doch haben sie keinen so zweideutigen Körper wie du.‹

›Mein Körper ist der eines Hermaphroditen.‹

›Mafouka, liebe Mafouka, laß mich ihn ansehen.‹

›Du wirst mir auch nicht zu nahe kommen?‹

›Ich verspreche es dir.‹

Zuerst zog sie ihr Hemd aus. Ihr Oberkörper war der eines Knaben. Sie hatte keine Brüste, nur Brustwarzen, die wie bei einem Knaben geformt waren. Dann stieg sie aus ihren langen Hosen. Darunter trug sie einen fleischfarbenen Slip. Sie hatte die Beine und Schenkel einer Frau. Sie waren schön geformt und steckten in langen, mit Strumpfbändern gehaltenen Strümpfen. Ich sagte: ›Laß mich die Strumpfbänder abstreifen. Ich liebe Strumpfbänder.‹ Sie streckte mir das Bein mit der Anmut einer Ballettänzerin entgegen. Langsam streifte ich das Strumpfband ab. Ich hielt ihren zierlichen Fuß in der Hand. Ich sah an ihren Beinen hinauf, die makellos waren. Dann rollte ich den Strumpf herunter. Er enthüllte schönes, glattes Frauenfleisch. Ihre Füße waren fein geformt und sorgfältig pedikürt, die Nägel rot lackiert. Ich wurde immer neugieriger und streichelte ihr Bein. Sie sagte: ›Du hast mir versprochen . . .‹

Ich stand auf. Dann ließ sie auch den Slip fallen. Ich sah ihr Schamhaar, das fein gelockt und wie bei einer Frau gewachsen war. Darunter aber hing ein kleiner, verkümmerter Penis, wie der eines Kindes. Sie ließ mich ihn ansehen.

›Warum hast du dir den Namen einer Frau gegeben, Mafouka? Wenn du doch, außer deinen Armen und Beinen, ein Knabe bist?‹

Da lachte Mafouka; diesmal war es ein helles, angenehmes Frauenlachen. Sie erwiderte: ›Komm, und sieh es dir genau an.‹ Sie streckte sich auf der Couch aus, machte die Beine breit und enthüllte hinter dem Penis den wohlgeformten Eingang einer Vagina, rosig und zart.

›Mafouka!‹

Ich war auf einmal erregt. Es war ein merkwürdiges Verlangen. Es war der Wunsch, in ihr einen Mann und eine Frau gleichzeitig zu besitzen. Sie hatte es gemerkt und setzte sich auf. Ich wollte sie umstimmen und streichelte sie, aber sie entzog sich mir.

›Magst du denn keine Männer?‹ fragte ich. ›Hast du niemals einen Mann gehabt?‹

›Ich bin unberührt. Ich mag keine Männer. Ich fühle mich nur zu Frauen hingezogen, aber leider kann ich sie nicht wie ein Mann nehmen. Ich habe den Penis eines Kindes – er wird nicht steif.‹

›Du bist tatsächlich ein echter Hermaphrodit, Mafouka‹, sagte ich, ›ein Produkt unseres zwiespältigen Zeitalters, wo die Spannung zwischen dem männlichen und dem weiblichen Prinzip zusammengebrochen ist. Die meisten Menschen sind halb Mann, halb Frau. Aber ich habe es noch niemals verkörpert gesehen – ich meine tatsächlich und leibhaftig. Du mußt sehr unglücklich sein. Machen dich Frauen glücklich?‹

›Ich begehre Frauen, aber ich leide, weil ich sie nicht wie ein Mann nehmen kann. Wenn sie mich lesbisch geliebt haben, fühle ich mich immer noch unbefriedigt ... Männer interessieren mich überhaupt nicht. Ich hatte mich in das Modell Matilda verliebt. Aber sie ist nicht bei mir geblieben; sie hat eine echte Lesbierin gefunden, jemand, der sie wahrhaft zufriedenstellen kann. Mein Penis, behauptet sie, gebe ihr immer das Gefühl, ich sei keine richtige Lesbierin. Sie weiß auch, daß sie über mich keine Macht hat, obwohl ich mich zu ihr hingezogen fühlte. Du hast ja gesehen, daß die beiden Mädchen eine neue Art von Verbindung eingegangen sind. Ich, die stets Unbefriedigte, stehe zwischen ihnen. Ich will auch nicht dauernd mit ihnen zusammensein, denn Frauen sind kleinlich und nachtragend, sie schauspielern und heucheln. Ich mag den männlichen Charakter lieber.‹

›Arme Mafouka.‹

›Arme Mafouka. Jawohl, denn als ich zur Welt kam, wußten sie nicht, wie sie mich nennen sollten. Ich stamme aus einem kleinen russischen Dorf. Zuerst hielt man mich für ein Monstrum, das man am besten gleich umbringen sollte, um allen Kummer zu ersparen. Als ich dann nach Paris ging, war es besser, denn ich hatte entdeckt, daß ich zeichnen konnte.‹ «

Jedesmal, wenn ich das Atelier des Bildhauers verließ, setzte ich mich in ein nahe gelegenes Kaffeehaus und dachte über das nach, was Millard mir erzählt hatte. Könnte so etwas hier, in Greenwich Village, passieren? Modellstehen machte mir immer größeren Spaß, weil man dabei etwas erleben konnte. Ich beschloß, eines Samstags auf eine Party zu gehen, zu der mich ein Maler namens Brown eingeladen hatte. Ich war hungrig und außerdem neugierig auf alles geworden.

Dazu lieh ich mir bei einem Kostümverleih ein Abendkleid mit einem passenden Cape und Schuhen. Zwei Modelle kamen mit mir: Die rothaarige Mollie und die üppige bei den Bildhauern sehr beliebte Ethel.

Mein Kopf war voll von den Geschichten vom Montparnasse, die mir der Bildhauer erzählt hatte. Jetzt glaubte ich, selbst in dieses Zauberreich zu treten. Aber ich war enttäuscht: Das Atelier war ärmlich möbliert und kahl.

Keine Kissen auf den Sofas, die Beleuchtung grell, keine schmückenden Dekorationen, wie ich mir es bei einer Party vorgestellt hatte.

Statt dessen standen Flaschen, Gläser und angeschlagene Tassen auf dem Boden. Eine Stufenleiter führte hinauf zu einer Balustrade, wo Brown seine Bilder gestapelt hatte. Ein leichter Vorhang verbarg einen Waschtisch und einen kleinen Gasherd.

An der Stirnseite des Ateliers hing ein erotisches Gemälde, auf dem eine Frau zu sehen war, die von zwei Männern gleichzeitig geliebt wurde. Sie wand sich, den Körper aufgebäumt, das Weiße ihrer Augen sichtbar. Die Männer waren über ihr: Der eine hatte seinen Schwanz in ihre Öffnung gesteckt, der andere in ihren Mund. Das Gemälde war lebensgroß und brutal. Jeder betrachtete und bewunderte es. Ich war wie gebannt, denn es war das erste Bild dieser Art, das ich sah. Der Anblick schockierte und verwirrte mich.

Daneben lehnte ein anderes, noch beunruhigenderes Bild. Es zeigte ein armselig möbliertes Zimmer, in dem ein großes Messingbett stand. Darauf saß ein etwa vierzigjähriger, ärmlich gekleideter und unrasierter Mann mit einem fahlen Gesicht, sabbrigen Lippen, schlaffen Lidern, einem herabhängenden Kiefer und einem völlig degenerierten Ausdruck. Er hatte seine Hose zur Hälfte heruntergelassen. Auf seinen nackten Knien ritt ein kleines Mädchen in einem sehr kurzen Kleid, dem er einen Zuckerstengel in den Mund geschoben hatte. Ihre nackten Beine lagen auf seinen behaarten Beinen.

Der Anblick dieser beiden Bilder erweckte in mir Gefühle, wie wenn man zuviel getrunken hat. Alles drehte sich, irgend etwas erwacht, das die Dinge unscharf, verschwommen werden läßt, ein ganz neues Gefühl, ein nie geahnter Hunger, eine Unruhe.

Ich schaute mir die übrigen Gäste an. Was sie sahen, war

ihnen wohl nicht neu, berührte sie nicht. Sie lachten nur und gaben ihren Kommentar dazu.

Eins der Modelle erzählte von seinen Erlebnissen in einem Unterwäschegeschäft:

»Ich hatte mich auf eine Anzeige gemeldet, in der man ein Modell suchte, das in Unterwäsche für Reklamezeichner posierte. Es war nicht das erstemal. Das Honorar betrug wie üblich einen Dollar pro Stunde. Meist skizzierten mich mehrere Zeichner gleichzeitig, während der Betrieb weiterging: Sekretärinnen, Stenotypistinnen, Laufburschen. Aber diesmal befanden wir uns allein in einem nüchternen Büroraum mit einem Schreibtisch, Aktenordnern und Zeichenutensilien. Ein Mann saß vor einem Zeichenbrett und schien auf mich gewartet zu haben. Er gab mir die Unterwäsche. Ich zog mich hinter einer Spanischen Wand um. Zuerst trug ich ein Unterkleid und posierte eine Viertelstunde darin. Er machte Skizzen.

Wir arbeiteten schweigend. Auf ein Zeichen von ihm verschwand ich wieder hinter der Spanischen Wand und zog etwas anderes an. Es waren wunderschöne Modelle aus Seide mit Spitzenoberteilen und feinster Stickerei. Darunter trug ich meinen Büstenhalter und meinen Slip. Der Mann rauchte und machte seine Skizzen. Zuunterst in dem Haufen Wäsche befand sich ein ganz aus schwarzer Spitze bestehender Büstenhalter und dazu passende Höschen. Ich hatte so oft als Aktmodell gearbeitet, daß es mir nichts ausmachte, mich in dieser Wäsche zu zeigen. Sie war sehr schön.

Nach einer Weile hatten die Bleistiftstriche auf dem Reißbrett aufgehört. Ich drehte mich ein wenig zu dem Mann um, denn ich wollte die Pose nicht verlieren. Er saß hinter dem Zeichenbrett und starrte mich unverwandt an. Dann sah ich, daß er seinen Schwanz herausgenommen hatte und wie in Trance war.

Ich bekam es mit der Angst zu tun, außer uns war niemand mehr im Büro. Also wollte ich rasch wieder hinter der Spanischen Wand verschwinden und mich anziehen.

Aber er sagte: ›Bleiben Sie doch. Ich werde Sie nicht anfassen. Mir liegt nur daran, Frauen in schöner Unterwäsche anzusehen. Ich verspreche Ihnen, daß ich mich nicht vom Fleck rühren werde. Wenn Sie wollen, daß ich Ihnen einen Aufpreis zahle, brauchen Sie nur meine Lieblingsunterwäsche anzuziehen und mir eine Viertelstunde Modell zu stehen. Dafür bekommen Sie fünf Dollar extra. Sie können sie sich selbst herunterholen. Dort, über Ihrem Kopf auf dem Regal ist sie.‹

Nun, ich holte mir die Wäsche herunter. Es war die eleganteste, schönste Reizwäschenkombination, die man sich vorstellen kann. Aus feinster schwarzer Spitze, zart wie Spinnweb, das Höschen hinten und vorne offen und mit feinster Spitze gesäumt. In den Büstenhalter waren Löcher für die Brustwarzen geschnitten. Ich zögerte, denn ich befürchtete, es könnte ihn allzu sehr erregen, und er würde sich auf mich stürzen.

Er sagte: ›Haben Sie keine Angst. Im Grunde interessieren mich Frauen nicht. Ich fasse sie niemals an. Ich liebe nur ihre Unterwäsche. Ich will Frauen nur in schöner Unterwäsche sehen. Wenn ich Sie anfassen wollte, würde ich sofort impotent. Ich werde mich nicht vom Fleck rühren.‹

Dann stellte er sein Brett beiseite und saß da mit seinem Ständer. Von Zeit zu Zeit durchlief ihn ein Zittern, aber der Mann rührte sich nicht von seinem Stuhl.

Ich entschloß mich, die Sachen anzuziehen; schließlich bekam ich fünf Dollar extra dafür. Er war kein sehr kräftiger Mann, ich würde mich notfalls schon meiner Haut wehren können. Also stellte ich mich hin in dem geschlitzten Slip und drehte mich langsam um, damit er mich von allen Seiten bewundern konnte.

Dann sagte er: ›Das genügt.‹ Er schien unruhig, sein Gesicht war gedunsen und gerötet. Er bat mich, mich schnell anzuziehen und das Büro zu verlassen. Er gab mir eilig das Geld. Ich ging weg. Ich hatte den Eindruck, er wollte mich ganz schnell loswerden, um sich selbst zu befriedigen.

Ich bin solchen Männern mehrmals begegnet. Sie stehlen irgendeiner attraktiven Frau einen Schuh, damit sie ihn in der Hand halten und bei seinem Anblick masturbieren können.«

Alle fanden die Geschichte komisch. »Ich meine«, sagte Brown, »daß wir als Kinder viel eher auf die eine oder andere Art zum Fetischismus neigen. Ich kann mich entsinnen, daß ich mich im Schrank meiner Mutter versteckt hatte, um mich an dem Geruch und der Berührung ihrer Kleider zu berauschen. Ich kann heute noch keiner Frau widerstehen, die einen Schleier oder Tüll oder Federn trägt, weil das in mir jene seltsamen Gefühle wachruft, die ich in diesem Schrank gehabt habe.«

Bei diesen Worten entsann ich mich, daß ich mich einmal als Dreizehnjährige im Schrank eines jungen Mannes versteckt hatte. Er war fünfundzwanzig und behandelte mich wie ein kleines Mädchen. Ich war maßlos in ihn verliebt. Wenn ich neben ihm im Auto sitzen durfte, in dem er uns manchmal auf lange Ausflüge mitnahm, und ich nur sein Bein an meinem spürte, war ich im siebenten Himmel. Abends, wenn es Zeit zum Schlafengehen war und ich das Licht ausgeknipst hatte, holte ich eine Dose mit kondensierter Milch hervor, in die ich ein kleines Loch gebohrt hatte. Ich saß im Dunkeln aufrecht im Bett und nuckelte an der zuckrigen Milch. Ein wollüstiges Gefühl, das ich nicht erklären konnte, überkam mich. Damals glaubte ich, daß Verliebtsein und Saugen von süßer Milch zusammengehörten. Erst viel später wurde ich wieder daran erinnert, als ich zum erstenmal Samen schmeckte.

Mollie entsann sich, daß sie im gleichen Alter gerne Ingwer gegessen und gleichzeitig an Mottenkugeln gerochen hatte. Der Ingwer sandte ein warmes, ermüdendes Gefühl durch den Körper, die Mottenkugeln erzeugten einen leichten Schwindel. Auf diese Weise versetzte sie sich in eine Art von Rauschzustand, der stundenlang dauerte.

Ethel wandte sich zu mir und sagte: »Ich wünsche dir, daß du niemals jemanden heiratest, den du nicht körperlich liebst. Genau das habe ich nämlich getan. Alles an ihm liebe ich, wie er sich gibt, sein Gesicht, seinen Körper, wie er arbeitet, mich behandelt, ich liebe seine Gedanken, sein Lächeln, seine Art zu sprechen, kurz alles: nur nicht den sexuellen Mann in ihm. Bevor wir heirateten, hatte ich es mir eingeredet, denn an ihm stimmt einfach alles. Er ist der perfekte Liebhaber. Er ist leidenschaftlich und romantisch, ein sinnlicher Mensch, er weiß das Leben zu genießen. Er ist feinfühlig und betet mich an. Gestern abend, ich schlief bereits, kam er zu mir ins Bett. Ich war schlaftrunken und hatte keine Gewalt über mich. In der Regel beherrsche ich mich, um ihn nicht zu kränken. Er drang in mich ein und begann, sich sehr langsam und zögernd zu bewegen. Meistens ist alles sehr schnell vorüber, und das macht es erträglich. Ich gestatte ihm nicht einmal, mich zu küssen, wenn ich es vermeiden kann. Die Berührung seines Mundes ist mir ekelhaft. Also wende ich das Gesicht zur Seite. Auch gestern nacht habe ich das getan. Also, er war da, und was glaubt ihr, habe ich gemacht? Mit beiden Fäusten habe ich auf seine Schultern gehämmert, habe meine Fingernägel in sein Fleisch gegraben. Und er? Er deutete das als Zeichen meiner Erregung, glaubte, ich könnte mich vor lauter Lust nicht mehr beherrschen, – und machte weiter. Dann flüsterte ich ganz leise: ›Ich hasse dich.‹ Aber sofort tat es mir leid. Hatte er es verstanden? Was würde er von mir denken? War er gekränkt? Aber er war selbst nicht mehr ganz wach, gab mir nur einen Gutenachtkuß und ging zurück in sein Bett.

Am nächsten Morgen war ich gespannt darauf, was er sagen würde. Ich befürchtete immer noch, er hätte mein geflüstertes ›Ich hasse dich‹ gehört. Aber nein, ich muß wohl nur die Lippen bewegt haben, denn er sagte: ›Gestern nacht warst du ganz schön scharf, weißt du das?‹ Dabei lächelte er, als sei er sehr zufrieden.«

Brown zog das Grammophon auf. Wir tanzten. Das bißchen Alkohol, das ich zu mir genommen hatte, war mir zu Kopf gestiegen. Ich hatte das Gefühl, als hätte sich das ganze Universum ausgedehnt. Alles schien auf einmal so glatt und einfach. In der Tat kam es mir vor, als rutschte alles bergab wie auf einem beschneiten Hügel. Ich spürte eine große Liebe in mir, als kenne ich all diese Leute ganz intim. Merkwürdigerweise forderte ich den schüchternsten unter den anwesenden Malern auf, mit mir zu tanzen. Ich hatte nämlich das Gefühl, er gebe nur, genauso wie ich, vor, mit alledem längst vertraut zu sein. Ich spürte, er war im Grunde seines Wesens ängstlich. Die anderen Maler betatschten Ethel und Mollie, während sie mit ihnen tanzten. Mein Partner nahm sich das bei mir nicht heraus. Ich beglückwünschte mich, ihn entdeckt zu haben. Brown hatte gemerkt, daß mein Maler keine Annäherungsversuche machte. Er klatschte ihn ab und tanzte mit mir und machte ein paar Andeutungen über unberührte Frauen. Meinte er mich damit? Wie konnte er es wissen? Er preßte mich an sich, ich wich zurück. Dann ging ich wieder zu meinem schüchternen Tanzpartner, mit dem gerade eine Grafikerin flirtete und ihn neckte. Er war erleichtert, als ich wiederkam. Wir tanzten miteinander, jeder in seiner eigenen Welt der Schüchternheit. Die Party war inzwischen in ein allgemeines Geknutsche ausgeartet.

Die Grafikerin hatte Rock und Bluse ausgezogen und tanzte nur im Slip. Der schüchterne Maler meinte: »Wenn wir noch länger bleiben, werden wir uns zu den anderen auf den Boden legen müssen. Wollen Sie nicht lieber gehen?«

»Doch«, entgegnete ich, »ich will weg.«

Wir verabschiedeten uns: Aber anstatt mit mir ins Bett zu gehen, redete und redete er. Ich hörte betäubt zu. Er wollte mich porträtieren, und zwar als Unterwasserfrau, verschwimmend, durchscheinend, grün, fließend bis auf den leuchtend roten Mund, die leuchtend rote Blume, die ich mir ins Haar gesteckt hatte. Würde ich ihm Modell stehen? Ich antwortete nicht gleich, weil ich den Alkohol in mir spürte. Wie zu seiner Entschuldigung fügte er hinzu: »Bereuen Sie es, daß ich mich nicht brutal benommen habe?«

»Nein, ich bereue es nicht. Ich habe Sie als Partner gewählt, weil ich überzeugt war, Sie würden das nicht tun.«

»Es war meine erste Party«, bekannte er schließlich, »und außerdem sind Sie nicht die Art von Frau, mit der man - so umgeht. Wieso sind Sie eigentlich Modell geworden? Was haben Sie vorher gemacht? Gewiß, ich weiß, daß eine Frau, die Malern Modell steht, sich nicht zu prostituieren braucht, ich weiß aber auch, daß sie sich allerhand gefallen lassen muß.«

»Ich komme schon zurecht«, entgegnete ich, denn mir gefiel die Wendung nicht, die unser Gespräch genommen hatte.

»Ich werde mir Ihretwegen Sorgen machen. Ich weiß, daß es Künstler gibt, die immer ganz sachlich bleiben. Ich bin so. Aber es kommt jedesmal ein Moment - vorher und nachher -, der mir zu schaffen macht, nämlich, wenn das Modell sich aus- und dann wieder anzieht. Es ist der Schock des nackten Körpers. Was haben Sie das erstemal empfunden?«

»Gar nichts. Ich kam mir vor, als sei ich bereits ein Bild. Oder eine Statue. Ich sah an meinem Körper herunter wie an irgendeinem Objekt, an etwas ganz Unpersönlichem.«

Ich wurde immer deprimierter vor Rastlosigkeit und Verlangen. Ich hatte das Gefühl, als würde ich niemals etwas erleben. Ich war verzweifelt, ich wollte endlich eine Frau sein, das Leben richtig auskosten. Weshalb war ich so versessen darauf, mich zuvor erst zu verlieben? Wo würde mein eigentliches Leben beginnen? Jedesmal, wenn ich ein Atelier betrat, hoffte ich auf ein Wunder. Aber es trat nicht ein. Es war, als pulsierte um mich herum ein mächtiger Strom, der mich aber nicht berührte. Ich mußte jemanden finden, der genauso empfand. Aber wo? Wo?

Der Bildhauer wurde von seiner Frau beobachtet, das stand fest. Sie hatte die Angewohnheit, unvermittelt in sein Studio zu kommen. Und er hatte Angst. Wovor, das wußte ich nicht. Sie baten mich, ein, zwei Wochen auf dem Land mit ihnen zu verbringen, wo sie ein Haus hatten. Ich könnte dort weiter Modell stehen. Das heißt: Sie forderte mich auf. Sie behauptete, ihr Mann arbeitete auch in den Ferien weiter. Aber sobald sie aus dem Studio gegangen war, sagte er: »Sie müssen eine Ausrede erfinden, weshalb Sie nicht kommen können. Sie wird Sie ganz unglücklich machen, denn sie ist nicht normal. Ihre Eifersucht ist krankhaft. Sie bildet sich ein, ich hätte mit jeder Frau, die mir Modell steht, ein Verhältnis.«

Dann folgten hektische Tage, an denen ich von Atelier zu Atelier hetzte und kaum Zeit zum Mittagessen hatte. Ich posierte für Titelseiten, illustrierte Kurzgeschichten, für Anzeigen. Überall begegnete ich meinem Gesicht, selbst in der U-Bahn. Würden die Leute mich erkennen?

Ich hatte mich sehr mit dem Bildhauer angefreundet und gespannt verfolgt, wie die kleine Statue, die er von mir machte, der Vollendung entgegenging. Aber eines Vormittags, als ich wieder zu ihm kam, hatte er sie ruiniert. Er behauptete, es sei der Versuch gewesen, ohne mich weiterzuarbeiten. Aber er war nicht weiter traurig darüber. Mich dagegen machte es sehr betrübt: Es kam mir wie ein Akt von Sabotage vor, denn die Arbeit schien besonders ungeschickt zerstört worden zu sein. Aber dann wurde mir klar, daß es ihm einfach Freude machte, wieder von vorne beginnen zu können.

Während eines Theaterbesuches begegnete ich John, und ich entdeckte die Macht, die eine Stimme ausüben kann. Sie überkam mich wie das Brausen einer großen Orgel und versetzte mich in Schwingungen. Als er meinen Namen wiederholte und ihn falsch aussprach, klang es in meinen Ohren wie eine Liebkosung. Es war das tiefste, wohltönendste Organ, das ich je gehört hatte. Ich traute mich kaum, ihn anzusehen. Ich wußte, seine Augen waren groß und von einem durchdringenden, magnetischen Blau, ich wußte, er war hochgewachsen und nervös, sein Fuß scharrte wie der eines Rennpferdes. Seine Gegenwart ließ alles um mich herum verschwimmen - das Theater, den Freund, der zu meiner Rechten saß. Und er benahm sich, als hätte ich ihn ganz verzaubert, als hätte ich ihn hypnotisiert. Er sprach weiter, starrte mich an, aber ich nahm nicht auf, was er sagte. Unversehens war ich kein junges Mädchen mehr. Jedesmal, wenn er den Mund auftat, glaubte ich, in einen rasenden Strudel gerissen zu werden, ich war im Netz seiner wunderbaren Stimme gefangen, sie wirkte wie eine Droge. Als er mich endlich »entführt« hatte, wie er es nannte, rief er ein Taxi.

Auf dem Weg zu seiner Wohnung wechselten wir kein Wort. Er berührte mich nicht. Es war auch nicht nötig. Seine bloße Gegenwart hatte mich derart ergriffen, als hätte er mich schon lange liebkost.

Er sprach meinen Namen noch zweimal aus, als hielte er ihn für so kostbar, daß er ihn wiederholen müßte. Er war hochgewachsen, er strahlte. Seine Augen leuchteten derart intensiv blau, daß sie beim Blinzeln gebündelte Blitzstrahlen ausschossen und mir ein Gefühl der Furcht einflößten, Furcht vor dem Sturm, der mich bald überwältigen würde.

Er küßte mich. Mit seiner Zunge umkreiste er meine. Dann hielt er inne und berührte nur die Spitze. Während er mich küßte, hob er mir langsam den Rock hoch. Er streifte mir die Strumpfbänder ab, rollte meine Strümpfe herunter. Dann hob er mich hoch und trug mich aufs Bett. Ich war so aufgelöst, als wäre er bereits in mich eingedrungen. Es kam mir vor, als hätte seine Stimme mich geöffnet, mich ganz erschlossen. Auch er fühlte das. Deshalb war er überrascht, als er den Widerstand spürte.

Er hielt inne und sah mich an. Er sah, daß ich bereit war, und stieß wieder vor. Ich fühlte den Riß, spürte einen Schmerz, aber die Wärme, die mich durchflutete, ließ alles dahinschmelzen, die Wärme seiner Stimme an meinem Ohr: »Begehrst du mich, wie ich dich begehre?«

Er stöhnte vor Lust. Sein ganzes Gewicht ruhte auf mir und drückte mich herunter; der Schmerzensstich verschwand. Ich empfand nur noch die Lust, geöffnet zu werden. Ich lag da wie in einem Traum.

John sagte: »Ich hab dir weh getan. Es hat dir keinen Spaß gemacht.« Ich brachte es nicht fertig, zu antworten: »Tu es noch einmal.« Meine Hand berührte sein Glied. Ich streichelte es. Es sprang hoch, ganz hart. Er küßte mich, bis eine neue Welle der Begierde in mir aufstieg, ein unwiderstehliches Verlangen, mit allem, was ich in mir hatte, zu reagieren. Aber er sagte nur: »Es wird weh tun. Warten wir ein wenig. Kannst du die ganze Nacht bleiben? Wirst du bleiben?«

Ich sah das Blut, das meine Beine hinuntergelaufen war. Ich stand auf, um es abzuwaschen. Dabei hatte ich das Gefühl, ihm noch nicht ganz gehört zu haben, daß dies nur der Anfang eines Durchbruchs war. Ich wollte besessen werden, wollte eine alles auslöschende Lust erleben. Auf zittrigen Beinen ging ich wieder auf das Bett zu und ließ mich darauf fallen.

John schlief, sein mächtiger Körper immer noch in derselben Stellung, sein Arm ausgestreckt, wo mein Kopf geruht hatte. Ich legte mich zu ihm, schmiegte mich an ihn, fiel in einen Halbschlaf. Ich wollte seinen Schwanz noch einmal anfassen und tat es ganz zart, denn ich wollte ihn nicht wecken. Dann schlief auch ich ein – und wurde von seinen Küssen geweckt. Wir trieben in einer dunklen Welt des Fleisches, spürten nur, wie es vibrierte. Er hatte mich bei den Hüften ergriffen und an sich gepreßt. Jede Berührung war reine Lust. Er fürchtete immer noch, mir weh zu tun. Ich öffnete die Beine. Als er in mich eindrang, tat es zwar weh, aber die Lust war größer. Gewiß, ein kleiner, äußerer Rand von Schmerz war zurückgeblieben, aber tiefer in mir war die Lust, die sein ruheloser Schwanz bewirkte. Ich schob mich vorwärts, ihm entgegen.

Diesmal war John passiv. Er sagte: »Beweg du dich jetzt, es wird sehr schön für dich sein.« Um den Schmerz nicht zu spüren, bewegte ich mich behutsam um seinen Stamm herum. Ich legte mir meine Fäuste unters Gesäß und hob mich ihm entgegen. Er tat sich meine Beine über die Schultern. Dann wurde der Schmerz stärker, er zog zurück.

Am nächsten Morgen verließ ich ihn, noch immer betäubt, aber mit dem Gefühl des Triumphes, meinem Ziel näher gekommen zu sein. Ich ging nach Hause und schlief, bis mich sein Anruf weckte.

»Wann kommst du?« wollte er wissen. »Ich muß dich wiedersehen. Bald. Stehst du heute wieder Modell?«

»Ja, ich muß. Ich komme nach der Sitzung.«

»Geh nicht hin«, sagte er, »bitte, bitte, tu es nicht. Der bloße Gedanke macht mich verrückt. Komm vorher zu mir, ich muß dir etwas sagen. Bitte, komm vorher zu mir.«

Ich ging zu ihm. »Ach du«, sagte er, und der heiße Atem seines Verlangens schlug mir ins Gesicht. »Ich kann es einfach nicht ertragen, daß du Modell stehst, daß du dich anderen zeigst. Du mußt damit aufhören. Ich werde für dich sorgen. Ich kann dich nicht heiraten, denn ich habe Frau und Kinder. Laß mich für dich sorgen, bis wir frei sind. Laß mich eine kleine Wohnung finden, wo ich dich besuchen kann. Du sollst nicht mehr Modell stehen, du gehörst mir.«

Für mich begann damit ein neues, geheimes Leben. Wenn jedermann dachte, ich stünde Modell, befand ich mich in Wirklichkeit in einem luxuriös ausgestatteten Zimmer und wartete auf John. Wenn er kam, brachte er mir jedesmal ein Geschenk mit, mal war es ein Buch, dann wieder getönte Briefbogen. Ich war rastlos, wartete.

Ich hatte nur den Bildhauer in das Geheimnis eingeweiht, denn er hatte intuitiv erfaßt, was passiert war. Ihm allein stand ich weiter Modell. Er fragte mich aus, er hatte geahnt, wie mein Leben verlaufen würde.

Als ich das erstemal mit John einen Orgasmus erlebte, weinte ich, weil es ein so überwältigendes, unbeschreibliches Gefühl war. Ich konnte mir einfach nicht vorstellen, daß es sich wiederholen würde.

Schmerzlich war nur das Warten. Ich badete, lackierte mir die Nägel, parfümierte mich, schminkte mir die Brustwarzen, bürstete mir das Haar, zog ein Negligé an. Diese Vorbereitungen hatten den Zweck, mir die kommenden Szenen vorzustellen.

So wollte ich, daß er mich im Bad überraschte. Er hatte mir gesagt, er sei bereits auf dem Wege zu mir. Und dann kam er nicht, denn er konnte sich nicht rechtzeitig freimachen. Als er dann endlich erschien, war meine Stimmung verflogen. Ich war verärgert. Das ewige Warten zermürbte mich. Ich rebellierte. Einmal wollte ich ihn nicht hereinlassen, als er klingelte. Aber dann klopfte er so schüchtern und flehentlich an, daß ich Mitleid bekam und ihm die Tür öffnete. Aber ich war noch wütend und wollte mich rächen. Ich ließ mich küssen, verhielt mich aber ganz passiv. Er war verletzt. Dann faßte er mit der Hand unter mein Negligé und spürte, daß ich trotz meiner fest zusammengepreßten

Beine feucht war. Seine Stimmung hob sich sofort; er nahm mich mit Gewalt.

Ich wollte ihn bestrafen, indem ich mich frigide stellte. Wieder war er verletzt, denn er genoß meine Lust, aber mein lautes Herzklopfen, meine veränderte Stimme, die unwillkürlichen Bewegungen meiner Beine verrieten ihm, wie sehr ich ihn begehrte. Trotzdem lag ich da wie eine Hure. Das tat ihm wirklich weh.

Wir konnten nie zusammen ausgehen, denn dazu war er zu bekannt. Er war Theaterintendant, seine Frau eine prominente Dramatikerin.

Als John dahinterkam, wie wütend es mich machte, wenn er mich warten ließ, versuchte er trotzdem nicht, sich zu bessern. Im Gegenteil: Er kam mit immer größerer Verspätung. Zum Beispiel versprach er, um zehn Uhr abends bei mir zu sein, und kam dann um Mitternacht. Eines Tages war ich nicht da, als er kam. Er verlor fast den Verstand, weil er glaubte, ich würde nie mehr zurückkommen. Ich hatte das Gefühl, er täte es absichtlich, ihm gefiele es, wenn ich wütend war. Nach ein paar Tagen beschwor er mich, zurückzukommen. Die Stimmung zwischen uns war gespannt.

Er sagte: »Du stehst wohl wieder Modell, stimmt's? Es macht dir Spaß, nicht wahr? Du zeigst dich gerne.«

»Warum läßt du mich immer so lange warten? Du weißt doch, daß ich dich dann nicht mehr will. Wenn du zu spät kommst, ist mir die Lust vergangen, ich bin kalt geworden.«

»Nicht ganz kalt«, entgegnete er.

Ich hatte die Beine fest zusammengepreßt, so fest, daß er die Hand nicht dazwischen schieben konnte. Aber er schlüpfte ganz schnell von hinten in mich hinein und streichelte mich. »Nicht ganz kalt«, wiederholte er.

Auf dem Bett schob er meine Beine mit dem Knie auseinander. »Wenn du böse bist«, sagte er, »kommt es mir jedesmal wie eine Vergewaltigung vor. Ich denke daran, daß du mich so sehr liebst, mir nicht widerstehen kannst; ich fühle, daß du feucht bist, mich erregt dein Widerstand, aber auch deine Niederlage.«

»John, eines Tages wirst du mich so wütend machen, daß ich tatsächlich weglaufe.«

Da bekam er Angst. Er küßte mich und versprach hoch und heilig, in Zukunft pünktlich zu sein.

Was ich nicht begreifen konnte, war, daß trotz unserer Streitereien, seine Art mich zu lieben, mich nur noch empfindsamer machte. Er hatte meinen Körper geweckt. Aber er hatte auch das Verlangen in mir wachgerufen, jeder meiner Launen nachzugeben. Er mußte es geahnt haben, denn je mehr er mich liebkoste, mich erweckte, desto größer wurde seine Furcht, ich könnte wieder Modell stehen wollen. Mit der Zeit tat ich es auch. Mein Leben war zu einsam, ich war mir selbst zu lange überlassen.

Millard war besonders froh, mich wiederzusehen. Er mußte die Statuette ein zweites Mal und wieder absichtlich ruiniert haben. Ich bezweifelte es nicht, denn es gab ihm einen Vorwand, mich in der Pose, die er liebte, zu sehen.

Am Abend zuvor hatte er mit einigen Freunden Marihuana geraucht. Er sagte: »Wußtest du übrigens, daß es vielen Leuten die Illusion gibt, in Tiere verwandelt zu sein? Gestern abend war eine Frau hier, die völlig in dieser Verwandlung aufgegangen ist. Sie ließ sich auf allen vieren nieder und kroch herum wie ein Hund. Wir haben sie ausgezogen. Sie bestand darauf, uns zu säugen, wollte, daß wir uns wie Welpen zu ihr auf den Boden legten und an ihr saugten. Sie blieb in dieser Pose und bot uns allen ihre Brust. Dann verlangte sie von uns, daß wir wie Rüden hinter ihr herliefen. Sie bestand darauf, daß wir sie in dieser Stellung, von hinten, nahmen. Ich tat es. Die Verlockung, meine Zähne in sie zu schlagen, war übermächtig. Ich biß zu: in ihre Schulter, so fest, wie ich noch niemals zugebissen habe. Sie erschrak nicht, sie schrie nicht, aber ich erschrak und wurde nüchtern. Ich stand auf und beobachtete dann, wie einer meiner Freunde hinter ihr herkroch. Aber er streichelte sie weder, noch nahm er sie. Er beschnupperte sie nur wie ein Hund. Das wiederum erinnerte mich lebhaft an mein erstes erotisches Erlebnis, und ich bekam einen schmerzhaften Ständer.

Als Kinder wohnten wir auf dem Lande und hatten ein aus Martinique stammendes Dienstmädchen. Sie trug immer sehr weite, lange Röcke und ein buntes Tuch um den Kopf. Sie war sehr schön, mit milchkaffeebraunem Teint, eine Mulattin. Sie spielte mit uns Versteck. Als ich an der Reihe war, um mich zu verstecken, verbarg sie mich unter ihren Röcken und setzte sich hin. Da hockte ich nun, halb erstickt, zwischen ihren Beinen. Ich kann mich noch genau an den Geruch erinnern, den sie ausströmte und der mich schon als Knabe erregte. Ich versuchte, sie zu berühren, aber sie gab mir durch ihren Rock einen Klaps auf die Hand.«

Ich stand still, während er erzählte, und hielt meine Pose. Dann kam er zu mir, um etwas mit einem Instrument abzumessen. Plötzlich spürte ich seine Finger auf meinen Schenkeln. Sie streichelten mich ganz sanft. Ich lächelte ihm zu. Ich stand auf dem Podest, er fuhr mit seiner Hand meine Beine entlang, als wollte er mich aus Ton formen. Er küßte mir die Füße, strich mit den Händen immer wieder über meine Beine, über meinen Hintern. Er lehnte sich gegen meine Schenkel und küßte mich. Er hob mich vom Podest und stellte mich auf den Boden. Er hielt mich eng an sich gepreßt, streichelte meinen Rücken, meine Schultern, meinen Hals. Seine Hände waren glatt und geschmeidig. Er berührte mich, wie er seine Statuette berührte, zärtlich, überall.

Wir gingen hinüber zur Couch. Er legte mich auf den Bauch. Dann zog er sich aus und ließ sich auf mich fallen. Ich fühlte seinen Schwanz auf meinem Hintern. Er ließ die

Hände um meine Taille gleiten und zog mich ein wenig hoch, um in mich einzudringen. Rhythmisch hob er mich immer wieder und preßte mich gegen sich. Ich schloß die Augen, um es besser zu spüren; ich lauschte auf das feuchtschmatzende Saugen seines Schwengels. Dann stieß er mit solcher Wucht zu, daß es mir geräuschvoll die Luft aus dem Innern trieb. Ich war außer mir.

Seine Finger gruben sich in mein Fleisch. Er hatte scharfe Nägel; es tat weh. Mit seinen mächtigen Stößen hatte er mich derart erregt, daß ich in den Couchbezug biß. Plötzlich hörten wir ein Geräusch. Millard erhob sich rasch, nahm seine Kleider und verschwand die Stufen hinauf, die zu der Galerie führten, wo er seine Skulpturen aufgestellt hatte. Ich flüchtete hinter eine Spanische Wand.

Dann wurde an die Tür des Ateliers geklopft. Seine Frau trat ein. Ich zitterte, aber nicht vor Angst, sondern vor ungestillter Gier. Millards Frau überzeugte sich, daß niemand im Atelier war, und ging wieder. Millard selbst hatte sich inzwischen angezogen. »Warte auf mich«, rief ich und wollte mich auch wieder anziehen. Ich war noch tropfnaß, aber der Anschluß schien verpaßt. Als ich meinen Slip überstreifte, empfand ich die Berührung des seidigen Stoffes wie eine Hand. Ich konnte die Spannung nicht länger ertragen und fuhr mit meinen Fingern zwischen die Schamlippen über die Klitoris, in das pochende Loch – wie es Millard getan hatte. Dann preßte ich die Beine zusammen, schloß die Augen und stellte mir vor, daß Millard in mir war. Ich kam in langen, explodierenden Wellen.

Millard wollte weiter mit mir zusammensein, aber nicht in seinem Atelier, wo jeden Augenblick seine Frau auftauchen konnte. Ich willigte ein, und wir trafen uns in der Wohnung eines Freundes. Das Bett stand in einer Nische, über der Spiegel und kleine, matte Lampen angebracht waren. Millard wollte keine Beleuchtung, wollte mit mir im Dunkeln sein.

»Ich habe deinen Körper gesehen, ich kenne ihn so gut. Aber jetzt will ich ihn nur fühlen, will, ohne etwas zu sehen, nur über deine Haut und das seidige Fleisch tasten. Deine Beine sind so fest und kräftig; zugleich sind sie weich und zart. Ich liebe deine Füße mit ihren schön geformten Zehen, ich liebe ihre lackierten Nägel. Ich liebe den zarten Flaum auf deinen Beinen.« Er bewegte die Hand über meinem ganzen Körper, bedächtig, genußvoll. Er umspannte die Muskeln, liebkoste jede Rundung. »Wenn jetzt meine Hand hier zwischen deinen Beinen ruht«, sagte er, »fühlst du das? Magst du es? Willst du, daß sie näher kommt?«

»Ja, näher, näher«, sagte ich.

»Ich möchte dir etwas zeigen«, sagte Millard. »Darf ich das?« Er steckte den Finger in mein Loch. »Und nun zieh dich bitte um meinen Finger zusammen. Du hast da einen Muskel, den du um meinen Schwanz zusammenziehen und dann wieder entspannen kannst. Versuch's mal.«

Ich probierte es. Sein Finger folterte mich. Da er ihn nicht bewegte, versuchte ich mich zu bewegen. Da, auf einmal spürte ich den Muskel. Anfangs zog er sich nur schwach zusammen, dann aber öffnete und schloß er sich immer kräftiger um den Finger.

Millard sagte: »Ja, das ist es. Fester, fester!«

Ich gehorchte, ich spannte, ließ locker, spannte, entspannte den verborgenen Muskel. Er war wie ein kleiner Mund in mir, der sich um den Finger schloß. Ich wollte ihn ganz in mich hineinnehmen, an ihm saugen. Ich hörte nicht auf.

Dann erklärte mir Millard, er würde nun mit seinem steifen Schwanz in mich eindringen und ihn nicht bewegen, ich sollte nur den Muskel spielen lassen. Ich bemühte mich, ihn fester und fester zu umschließen. Das Muskelspiel erregte mich so, daß ich fürchtete, ich könnte jede Sekunde kommen, aber nachdem ich seinen Schweif wieder und wieder so umklammert und in mich hineingesogen hatte, stöhnte Millard plötzlich auf, stieß schneller und schneller zu, bis er seinen Erguß nicht mehr zurückhalten konnte. Ich bewegte lediglich den Muskel in mir und fühlte meinen eigenen Orgasmus kommen – er war wunderbar.

Er sagte: »Hat John dir das jemals gezeigt?«

»Nein.«

»Was hat er dir denn gezeigt?«

»Dies«, entgegnete ich. »Du kniest dich über mich und stößt.« Millard gehorchte. Sein Ständer war noch etwas schlaff, denn es war zu bald nach dem Höhepunkt. Er führte ihn trotzdem ein, indem er mit der Hand nachhalf. Dann streckte ich beide Hände aus, streichelte seinen Sack und drückte zwei Finger gegen die Peniswurzel und massierte sie, während er sich bewegte. Millard reagierte sofort. Der Ständer wurde ganz hart und bewegte sich wie ein Stößel in mir.

Plötzlich stoppte er.

»Ich darf dich nicht allzu sehr beanspruchen«, sagte er in einem seltsamen Ton. »Sonst bist du zu müde für John.«

Wir legten uns zurück und rauchten. Empfand Millard mehr als nur sexuelles Verlangen, machte ihm meine Liebe zu John zu schaffen? Seine Worte klangen verletzt, aber er hörte nicht auf mit seinen Fragen.

»Hat John dich heute gehabt? Mehr als nur einmal? Wie hat er dich gehabt?«

Ich lernte viel von Millard in den darauffolgenden Wochen. Sowie ich die neuen Techniken beherrschte, probierte ich sie an John aus. Nach einer Weile schöpfte er Verdacht und wollte wissen, von wem ich diese neuen Tricks gelernt hätte. Er wußte ja, daß er mich entjungfert hatte. Als ich zum erstenmal meinen Muskel spielen ließ und damit sein Glied umschloß, war er verblüfft.

Die beiden heimlichen Verhältnisse gestalteten sich sehr problematisch für mich. Nichtsdestoweniger reizte mich das Risiko, und ich empfand sie sehr intensiv.

LILITH

Lilith war frigide; und ihr Mann ahnte es, trotz ihrer Vortäuschungen. Dies führte zu folgendem Zwischenfall.

Sie nahm nie Zucker, weil sie, eine mollige Frau, auf ihr Gewicht achten wollte. Sie benutzte also einen Süßstoff. Es waren kleine weiße Tabletten, die sie stets in ihrer Handtasche hatte. Einmal waren sie ihr ausgegangen. Deshalb bat sie ihren Mann, ihr die Tabletten auf seinem Heimweg zu besorgen. Er brachte ihr ein kleines Glasröhrchen, das so aussah wie das, was sie bestellt hatte. Nach dem Abendessen tat sie zwei dieser Tabletten in ihren Kaffee.

Sie saßen nach dem Essen noch ein wenig zusammen; er beobachtete sie mit jenem Ausdruck gutmütiger Toleranz, den er oft angesichts ihrer nervösen Ausbrüche, ihrer Anfälle von Selbstgefälligkeit, Selbsterniedrigung oder Panik an den Tag legte. Einerlei, wie hysterisch sie sich benahm: Er behielt stets seine gute Laune, verlor nie die Geduld mit ihr. Sie wütete und stürmte allein und regte sich auf – er blieb gelassen und unbeteiligt.

Möglicherweise waren diese Zustände ein Symptom für eine ungelöste Spannung, die sie nicht sexuell abreagieren konnte. Er weigerte sich einfach, auf ihre primitiven, leidenschaftlichen Herausforderungen und Feindseligkeiten einzugehen, er wollte sich ihr nicht in dieser Arena der Gefühle stellen, um ihr Bedürfnis nach Eifersuchtsszenen, Ängsten und streitbaren Auseinandersetzungen zu erfüllen.

Es hätte sein können, daß sie, wäre er auf ihre Herausforderungen und Spielchen eingegangen, sich seiner körperlichen Gegenwart nachdrücklich bewußt geworden wäre. Liliths Ehemann hatte keine Ahnung von all den Vorspielen, die ein sinnliches Begehren entfachen können, er wußte nichts von jenen Anstachelungen, die bestimmte wilde Naturen brauchen. Sowie er merkte, daß ihr Haar zu knistern begann, ihre Gesichtszüge sich belebten, ihre Augen blitzten, ihr ganzer Körper unruhig und ungeduldig wurde wie der eines Rennpferdes, reagierte er, indem er sich hinter eine Mauer sachlichen Verständnisses zurückzog. Er neckte sie ein wenig, er akzeptierte sie, wie man ein Tier im Zoo akzeptiert und sich über seine Possen amüsiert. Aber man blieb draußen, man blieb unberührt. Genau das war es, was Lilith so isolierte; in der Tat war sie wie ein ungezähmtes Tier in einer totalen Wüste.

Wenn sie Szenen machte, wenn ihre Temperatur stieg, war ihr Gatte nirgendwo zu finden. Er war wie der unbewegte Himmel, der auf sie herabsah und abwartete, bis der Sturm sich gelegt hatte. Wäre er, als ein ähnlich primitiv geprägtes Tier, am anderen Ende der Wüste erschienen und hätte sie mit derselben knisternden Spannung in Haaren, Haut und Augen konfrontiert; wäre er mit demselben Urwaldkörper schweren Schrittes und nach einem Vorwand, sie anzuspringen, suchend, sie wild zu umarmen, die Wärme und Kraft seines Widersachers zu spüren, auf sie zugekommen, dann hätten sie zusammen sich wälzen können, ineinander verbissen. Aus dem Ringkampf wäre eine Umarmung geworden, das Geraufe hätte Münder, Zähne, Zungen zusammenbringen können. In dem verbissenen Kampf hätten sich ihre intimsten Zonen aneinander gerieben, Funken hätten gesprüht, die beiden Körper hätten ineinander verschmelzen müssen, damit die unerträgliche Spannung sich löste.

An jenem Abend hatte er sich mit einem sonderbaren

Ausdruck in den Augen im Sessel zurückgelehnt. Sie saß unter der Lampe und malte wie besessen etwas an, als wollte sie es, nachdem sie es mit Farbe bedeckt hatte, ganz und gar verschlingen. Dann sagte er: »Was ich noch sagen wollte – was ich dir heute mitgebracht habe und was du in deinen Kaffee getan hast, war kein Süßstoff, sondern Spanische Fliege, Kantharidin, ein Mittel, das die Sinnlichkeit weckt.«

Lilith war verblüfft. »Und das hast du mir gegeben?«

»Jawohl, ich will ausprobieren, wie es auf dich wirkt, ich dachte, es könnte sehr schön für uns beide sein.«

»Ach Billy«, sagte sie verwirrt, »was für ein niederträchtiger Trick! Ich habe nämlich Mabel versprochen, mit ihr ins Kino zu gehen. Und ich kann jetzt nicht mehr absagen. Die ganze Woche über hat sie zu Hause gesessen. Was ist, wenn es mich während der Vorstellung überkommt?«

»Nun, wenn du verabredet bist, mußt du gehen. Aber ich werde aufbleiben, bis du zurückkommst.«

Vor Spannung fiebernd fuhr Lilith los, um Mabel abzuholen. Sie wagte nicht, ihrer Freundin zu gestehen, was ihr Mann ihr angetan hatte. Ihr waren all die Geschichten eingefallen, die man sich über Spanische Fliege erzählte. So hatten zum Beispiel im Frankreich des achtzehnten Jahrhunderts oft Männer dieses Aphrodisiakum benutzt. Sie erinnerte sich an einen Fall, wo ein Aristokrat, der als Vierzigjähriger bereits eine gewisse Ermüdung als Folge seiner intensiven Bemühungen um die attraktiven Damen seiner Epoche verspürte und der sich in eine zwanzig Jahre jüngere Tänzerin verliebt hatte, Spanische Fliege nahm, um drei Tage und drei Nächte mit der jungen Frau im Bett zu verbringen. Lilith stellte sich vor, wie es sie ganz unerwartet überkommen könnte, wie sie sofort nach Hause fahren müßte, wie sie ihrem Mann ihr Verlangen gestehen würde.

Nun saß sie in dem verdunkelten Saal des Kinos, aber

sie war unfähig, dem Film zu folgen. Ihr Gehirn war in Aufruhr. Sie war gespannt bis auf die Kante ihres Sessels gerutscht, sie wollte die Wirkung der Droge beobachten. Sie fuhr auf, als sie merkte, daß sie dabei ihre Beine gespreizt und den Rock bis an die Knie hochgeschoben hatte.

Sie hielt das für ein Zeichen des bereits einsetzenden sexuellen Fiebers. Sie glaubte nicht, jemals in einer solchen Haltung im Kino gesessen zu haben. Für sie waren gespreizte Beine der Gipfel der Unanständigkeit. Und ihr wurde auf einmal klar, daß der Mann, der in der etwas niedrigeren Reihe vor ihr saß, ihr ohne weiteres unter den Rock sehen und sich an dem Anblick ihres neuen Höschens und der neuen Strumpfbänder, die sie am gleichen Tag erstanden hatte, ergötzen könnte. Es sah so aus, als ob alles auf eine orgastische Nacht hinausliefe. Vielleicht war es Eingebung gewesen, als sie sich das spitzenbesetzte Höschen und die dazu passenden korallenroten Strumpfbänder gekauft hatte, die ihren schlanken Ballerinabeinen so gut standen.

Wütend preßte sie die Knie wieder zusammen. Sie befürchtete, daß sie in der Tat nicht wüßte, was sie tun müßte, sollte es sie hier im Kino überkommen. Unvermittelt aufstehen und Mabel erklären, sie hätte Kopfschmerzen? Oder sollte sie sich gar, Erleichterung suchend, an Mabel wenden, Mabel, die sie immer angebetet hatte? Würde sie den Mut aufbringen, sich Mabel zuzuwenden, sie zu streicheln? Man hatte ihr erzählt, daß sich Frauen im Dunkel von Kinos liebkosten. Eine ihrer Freundinnen hatte einmal in einem Kino gesessen, als ihre Begleiterin ganz behutsam den Seitenverschluß ihres Rockes öffnete, ihr mit der Hand zwischen die Beine fuhr und so in ihr spielte, bis es ihr gekommen war. Wie oft hatte die Freundin diese Lust erleben dürfen, mit reglosem Oberkörper dazusitzen, aufrecht, unbewegt, während eine Hand sie heimlich liebkoste, unbemerkt, langsam, geheimnisvoll? Würde Lilith das nun erleben? Sie hatte niemals eine Frau geliebt, aber manchmal hatte sie sich vorgestellt, wie überwältigend es sein müßte, eine Frau zu streicheln, den runden Po, die Weichheit ihres Bauches, die besonders seidige Haut zwischen den Beinen. Sie hatte sich im Bett liegend, im Dunkel ihres Schlafzimmers, auf diese Art gestreichelt, sie wollte davon träumen, wie es wäre, wenn sie eine Frau liebkoste. Sie hatte ihre eigenen Brüste zärtlich betastet und sich vorgestellt, sie gehörten einer anderen Frau.

Sie schloß die Augen und stellte sich Mabels Körper in einem Badeanzug vor, Mabel mit den prall-runden Brüsten, die das Oberteil zu sprengen drohten, Mabel mit ihrem vollen, weichen, lachenden Mund. Wie wunderbar würde es sein! Aber noch war keine Hitze zwischen ihre Beine gedrungen, die ihr zu Kopf steigen und sie nach Mabel greifen lassen würde. Die Tabletten hatten noch nicht gewirkt. Sie war kühl, ja fast verkrampft zwischen den Beinen, sie war eng, gespannt. Sie konnte sich nicht lockern. Wenn sie jetzt nach Mabel tastete, würde sie nicht den Mut aufbringen, eine eindeutigere Geste folgen zu lassen. Trug Mabel einen Rock mit einem seitlichen Verschluß? Würde sie sich überhaupt streicheln lassen? Lilith wurde immer ratloser. Jedesmal, wenn sie sich gehenließ, spreizten sich ihre Beine zu jener Pose, die sie zugleich unanständig und einladend fand, wie die stilisierten Gesten balinesischer Tänzerinnen, die ihre Hände auf ihre Scham zu und wieder weg bewegten, sie gleichsam ungeschützt lassend.

Die Vorstellung war zu Ende. Als sie mit Mabel zusammen durch die nächtlichen Straßen fuhr, sprach Litlith kein Wort. Dann fielen die Scheinwerfer in einen am Straßenrand abgestellten Wagen und beleuchteten ein Paar, das sich aber nicht auf die übliche Weise küßte. Die Frau saß auf den Schenkeln des Mannes und hatte ihm den Rücken zugewandt. Er bäumte sich ihr entgegen, sein ganzer Körper verriet einen Mann, der kurz vor dem Höhepunkt war. Er war so versunken, daß er nicht aufhörte, als das Licht auf ihn fiel. Statt dessen stemmte er sich noch stärker hoch, um die auf ihm sitzende Frau ganz zu fühlen; sie bewegte sich wie jemand, der vor Lust halb von Sinnen ist.

Lilith verschlug der Anblick den Atem, und Mabel sagte lachend: »Die haben wir genau im kritischen Augenblick erwischt.« Also wußte Mabel um diesen Höhepunkt, den Lilith nie erlebt hatte, aber brennend gern kennenlernen wollte. Ihr drängte sich die Frage auf: »Wie ist es?« Aber sie würde es ja sowieso bald erfahren. Sie würde gezwungenermaßen alle diese nur in ihrer Phantasie und in ihren ausgedehnten Tagträumen existierenden Wünsche loslassen. Wenn sie allein zu Hause war und sich mit ihren Malereien beschäftigte, stellte sie sich eine Szene vor: Nun kommt ein Mann herein, in den ich sehr verliebt bin. Er kommt herein und sagt: »Laß mich dich ausziehen.« Mein Mann hat mich nie ausgezogen – er zieht sich immer selbst aus und steigt dann ins Bett, und wenn er mich will, schaltet er das Licht aus. Aber dieser Mann wird mich genüßlich und Stück für Stück ausziehen. Ich werde Zeit haben, ihn zu spüren, seine Hände auf mir zu fühlen. Als erstes wird er meinen Gürtel lösen und meine Taille mit seinen Händen umspannen und sagen: »Was hast du für eine bezaubernde Taille, wie schlank, wie schmal sie ist.« Und dann wird er ganz langsam meine Bluse aufknöpfen, ich spüre, wie er jeden einzelnen Knopf aufmacht, wie er jedesmal dabei meine Brüste streift, bis die Bluse sie ganz freigibt. Dann wird er sie lieben und wie ein Kind an den Warzen saugen, wird mir ein wenig mit den Zähnen weh tun. Ich werde spüren, wie es von meinem ganzen Körper Besitz nimmt, wie jeder gespannte Nerv nachgibt, wie ich versinke. Und nun wird er ungeduldig, wird an meinem Rock zerren. Er wird vor Verlangen ganz außer sich sein, er wird das Licht nicht ausschalten. Statt dessen wird sein Blick auf mich gerichtet sein – voller Verlangen, Bewunderung, Anbetung, er wird meinen Körper mit seinen Händen wärmen, wird warten, bis auch ich ganz und gar erregt und bereit bin, jeder kleinste Teil meiner Haut.

War die Spanische Fliege schuld? Doch wohl nicht, denn Lilith war erschöpft. Der Tagtraum verfolgte sie, kam immer wieder. Aber das war auch alles. Trotzdem hatte sie der Anblick des Paares im Auto, ihr ekstatischer Zustand, neugierig gemacht; sie wollte wissen, wie das war.

Als sie nach Hause kam, las ihr Mann in einem Buch. Er blickte auf und lächelte sie fragend an. Sie mochte ihm nicht gestehen, daß die Tabletten ohne Wirkung geblieben waren. Sie war unendlich enttäuscht. Was war sie doch für eine kalte Frau, die nichts erwärmen konnte – nicht einmal dieses Mittel, das doch angeblich einen Edelmann aus dem achtzehnten Jahrhundert drei Tage und drei Nächte lang potent gemacht hatte. Sie war wohl ein Monstrum. Auch vor ihrem Mann müßte sie es verbergen, denn er würde nur über sie lachen. Am Ende würde er sich bestimmt eine sinnlichere Frau suchen.

Deshalb fing sie an, sich vor ihm auszuziehen; halb nackt ging sie im Zimmer herum und bürstete sich vor dem Spiegel ihr Haar. Das tat sie sonst nie, denn sie wollte nicht von ihm begehrt werden. Sie fand kein Vergnügen daran. Es war etwas, das um seinetwillen und rasch erledigt werden mußte. Für sie war es ein Opfer. Seine Erregung, die Lust, die sie nicht zu teilen vermochte, widerten sie an. Sie kam sich vor wie eine Hure, die ohne etwas zu empfinden und als Entgelt für Liebe und Anhänglichkeit ihren leeren, unempfindlichen Körper darbot. Sie schämte sich, daß sie innerlich so tot war.

Als sie endlich ins Bett geschlüpft war, sagte er: »Ich bezweifle, daß die Spanische Fliege richtig gewirkt hat. Ich bin müde, weck mich, falls du . . .«

Lilith versuchte zu schlafen, aber in Wahrheit wartete sie darauf, von Stürmen der Leidenschaft geschüttelt zu werden. Eine Stunde verging. Sie stand auf und ging ins Badezimmer, wo sie das Glasröhrchen nahm und etwa zehn Tabletten auf einmal schluckte. »Die werden bestimmt wirken.«

Und sie wartete. Im Laufe der Nacht kam ihr Mann zu ihr ins Bett. Aber sie war derart verkrampft zwischen den Beinen, daß sie trocken blieb. Sie mußte sein Glied mit Speichel benetzen.

Am nächsten Morgen wachte sie weinend auf. Ihr Mann wollte den Grund dafür erfahren. Sie sagte ihm die Wahrheit. Er lachte schallend. »Aber Lilith, ich habe mir doch nur einen Scherz erlaubt! Das war keine Spanische Fliege. Ich wollte dich nur zum besten halten.«

Von diesem Augenblick an ließ die Vorstellung Lilith nicht los, es gebe in der Tat Mittel und Wege, sich künstlich zu stimulieren. Sie probierte alle Rezepte durch, von denen sie gehört hatte. Sie trank Unmengen Schokolade mit sehr viel Vanille darin, sie versuchte, rohe Zwiebeln zu kauen. Alkohol enthemmte sie nicht wie andere Menschen, da sie von Anfang an dagegen war. Sie konnte sich nun einmal nicht vergessen.

Dann erzählte ihr jemand von den kleinen Kugeln, die die Frauen Ostindiens als Aphrodisiakum benutzten. Wo konnte man darankommen, bei wem konnte sie sich erkundigen? Ostindische Frauen steckten sie sich in die Scheide. Sie waren aus weichem Gummi, hatten eine hautähnliche Oberfläche, paßten sich, eingeführt, raffiniert jeder Muskelbewegung an und verursachten einen Reiz, wie ihn kein Penis und kein Finger hervorbringen kann. Lilith brannte darauf, sich eine solche Kugel zu beschaffen: Sie wollte sie Tag und Nacht in sich behalten.

MARIANNE

Ich darf mich wohl als die Puffmutter eines literarischen Freudenhauses bezeichnen, die Puffmutter einer Bande Hunger leidender Autoren, die für einen »Bücherliebhaber« am laufenden Band Erotika fabrizierte. Ich war als erste dran, und jeden Tag gab ich einer jungen Frau das, was ich geschrieben hatte zum Abtippen.

Diese junge Frau, sie hieß Marianne, war Malerin. Abends tippte sie Manuskripte, um sich ihren Lebensunterhalt zu verdienen. Ihr Haar war goldblond und stand ihr wie ein Heiligenschein um den Kopf, sie hatte blaue Augen, ein rundes Gesicht und pralle, feste Brüste. Aber sie hatte die Angewohnheit, diese üppigen Formen, anstatt sie zu betonen, unter einer formlosen, unattraktiven Garderobe zu verbergen. Sie trug schlampige Jacken, Schulmädchenfaltenröcke, Regenmäntel. Sie kam aus der Provinz. Aber sie kannte Proust, Krafft-Ebing, Marx und Freud. Natürlich hatte sie eine Reihe sexueller Abenteuer gehabt. Aber es gibt eine Art Erlebnis, an dem der Körper eigentlich nicht teilnimmt. Sie machte sich etwas vor, wenn sie meinte, sexuell gelebt zu haben, indem sie sich zu Männern ins Bett legte, sie liebkoste und alle die üblichen Handlungen vollzog.

Doch all das blieb äußerlich. In Wahrheit war ihr Körper ungeweckt, ungeformt, unreif. Nichts hatte sie sehr tief berührt; sie war Jungfrau geblieben. Ich spürte das, sowie sie ins Zimmer kam. Ein Soldat wird niemals eingestehen, daß er Angst hat: Marianne wollte nicht zugeben, daß sie kalt, ja frigide war. Aber sie ging zu einem Psychoanalytiker.

Ich war gespannt, wie sie die erotischen Geschichten, die sie für mich abtippte, berühren würden. Sie war eine kuriose Mischung aus geistiger Unabhängigkeit, Neugier und einer gewissen körperlichen Prüderie, die sie aber auf keinen Fall offenbaren wollte. Durch reinen Zufall war ich dahintergekommen, daß sie noch niemals nackt sonnengebadet hatte, ja daß die bloße Vorstellung sie abschreckte.

Woran sie sich aber erinnerte und was sie verfolgte, war ein Zwischenfall mit einem Mann, der ihr anfangs überhaupt keinen Eindruck machte. Eines Abends, als er gerade im Begriff war, ihr Atelier zu verlassen, hatte er sie gegen die Wand gedrückt, eines ihrer Beine hochgehoben und war in sie gedrungen. Das Seltsame an der Sache war, daß sie damals überhaupt nichts empfunden hatte, daß es sie aber später, und zwar jedesmal, wenn sie sich die Szene ins Gedächtnis zurückrief, heiß und beunruhigend überlief. Sie bekam weiche Knie, und sie hätte alles darum gegeben, diesen mächtigen Körper wieder zu spüren, wie er sie an die Wand nagelte, wie er sie festhielt, daß sie nicht fliehen konnte, und wie er sie dann genommen hatte.

Einmal hatte sie sich verspätet. Ich ging zu ihr ins Atelier und klopfte an. Niemand antwortete. Die Tür war offen. Marianne war weggegangen, um etwas zu besorgen.

Ich war neugierig, wie weit mein Manuskript gediehen war, und ging hinüber zu Mariannes Schreibtisch. In der Maschine befand sich ein Text, der mir fremd war. Einen Augenblick glaubte ich, ich hätte vielleicht das von mir Geschriebene verdrängt. Aber nein, unmöglich. Das war nicht mein Stil. Also fing ich an, zu lesen – und zu begreifen. Mitten in der Arbeit war es über Marianne gekommen, ihre eigenen Erfahrungen aufzuschreiben.

»Manchmal liest man etwas, und es wird einem plötzlich klar, daß man bisher überhaupt nichts erlebt, gefühlt, erfahren hat. Ich begreife jetzt, daß das meiste, was ich erlebt habe, klinisch und anatomisch gewesen ist. Gewiß, die Genitalien haben sich berührt, sich verbunden. Aber wo war das Feuerwerk, das Ungezähmte, wo war die Sensation geblieben? Wie kann ich dies erfahren? Wie kann ich endlich einmal *fühlen, fühlen*? Ich möchte mich derart in einen Mann verlieben können, daß mich sein bloßer Anblick, selbst wenn er noch einen Häuserblock von mir entfernt ist, erschaudern läßt, mich durchbohrt, mich schwach, mich zittrig macht. Ich möchte ganz weich werden, möchte zwischen den Beinen schmelzen. Genauso will ich mich verlieben, so toll soll es sein, daß ich einen Orgasmus bekomme, wenn ich nur an ihn denke.

Heute vormittag, als ich gerade bei der Arbeit war, klopfte jemand ganz leise an die Tür. Ich machte auf. Draußen stand ein sehr gut aussehender junger Mann. Er war schüchtern, verlegen und gefiel mir sofort.

Er glitt in das Atelier, sah sich aber nicht um, sondern fixierte mich mit einem fast bettelnden Blick und sagte: ›Ein Freund hat mir Ihre Adresse gegeben. Sie sind doch eine Malerin. Ich möchte ein Bild bestellen, und ich hätte gerne gewußt, ob Sie . . . würden Sie?‹

Er hatte sich verheddert. Er errötete. Ich dachte, wie eine Frau. Ich sagte: ›Setzen Sie sich doch‹, weil ich glaubte, dies würde ihm seine Scheu nehmen. Dann erst bemerkte er meine Bilder; sie waren abstrakt. Er sagte: ›Aber Sie können doch auch nach der Natur zeichnen, nicht wahr?‹

›Gewiß kann ich das.‹ Ich zeigte ihm meine Skizzen.

›Das sind sehr starke Zeichnungen‹, sagte er und hob bewundernd eine Skizze hoch, die ich von einem muskulösen Athleten gemacht hatte.

›Wollen Sie, daß ich ein Porträt von Ihnen male?‹

›Hm, ja, ja und wiederum nein. Gewiß, ich möchte gerne ein Porträt haben, aber kein landläufiges, und deshalb weiß ich nicht, ob Sie . . . darauf eingehen werden.‹

›Worauf eingehen?‹ fragte ich.

Er druckste herum und platzte schließlich heraus: ›Würden Sie diese Art von Porträt von mir zeichnen?‹ Und wieder hielt er das Blatt des nackten Athleten hoch.

Anscheinend sollte ich irgendwie darauf reagieren. Ich war aber von der Kunstschule her so vertraut mit dem nackten männlichen Körper, daß ich über seine Scheu lächeln mußte. Ich fand sein Ansinnen keineswegs befremdlich. Es war eben mal etwas anderes, ein Aktmodell zu haben, das den Künstler auch noch für seine Arbeit entlohnte. Weiter war nichts, und das sagte ich ihm auch. Inzwischen aber faßte ich ihn, was ja mein gutes Recht ist, gründlich ins Auge: Seinen fast violetten Blick, den feinen blonden Flaum auf seinen Handrücken, die zarten Härchen auf seinen Ohrmuscheln. Er hatte etwas Satyrhaftes und zugleich Feminines an sich, das mich faszinierte.

Trotz seiner Schüchternheit sah er gesund und beinahe aristokratisch aus. Seine Hände waren weich und geschmeidig. Er hielt sich gut. Ich reagierte mit einer gewissen professionellen Bewunderung, was ihn wiederum freute und ihm Mut machte.

Er sagte: ›Wollen wir gleich anfangen? Das Geld habe ich bei mir. Den Rest werde ich Ihnen morgen bringen.‹

Ich deutete auf eine Ecke im Atelier, wo hinter einem Wandschirm meine Kleider aufgehängt waren und ein Waschtisch stand. Aber er richtete seine violetten Augen auf mich und fragte ganz naiv: ›Darf ich mich hier ausziehen?‹

Mir wurde ein wenig bange zumute, aber ich sagte ja. Ich holte mir derweilen Zeichenpapier und Kohle, rückte einen Stuhl beiseite und spitzte meine Stifte an. Dabei war mir aufgefallen, daß er ungewöhnlich lange brauchte, geradeso, als ob er wartete, daß ich ihm dabei zusähe. Also sah ich ihn ungeniert an, als zeichnete ich bereits in Gedanken sein Bild. Ich hielt den Kohlestift gezückt.

Er zog sich mit einer unglaublichen Bedächtigkeit aus, tat, als wäre es eine exquisite Beschäftigung, ein Ritual. Einmal blickte er mir voll ins Gesicht und zeigte lächelnd sein makelloses Gebiß. Seine Haut war so zart, daß das Licht, das durch das große Fenster fiel, sie aufleuchten und wie Seide schimmern ließ.

Im gleichen Augenblick zuckte mir der Kohlestift in der Hand. Ich dachte, welch ein Vergnügen wird es sein, diesen jungen Mann zu zeichnen, es war fast wie ein Streicheln. Er hatte seine Jacke, sein Hemd, Schuhe und Socken ausgezogen und nur die Hosen anbehalten, die er hielt wie eine Stripteasetänzerin die Falten ihres Kleides. Dabei sah er mich unverwandt an. Ich verstand immer noch nicht den Ausdruck von Freude, der nun sein Gesicht überstrahlte.

Dann beugte er sich vornüber, löste den Gürtel und ließ die Hose fallen. Er stand völlig nackt vor mir. Und augenscheinlich war er erregt. Als ich es sah, zögerte ich. Wenn ich protestierte, würde mich das mein so nötig gebrauchtes Honorar kosten.

Ich sah ihn fragend an. Sein Blick schien zu sagen: ›Sei mir nicht böse. Verzeih mir.‹

Also machte ich mich an die Arbeit. Es war ein merkwürdiges Gefühl. Zeichnete ich seinen Kopf, seinen Hals, seine Arme, war alles in Ordnung. Wanderte mein Blick aber über den Rest seines Körpers, machte sich die Wirkung bemerkbar durch ein kaum wahrnehmbares Erzittern seines Phallus. Fast wäre ich der Versuchung erlegen, das emporragende Glied mit derselben Nonchalance zu zeichnen, mit der ich sein Knie skizziert hatte. Aber die verstörte Jungfrau in mir war beunruhigt. Ich dachte, ich muß jetzt ganz aufmerksam und bedächtig weitermachen: Vielleicht geht die Krise vorüber, oder aber er wird sich an mir abreagieren. Aber nein: Der junge Mann rührte sich nicht, stand wie gebannt da, war zufrieden. Ich war es, die verwirrt war. Und ich wußte nicht, warum.

Als ich fertig war, zog er sich seelenruhig an und schien wieder ganz gelassen. Er kam auf mich zu, schüttelte mir höflich die Hand und sagte: ›Darf ich morgen um dieselbe Zeit wiederkommen?‹ «

Hier brach das Manuskript ab. Inzwischen war Marianne zurückgekommen. Sie lächelte.

»War das nicht ein merkwürdiges Erlebnis?« fragte sie.

»Ja. Ich bin gespannt, was Sie empfanden, nachdem er weggegangen war.«

»Nachher«, gestand sie, »war ich es, die den ganzen Tag lang erregt war. Ich sah immer nur seinen Körper vor mir, seinen schönen, steifen Penis. Ich blätterte meine Skizzen durch, und auf einer hielt ich fest, was sich ereignet hatte. Mein Begehren quälte mich. Aber einem Mann wie ihm ist ja nur daran gelegen, daß man ihn ansieht.«

Man hätte diesen Zwischenfall einfach als unwichtig abtun können, aber für Marianne war er entscheidend. Ich konnte beobachten, wie der Vorfall sie beschäftigte. Offenbar hatte er sich im Laufe der zweiten Sitzung wiederholt. Kein Wort war gefallen. Marianne beherrschte sich. Auch er machte keinerlei Andeutungen, weshalb ihr Blick auf seinen nackten Körper ihm ein derartiges Gefühl der Wollust vermittelte. Jeden Tag entdeckte sie neue Wunder: Jedes kleinste Detail seines Körpers war vollkommen. Wenn er doch nur das leiseste Interesse an den Details ihres Körpers gezeigt hätte! Aber er tat es nicht. Marianne nahm ab, kam fast um vor Sehnsucht.

Das ewige Abtippen der Erlebnisse von anderen machte ihr ebenfalls zu schaffen, denn jetzt bekam sie von jedem Mitglied unserer Gruppe Manuskripte zum Abschreiben: Es hatte sich herumgesprochen, daß sie zuverlässig war. Abend für Abend saß die kleine, vollbusige Marianne an ihrer Schreibmaschine und tippte glühende Berichte leidenschaftlicher körperlicher Begegnungen.

Sie war anfällig für Gewalttätigkeiten. Deshalb war die Affäre mit dem jungen Mann besonders untragbar geworden. Sie konnte einfach nicht fassen, daß er dort vor ihr stand im Zustand physischer Erregung und so offensichtlich Freude empfand, wenn sie ihn nur ansah, als streichelte sie ihn.

Je passiver und unbeteiligter er sich verhielt, desto mehr sehnte sie sich danach, ihm Gewalt anzutun. Ja, sie träumte davon, seinen Willen zu bezwingen. Aber wie stellte man das an? Den Willen eines Mannes zu bezwingen? Da sie ihn nicht durch ihre bloße Gegenwart verführen konnte, wie sonst sollte sie sein Begehren wecken?

Sie stellte sich vor, er wäre eingeschlafen; dann könnte sie ihn streicheln, dann würde er sie vielleicht im Halbschlaf nehmen. Oder sie malte sich aus, er würde ins Atelier kommen, während sie sich gerade anzog, und dann würde der Anblick ihres Körpers ihn erregen.

Einmal hatte sie die Tür einen Spalt offengelassen und zog sich gerade um. Er war hereingekommen, hatte höflich weggesehen und sich in ein Buch vertieft.

Es war einfach nicht möglich, ihn zu erregen, außer indem man ihn anstarrte. Inzwischen war Marianne halb wahnsinnig vor Begierde. Die Zeichnungen waren so gut wie fertig. Sie kannte jeden Teil seines Körpers, war vertraut mit der Tönung seiner Haut, so golden und hell, wußte um die Form eines jeden Muskels und vor allem des stets erhobenen Gliedes: Glatt, glänzend, verführerisch.

Sie verfiel darauf, zu ihm zu gehen und ein weißes Stück Pappe neben ihm aufzustellen, um einen noch helleren Reflex oder noch tiefere Schatten auf seine Haut zu werfen. Dann verlor sie schließlich die Beherrschung und fiel vor dem stocksteifen Ständer auf die Knie. Sie berührte ihn nicht, sie verschlang ihn nur mit den Augen. Sie flüsterte: »Wie schön er ist!«

Er war sichtlich betroffen, und sein Glied wurde noch

steifer. Sie kniete dicht daneben, sie hätte es fast mit dem Mund berühren können, aber sie wiederholte nur: »Wie schön er ist!«

Da er sich nicht bewegte, rutschte sie näher, die Lippen leicht geöffnet, und zart, ganz zart berührte sie die Spitze des glänzenden Schaftes mit der Zunge. Er rührte sich nicht. Statt dessen beobachtete er ihr Gesicht und die flinke Zunge, die immer wieder zärtlich die Spitze seines Schwanzes umspielte.

Sie leckte ihn sanft und mit der Behutsamkeit einer Katze. Dann nahm sie ein Stück in den Mund und umschloß es fest mit den Lippen. Es bebte.

Sie hielt sich zurück, sie wollte nicht weitergehen, denn sie hatte Angst, er könnte sich wehren. Als sie innehielt, ermutigte er sie nicht, fortzufahren. Es schien ihm zu genügen. Marianne glaubte, sie dürfte sich nicht mehr herausnehmen. Sie sprang auf und machte sich erneut an die Arbeit. In ihrem Inneren brauste ein Sturm. Gewalttätige Visionen bedrängten sie. Sie dachte an einen Guckkastenfilm, den sie einmal in Paris gesehen hatte: Gestalten, die sich im Gras wälzten, fummelnde Hände, weiße Schlüpfer, von gierigen Fingern heruntergestreift, Zärtlichkeiten, Zärtlichkeiten und eine Lust, welche die Körper peitschte, sie sich aufbäumen ließ. Lust, die über die Haut rann, wie Wasser, Lust, unter der sich die Körper schlängelten, wenn ihre Wogen die Bäuche oder Hüften umspülten oder ihnen das Rückgrat hinauf oder die Beine hinunterrieselten.

Aber sie beherrschte sich, denn sie hatte den Spürsinn der Frau, die weiß, daß der begehrte Mann es anders will. Er blieb verzaubert, sein Glied steif, sein Körper erschauderte zuweilen, als durchführe ihn die Lust bei der bloßen Erinnerung an ihren Mund, an die halb geöffneten Lippen, die den glatten Schwanz berührten.

Am nächsten Tage wiederholte Marianne ihren Kniefall, ihren Tribut an den schönen Phallus. Wieder lag sie auf den

Knien, wieder betete sie ekstatisch diesen seltsamen Gott an, der von ihr nichts als Bewunderung verlangte. Und wieder leckte sie ihn so gründlich, so vibrierend und sandte Schauder der Lust von dem Glied in seinen Körper, wieder küßte sie es und umschloß es mit den Lippen, als sei es eine wunderbare Frucht, wieder zitterte es. Zu ihrer Überraschung zerging ein winziger Tropfen einer milchigweißen, salzig schmeckenden Substanz in ihrem Mund, der Vorbote des Ergusses. Sie verstärkte den Druck ihrer Lippen, erhöhte das Tempo ihrer Zunge.

Als sie merkte, daß er beinahe verströmte, hielt sie inne, denn sie hoffte, nun würde er eine Geste machen, die ihnen beiden Erfüllung brächte. Anfangs blieb er unbeweglich. Seine Rute zuckte, war wild vor Begierde. Auf einmal sah sie ihn eine Handbewegung machen, als wollte er sich selbst befriedigen.

Marianne war verzweifelt. Sie stieß seine Hand weg, nahm den Schwanz wieder in den Mund und umspannte mit beiden Händen seinen Sack, streichelte ihn, saugte den Schaft in sich hinein, bis er schließlich kam.

Er beugte sich über sie, dankbar, zärtlich. Er flüsterte: »Du bist die erste Frau, die erste Frau, die erste Frau . . .«

Fred zog zu ihr in das Atelier. Aber, wie Marianne berichtete, sie machten keinerlei Fortschritte, abgesehen davon, daß er ihre Zärtlichkeiten akzeptierte. Sie lagen im Bett, nackt, und Fred tat so, als wäre sie geschlechtslos. Er empfing ihren Tribut, er war wild darauf, aber Mariannes Verlangen blieb ungestillt. Allerhöchstens legte er seine Hände zwischen ihre Beine. Sie liebkoste ihn mit ihrem Mund, seine Finger öffneten ihre Schamlippen, als seien sie eine Blume, deren Stempel er bloßlegen wollte. Spürte er, wie sie sich zusammenzog, streichelte er bereitwillig die pulsierende Öffnung. Marianne konnte reagieren, aber irgendwie war es nicht genug, konnte es den Hunger nach seinem

Körper, nach seinem Schwanz nicht stillen. Sie sehnte sich danach, von ihm besessen, durchbohrt zu werden.

Sie verfiel auf den Gedanken, ihm zu zeigen, was sie für uns tippte, sie hoffte, es könnte ihn inspirieren. Sie legten sich aufs Bett und nahmen die Manuskripte gemeinsam durch. Er las sie laut vor; offensichtlich machte es ihm Spaß. Er verweilte bei den Beschreibungen. Immer wieder las er sie. Dann zog er sich aus und ließ sich anschauen. Einerlei, wie erregt er war, das war alles, was er tat.

Marianne wollte ihn zum Psychiater schicken. Sie erzählte ihm, wie sehr ihr die Psychoanalyse geholfen hätte, er hörte ihr aufmerksam zu, aber der Gedanke widerstrebte ihm. Dann flehte sie ihn an, seine Erfahrungen niederzuschreiben, sie in Worte zu fassen.

Anfangs sträubte er sich dagegen, er schämte sich offenbar. Dann aber, fast verstohlen, fing er an zu schreiben und versteckte die Seiten, wenn sie ins Atelier kam. Er schrieb mit einem Bleistiftstummel, als sei es die Beichte eines Verbrechens. Rein zufällig bekam sie das, was er geschrieben hatte, zu Gesicht. Er brauchte dringend Geld, er hatte seine Schreibmaschine, scinen Wintermantel und seine Uhr versetzt, er hatte nichts mehr zu verpfänden.

Er wollte Marianne nicht zur Last fallen. Sie hatte sich ohnehin fast die Augen verdorben durch ihr nächtelanges Abtippen und sich damit gerade genug verdient, um die Miete zu bezahlen und das Allernotwendigste zum Essen zu besorgen. Also ging er zu dem Büchersammler, bei dem Marianne ihre fertig getippten Manuskripte ablieferte, und bot ihm sein eigenes zum Verkauf an. Er entschuldigte sich, daß es handgeschrieben sei. Der Sammler gab es ahnungslos Marianne zum Abtippen.

So landete das Manuskript ihres Geliebten wieder bei Marianne. Begierig stürzte sie sich darauf, sie konnte ihre Neugier kaum zügeln, weil sie meinte, es könnte vielleicht den Schlüssel zu seiner Passivität enthalten.

»Meistens bleibt unser Sexualleben ein Geheimnis. Jeder bemüht sich, daß das so bleibt. Selbst die besten Freunde berichten einander darüber keine Einzelheiten. Aber hier, bei Marianne, lebe ich in einer ungewöhnlichen Atmosphäre. Was auch immer wir besprechen, was wir lesen, was wir schreiben, handelt von Sexualität.

Ich entsinne mich eines Vorfalls, den ich völlig vergessen hatte. Damals war ich gerade fünfzehn Jahre alt und noch ganz unerfahren. Meine Eltern hatten in Paris eine Wohnung gemietet, in der es viele Balkone gab und viele Türen, die auf diese Balkone führten. Ich hatte mir angewöhnt, während des Sommers nackt in meinem Zimmer herumzulaufen. Einmal tat ich das, als die Balkontüren offenstanden, und ich sah, daß eine Frau im Hause gegenüber mich angespannt beobachtete.

Sie saß auf ihrem Balkon und schaute ungeniert zu mir herüber. Etwas in mir bewog mich, vorzugeben, ich hätte sie überhaupt nicht bemerkt. Ich fürchtete, sie könnte anderenfalls in ihre Wohnung zurückgehen.

Ihr Blick, der mich fixierte, verursachte mir ein außerordentliches Wollustgefühl. Ich lief im Zimmer umher oder legte mich aufs Bett. Sie rührte sich nicht vom Fleck. Eine Woche lang wiederholte sich diese Szene. Am dritten Tag hatte ich eine Erektion.

Konnte sie es aus der Entfernung erkennen, konnte sie es sehen? Ich faßte mich an, ich fühlte die ganze Zeit über, daß ihr keine meiner Gesten entging. Eine ganz köstliche Erregung überkam mich. Von meinem Bett aus konnte ich ihre üppige Gestalt erkennen. Ich blickte ihr gerade ins Gesicht, ich spielte mit meinem Schwanz, ich war am Ende so erregt, daß ich kam.

Die Frau ließ den Blick nicht von mir. Würde sie mir ein Zeichen geben? Regte es sie auf, mir zuzusehen? Sicher, meine ich.

Am nächsten Tag wartete ich gespannt auf ihr Erscheinen. Sie trat zur gleichen Zeit auf den Balkon wie immer und sah in meine Richtung. Aus der Entfernung konnte ich aber nicht erkennen, ob sie mir zulächelte. Ich legte mich wieder auf das Bett.

Wir vermieden es, uns auf der Straße zu begegnen, obwohl wir Nachbarn waren. Ich entsinne mich nur noch an das Lustgefühl, das ich dabei hatte und das alles übertraf. Die bloße Erinnerung an diese Vorfälle regt mich auf. Und mit Marianne ist es ähnlich. Ich liebe es, wenn sie mich begierig ansieht, wenn sie mich bewundert, wenn sie mich anbetet.«

Als Marianne dies las, zweifelte sie daran, seine Passivität je besiegen zu können. Sie weinte ein wenig und kam sich wie eine betrogene Frau vor. Trotzdem liebte sie ihn. Er war feinfühlig, liebevoll, zärtlich. Niemals verletzte er ihre Gefühle. Seine Rolle war vielleicht nicht die eines Beschützers, er war eher wie ein Bruder und ging auf alle ihre Launen ein. Er behandelte sie wie den Künstler in der Familie, bewunderte ihre Malerei, trug ihr die Leinwand nach, wollte sich nützlich machen.

Sie arbeitete als Assistentin in einer Malklasse. Jeden Vormittag begleitete er sie in die Kunstakademie unter dem Vorwand, ihren Malkasten zu tragen. Aber sie merkte sehr bald, daß das nicht der einzige Grund war. Die Aktmodelle faszinierten ihn, und zwar nicht als Personen, sondern als Wesen, die sich zur Schau stellten. Er wollte Modell werden.

Als Marianne dies erfuhr, rebellierte sie. Hätte er sich nicht sexuell erregt, wenn man ihn betrachtete, würde sie wahrscheinlich nichts dagegen gehabt haben. So aber kam es ihr vor, als gäbe er sich der ganzen Klasse hin. Der Gedanke war ihr unerträglich. Sie stritt mit ihm.

Aber er war wie besessen von seiner Idee und wurde schließlich als Aktmodell angenommen. An jenem Tage weigerte sich Marianne in die Kunstschule zu gehen. Sie blieb zu Hause und weinte wie eine eifersüchtige Frau, die weiß, daß ihr Geliebter bei einer anderen ist.

Sie tobte. Sie riß die Skizzen, die sie von ihm gemacht hatte, in Fetzen, als wollte sie das Bild, das ihr vor Augen schwebte, zerreißen, das Bild von seinem goldenen, glatten, vollkommenen Körper. Es mochte ja sein, daß Kunstschüler den Modellen gegenüber nichts empfanden, aber er reagierte auf ihre Blicke, und das konnte Marianne einfach nicht ertragen.

Dieser Zwischenfall war der Anfang vom Ende ihrer Beziehung. Es war, als ob die Lust, die sie ihm verschaffte, ihn nur noch süchtiger machte.

Sehr bald waren sie einander ganz entfremdet. Und Marianne war wieder einmal allein, um unsere erotischen Geschichten zu tippen.

DIE VERSCHLEIERTE FRAU

Eines Tages war George in eine schwedische Bar gegangen, die er gerne besuchte, und hatte sich in der Erwartung, einen angenehmen Abend zu verbringen, an einen Tisch gesetzt. Am Nebentisch saß ein sehr elegantes, gut aussehendes Paar; der Mann war höflich und sehr sorgfältig gekleidet, die Frau ganz in Schwarz, mit einem Schleier über ihrem blühenden Gesicht und viel buntem Schmuck. Beide lächelten ihm zu. Sie wechselten kein Wort miteinander, es war, als seien sie sehr alte Bekannte und hätten sich schon alles gesagt.

Die drei Gäste konzentrierten sich auf das, was sich an der Bar abspielte: Paare, die einander zuprosteten, eine einsame Frau, ein Mann, der Bekanntschaften suchte. Und alle drei schienen dasselbe zu denken.

Schließlich sprach der elegant gekleidete Mann George an, der nun Gelegenheit hatte, die Frau in Ruhe zu betrachten; er fand sie noch anziehender. Aber gerade als er hoffte, sie würde sich an der Unterhaltung beteiligen, flüsterte sie ihrem Begleiter etwas ins Ohr, lächelte und verschwand.

George war niedergeschlagen: Der Abend war ihm verdorben worden. Außerdem hatte er nur ein paar Dollar in der Tasche, er konnte den Mann nicht zu einem Drink einladen, um vielleicht etwas über die geheimnisvolle Frau zu erfahren. Aber zu seiner Überraschung wandte sich der Mann an ihn und fragte: »Darf ich Sie zu einem Drink einladen?«

George nahm an. Die Unterhaltung bewegte sich um Erfahrungen mit Hotels an der Riviera und endete dann mit Georges Geständnis, daß er dringend Geld brauchte, worauf der Mann meinte, es sei gar nicht so schwer, zu Geld zu kommen. Aber wie dies zu bewerkstelligen sei, verriet er nicht. Statt dessen fragte er George aus.

George hatte, wie viele Männer, eine Schwäche: Wenn er in guter Stimmung war, erzählte er gerne von seinen Liebesabenteuern. Er war dabei sehr überzeugend und ließ durchblicken, daß er, sobald er nur den Fuß auf die Straße setzte, ein Abenteuer erleben könnte. Es würde immer einen interessanten Abend, eine interessante Frau geben.

Sein Gesprächspartner hörte ihm lächelnd zu.

Als George eine Pause einlegte, sagte der Mann: »Ich habe Sie richtig eingeschätzt. Als ich Sie sah, sagte ich mir: Dort sitzt mein Mann. Ich habe nämlich ein sehr kniffliges Problem, etwas absolut Einmaliges. Ich weiß nicht, ob Sie Erfahrungen mit schwierigen, neurotischen Frauen haben – nein? Nun gut, Ihre Erzählungen bestätigen es. Aber ich, ich habe solche Probleme. Vielleicht bin ich dazu vorbestimmt. Jedenfalls befinde ich mich gerade jetzt in einer sehr komplizierten Situation, ich weiß nicht, wie ich überhaupt herauskommen kann. Deshalb brauche ich Ihre Hilfe. Sie sagen, Sie brauchen Geld. Lassen Sie mich Ihnen einen Vorschlag machen, ja? Sie können sich auf sehr angenehme Weise Geld beschaffen. Also hören Sie mir genau zu. Es gibt da eine Frau, die nicht nur reich, sondern auch unglaublich schön ist – in der Tat von einer einmaligen Schönheit. Sie könnte von jedem Menschen, der ihr gefällt, angebetet werden, könnte mit jedem, der ihr gefällt, glücklich verheiratet sein. Aber in einer Hinsicht ist sie pervers: Sie liebt nur das Unbekannte.«

»Liebt nicht jeder von uns das Unbekannte?« fragte George.

»Bei ihr ist es anders. Sie interessiert sich nur für einen Mann, den sie nie zuvor gesehen hat und den sie nie wiedersehen wird. Für diesen Mann wird sie alles tun.«

George brannte darauf zu fragen, ob es die schöne Unbekannte war, die mit ihnen am Tisch gesessen hatte, aber er wagte es nicht. Der Mann schien nur widerwillig seine Geschichte zum besten geben zu wollen; nichtsdestoweniger hatte George den Eindruck, als drängte es ihn dazu. Er fuhr fort: »Das Glück dieser Frau ist in meinen Händen. Ich würde alles für sie tun. Ich habe mich geopfert, um ihre Launen zu befriedigen.«

»Ich verstehe«, entgegnete George. »Mir würde es nicht anders gehen.«

»Nun«, sagte der elegante Unbekannte, »wenn Sie die Güte hätten, mit mir zu kommen, könnte Ihnen dies mindestens für eine Woche aus Ihren Geldnöten helfen und außerdem noch Ihre Abenteuerlust befriedigen.«

George errötete vor Begeisterung. Zusammen verließen sie die Bar. Der Mann holte ein Taxi. Unterwegs gab er George fünfzig Dollar und erklärte ihm, er müsse ihm die Augen verbinden, denn George dürfte weder das Wohnhaus noch die Straße, in der es stand, erkennen, da er seine Erfahrung ja niemals wiederholen sollte.

George brannte vor Neugier und stellte sich die Frau, die er in der Bar getroffen hatte, vor: ihren roten Mund, die brennenden, vom Schleier halb verhüllten Augen. Was ihn besonders reizte, war ihr Haar; er liebte üppiges Haar, das zu schwer schien für ein Gesicht, er liebte diese anmutige, duftende, reiche Last. Haar gehörte zu seinen Leidenschaften.

Bereitwillig ließ er sich die Augen verbinden. Die Taxifahrt war kurz. Ehe er aus dem Wagen stieg, wurde ihm die Binde abgenommen, denn er sollte weder dem Fahrer noch dem Portier auffallen. Der Unbekannte hatte damit gerechnet, daß die Lichter im Foyer des Hauses ihn sowieso blenden würden. George konnte nur grelle Lampen und Spiegel erkennen.

Dann wurde er in eines der luxuriösesten Interieurs geführt, die er je gesehen hatte: ganz in Weiß, mit Spiegeln, exotischen Pflanzen, erlesenen, mit Damast überzogenen Möbeln und einem so dichten Teppich, daß man seine eigenen Schritte nicht hörte.

Sein Begleiter führte ihn durch eine Flucht von Räumen, von denen jeder in einem anderen Farbton gehalten war. Alle hingen voller Spiegel. Die Folge davon war, daß George jedes Gefühl für Perspektive verlor. Schließlich kamen sie in das letzte Zimmer. Ihm stockte der Atem. Er befand sich in einem Boudoir mit einem auf einer Estrade stehenden Himmelbett. Der Boden war mit Fellen ausgelegt, vor den Fenstern hingen duftig-weiße Gardinen, und überall nichts als Spiegel, Spiegel, Spiegel. Er war froh, daß er diese endlose Wiederholung seiner selbst ertragen konnte, das Bild eines stattlichen Mannes, den das Geheimnisvolle der Situation mit einer nie gespürten, prickelnden Vorfreude und Spannung erfüllte. Was konnte dies alles bedeuten? Ihm blieb keine Zeit, sich diese Frage wirklich zu stellen.

Die Tür tat sich auf, und die Frau aus der Bar trat herein. Gleichzeitig verschwand der Mann, der ihn zu ihr geführt hatte. Sie hatte sich inzwischen umgezogen und trug jetzt ein elegantes, enganliegendes Seidenkleid, das die Schultern freiließ. George schien es, als könnte sie das Kleid mit einer einzigen Bewegung wie eine schimmernde Hülse abstreifen und daß darunter ihre schimmernde Haut, ebenso weich und glatt wie Seide, zum Vorschein käme.

Er mußte sich beherrschen, er konnte es nicht fassen, daß diese schöne Frau nur für ihn da war, für einen ganz und gar Unbekannten. Außerdem war er verlegen. Was erwartete sie von ihm? Was suchte sie? Hatte sie einen Wunsch, der unerfüllt geblieben war? In einer Nacht müßte er ihr alles geben. Er würde sie nie mehr wiedersehen. Was wäre, wenn er den Schlüssel zu ihr fände und sie mehr als nur einmal besitzen könnte? Wie viele Männer waren wohl in dieses Zimmer gekommen?

Sie war außergewöhnlich reizvoll. Ihre Augen waren dunkel und feucht, ihr Mund glühte, die Haut reflektierte das Licht. Ihr Körper war völlig ebenmäßig. Sie besaß die geschwungenen Linien einer schlanken Frau und zugleich eine herausfordernde Fülle. Die Taille war schmal, was die Form ihrer Brüste um so wirkungsvoller hervorhob. Ihr Rücken war wie der einer Tänzerin; jede Bewegung unterstrich ihre vollen Hüften. Sie lächelte ihm zu, die Lippen halb geöffnet. George ging auf sie zu und berührte ihre bloßen Schultern mit dem Mund. Ihre Haut war von unglaublicher Zartheit. Welche Versuchung, das dünne Kleid ganz herunterzustreifen und ihre die Seide spannenden Brüste zu befreien! Welche Versuchung, sie auf der Stelle auszuziehen!

Aber George hielt sich zurück und dachte: Hier habe ich eine Frau, die man nicht wie gewöhnlich behandelt, eine Frau, bei der man subtil und raffiniert sein mußte. Noch niemals hatte er sich jede seiner Gesten so gründlich überlegt. Er war entschlossen, die Festung erst einmal eine Zeitlang zu belagern. Da die Frau offenbar auch keine Eile hatte, widmete er sich erst einmal ausführlich ihren nackten Schultern und atmete den schwachen, aber betäubenden Duft ein, den ihr Körper ausströmte.

Gewiß, er hätte sie auf der Stelle nehmen können, so unwiderstehlich war ihr Zauber, aber er wartete lieber auf ein Zeichen von ihr. Er wollte sie erregt wissen und nicht nur weich und schmiegsm wie Wachs unter seinen Händen.

Sie schien kühl, sie schien bereit, aber sie zeigte keinerlei Gefühl. Kein Zittern auf ihrer Haut, und obwohl ihr Mund geöffnet war und geküßt werden wollte, erwiderte er nichts.

Sie standen nahe bei dem Bett, stumm. Er zeichnete mit den Händen die seidigen Kurven ihres Körpers nach, als wollte er sich ganz damit vertraut machen. Dann ließ er sich langsam auf die Knie fallen und küßte und streichelte ihren Körper. Seine Finger spürten, daß sie unter dem Kleid nackt war. Er führte sie bis an die Bettkante. Sie setzte sich aufs Bett. Er zog ihr die Schuhe aus. Dann hielt er ihre Füße mit den Händen umspannt. Sie lächelte sanft und einladend. Er küßte ihre Füße, seine Hände griffen unter das lange Kleid und streichelten die nackten Beine bis hinauf zu den Oberschenkeln.

Sie überließ ihm ihre Füße, sie stemmte sie ihm gegen die Brust, während seine Hände unter dem Kleid ihre Beine liebkosten. Die Haut war unglaublich weich; wie zart würde sie ganz oben, nahe der Scham sein? Aber die Frau hielt die Schenkel zusammengepreßt, er konnte seine Entdeckungsreise nicht fortsetzen. Er erhob sich, beugte sich über sie und drückte sie sanft aufs Bett. Sie legte sich zurück und öffnete ein wenig die Beine.

Er fuhr mit den Händen wieder über ihren ganzen Körper, als wollte er auch den kleinsten Teil mit seiner Berührung entflammen. Er liebkoste sie nochmals von den Schultern bis zu den Füßen. Dann schob er erneut seine Hand zwischen ihre Beine, die sie jetzt leicht geöffnet hatte. Fast kam er bis an ihre Spalte. Unter seinen Küssen hatte sich ihre Frisur gelöst, das Kleid war von den Schultern gerutscht, die Brüste nur noch halb verdeckt. Mit seinem Mund schob er das Kleid vollends herunter und enthüllte die Brüste: Sie waren genauso, wie er vermutet hatte – verführerisch, straff, mit einer wunderbar zarten Haut und rosafarbenen Spitzen, wie die eines jungen Mädchens.

Ihre Passivität reizte ihn; er wollte ihr weh tun, nur, um überhaupt eine Reaktion zu erreichen. Die Liebkosungen erregten ihn, aber sie blieb völlig abwartend. Als er ihre Schamlippen sanft streichelte, fühlten sie sich weich an, beinahe kühl, sie pulsierten nicht.

George glaubte nun, der Schlüssel zu dieser Frau sei

ihre Gefühlskälte. Aber andererseits konnte es auch wieder nicht so sein, dafür war ihr Körper viel zu sinnlich, die Haut zu sensitiv, der Mund zu üppig. Unmöglich, daß sie nichts empfand. Er streichelte sie jetzt unentwegt, fast wie im Traum, als hätte auch er unendlich viel Zeit und könnte warten, bis das Feuer in ihr aufloderte.

Die Spiegel warfen das Bild der Frau zurück: Das Kleid, das ihre Brüste freiließ, die schönen nackten Füße, die über den Bettrand hingen, die Beine, die unter dem Kleid geöffnet waren.

Er mußte ihr das Kleid ausziehen, mußte sich zu ihr legen, mußte ihren ganzen Körper gegen seinen pressen. Sie half ihm, das Kleid ganz abzustreifen. Ihr Körper tauchte aus den seidenen Falten auf wie der der schaumgeborenen Venus aus den Wellen. Er hob sie hoch, damit sie sich flach auf das Bett legen konnte. Sein Mund regnete Küsse auf ihren Körper.

Dann aber geschah etwas Merkwürdiges. Als er sich vornüber beugte, um sich an der Schönheit ihrer rosigen Frucht satt zu sehen, bebte sie. George schrie fast vor Freude.

Sie flüsterte: »Zieh dich aus.«

Er tat es. Nackt fühlte er sich stark. Er fühlte sich wohler, denn er besaß einen durchtrainierten Körper, er war ein glänzender Schwimmer, Läufer und Bergsteiger. Er wußte, daß sie an ihm Gefallen finden würde. Sie blickte ihn an.

Gefiel er ihr? Würde es sie zugänglicher machen, wenn er sich über sie beugte? Er begehrte sie jetzt so sehr, daß er nicht länger warten konnte, sie mit der Spitze seines Gliedes zu berühren. Aber sie unterbrach ihn, sie wollte seinen Schwanz küssen und streicheln. Sie tat es mit einer solchen Hingabe, daß sie sich plötzlich mit ihrer vollen Rückseite vor seinem Gesicht befand und er sie nach Herzenslust küssen und züngeln konnte.

Ihn erfüllte ein Verlangen, jeden Winkel ihres Körpers zu erforschen, zu berühren. Mit zwei Fingern öffnete er ihre

Schamlippen und konnte sich nicht satt sehen an der strahlenden Haut, dem zarten Honigfluß, dem Haar, das sich um seine Finger lockte. Sein Mund wurde immer gieriger, als wäre er selbst zum Sexorgan geworden und imstande, sie so zu genießen, daß er ungeahnte Wonnen erleben könnte, würde er noch länger ihr Fleisch mit seiner Zunge liebkosen. Als er sie ganz zart ins Fleisch biß, spürte er wieder einen Lustschauder. Jetzt drängte er sie weg von seinem Diener der Lust, denn er befürchtete, sie könnte sich nur mit den Küssen befriedigen, und er würde um ihren Schoß, den er fühlen wollte, betrogen. Es war, als wären beide gierig nach dem Geschmack des Fleisches. Ihre Münder schmolzen zusammen und suchten die behenden Zungen.

Ihr Blut stand jetzt in Flammen. Endlich hatte er es geschafft. Warum? Weil er sich Zeit gelassen hatte. Ihre Augen funkelten, ihr Mund blieb auf seinem Körper. Schließlich nahm er sie, wie sie sich ihm bot: Ihre wunderbaren Finger öffneten ihm selbst die Stätte letzter Ekstase, als könnte sie nicht länger warten. Aber selbst dann hielten sie sich zurück: Sie fühlte ihn, ruhig und eng umschlossen, und hielt ihn in sich.

Dann zeigte sie auf den Spiegel und lachte. »Schau hin, sieht es nicht so aus, als liebten wir uns nicht, als säße ich nur auf deinen Knien? Und in Wahrheit, du Schuft, hattest du ihn die ganze Zeit über in mir, du bebst sogar! Ah, ich kann es nicht länger aushalten, ich kann nicht länger so tun, als hätte ich nichts in mir. Ich verbrenne! Stoß jetzt zu!«

Sie warf sich über ihn, spießte sich auf seinen glühenden Schwanz, bewegte ihr Becken, umkreiste ihn und verschaffte sich bei diesem Tanz eine derartige Wonne, daß sie laut aufschrie. Im selben Augenblick fuhr ein Blitzstrahl der Ekstase durch Georges Körper.

Trotz der Intensität ihres Liebesspiels wollte sie beim Abschied Georges Namen nicht wissen; auch bat sie ihn nicht, wiederzukommen. Statt dessen gab sie ihm einen flüchtigen Kuß auf seine schmerzenden Lippen und schickte ihn weg. Monatelang verfolgte ihn die Erinnerung an diesen Abend; mit keiner anderen Frau vermochte er eine ähnliche Erfahrung zu wiederholen.

Eines Tages traf er einen Bekannten, der gerade sehr großzügig für einen Artikel honoriert worden war und ihn zu einem Drink einlud. Er berichtete George von einer außergewöhnlichen Szene, bei der er Zeuge gewesen war. Er hatte gerade viel Geld in einer Bar ausgegeben, als ein sehr distinguiert aussehender Mann ihn ansprach und ihm eine ungewöhnliche Form von Amüsement versprach: Er könnte eine leidenschaftliche Liebeszene beobachten. Zufällig war Georges Bekannter ein eingefleischter Voyeur. Also sagte er sofort zu. Er wurde in ein geheimnisvolles Haus geführt und dann in ein prunkvoll ausgestattetes Appartement. Man verbarg ihn in einem verdunkelten Zimmer, von wo aus er beobachten und zusehen konnte, wie eine Nymphomanin sich mit einem sehr liebeskundigen, potenten Mann vergnügte.

George glaubte, sein Herz stünde still. »Beschreibe sie«, sagte er.

Sein Bekannter beschrieb die Frau, die George geliebt hatte. Er schilderte jedes Detail, das seidene Kleid, das Himmelbett, die Spiegel, alles. Georges Bekannter hatte einhundert Dollar für die Vorstellung bezahlt. Es hätte sich gelohnt, meinte er, denn es hätte stundenlang gedauert.

Armer George. Monatelang rührte er keine Frau an. Er konnte es einfach nicht fassen – diese Niederträchtigkeit, diese Verstellung! Die fixe Idee setzte sich bei ihm fest, daß Frauen, die ihn zu sich in die Wohnung baten, immer einen Zuschauer mit eingeladen hatten, der sich hinter dem Vorhang verbarg.

DER BASKE UND BIJOU

Es war eine Regennacht, die Straßen glänzten wie nasse Spiegel, die alles reflektierten. Der Baske hatte dreißig Francs in der Tasche und fühlte sich reich. Man hatte ihm versichert, daß er auf seine naive, grobe Art ein vorzüglicher Maler sei. Die Leute hatten nicht gemerkt, daß er seine Bilder von Postkarten kopierte. Für sein letztes Bild hatte man ihm dreißig Francs bezahlt. Deshalb war er in gehobener Stimmung und wollte feiern. Er begab sich auf die Suche nach einer bestimmten dieser kleinen roten Laternen, die Vergnügen verhießen.

Eine mütterlich aussehende Frau machte ihm auf. Sie war von jener Mütterlichkeit, die kalten Blickes sofort zu den Schuhen des Mannes ging, denn sie pflegte an ihnen abzulesen, wieviel ihr Besitzer für sein Vergnügen zahlen konnte. Danach jedoch, und um auf ihre eigenen Kosten zu kommen, wanderte ihr Blick aufwärts zu seinem Hosenschlitz. Gesichter interessierten sie nicht. Ihr ganzes Leben bestand nur aus der Beschäftigung mit der unteren männlichen Anatomie. Mit ihren großen und immer noch lebendigen Augen schien sie die Hosen der Männer zu durchleuchten, als könnte sie Umfang und Gewicht der in ihnen versteckten männlichen Reize abschätzen. Es war ein professioneller Blick. Sie verstand sich besser darauf, ihren Kunden die richtige Partnerin zu verschaffen, als die anderen Puffmütter, sie schlug jedesmal ganz bestimmte Kombinationen vor. Sie hatte darin die Übung einer Handschuhverkäuferin. Selbst durch die Hose hindurch konnte sie einem Freier das Maß nehmen, um ihm dann den perfekt sitzenden und genau passenden Handschuh zu beschaffen. War dieser zu geräumig, machte es keinen Spaß, war er zu eng, ebenfalls nicht. Madame war der Ansicht, daß die Menschen heutzutage einfach nicht wußten, wie wichtig eine genaue Paßform war. Sie hätte gerne ihr Wissen weitergegeben, aber sie war zu der Überzeugung gekommen, die Menschen scherten sich nicht darum und stellten eben keine so hohen Ansprüche mehr. Wenn sich heutzutage ein Mann in einem Handschuh befand, der ein paar Nummern zu groß war, ruderte er darin herum wie in einer leeren Wohnung und versuchte verzweifelt, das beste herauszuholen. Er ließ den Schwanz herumflattern wie eine Flagge und nahm ihn dann wieder heraus, ohne den wahrhaft umfassenden Griff verspürt zu haben, der ihm die Eingeweide wärmte. Oder aber er mußte den Schwanz erst einmal mit Speichel benetzen, ehe er ihn einführte, und schieben, als wollte er unter dem Türspalt hindurch in ein verschlossenes Zimmer gelangen. Die allzu beengende Umgebung kniff ihn, und er schrumpfte, um überhaupt drinzubleiben. Und wenn das Mädchen etwa vor Vergnügen – oder gespieltem Vergnügen – herzhaft lachte, flog er sofort wieder heraus, denn das aufsteigende Gelächter machte alles nur noch enger.

Nachdem Madame dem Basken auf die Hose gestarrt hatte, erkannte sie ihn wieder und lächelte. Es traf sich nämlich, daß der Baske genauso ein Perfektionist war wie Madame. Sie wußte, daß er nicht einfach so zu bedienen war. Er hatte einen kapriziösen Schwanz, der rebellierte, wenn man ihm eine Briefkastenschlitzmöse bot. Er zog sich zurück, wenn er sich einem allzu engen Rohr gegenüber fand. Der Baske war ein Feinschmecker, ein Kenner weiblicher Schmuckkästchen. Sie mußten samtausgeschlagen und bequem, liebevoll und anschmiegsam sein. Madame blickte ihn lange an, länger als die meisten ihrer Kunden. Ihr gefiel der Baske, und zwar nicht wegen seines kurznasigen, fast klassischen Profils, seiner mandelförmigen Augen, seines glänzenden schwarzen Haars, seines federnden, graziösen Ganges, seiner ungezwungenen Gesten. Er gefiel ihr nicht etwa wegen des roten Halstuches oder der keck und schief auf seinem Kopf sitzenden Mütze. Sie machte sich auch nichts aus der Erfahrung, die er offenbar mit Frauen hatte. Nein: Es ging ihr einzig und allein um sein königliches Gehänge, um dessen edle Ausmaße, dessen empfindliche, stets wache Reaktionsfähigkeit, dessen Freundlichkeit, dessen Herzlichkeit, dessen Großzügigkeit. Niemals hatte sie einen solchen Apparat gesehen. Manchmal legte er einfach seinen Schwanz auf den Tisch, als wäre er ein Geldbeutel, und klopfte damit, um ihre Aufmerksamkeit zu erregen. Er nahm ihn so selbstverständlich heraus, wie andere Männer den Mantel ausziehen, wenn ihnen warm geworden ist. Es sah jedesmal so aus, als fühlte sich sein Schwanz einfach nicht wohl, als behagte es ihm nicht, eingeschlossen zu sein, als müßte er ihn auslüften, als brauche der Schwanz sein Publikum.

Madames Schwäche war eben das Brunzzeug der Männer. Kamen sie zum Beispiel gerade aus dem *urinoir* und knöpften sich wieder zu, war ihr oft das Glück beschieden, den letzten Schimmer eines goldfarbenen oder dunkelbraunen oder am liebsten eines zugespitzen Schwanzes zu erhaschen. Auf den Boulevards wurde sie nicht selten mit dem Anblick nachlässig zugeknöpfter Männerhosen belohnt. Ihre scharfsichtigen Augen durchdrangen die dunkle Öffnung. Noch lieber hatte sie es, wenn sie einen Stadtstreicher beobachten konnte, wie er sich gegen eine Hauswand erleichterte und nachdenklich den Schwanz in der Hand wog, als sei es sein allerletztes Silberstück.

Man könnte meinen, Madame wäre vielleicht nicht in den intimeren Genuß dieses männlichen Anhängsels gekommen, aber dem war nicht so. Im Gegenteil: Wer ihr Haus frequentierte, fand sie durchaus appetitlich und wußte um ihre Vorzüge, verglichen mit denen der anderen Frauen, denn Madame konnte in der Tat einen wahrhaft köstlichen Saft für Liebesmahlzeiten produzieren, den andere Frauen meist nur durch Kunstkniffe aller Art zustandebrachten. Madame war befähigt, einem Mann die Illusion einer raffiniert bereiteten Mahlzeit zu vermitteln, etwas, in das sich gut beißen ließ und das doch feucht genug war, um jeden Mannes Durst zu löschen.

Wenn die Männer unter sich waren, redeten sie oft über die delikaten Soßen, in denen sie ihre muschelrosa Häppchen anrichtete und sie dann dicht verpackt anbot. Man brauchte nur ein paarmal bei dieser runden Muschel anzuklopfen, und schon erschien Madames einmalige Gewürzmischung. Ihre Mädchen konnten das nur ganz selten produzieren – einen Honig, der nach Muscheln duftete und der beim Eintritt in den weiblichen Alkoven jeden männlichen Besucher in Entzücken versetzte.

Der Baske fühlte sich wohl bei ihr. Es war lindernd, sättigend, warm, dankbar – ein Festmahl. Und für Madame war es ein Festtag, an dem sie ihr Bestes gab.

Der Baske wußte auch, daß es bei ihr kein langes Vorspiel brauchte. Den ganzen Tag lang hatte sie sich nämlich durch ihre forschenden, überallhin wandernden Augen vorbereitet und aufgeheizt, denn ihr Blick war niemals über oder unter die Mitte eines Manneskörpers gegangen. Er ruhte stets auf dem Niveau des Hosenschlitzes. Sie registrierte zerknitterte, allzu hastig nach einem Schnellschuß wieder zugeknöpfte oder sorgfältig gebügelte, noch nicht zerdrückte. Und dann die Flecke, oh, die Liebesflecke! Merkwürdige Spuren, die sie finden konnte, als suchte sie sie mit der Lupe. Dort zum Beispiel, wo der Mann die Hosen nicht ganz heruntergelassen hatte, oder aber dort, wo sein Schwanz in der Hitze des Gefechts im falschen Augenblick an seinen angestammten Platz zurückgekehrt war. Dann lag dort ein juwelenbesetzter Fleck mit winzigen, glimmernden Partikeln wie geschmolzenes Mineral, der etwas Zuckriges hatte, das den Stoff verklebte. Ein schöner Fleck war das jedesmal, der Fleck der Lust: Er war entweder wie ein Parfüm, aus dem Springbrunnen des Mannes dort hingesprüht, oder aber von einer allzu leidenschaftlichen, sich krampfhaft festhaltenden Frau angeklebt worden. Madame hätte gerne dort begonnen, wo der Akt bereits vorüber war. Sie ließ sich leicht anstecken. Dieser kleine Fleck regte sie zwischen den Beinen auf. Bereits ein abgerissener Knopf gab ihr das Gefühl, sie hätte den Mann in ihrer Gewalt. Manchmal brachte sie, wenn sie sich in einer Menschenmenge befand, den Mut auf, die Hand auszustrecken und hinzulangen, zuzufassen. Dann stahl sich ihre Hand vor wie die eines versierten Taschendiebes. Sie war unglaublich geschickt dabei, sie fummelte nie herum, berührte nie eine falsche Stelle, sie ging schnurstracks unter die Gürtellinie, wo der Beutel mit seinen Billardkugeln und manchmal sogar noch einem aufrührerischen Stock lagen.

In Straßenunterführungen, wenn es dunkel und regnerisch war, oder auf den geschäftigen Boulevards oder aber bei Tanzfesten hatte Madame es sich zur Gewohnheit gemacht, Vermutungen anzustellen und zu den Waffen zu rufen. Wie oft wurde ihr Ruf beantwortet, wurden die Waffen ihrer vorbeistreichenden Hand präsentiert! Sie hätte es wahrhaft genossen, wenn ein ganzes Regiment aufmarschiert wäre, um ihr die einzigen Waffen zu präsentieren, mit denen es sie hätte erobern können. In ihren Träumereien sah sie das Regiment, sie war der General, der die Parade abnahm, sie dekorierte die langen, die schönen Waffen und stellte sich bewundernd vor jeden so Ausgezeichneten. Hätte sie doch nur Katharina die Große sein können, um diesen Anblick mit einem Kuß ihres gierigen Mundes – nur auf die Spitze – belohnen zu dürfen, nur um die erste Träne der Lust hervorzuzaubern!

Madames größtes Vergnügen war die Parade eines schottischen Regiments gewesen, die an einem lauen Frühlingsvormittag stattgefunden hatte. Sie befand sich gerade in einem *bistro,* um einen Apéritif zu nehmen, als sie hörte, wie von den schottischen Soldaten die Rede war. Ein Mann hatte gesagt: »Sie üben ihn von Jugend an, diesen ganz speziellen Gang. Sehr schwierig, sehr schwierig. Dazu gehört ein *coup de fesse,* ein Arschschwenk, damit der *sporran,* die an entscheidender Stelle getragene, verzierte Ledertasche, genau richtig schwingt. Schwingt er nicht richtig, hat der Mann versagt. Diese Gangart ist schwerer zu erlernen als der *pas* eines Ballettänzers.«

Madame nahm es in sich auf und überlegte: Jedesmal, wenn der *sporran* schwingt und der Schottenrock schwingt, nun, dann müssen die übrigen Anhängsel mitschwingen, oder? Ihr altes Herz war gerührt. Schwing. Schwing. Und alles aufeinander abgestimmt. Ein perfektes Regiment. Wie gerne wäre sie einer solchen Truppe gefolgt, ganz gleich, in welcher Eigenschaft. Eins, zwei, drei. Der bloße Gedanke hatte sie erregt. Und dann fügte der Mann an der Bar auch noch hinzu: »Und wissen Sie auch, daß sie nichts darunter tragen?«

Sie trugen also nichts darunter! Diese stämmigen, aufrechten, wackeren Männer! Erhobenen Hauptes marschierten sie, den Blick geradeaus, sie warfen die nackten, muskulösen Beine voran, sie trugen Röcke – das machte sie in der Tat so anfällig wie eine Frau. Wackere Männer, und doch verführerisch wie eine Frau und dazu noch nackt unter ihren Röcken. Madame wünschte, sie wäre ein Pflasterstein, auf den man treten konnte, sie wünschte, ihr würde ein Blick unter den kurzen Rock auf den verborgenen *sporran* gewährt, der mit jedem Schritt mitschwang. Madame fühlte sich beengt. Im *bistro* war es zu warm geworden. Sie mußte an die frische Luft.

Sie stellte sich an den Straßenrand und wartete auf den Vorbeimarsch. Jeder Schritt des Schottenregiments war wie ein Schritt in ihren eigenen Körper, so schwang sie mit. Eins, zwei, drei. Ein Tanz auf ihrem Bauch, wild und rhythmisch, der pelzbesetzte *sporran* schwang auch mit wie ein Busch. In Madame war eine Julihitze aufgestiegen. Nur ein Gedanke beseelte sie jetzt: Sie mußte sich einen Weg bahnen, in die vorderste Reihe. Dort sank sie in die Knie und fingierte eine Ohnmacht. Aber alles, was sie aus dieser Stellung erkennen konnte, waren Beine, die unter den karierten Faltenröcken verschwanden. Später, am Knie des Polizisten lehnend, verdrehte sie die Augen, als bekäme sie einen Anfall. Wenn doch der Zug kehrtmachen und über sie hinwegmarschieren würde!

So trocknete Madames Honigseim nie aus. Er wurde regelmäßig erneuert. Am Abend war dann ihr Fleisch so zart, als wäre es den ganzen Tag über auf kleiner Flamme geköchelt worden.

Ihr Blick wanderte von den Freiern zu den Frauen, die für sie arbeiteten. Auch deren Gesichter interessierten sie nicht, sondern nur ihre Figuren unterhalb der Taille. Sie gebot ihnen, sich umzudrehen, sie gab ihnen einen kleinen Klaps auf den Popo, um die Konsistenz des Fleisches zu erproben; dann erst durften sie ihre kurzen Hemdchen anziehen.

Sie wußte, daß Mélie sich wie ein Seidenband um einen Mann rollen und ihm das Gefühl geben konnte, als liebkosten ihn mehrere Frauen. Sie wußte, daß die Träge, die so tat, als schliefe sie, schüchternen Freiern Dinge gestattete, die sie sich bei keiner anderen Frau herausgenommen hätten, denn sie ließ sich betasten, manipulieren, untersuchen, als wäre nichts dabei. In den Falten ihres üppigen Körpers lagen all ihre Geheimnisse versteckt. Nichtsdestoweniger gestattete es ihre Trägheit, daß sie von wißbegierigen Fingern enthüllt wurden.

Madame wußte auch, daß die Schlanke, Feurige Männer angriff und ihnen das Gefühl vermittelte, ihre Opfer zu sein. Männer, die sich schuldig fühlten, kamen zu ihr. Sie ließen sich von ihr vergewaltigen, denn das besänftigte ihr schlechtes Gewissen. Sie konnten nachher ihren Ehefrauen beichten und berichten: Sie hat sich über mich geworfen, hat sich mir aufgedrängt, oder so ähnlich. Sie legten sich einfach zurück, und nun setzte die Schlanke sich auf sie wie auf ein Pferd und gab ihnen die Sporen durch den Druck ihrer Schenkel; dann galoppierte sie über die steifen Schweife oder aber verfiel in einen gemächlichen Trab oder aber machte ausladende Schritte. Sie drückte dabei ihre kräftigen Knie in die Flanken ihrer gebändigten Opfer. Wie ein Herrenreiter hob sie sich elegant im Sattel, um sich dann wieder fallen zu lassen Sie konzentrierte ihr ganzes Gewicht auf die Körpermitte und versetzte dabei, von Zeit zu Zeit, dem Mann mit der flachen Hand einen Klaps, wie um sein Tempo zu steigern und um zwischen ihren Schenkeln mehr Pferdestärke zu spüren. Wie sie dieses Tier zu reiten verstand, wie ihre Beine ihm die Sporen gaben, wie sie ihr Pferd mit ihrem hochgebogenen Körper anfeuerte, bis ihm Schaum vor dem Mund stand! Zum Schluß peitschte sie es mit wilden Rufen und Schlägen, um es immer schneller ins Ziel zu treiben.

Madame wußte, welche Reize Viviane, die Südfranzösin, hatte. Ihr Fleisch schwelte wie glühende Asche, so daß selbst die kühlste Haut sich an ihr erwärmte. Sie verstand die Kunst, den Fick hinauszuzögern. Zuerst setzte sie sich auf ihr Bidet, für die Waschzeremonie. Mit gespreizten Beinen thronte sie auf dem kleinen Sitz, ihre üppigen Hinterbacken quollen über den Rand. Sie besaß zwei riesige Grübchen am Steißbein, ein paar goldbraune Hüften, breit und fest wie die Kruppe eines Zirkuspferdes. Wenn sie so dasaß, schwollen die Kurven. Hatte der Mann genug von ihrer Rückansicht, durfte er sie von vorne betrachten und zusehen, wie sie ihren Busch und ihre Oberschenkel mit Wasser bespritzte, wie sie sorgfältig die Lippen teilte und sie dann mit Seife beschäumte. Überall war weiße Seifensahne; dann wurde sie sorgfältigst abgespült. Die Lippen erschienen rosig glänzend. Manchmal untersuchte sie sie in aller Ruhe. Hatte sie tagsüber allzu viele Freier gehabt, waren sie leicht geschwollen. Der Baske mochte das sehr. Sie tupfte sich dann ein wenig behutsamer ab, um die Schwellung nicht unnötig zu reizen.

An einem solchen Tag war der Baske gekommen, weil er dachte, er könnte von diesem Umstand profitieren. Meist war Viviane lethargisch, träge, gleichgültig. Sie bot ihren Körper an wie ein Rubensmodell, das seine überwältigenden Kurven, seinen Festpopo malen ließ. Sie legte sich auf die Seite und bettete den Kopf auf den Oberarm. Es schien, als dehnte sich ihr Fleisch mit seinen Kupfertönen aus, als wäre es gepeinigt von einer unterschwelligen Lust, als reagierte es auf eine unsichtbare Liebkosung. Solcherart bot sie sich an: üppig, wollüstig, aber ganz verhalten. Sie reagierte nicht, und die meisten Männer versuchten auch nicht, sie zu erregen. Voller Verachtung wandte sie den Mund ab von ihnen. Gleichzeitig aber bot sie den Körper um so freimütiger an. Aber sie blieb bei allem ganz unbeteiligt. Die Männer durften ihre Schenkel spreizen und sie nach Herzenslust anstarren. Aber sie konnten ihr keinen Saft entlocken. Befand sich jedoch ein Mann erst einmal in ihr, tat sie, als flösse ein siedendheißer Lavastrahl in sie. Sie wand sich viel heftiger als Frauen, die Lust empfinden, sie übertrieb, um Echtes vorzutäuschen. Sie schlängelte sich wie eine Python und zappelte, als würde sie angesengt oder verprügelt. Ihre kräftige Muskulatur gab ihren Bewegungen eine Stärke, die die tierischsten Instinkte wachrief. Die Männer rangen mit ihr, um sie festzunageln, um den orgiastischen Tanz, den sie aufführte, zu beenden.

Dann lag sie, plötzlich und ganz unerwartet, still. Die Wirkung davon war, daß es die Männer abkühlte und den Höhepunkt hinauszögerte. Sie war wieder zu einem Bündel passiven Fleisches geworden. Wenn dieses Stadium erreicht war, nahm sie den Schwengel in den Mund, als nukkelte sie sanft am Daumen, ehe sie einschlief. Das reizte die Männer wieder, die sie nun streichelten und erregen wollten. Sie ließ es geschehen, blieb aber unbeteiligt.

Der Baske nahm sich Zeit und verfolgte Vivianes zeremonielles Waschen. Heute waren es viele Freier gewesen, ihre Möse war gerötet. Aber einerlei, wie gering die Geldsumme war, die man für sie auf den Tisch legte, niemals, so hieß es, wäre Viviane nicht bereit gewesen, einem Mann Befriedigung zu verschaffen.

Nun waren die großen, üppigen Lippen, an denen sich allzu viele gerieben hatten, geschwollen. Viviane hatte leichte Temperatur. Der Baske war sehr zuvorkommend. Er legte sein kleines Geschenk auf den Tisch und zog sich aus. Er versprach, ihr Balsam, ihr Verband, ihr Polster zu sein. Soviel Zartgefühl verführte sie, und sie wurde unachtsam. Der Baske behandelte sie so wissend, als wäre er eine Frau. Ein kleiner Tupfer hier, um die Schwellung zu lindern, das Fieber zu senken. Ihre Haut war dunkel wie die einer Zigeunerin, glatt und makellos. Seine Finger waren sanft. Wenn er sie berührte, war es rein zufällig, im Vorbeistreichen. Er legte ihr den Schwanz wie ein Spielzeug auf den Bauch, damit sie ihn bewunderte. Er antwortete, dieser Schwanz, wenn man ihn ansprach. Ihr Bauch vibrierte unter seinem Gewicht, hob sich ein wenig, um ihn besser zu spüren. Da der Baske sich aber nicht anschickte, sein Spielzeug dorthin zu bewegen, wo es geschützt und geborgen wäre, wurde Viviane leichtsinnig.

Der Egoismus anderer Männer, ihr rücksichtsloses Begehren, die Lust, nur sich selbst zu befriedigen, hatten sie mißtrauisch gemacht. Dagegen war der Baske ein Kavalier. Er verglich ihre Haut mit Seide, ihr Haar mit Moos, ihren Geruch mit dem Duft erlesener Hölzer. Dann legte er seinen Schwanz an die Öffnung ihrer Möse und fragte besorgt: »Tut es noch weh? Ich werde ihn draußenlassen, wenn es dir weh tut.«

Soviel Besorgnis rührte Viviane. Sie antwortete: »Es tut zwar noch ein bißchen weh, aber versuch's mal.«

Er ging behutsam, zentimeterweise vor. Jedesmal erkundigte er sich: »Tut es dir weh?« und bot ihr an, ihn zurückzuziehen. Nun war Viviane diejenige, die ihn drängte. »Nur mit der Spitze, bitte. Versuch's nochmal.«

Also schlüpfte die Spitze ein wenig tiefer hinein und blieb dort. Dieses gab Viviane genug Zeit, sich mit seiner Anwesenheit in ihr vertraut zu machen, Zeit, welche ihr die anderen Männer noch nie gelassen hatten. Zwischen jedem Zentimeter des Eindringens hatte sie genug Zeit, sich zu vergewissern, wie heilend und wohltuend es war, diesen Schwanz zwischen den fleischigweichen Wänden ihrer Möse zu spüren, wie gut er hineinpaßte, wie es weder zu eng noch zu locker war. Und wieder hielt er inne, wartete, schob ein wenig vor. Viviane hatte Zeit, sich ganz darauf zu konzentrieren, wie schön es war, randvoll ausgefüllt zu sein, zu fühlen, wie ausgezeichnet dieser weibliche Ofen fürs Festhalten, ja fürs Behalten geschaffen war. Wie gut war es doch, dort etwas zu bergen, sich gegenseitig zu wärmen, die Säfte zu vermischen. Wieder bewegte er sich. Oh, diese Spannung, dieses Gefühl der Leere, wenn er zurückzog – ihr Fleisch welkte jedesmal. Sie machte die Augen zu. Sein behutsames Hineingleiten erzeugte in ihr einen Strahlenkranz. Unsichtbare Ströme kündeten eine Explosion in den Tiefen ihres Schoßes an. Es war, als ob etwas modelliert wurde, um sich dem weichwandigen Tunnel anzupassen und um dann von seinen hungrigen Tiefen und

Taschen ganz und gar verschlungen zu werden, dort, wo rastlos vibrierende Nervenenden lauerten. Ihr Fleisch wurde immer nachgiebiger. Er drang weiter vor.

»Tut es weh?« Er nahm ihn naßglänzend heraus. Sie war enttäuscht, wollte ihm aber nicht gestehen, daß sie dann jedesmal nahezu trocken wurde.

Nun aber bettelte sie: »Bitte, steck ihn wieder rein. Es war so süß.«

Er schob ihn halbwegs hinein. Sie konnte ihn spüren, aber noch nicht umklammern, festhalten. Es hatte den Anschein, als wollte er ihn eine Ewigkeit auf halbem Wege lassen. Instinktiv wollte sie sich ihm entgegenbäumen, doch sie hielt sich zurück. Das von ihm nicht berührte Fleisch brannte, wenn er in seine Nähe kam. In der Tiefe ihres Schoßes war Fleisch, das nach Durchbohrung lechzte. Es stülpte sich einwärts, es öffnete sich wieder. Die schmelzenden, fleischigen Wände bewegten sich wie die Fangarme von Seeanemonen: Sie wollten den Stengel wie fleischfressende Pflanzen einsaugen, aber er kam nur nahe genug, um Stöße peinigender Begierde durch sie zu jagen. Wieder bewegte sich der Baske und beobachtete derweil ihr Gesicht. Dann sah er, wie sich ihr Mund öffnete. Sie wollte sich ihm entgegenbäumen, um ihn in sich zu begraben, aber sie zögerte. Diese langsame stetige Reizung hatte sie fertiggemacht, sie war fast hysterisch. Noch einmal öffnete sie den Mund, als wäre er Abbild ihrer offenen Möse. Und jetzt erst stieß er ganz tief in sie hinein und spürte ihr orgastisches Pulsieren.

Und so hatte der Baske Bijou entdeckt: Eines Tages, als er wieder einen Besuch in dem Bordell machte, begrüßte ihn eine fast hinschmelzende Madame und teilte ihm mit, daß Viviane zu tun hätte. Sie bot sich selbst als Trostpreis an, es war beinahe, als sei er ein betrogener Ehemann. Aber der Baske wollte lieber warten. Madame ließ nicht ab von ihm, sie streichelte und liebkoste ihn. Schließlich sagte der Baske: »Kann ich zusehen?«

Jedes Zimmer war so beschaffen, daß Voyeure durch eine verborgene Öffnung alles mit ansehen konnten. Hin und wieder amüsierte es den Basken, Viviane bei der Arbeit zuzusehen. Madame nahm ihn mit und versteckte ihn hinter einem Vorhang.

Im Zimmer waren vier Personen: ein gut gekleideter Ausländer, seine Begleiterin und zwei Frauen, die auf einem breiten Bett lagen.

Viviane, groß und brünett, hatte sich mit gespreizten Beinen auf dem Bett ausgestreckt. Über ihr, auf Händen und Knien, war ein herrliches Wesen mit elfenbeinfarbener Haut und langem, dichtgelocktem Haar. Ihre Brüste waren straff, ihre Taille außergewöhnlich schmal und die Hüften darunter ausladend und üppig. Sie war gebaut, als hätte ein Korsett sie modelliert. Ihr Körper war fest und von einer marmornen Glätte. Es gab nichts Schlaffes oder Loses, nur geballte Kraft, wie die Kraft eines Pumas. Ihre Gesten äußerten sich vehement, wie die Gebärden einer Spanierin. Das war Bijou.

Die beiden Frauen paßten wunderbar zueinander; sie hielten sich nicht zurück, noch taten sie sentimental. Beide waren aktiv, beide lächelten ironisch, verdorben.

Der Baske war nicht sicher, ob sie Theater spielten oder ob sie tatsächlich Spaß hatten, so überzeugend war ihre Vorstellung. Die Besucher waren wohl gekommen, um einen Mann und eine Frau beim Liebesspiel zu sehen. Dies war Madames Kompromiß: Bijou hatte sich einen Godemiché umgeschnallt, der den Vorzug besaß, niemals zu erschlaffen. Einerlei, was sie tat, der Gummipeter stak hervor aus ihrem Busch, als hätte ihn eine immerwährende Erektion dort festgenagelt.

Über Viviane kauernd ließ Bijou den künstlichen Schwanz nicht etwa der anderen in die Fotze gleiten, sondern hatte ihn zwischen die Beine ihrer Partnerin gesteckt und bewegte ihn, als butterte sie Milch. Viviane zuckte mit den Beinen, wie wenn ein richtiger Mann sie ritt. Aber das war nur der Anfang von Bijous Spiel; es hatte den Anschein, als ob sie Viviane den künstlichen Ständer nur äußerlich spüren lassen wollte. Sie gebrauchte ihn wie einen Türklopfer und pochte sanft damit an Vivianes Pforte. Dann fuhr sie ihr mit ihm durchs Schamhaar und kitzelte ihr den Kitzler, der inzwischen leicht hervorgetreten war. Wenn dies geschah, zuckte Viviane merkbar zusammen; Bijou tat es noch einmal. Und wieder zuckte Viviane. Die fremde Frau hatte sich vornüber gebeugt, als wäre sie kurzsichtig, als wollte sie das Geheimnis dieser empfindlichen Reaktionen ergründen. Viviane strampelte vor Ungeduld, spreizte ihre Beine und hielt Bijou ihre Fotze entgegen.

Hinter dem Vorhang stand der Baske und mußte über Vivianes Verstellungskünste lächeln. Der Mann und die Frau waren wie hypnotisiert. Sie hatten sich mit aufgerissenen Augen neben das Bett gestellt. Bijou drehte sich zu ihnen um und fragte: »Wollen Sie zusehen, wie wir uns lieben, ohne uns dabei anzustrengen?«

»Dreh dich um«, befahl sie Viviane. Viviane legte sich auf ihre rechte Seite. Bijou streckte sich hinter ihr aus und hakte ihre Füße um Viviane. Viviane schloß die Augen. Dann machte sich Bijou mit beiden Händen Platz für ihren Eintritt, spreizte das dunkle Fleisch von Vivianes Arschbacken, um den Gummipeter hineinzuschieben. Viviane rührte sich nicht und ließ Bijou zustoßen. Dann aber schlug sie aus wie ein Pferd. Bijou gab vor, sie dafür zu bestrafen, und zog zurück. Der Baske konnte erkennen, daß der Gummipeter fast wie ein echter Schwanz glänzte.

Wieder reizte Bijou. Sie spielte mit der Spitze des Gummigliedes an Vivianes Lippen, kitzelte ihre Ohren, ihren Hals, legte ihn ihr zwischen die Brüste. Viviane preßte ihre Titten zusammen, um ihn dort festzuhalten. Sie stemmte sich Bijous Körper entgegen, wollte sich an ihm reiben, aber Bijou wich zurück, denn es hatte den Anschein, als würde Viviane die Beherrschung verlieren. Auch der Mann, der sich über die beiden gebeugt hatte, war nun so geil, daß er sich augenscheinlich auf die beiden Frauen werfen wollte. Seine Begleiterin hielt ihn zurück, obwohl auch ihr Gesicht lustvoll verzerrt war.

Dann kam der Baske aus seinem Versteck heraus. Er verbeugte sich und sagte: »Sie wollten einen Mann sehen . . . gut, hier ist er.« Er zog sich aus. Viviane blickte dankbar zu ihm auf. Dem Basken war nicht verborgen geblieben, wie scharf sie war. Zwei potente Männer würden sie eher befriedigen als diese spielerische, flüchtige, künstliche Männlichkeit. Er warf sich zwischen die beiden Frauen. Nun bot sich dem Besucherpaar überall etwas Aufregendes. Ein Hintern wurde gespreizt, ein neugieriger Finger fuhr ins Loch; ein Lippenpaar schloß sich um einen steifen, gebieterischen Ständer. Ein anderer Mund hatte sich an einer Brustwarze festgesaugt. Gesichter wurden unter Brüsten begraben oder wühlten in einem Busch. Ein glänzendnasser Schwanz kam zutage und stieß wieder in Fleisch. Elfenbeinfarbene und Zigeunerhautglieder flochten sich um den muskulösen Männerkörper.

Dann passierte etwas Seltsames: Bijou lag ausgestreckt unter dem Basken. Viviane schien vergessen. Der Baske kauerte sich über die Frau, die unter ihm aufgeblüht war wie eine Treibhauspflanze: duftend, feucht, mit Schlafzimmeraugen und nassen Lippen, ein Prachtweib, reif und sinnlich. Aber der Gummischwanz ragte immer noch steif zwischen ihnen hoch. Der Baske hatte ein seltsames Gefühl, als das Ding gegen seinen Schwanz stieß und Vivianes Loch verteidigte wie ein Speer. Darum sagte er ein wenig irritiert: »Schnall ihn ab.« Sie ließ ihre Hände nach hinten gleiten, öffnete den Gürtel und nahm den Godemiché ab. Der Baske warf sich auf sie, aber sie hatte den Gummipeter nicht losgelassen und hielt ihn über den Arsch des Mannes, als sie ihn packte; der Baske hatte sich in sie hineingegraben. Aber als er sich aufbäumte, um erneut in sie zu fahren, hieb sie ihm den Godemiché zwischen die Arschbacken. Er zuckte hoch wie ein wildes Tier und stieß um so heftiger in sie. Jedesmal, wenn er sich bäumte, erhielt er einen Stoß von hinten. Er spürte die Brüste der unter ihm liegenden Frau, fühlte, wie sie sich unter ihm wand, spürte, wie ihr elfenbeinerner Bauch sich unter ihm hob, wie sie ihr Becken gegen seines drückte, wie ihre feuchte Möse ihn ganz und gar aufsog. Jedesmal, wenn sie den Gummikerl in ihn hineinstieß, fühlte er nicht nur seine eigene, sondern auch ihre Erregung. Zuweilen dachte er, die doppelte Reizung müßte ihm den Verstand rauben. Viviane lag daneben und sah sich alles mit an. Der Besucher und seine Frau warfen sich angezogen über sie. Wie Wahnsinnige rieben sie sich an ihr; sie waren viel zu verzückt, um eine Öffnung zu finden.

Der Baske glitt hinein und hinaus. Das Bett schwankte. Sie rollten darüber, klammerten sich aneinander, bogen sich, füllten alle Kurven aus. Die Liebesmaschine, genannt Bijou, verströmte Honig. Wellen der Lust rollten von ihren Haarwurzeln bis hinunter zu ihren Fußspitzen. Die Zehen suchten die des anderen, Zungen traten hervor wie Blütenstempel. Bijous Lustschreie stiegen in nicht enden wollenden Spiralen empor, aih, ah, aiih, ah. Sie dehnten sich, wurden noch unbändiger. Auf jeden Schrei reagierte der Baske mit einem neuen Stoß. Sie bemerkten die neben ihnen verknäuelten Körper nicht mehr. Er mußte sie einfach bis zum Gehtnichtmehr, bis zum Auslöschen besitzen – Bijou, die Hure, das Weib mit den tausend Fangarmen und Tentakeln auf seinem Körper, erst unter ihm liegend, dann über ihm und gleichzeitig in ihm mit ihren allgegenwärtigen Fingern, mit ihren Brüsten in seinem Mund.

Zum Schluß schrie sie hemmungslos auf, als würde er

sie ermorden. Sie sank zurück. Der Baske hatte sich erhoben. Er war berauscht, er brannte. Seine Lanze war immer noch hart, rot, wie entzündet. Die unordentlichen Kleider der fremden Frau erregten ihn. Er konnte ihr Gesicht nicht sehen, das sie unter ihren hochgehobenen Röcken verborgen hatte. Der Mann hatte sich auf Viviane geworfen und bearbeitete sie. Die Frau lag über beiden und strampelte mit den Beinen. Der Baske ergriff die Beine und wollte die Frau nehmen. Sie schrie auf, wälzte sich vom Bett und keuchte: »Ich wollte doch nur zusehen.« Sie strich sich ihre Röcke glatt, der Mann ließ von Viviane ab. Zerzaust und unordentlich wie sie waren, verbeugten sie sich irritiert und gingen.

Bijou setzte sich auf und lachte, ihre Mandelaugen waren verschleiert. Der Baske sagte: »Haben wir ihnen nicht eine gute Vorstellung geliefert? Zieh dich an und komm mit mir. Ich nehme dich mit zu mir. Ich will dich malen. Und Madame bezahle ich, was immer sie verlangt.«

Und er nahm sie zu sich in seine Wohnung.

Falls Bijou aber glaubte, der Baske hätte sie zu sich genommen, um sie ganz ausschließlich zu besitzen, dann hatte sie sich geirrt. Es dauerte nicht lange, bis sie erkannt hatte, daß er sie eigentlich nur als Modell gebrauchte. Meistens kamen abends seine Künstlerkollegen zum Essen, und Bijou mußte für sie kochen. Nach dem Abendessen hatte sie sich auf den Diwan im Atelier zu legen, während seine Freunde herumsaßen und miteinander plauderten. Er setzte sich neben Bijou und streichelte sie. Seine Freunde konnten nicht umhin, es zu beobachten. Automatisch fuhr er mit der Hand um ihre üppigen Brüste. Bijou hielt still, wie in einer Art Trance. Der Baske berührte den Stoff ihres Kleides, als wäre es ihre Haut. Sie trug immer enganliegende Sachen. Seine Hand registrierte alles, teilte kleine Klapse aus, liebkoste, umkreiste ihren Schoß. Plötzlich kitzelte er sie, daß sie zusammenzuckte. Dann knöpfte er ihr das Kleid auf, holte eine Brust heraus und sagte zu seinen Freunden: »Habt ihr schon mal ein solches Prachtexemplar gesehen? Schaut her!« Sie taten es. Der eine rauchte, der zweite skizzierte Bijou, der dritte sagte gerade etwas – aber alle sahen hin. Die prachtvoll geformte Brust lag auf dem schwarzen Kleid, als sei sie aus altem, elfenbeinfarbenem Marmor. Der Baske kniff sie in die Brustwarze, daß sie rot wurde. Dann schloß er ihr Kleid wieder. Nun strich er ihr die Beine entlang und fuhr ihr mit der Hand unter den Rock bis hinauf zu den straffen Strumpfbändern. »Sind sie nicht ein wenig zu straff, zu eng für dich? Sehen wir doch nach. Haben sie einen roten Streifen gelassen?« Er hob den Rock hoch und entfernte das Strumpfband. Als Bijou dazu das Bein hob, zeigte sie den Männern die ebenmäßigen Linien ihrer Schenkel oberhalb des Strumpfbandes. Dann schob sie den Rock wieder herunter. Der Baske liebkoste sie. Bijous Augen verschleierten sich, als sei sie betrunken. Weil sie sich aber nun für die Ehefrau des Basken hielt, die sich in Gegenwart seiner Freunde befand, glaubte sie, es wäre schicklich, sich jedesmal, wenn er sie entblößt hatte, wieder zu bedecken. Sie versteckte also jedes neue Geheimnis, das er enthüllt hatte, wieder unter den schwarzen Falten ihres Kleides.

Sie streckte die Beine aus und streifte die Schuhe ab. Die erotischen Signale, die ihre Augen aussandten, das Licht, das ihre dichten Wimpern nicht ganz abschirmen konnte – sie fuhren über die Körper der anwesenden Männer wie ein Waldbrand.

An Abenden wie diesem wußte Bijou, daß der Baske ihr nicht etwa Freude bereiten, sondern sie nur quälen wollte. Er gab sich erst dann zufrieden, wenn er eine Veränderung, ja ein Abwenden in den Zügen seiner Freunde bewirkt hatte. Er zog an dem seitlichen Reißverschluß ihres Kleides und ließ die Hand hineingleiten. »Du trägst ja heut kein

Höschen, Bijou.« Dann folgten die Blicke der Männer der Hand unter dem Kleid; wie sie den Bauch streichelte und tiefer glitt in Richtung der Schenkel. Er hielt inne und zog die Hand zurück. Sie sahen zu, wie die Hand wieder aus dem schwarzen Kleid hervorkam und den Reißverschluß hochzog.

Einmal hatte er einen der Maler gebeten, ihm seine noch warme Tabakspfeife zu leihen. Der Mann reichte sie ihm herüber. Der Baske ließ die Pfeife unter Bijous Rock gleiten und hielt sie gegen ihre Möse. »Sie ist warm«, sagte er, »warm und glatt.« Bijou wich zur Seite, weg von der Pfeife, weil sie die anderen nicht wissen lassen wollte, daß die Streicheleien des Basken sie feucht gemacht hatten. Aber die Pfeife kam wieder zum Vorschein und verriet es: Sie sah aus wie in Pfirsichsaft getunkt. Der Baske reichte sie ihrem Besitzer zurück, der nun ein wenig von Bijous Mösenaroma zu riechen bekam. Bijou fragte sich beklommen, was der Baske als nächstes mit ihr vorhatte. Vorsichtshalber preßte sie die Schenkel zusammen. Der Baske rauchte. Die drei Freunde hatten sich um das Bett gruppiert und redeten einfach weiter, als ob die Handlungen, die sich vor ihren Augen abspielten, nichts mit der Unterhaltung zu tun hätten.

Einer der Männer erzählte gerade von einer Malerin, deren Bilder die Galerien füllten. Es waren riesige, in Regenbogenfarben gehaltene Blumenstilleben. »Das sind keine Blumen«, erklärte der Pfeifenraucher, »das sind Mösen. Jeder sollte das erkannt haben. Das ist ihre Masche. Sie malt eine Vulva in der Größe einer ausgewachsenen Frau. Gewiß, auf den ersten Blick sieht es aus wie Blütenblätter, wie das Herz der Blume, aber beim Näherhinsehen erkennt man zwei ungleiche Lippenpaare, die feine Trennlinie, den gekräuselten Rand der Lippen, wenn sie geöffnet sind. Was kann das nur für eine Frau sein, die immer diese gigantische Möse zur Schau stellt, eine Büchse, die in einer perspektivischen, tunnelartigen Wiederholung verschwindet, die immer kleiner wird, wie ein dunkler, enger Gang, der zum Eintritt auffordert? Man hat das Gefühl, vor einer fleischfressenden Pflanze zu stehen, die sich nur dann öffnet, wenn sie Nahrung wittert, die sie dann in sich saugt und die dann wieder mit denselben, im Wasser schwankenden Fängen Opfer sucht.«

Das hatte dem Basken eine Idee gegeben. Er bat Bijou, ihm sein Rasierzeug zu holen. Bijou gehorchte, denn sie war froh, daß sie aufstehen durfte. So konnte sie die Schwüle abschütteln, mit der die Liebkosungen seiner Hände sie umsponnen hatten. Ihm war offenbar etwas Neues eingefallen. Er nahm ihr den Pinsel und die Rasierseife aus der Hand und fing an, Schaum zu schlagen. Dann legte er eine frische Klinge ein. »Streck dich aufs Bett.«

»Was hast du vor?« fragte sie. »Meine Beine sind unbehaart.«

»Das weiß ich. Zeig sie uns.« Sie streckte sie aus. Sie waren in der Tat so glatt, daß sie wie poliert schienen. Sie schimmerten wie bleiches, kostbares, glänzendes Holz. Kein Haar war zu sehen, kein Äderchen, keine rauhen Stellen, keine Narben, kein Makel. Die drei Männer beugten sich über ihre Beine. Als sie sie schüttelte, fing der Baske sie ein und hielt sie fest. Er hob ihren Rock hoch; gleichzeitig wollte sie ihn aber herunterziehen.

»Was hast du vor?« fragte sie noch einmal.

Er zog den Rock ganz hoch und enthüllte ein derart üppiges Vlies aus gelocktem Haar, daß die drei Männer bewundernd Luft schnappten. Dabei hielt sie die Schenkel fest zusammengepreßt, die Füße gegen den Bauch des Basken gestemmt. Dieser bekam auf einmal ein Gefühl, als krabbelten Hunderte von Ameisen über seinen Schwanz.

Er bat die drei Männer, Bijou festzuhalten. Zuerst wollte Bijou sich ihnen entwinden, aber dann sah sie ein, daß es weit weniger gefährlich war, still zu halten, denn der Baske machte sich nun daran, ihren Muff abzurasieren – zuerst die Seiten, wo er spärlicher wuchs und auf ihrem samtenen Leib glänzte. Der Bauch verlief dort in einer sanften Kurve. Wieder tauchte der Baske den Pinsel in den Rasierschaum. Er rasierte sie behutsam und trocknete die Haut vorsichtig ab.

Zuerst, als Bijou die Schenkel noch fest zusammengepreßt hielt, konnten die Männer nichts weiter als das Haar erkennen, aber nun hatte der Baske das Zentrum des Deltas erreicht und eine Mooskuppe enthüllt, einen perfekten Venushügel. Die kalte Klinge irritierte und erregte Bijou. Sie war wütend, aber auch gekitzelt – und fest entschlossen, ihre Möse nicht zu offenbaren. Doch die Rasur enthüllte sie nun ganz deutlich; ihre Form war sichtbar geworden. Sie zeigte sich, sie zeigte die Knospe der Öffnung, das weiche, in Falten liegende Fleisch um die Klitoris, aus dem dann die dunkler und leuchtender gefärbten kleinen Lippen hervortraten. Bijou wollte ausweichen, aber sie fürchtete, die Klinge könnte sie verletzen. Die drei Männer hielten sie fest und beugten sich über sie. Hatte der Baske nicht endlich genug? Nein: Er befahl ihr nun, die Schenkel zu öffnen. Sie strampelte verzweifelt, aber das schien ihn noch mehr zu reizen. Wieder herrschte er sie an: »Nimm die Beine auseinander. Da unten sind noch mehr Haare.« Sie konnte nicht anders tun, als ihr befohlen. Er machte sich daran, auch dort die Haare abzurasieren, wo sie spärlicher wuchsen und zart gelockt die Möse umrankten.

Nun war nichts mehr zu verbergen – der lange, vertikale Mund, ein zweiter Mund, der sich aber nicht wie der im Gesicht öffnete, sondern nur dann, wenn sie sich freiwillig ein wenig nach vorne schob. Bijou weigerte sich und schob nicht. Alles, was die Männer erkennen konnten, war das doppelte, geschlossene Lippenpaar, das den Weg versperrte.

Der Baske sagte: »Jetzt sieht sie aus, wie die Bilder dieser Malerin, stimmt's?«

Aber in den Bildern klaffte die Muschel, standen die Ränder auseinander und enthüllten die innere Schicht, die rosa wie die Innenseite des Mundes war. Und gerade dies wollte Bijou nicht offenbaren; nach der Rasur hatte sie die Beine wieder geschlossen.

Der Baske sagte: »Ich werde es schon schaffen, daß du dich dort öffnest.«

Er hatte inzwischen den Pinsel abgespült und strich nun zart damit über die Lippen der Möse, hinauf, hinunter. Anfangs zog sich Bijou noch mehr zusammen. Die Männer beugten wieder die Köpfe über sie. Der Baske, der ihre Füße gegen seinen steif gewordenen Hänger preßte, fuhr nun mit der Pinselspitze ganz sachte über die Fotze und über die leicht hervortretende Spitze des Kitzlers. Und nun bemerkten die Männer, daß Bijou ihren Hintern und ihre Fotze nicht länger unter Kontrolle halten konnte, daß ihre Hinterbacken ein wenig vorwärts rollten, wenn sich der Pinsel bewegte, und daß sich die Schamlippen fast unmerklich teilten. Die rasierte Haut verbarg nichts mehr. Nun trennten sich die Lippen und gaben den Blick frei auf eine zweite Aura, dann auf eine dritte, blassere. Bijou konnte sich nicht mehr zurückhalten, sie stemmte und schob, als wollte sie sich öffnen. Ihr Becken hob und senkte sich, und der Baske stemmte sich noch kräftiger gegen ihre zappelnden Füße.

»Hör auf«, flehte Bijou, »so hör doch auf!« Die Männer konnten mit ansehen, wie der Saft heraustrat. Der Baske hielt tatsächlich inne; er wollte ihr nämlich keine Befriedigung geben. Er wollte sich sein Vergnügen mit ihr vorbehalten – für später.

Es lag Bijou viel daran, einen Trennungsstrich zwischen ihrem Leben im Bordell und ihrer Existenz als Lebensgefährtin und Modell eines Künstlers zu ziehen. Für den Basken gab es genau genommen nur den Unterschied, seinen alleinigen Besitzanspruch geltend zu machen. Dabei fand er offensichtlich Spaß daran, sie seinen Besuchern als besonderen Leckerbissen zu präsentieren. So lud er zum Beispiel die Freunde ein, wenn Bijou in der Badewanne saß. Sie fanden es schön, ihr zuzusehen, wenn sie badete, sie weideten sich am Anblick ihrer auf dem Wasser treibenden Brüste, an der sanften Kurve ihres Bauches, die das Wasser hochwarf, sie sahen ihr entzückt zu, wenn sie sich zwischen den Beinen einseifte. Sie liebten es, sie nachher abzutrocknen. Aber wenn einer der Männer die Kühnheit besaß, mit Bijou ein Rendezvous zu verabreden, wurde der Baske jedesmal fuchsteufelswild und gefährlich.

Bijou sann auf Rache, sie hielt sich für berechtigt auszugehen, wann sie es wollte. Der Baske hatte durch seine grausam-lüsternen Spielchen ein Übermaß an sexueller Spannung in ihr erzeugt. Er gab sich nicht immer die Mühe, Bijou zu befriedigen. Aus dieser Zeit stammten ihre Seitensprünge; sie waren jedoch so geschickt eingefädelt und so diskret arrangiert, daß der Baske niemals dahinterkommen konnte. Bijou holte sich ihre Freunde in der *Grande Chaumière,* wo sie als Aktmodell arbeitete. An kalten Tagen zog sie sich nicht etwa hastig und verstohlen aus, wie die anderen Modelle, dicht bei dem Ofen, der nahe des Podests stand, sondern sie hatte daraus eine Art Striptease gemacht.

Als erstes löste sie ihr wildes Haar und schüttelte es wie eine Mähne. Dann knöpfte sie den Mantel auf. Sie tat es langsam und zärtlich. Dabei ging sie nicht etwa sachlich vor, sondern sie tat es wie eine Frau, deren Hände der Körperkontur nachfuhren und sie, dankbar für ihre Vollkommenheit, abtasteten. Das unvermeidliche schwarze Kleid klebte an ihr wie eine zweite Haut. Es ließ sich auf verblüffende Weise ausziehen. Eine Geste ließ es von den Schultern auf Bijous Brüste fallen. Weiter ging es nicht.

Der Augenblick war gekommen, da Bijou ihren Taschenspiegel herausnahm und ihr Gesicht und ihre Wimpern prüfte. Dann zog sie an dem Reißverschluß, so daß das Kleid ihren Oberkörper enthüllte und die beginnende Kurve ihres Bauchs freigab. Inzwischen hatten die Studenten sie verstohlen hinter ihren Staffeleien beobachtet. Auch die Studentinnen konnten die Augen nicht von Bijous sinnlichem Körper wenden, der jetzt aus dem Kleid hervortrat - makellose Haut, sanfte Konturen, straffes Fleisch - es hypnotisierte alle. Und dann hatte Bijou eine Art, sich zu lockern, ihre Muskeln zu entspannen; es war, als ob eine Katze zum Sprung ansetzte. Dieses Schütteln, das durch ihren ganzen Körper ging, ließ die Brüste tanzen, als täte man ihnen Gewalt an. Dann faßte sie den Saum ihres Kleides und hob ihn langsam über die Schultern. Jedesmal gab es einen spannenden Moment, wo es den Anschein hatte, als hätte sich irgend etwas in ihrem langen Haarschopf verfangen. Niemand kam ihr zu Hilfe, alle saßen da, wie erstarrt vor Erwartung. Der Körper, der nun offenbart wurde, war haarlos und völlig nackt. Sie stand vor der Klasse, die Beine gespreizt, um nicht das Gleichgewicht zu verlieren. Sie wußte, welche Wirkung ihr sinnlicher, üppiger, überwältigend weiblicher Körper hatte. Die breiten schwarzen Strumpfbänder saßen sehr hoch. Sie trug schwarze Strümpfe und, wenn es regnete, hohe Lederstiefel - Männerstiefel. Dann bückte sie sich, um die Stiefel abzustreifen. In dieser Stellung war sie jedem, der sich näherte, ausgeliefert. Natürlich war das für die Studenten eine große Versuchung. Manchmal machte einer eine Bewegung, als wollte er ihr zu Hilfe kommen, aber sie stieß mit den Füßen nach ihm, sie hatte ihn durchschaut. Sie schüttelte sich wie beim Liebesspiel. Schließlich war sie fertig. Die Studenten hatten sich satt gesehen. Sie hob ihre üppigen Brüste, lockerte ihr wirres Haar. Manchmal wurde sie gebeten, die Stiefel anzubehalten, aus denen ihr elfenbeinerner Körper wie eine Blume zu wachsen schien. Eine Welle der Begierde überrollte die gesamte Malklasse.

Stand sie erst einmal auf dem Podest, wurde sie zum Modell, und die Schüler wieder zu angehenden Malern. Fand sie jemanden, der ihr gefiel, fixierte sie ihn mit ihrem Blick. Sie hatte keine andere Gelegenheit, ein Rendezvous einzuleiten, denn der Baske holte sie meist jeden Nachmittag am Schluß der Sitzung ab. Der ausgewählte Student verstand jedoch ihren Blick. Er bedeutete: Ja, sie würde sich in dem nahe gelegenen Café mit ihm treffen, ja, er könnte sie zu einem Drink einladen. Diejenigen, die Bescheid wußten, wußten auch, daß dieses Café zweistöckig war. Abends wurde die obere Etage von Kartenspielern frequentiert, nachmittags aber war dort niemand. Nur Liebespaare kannten die Gelegenheit. Der jeweilige Student und Bijou gingen die paar Sufen hinauf und folgten dem Hinweisschild *lavabos.* Sie kamen in einen halb im Dunkel liegenden Raum voll von Spiegeln, Tischen und Stühlen.

Bijou bestellte die Drinks und räkelte sich auf der mit Leder bezogenen, engen Sitzbank. Der junge Student, den sie auserkoren hatte, zitterte vor Nervosität. Ihr Körper verströmte eine Hitze, wie er sie noch nie vorher verspürt hatte. Er ließ sich über ihren Mund fallen. Sein klarer Teint und seine schönen Zähne gefielen ihr sehr. Sie öffnete den Mund und gab ihm die Zunge. Sie kämpften miteinander auf der langen, schmalen Bank, denn er wollte so viel als möglich von ihrem Körper mit den Händen spüren. Zur gleichen Zeit hatte er Angst, sie könnte sagen: »Halt! Jemand könnte die Treppe heraufkommen.«

Die vielen Spiegel warfen zurück, was sich auf der Bank abspielte: Ihr Gerangel, Bijous hochgerutschtes Kleid, das zerzauste Haar. Die Hände des Studenten waren überall, wurden immer kühner. Dann hockte er sich unter den Tisch und hob ihren Rock hoch. Prompt sagte sie: »Halt!

Jemand könnte die Treppe heraufkommen.« Er erwiderte: »Laß sie doch. Man kann mich ja nicht sehen.« Gewiß, dort, wo er war, unter dem Tisch, war er verborgen. Sie rutschte vorwärts und stützte das Gesicht in die Hände, als träumte sie. Der junge Student lag auf den Knien und hatte den Kopf unter ihrem Rock vergraben.

Sie schien willenlos und überließ sich seinen Küssen und Liebkosungen. Wo sie den Rasierpinsel des Basken gespürt hatte, fühlte sie nun die Zunge des jungen Mannes. Sie fiel vorwärts, als hätte Entzücken sie überwältigt. Dann aber hörten sie tatsächlich Schritte, der Student kam auf die Füße und setzte sich schnell neben sie. Um seine Verwirrung zu tarnen, küßte er sie. Der Kellner fand sie in dieser Umarmung, stellte die Gläser auf den Tisch und ging schleunigst wieder. Bijous Hände hatten sich inzwischen in die Kleidung des Studenten gewühlt, der sie mit solcher Leidenschaft küßte, daß sie seitwärts auf die Bank fiel und er auf ihr lag. »Komm doch auf mein Zimmer«, flüsterte er. »Es ist nicht weit von hier. Bitte komm.«

»Es geht nicht«, antwortete Bijou. »Ich werde bald abgeholt.«

Danach ergriff jeder des anderen Hand und legte sie dorthin, wo sich ihre Lust pochend konzentriert hatte. Sie saßen vor ihren Getränken, als unterhielten sie sich, aber in Wirklichkeit streichelten sie sich unterhalb der Tischplatte. In den Spiegeln sah es so aus, als wollten sie gerade in Tränen ausbrechen; ihre Gesichter waren verzerrt, ihre Lippen bebten, sie blinkten mit den Augen. Ihre Gesichtszüge reflektierten die Handbewegungen. Zeitweise sah es aus, als täte man dem jungen Mann sehr weh, als ränge er nach Luft.

Dann aber kam ein zweites Pärchen die Treppe herauf und störte sie. Sie mußten sich wieder küssen wie ein schlichtes romantisches Liebespaar.

Der junge Student war außerstande, seinen Zustand

länger zu verbergen, und ging weg, um sich irgendwo zu erleichtern. Bijou kam in das Klassenzimmer zurück. Ihr Körper brannte, aber als der Baske sie dann abholte, hatte sie sich wieder beruhigt.

Bijou hatte von einem Hellseher gehört und konsultierte ihn. Er war ein mächtiger schwarzer Mann aus Westafrika. Alle Frauen der Nachbarschaft gingen zu ihm. Im Warteraum hing ein großer chinesischer Vorhang aus schwarzer, goldbestickter Seide. Der Hellseher erschien vor dem Vorhang. Trotz seines Straßenanzugs machte er in der Tat den Eindruck eines Magiers. Er starrte Bijou lange aus seinen melancholischen Augen an, verschwand dann wieder hinter dem Vorhang mit einer Frau, die vor Bijou dran war, und kam eine halbe Stunde später wieder heraus. Er geleitete die Frau höflich zur Tür.

Nun war Bijou, als letzte im Wartezimmer, an der Reihe. Er ließ ihr den Vortritt. Sie trat in einen engen, dunklen Raum mit chinesischen Wandteppichen und einer Kristallkugel, unter der ein Licht stand. Es warf seinen Schein auf Gesicht und Hände des Hellsehers. Alles andere blieb im Dunkel. Seine Augen wirkten tatsächlich hypnotisch.

Aber Bijou hatte sich vorgenommen, nicht in Trance zu verfallen, sondern wach zu bleiben, um alles genau zu beobachten. Er befahl ihr, sich auf den Diwan zu legen und einen Augenblick ganz still zu sein. Er setzte sich neben sie und stellte sich auf sie ein. Dazu schloß er die Augen. Bijou tat dasselbe. Eine volle Minute lang verharrte er in diesem scheinbar geistesabwesenden Zustand. Dann legte er ihr die Hand auf die Stirn. Die Hand war warm, trocken, schwer, elektrisierend.

Er sprach nun, und es klang wie im Traum. »Sie sind mit einem Manne verheiratet, unter dem Sie leiden.«

»Stimmt«, sagte Bijou und dachte dabei an den Basken, der sie zum Schau-Objekt für seine Freunde machte.

»Er hat merkwürdige Gewohnheiten.«

»Stimmt«, sagte Bijou wieder. Sie war verblüfft. Sie hatte die Augen nicht aufgemacht und stellte sich die Szene vor. Der Hellseher sah sie wohl auch. Jedenfalls fügte er hinzu: »Sie sind unglücklich, und deshalb kompensieren Sie es, indem Sie ihn so oft wie möglich betrügen.«

»Stimmt«, sagte sie wieder.

Dann aber schlug sie die Augen auf und begegnete dem bohrenden Blick des Schwarzen. Sie schloß sie wieder.

»Nun sollten Sie einschlafen.« Er legte ihr die Hand auf die Schulter.

Seine Stimme, seine Worte taten ihr gut. Sie vermeinte, in ihnen so etwas wie Mitempfinden entdeckt zu haben. Aber sie konnte sich nicht entspannen, konnte nicht einschlafen. Ihr Körper war erregt. Sie wußte jedoch, daß der Atem sich beim Schlafen verändert und daß sich dabei die Brust gleichmäßig hob und senkte. So gab sie vor, eingeschlafen zu sein. Die ganze Zeit über spürte sie seine Hand auf ihrer Schulter, eine Hand, die so warm war, daß sie die Hitze ihre Kleider durchdrang. Jetzt streichelte er ihre Schulter. Er tat dies aber so behutsam, daß sie befürchtete, sie würde tatsächlich einschlafen. Sie wollte aber das wohlige Gefühl, das ihr bei seiner Berührung den Rücken hinunterlief, nicht missen. Sie entspannte sich.

Er berührte ihre Kehle und wartete, denn er wollte sichergehen, daß sie wirklich eingeschlafen war. Er berührte ihre Brüste. Bijou blieb reglos liegen.

Behutsam und geschickt liebkoste er nun ihren Bauch. Mit ausgestrecktem Zeigefinger spannte er die schwarze Seide ihres Kleides, damit die Umrisse ihrer Beine und die Linie zwischen den Schenkeln hervortraten. Nachdem er das Delta sichtbar gemacht hatte, streichelte er ihre Beine. Er hatte sie noch nicht unter ihrem Kleid berührt. Er stand leise auf, ging zum Fußende des Diwans und kniete nieder. Bijou wußte, daß er ihr nun unter den Rock sehen konnte, unter dem sie, wie immer, nackt war. Er betrachtete sie sehr lange.

Dann fühlte sie, wie er den Rocksaum ein wenig anhob, denn er wollte mehr sehen. Bijou lag auf dem Diwan, die Beine ein wenig geöffnet. Seine Berührung, sein geahnter Blick ließen sie schmelzen. War es nicht wunderbar, so betrachtet zu werden, wie schön war es, wenn sich der Mann, der sie schlafend wähnte, ganz ungezwungen benehmen konnte? Sie spürte, wie der Stoff des Kleides angehoben wurde, spürte, wie die Luft ihre Beine berührte. Er starrte sie an.

Mit einer Hand strich er sanft über sie; langsam, genießerisch formte er ihre schwellenden Kurven nach und streichelte den langen, seidenen Weg, der unter ihr Kleid führte. Bijou fand es immer schwieriger, unbewegt zu bleiben. Sie wollte ihre Beine ein wenig weiter öffnen. Wie bedächtig seine Hand über ihre Schenkel strich. Sie spürte, wie er den Konturen folgte, bei den Kurven verweilte, wie seine Hand anhielt, wie sie weitermachte.

Nun war er nahe an ihre Fotze herangekommen. Aber er hielt an, er wollte sie nicht berühren, ohne erst an ihrem Gesicht abgelesen zu haben, daß sie tatsächlich hypnotisiert war. Dann nahm er zwei Finger und griff nach ihren rasierten Lippen und begann sie knetend zu massieren. Als er den Saft spürte, der heraustrat, steckte er den Kopf unter ihren Rock und zwischen ihre Beine. Er küßte sie. Seine Zunge war lang, behende, bohrend. Sie mußte sich unglaublich beherrschen, um sich nicht seinem gierigen Mund entgegenzustemmen.

Die kleine Lampe verbreitete ein so schwaches Licht, daß sie es wagte, die Augen ein wenig zu öffnen. Durch den Schlitz sah sie, daß er sich langsam auszog. Dann stand er neben ihr, vollkommen gewachsen, groß und majestätisch wie ein Stammesfürst, mit funkelnden Augen, blendend weißen Zähnen, feuchten Lippen.

Ich darf mich nicht bewegen, dachte sie, ich darf es nicht, ich will doch, daß er alles mit mir tut. Was würde ein Mann mit einer sich in Trance befindlichen Frau anstellen? Er muß sie nicht fürchten, er braucht ihr in keiner Weise zu gefallen.

Nackt und groß stand er über ihr. Dann nahm er sie behutsam in die Arme und drehte sie um. Bijou bot ihm ihren üppigen Hintern. Er schob das Kleid weiter hoch und spreizte die beiden Backen.. Er verhielt so, um den Anblick zu genießen. Die Finger, mit denen er das Fleisch trennte, waren kräftig und warm. Dann beugte er sich vor, um den Spalt zu küssen. Seine Hände glitten um ihre Taille und hoben den Körper leicht an, damit er von hinten in sie hineinkonnte. Zuerst fand er nur das Loch. Es war zu eng und klein für ihn. Dann aber fand er die größere, erwartungsvolle Öffnung. Er ließ seinen ebenholzschwarzen Schaft hinein- und dann wieder hinausgleiten, das war alles.

Er drehte sie wieder um, denn er wollte offenbar sehen, wie er sie auch von vorne nahm. Seine Hände suchten und fanden ihre Brüste unter dem Kleid. Er preßte sie, streichelte sie, liebkoste sie. Sein Schwanz war groß und füllte sie ganz aus. Er stieß ihn mit solcher Wucht in sie hinein, daß sie fürchtete, sie könnte kommen und sich verraten. Sie wollte auf ihre Kosten kommen, ohne daß er es merkte. Aber er erregte sie derart durch seinen ungestümen Rhythmus, daß es ihr einmal, als er ihn herausgezogen hatte, um sie mit ihm zu streicheln, doch kam.

Deshalb konzentrierte sie sich nun darauf, alles noch einmal zu erleben. Er wollte seinen Schaft in ihren halbgeöffneten Mund schieben. Sie stellte sich schlafend, aber sie öffnete den Mund ein wenig. Sie brauchte all ihre Willenskraft, um ihre Hände nicht zu bewegen. Sie wollte noch einmal die gewaltige Wollust verspüren, die in diesem »gestohlenen« Orgasmus lag; schließlich stahl er ja auch seine Liebkosungen.

Ihre Passivität hatte ihn fast zum Wahnsinn getrieben. Er hatte ihren Körper überall betastet, hatte sie in jeder nur denkbaren Weise durchbohrt. Jetzt kauerte er sich über ihren Bauch, legte den Schwanz zwischen ihre Brüste und preßte sie gegeneinander. Er bewegte sich. Sie fühlte, wie sein drahtiger Busch sie streifte. Bijou verlor die Beherrschung und öffnete gleichzeitig Mund und Augen. Der Mann stöhnte vor Wonne, preßte seinen Mund auf ihren und rieb sich mit seinem ganzen Körper an ihr. Bijous Zunge traf seinen Mund, er biß sie in die Lippen.

Dann hielt er plötzlich an und fragte: »Willst du etwas für mich tun?«

Sie nickte.

Er streckte sich auf dem Boden aus. Sie kauerte sich über sein Gesicht und hielt das Kleid so, daß es über seinen Kopf fiel und ihn zudeckte. Mit beiden Händen hatte er ihre Hinterbacken gepackt wie eine reife Frucht und fuhr nun immer wieder mit der Zunge zwischen den Hügeln der vorderen und der hinteren Öffnung hin und her. Dann leckte er ihren Kitzler. Bijou bewegte sich vorwärts und rückwärts. Seine Zunge registrierte jede Reaktion, jedes Pulsieren. Während sie über ihm kauerte, konnte sie sehen, wie sein polierter Ständer bei jedem Wonneseufzer, den er ausstieß, bebte.

Auf einmal wurde geklopft. Bijou sprang auf. Ihre Lippen waren naß von seinen Küssen, ihre Fotze stand in Flammen, ihr Haar war zerzaust. Der Hellseher antwortete gelassen: »Ich bin noch nicht fertig.« Dann drehte er sich ihr zu und lächelte. Sie lächelte zurück. Er zog sich rasch wieder an. In Sekundenschnelle war alles wieder in Ordnung. Sie beschlossen, sich wiederzutreffen. Bijou versprach, ihre Freundinnen Leila und Elena mitzubringen. Wäre er einverstanden? Aber gewiß doch. »Die meisten Frauen, die mich konsultieren, interessieren mich nicht, denn sie sind nicht schön. Aber du, du kannst kommen, wann immer du willst. Für dich und deine Freundinnen werde ich tanzen.«

Sein Tanz fand eines Abends statt, als er keine Kunden mehr hatte. Er zog sich nackt aus und zeigte sich den drei Frauen in all seiner glänzend-braunen, urwüchsigen Vollkommenheit. Dann schnallte er sich einen Gummischwanz um, in derselben Größe und Farbe wie sein eigener.

Er erklärte: »Das ist ein Tanz aus meiner Heimat, ein Festtanz für die Frauen.« In dem kaum erleuchteten Raum, wo das Licht wie ein kleines Feuer auf seiner Haut glänzte, begann er mit dem Bauch zu kreisen und auf eine höchst obszöne Art mit dem Schwanz zu wackeln. Er zuckte mit dem Körper, als stieße er in eine Frau und fingierte den Spasmus eines Mannes, der sich in den verschiedenen Stadien des Ergusses befindet. Eins, zwei, drei. Das letzte Zucken war wild, wie das Aufbäumen eines Mannes, der sein Leben dem Glücksmoment der Ekstase opfert.

Die drei Frauen sahen zu. Zuerst beherrschte nur der Gummipenis die Szene. Dann aber, als der Tanz immer aufreizender wurde, beteiligte sich der echte, wurde zusehends länger und gewichtiger. Jetzt paßten sich beide Glieder dem Rhythmus seiner Gesten an. Er schloß die Augen, als brauchte er die Frauen nicht mehr. Die Wirkung auf Bijou war umwerfend, sie zog ihr Kleid aus und tanzte nun herausfordernd um den Mann herum. Aber er berührte sie nur dann und wann mit der Schwanzspitze, wenn er sie streifte. Er drehte sich im Kreise, er warf sich herum wie ein Wilder, der mit einem unsichtbaren Partner tanzt. Auch Elena war erregt. Sie zog ebenfalls ihr Kleid aus und kniete auf dem Boden, denn sie wollte an dem Dunstkreis des erotischen Tanzes teilhaben. Es überkam sie die Begierde, bis zum Bluten von diesem mächtigen, harten Schwanz, der vor ihr schlenkerte, durchbohrt zu werden. Inzwischen vollführte der Mann einen Bauchtanz mit all seinen verführerischen Bewegungen.

Auch Leila, die eigentlich nichts für Männer übrig hatte, war von der allgemeinen Atmosphäre angesteckt und wollte Bijou umarmen. Aber Bijou weigerte sich: Die beiden Schwänze hatten sie hypnotisiert.

Leila versuchte es bei Elena. Sie rieb ihre Brüste an den beiden Frauen, sie wollte sie ablenken. Dann preßte sie sich an Bijou, um etwas von ihrer Erregung auf sich zu übertragen. Doch Bijou hatte nur Augen für die beiden Glieder, die vor ihr hin und her schwangen. Ihr Mund stand offen, und sie stellte sich vor, von einem doppeltgeschlechtigen Ungeheuer vergewaltigt zu werden, das ihre beiden Lustzentren gleichzeitig befriedigen konnte.

Als der Afrikaner sich erschöpft zu Boden fallen ließ, warfen sich Elena und Bijou über ihn. Aber Bijou war schneller und steckte sich je einen der Schwänze in ihren Anus und in ihre Möse. Sie wand sich wie besessen auf seinem Unterleib, bis sie mit einem gedehnten Schrei der Lust kam. Elena stieß sie weg und nahm dieselbe Stellung ein. Allerdings war der Afrikaner nun wirklich erschöpft, und das hatte Elena erkannt. Sie hielt still und wartete ab, bis seine Kräfte zurückkehrten.

Die ganze Zeit über war sein Ständer in ihr nicht erschlafft. Während sie wartete, zog sie vorsichtig und langsam den Muskelring ihrer Vagina zusammen. Sie hatte Angst, sie könnte allzu schnell kommen, und alles wäre vorbei. Nach einer Weile packte er sie bei den Hinterbakken und hob sie an, damit sie dem schnellen Pulsschlag seines Blutes folgen konnte. Er wand und bog sie, stieß sie von sich und zog sie wieder an sich, um sie in seinen Rhythmus zu zwingen. Dann schrie er auf. Sie bewegte sich im Kreise um seinen geschwollenen Schwanz, bis er spritzte.

Als nächstes ließ er Leila über sich kauern, wie er es anfangs mit Bijou gemacht hatte, und steckte sein Gesicht zwischen ihre Beine. Leila hatte zwar noch niemals einen Mann begehrt, aber nun spürte sie einen Kitzel, der ihr neu war. Die Zunge des Afrikaners leckte sie eifrig. Sie wollte von hinten genommen werden. Sie stieg von ihm herunter und verlangte von ihm, daß er den Gummipenis benützte. Sie ließ sich auf allen vieren nieder, und er tat, wie ihm befohlen.

Elena und Bijou waren verblüfft, als sie sahen, wie Leila mit offenbarem Entzücken dem Afrikaner ihren Hintern hinhielt, wie er sich seinerseits in sie festkrallte, in sie hineinbiß und gleichzeitig den Gummipimmel in Leilas Arsch bewegte. Schmerz und Lust schüttelten sie, denn der Schwanz war groß. Aber sie blieb auf Händen und Knien, der Afrikaner war wie angeschweißt. Konvulsiv kroch sie herum, bis ihr Höhepunkt kam und sie erlöste.

Bijou ging nun regelmäßig zu dem Afrikaner. Eines Tages lagen sie auf dem Diwan, und er hatte das Gesicht in ihrer Achselhöhle vergraben. Begierig zog er ihren Körpergeruch ein. Dann beschnupperte er sie überall wie ein Tier, anstatt sie zu küssen - erst unter den Armen, dann ihr Haar, dann zwischen den Beinen. Offenbar regte ihn das auf.

Statt in sie einzudringen, sagte er: »Bijou, ich könnte dich noch mehr lieben, wenn du dich nicht so oft baden würdest. Ich bin wild nach deinem Geruch, aber er ist zu schwach. Wenn du dich allzu oft wäschst, verschwindet er ganz. Ich liebe den starken, weiblichen Geruch. Versprich mir, dich weniger oft zu waschen.«

Ihm zu Liebe wusch sich Bijou seltener. Es war ihm ein besonderer Genuß, an ihr zu riechen, wenn sie sich nicht zwischen den Beinen gewaschen hatte, denn er liebte den Muschelgeruch. Er bat sie, ihre Unterwäsche für ihn aufzuheben. Sie sollte sie ein paar Tage tragen und ihm dann mitbringen.

Zuerst brachte sie ihm ein oft getragenes Nachthemd. Es war aus schwarzem Chiffon mit Spitzenbesatz. Bijou hatte sich neben ihm ausgestreckt. Der Afrikaner legte sich das Nachthemd übers Gesicht und sog den Duft ein. Bijou sah, wie er in seinen Hosen einen Steifen bekam. Behutsam beugte sie sich über ihn und öffnete erst einen, dann zwei, dann schließlich drei Knöpfe. Nun war die Hose ganz auf. Bijou suchte den Ständer, der jedoch nach unten gedrückt war, weil die Unterhosen sehr knapp anlagen. Wieder mußte sie Knöpfe aufmachen.

Endlich schimmerte der Schwanz durch: Wie braun und glatt er doch war! Ganz behutsam griff sie mit der Hand hinein, als wollte sie ihn stehlen. Der Afrikaner, dessen Gesicht noch immer mit dem Nachthemd bedeckt war, sah sie nicht. Sie zog den Ständer langsam nach oben und befreite ihn aus seiner beengten Lage. Er schnellte hoch, gerade, glatt, hart. Aber kaum hatte sie ihn in die Hand genommen, als der Afrikaner ihn wegzog. Er nahm jetzt das Nachthemd, das inzwischen ganz zerdrückt war, hoch, legte es auf den Diwan und warf sich mit seiner ganzen Länge darauf. Er vergrub den Schwanz in den Seidenstoff und bewegte sich hin und her, als läge Bijou unter ihm.

Sie sah ihm wie hypnotisiert zu, denn offenbar liebte er nur noch das Hemd und schien sie vergessen zu haben. Seine Bewegungen reizten sie. Er war in einem solchen Zustand, daß er schwitzte und sein ganzer Körper einen berauschend animalischen Geruch ausströmte. Sie warf sich auf ihn, klammerte sich an seinen Rücken, aber er machte einfach weiter.

Sie spürte, wie er sein Tempo steigerte. Dann aber hielt er an, drehte sich um und begann sie auszuziehen. Bijou dachte, sein Interesse an dem Nachthemd sei erlahmt und er würde sich ganz ihr widmen. Er rollte ihre Strümpfe hinunter, ließ die Strumpfbänder aber auf ihrem nackten Fleisch. Dann zog er ihr das Kleid, das immer noch ihre

Körperwärme hatte, aus. Um ihm zu gefallen, hatte Bijou ein schwarzes Höschen angezogen. Auch dieses streifte er langsam hinunter, hielt aber halbwegs an und betrachtete genüßlich das elfenbeinfarbene Fleisch, ihren halbentblößten Hintern und das beginnende, grübchengekrönte Tal. Dort küßte er sie und fuhr mit der Zunge die köstliche Spalte entlang. Dann streifte er das Höschen ganz hinunter und ließ dabei keinen Quadratzentimeter ihrer Schenkel ungeküßt. Die Seide fühlte sich an wie eine liebkosende Hand.

Als sie ein Bein anhob, um das Höschen ganz abzustreifen, konnte er genau in ihre Möse sehen. Er küßte sie dort. Dann hob er das andere Bein hoch und legte sich ihre beiden Beine auf die Schultern. Er hielt dabei das Höschen in der Hand und fuhr fort, Bijou zu küssen. Sie war ganz feucht und atemlos. Dann aber drehte er sich weg von ihr und vergrub das Gesicht in dem Höschen, im Nachthemd, wickelte sich die Strümpfe um seinen Ständer und legte sich das schwarze Seidenkleid über den Bauch. Die Sachen hatten anscheinend dieselbe Wirkung auf ihn wie eine streichelnde Hand. Spasmen durchfuhren seinen Körper.

Wieder wollte Bijou seinen Schwanz in den Mund nehmen, wieder entzog er sich ihr. Nackt und hungrig lag sie neben ihm und mußte zusehen, wie er sich immer mehr aufgeilte. Es war quälend, es war grausam. Sie wollte ihn überall küssen, aber er bemerkte es nicht.

Er streichelte und küßte nur ihre Kleider, ihre Wäsche, er schnupperte daran, bis sein ganzer Körper zitterte. Er legte sich zurück, das bebende Glied frei in der Luft. Lust schüttelte ihn von Kopf bis zu den Füßen, er grub die Zähne in das Höschen, er kaute es. Die ganze Zeit über befand sich sein steifer Schwanz ganz nahe an Bijous Mund. Trotzdem konnte sie ihn nicht erreichen. Schließlich zuckte er heftig, und als der weiße Schaum an der Spitze erschien, warf sich Bijou darüber, um die letzten Stöße einzufangen.

Eines Abends, als Bijou und der Afrikaner zusammen waren und Bijou ihn nicht dazu bewegen konnte, sein Begehren auf ihren Körper zu konzentrieren, sagte sie voller Verzweiflung: »Schau, meine Fotze ist ganz geschwollen, weil du sie andauernd küßt und beißt. Du zerrst an ihren Lippen, als seien sie Brustwarzen. Sie sind schon länger geworden.«

Er nahm die Schamlippen zwischen Daumen und Zeigefinger und besah sie sich. Dann teilte er sie wie die Blütenblätter einer Knospe und sagte: »Du hast recht. Man könnte sie durchbohren und einen Ohrring hindurchziehen, wie wir es bei uns zuhause tun. Das möchte ich auch bei dir tun.«

Er spielte weiter an ihrer Vagina herum. Unter seinen Fingern wurde sie härter. Er sah, daß an ihrem Rande eine weißliche Flüssigkeit erschienen war, wie der zarte Schaum einer kleinen Welle. Das entflammte ihn. Er berührte die Stelle mit seiner Schwanzspitze, aber er drang nicht ein. Er war auf einmal wie besessen von dem Gedanken, die Schamlippen zu durchbohren, als seien sie Ohrläppchen, und einen kleinem goldenen Ring daran zu hängen, wie man es bei den Frauen seines Stammes zu tun pflegte. Bijou hatte nicht geglaubt, daß er es ernst meinte. Sie genoß seine Aufmerksamkeit. Aber als er aufstand, um eine Nadel zu holen, bekam sie es mit der Angst zu tun und rannte weg.

Jetzt war sie ohne Liebhaber. Der Baske quälte sie immer noch und nährte ihre Rachsucht. Sie war nur zufrieden, wenn sie ihn betrügen konnte.

Sie trieb sich auf den Straßen herum und besuchte unzählige *bistros.* Sie war hungrig und neugierig zugleich, sie wollte etwas Ungewöhnliches, Neuartiges erleben. Sie setzte sich in die Cafés, aber sie schlug alle Einladungen aus.

Eines Abends, es war schon dunkel, schlenderte sie die

Stufen hinunter, die zu den Seine-Kais führen. Dieser Teil von Paris ist nur schwach von Straßenlaternnen erleuchtet. und vom Verkehrslärm gut abgeschirmt.

Die am Flußufer vertäuten Kähne waren unbeleuchtet, ihre Besitzer bereits schlafen gegangen. Bijou kam an eine niedrige Steinmauer und lehnte sich darüber, um in das vorbeifließende Wasser zu starren. Dann aber vernahm sie eine außergewöhnlich klangvolle Stimme an ihrem Ohr, ein Organ, das sie sofort bezauberte.

Die Stimme sagte: »Ich beschwöre Sie, rühren Sie sich nicht vom Fleck. Ich werde Ihnen nichts tun. Bleiben Sie so, wie Sie sind.« Die Stimme war so tief, klangvoll und distinguiert, daß Bijou unwillkürlich gehorchte und nur den Kopf ein wenig drehte. Dicht hinter ihr stand ein hochgewachsener, gut aussehender und elegant gekleideter Mann. Er lächelte ihr in dem düsteren Licht zu: Sein Ausdruck war freundlich, entwaffnend, zuvorkommend.

Dann lehnte er sich ebenfalls über die Mauer und sagte: »Jemanden wie Sie hier, und zwar gerade so zu finden, davon habe ich mein ganzes Leben lang geträumt. Sie wissen ja nicht, wie schön Sie sind mit Ihren gegen die Mauer gepreßten Brüsten, mit Ihrem Kleid, das hinten so kurz ist! Was für schöne Beine Sie haben.«

»Sicherlich haben Sie viele Freundinnen«, entgegnete Bijou und lächelte zurück.

»Keine, die ich jemals so begehrt habe. Ich bitte Sie nur, rühren Sie sich nicht.«

Bijou war neugierig geworden. Die Stimme des Unbekannten faszinierte sie. Sie war im Traum, sie rührte sich nicht. Sie spürte nur wie seine Hand ihr Bein entlang und unter ihren Rock fuhr. Während er sie streichelte, sagte er: »Ich habe einmal zwei Hunde beobachtet, die miteinander spielten. Die Hündin knabberte an einem Knochen, den sie gefunden hatte, und der Rüde nahm die Gelegenheit wahr, sich von hinten an sie heranzumachen. Ich war damals gerade vierzehn Jahre alt. Es erregte mich schrecklich, es war die erste Szene dieser Art, die ich beobachtete, und ich spürte zum erstenmal Lust. Seit dieser Zeit kann nur eine Frau, die sich vornüber beugt, wie Sie es gerade tun, mein Verlangen wecken.«

Er streichelte sie immer noch. Dann drückte er sich leicht an sie, und als er merkte, daß sie willig war, bewegte er sich so, daß er hinter ihr stand und sie mit seinem Körper bedeckte. Von plötzlicher Angst gepackt wollte Bijou sich aus seiner Umklammerung befreien. Aber der Mann war kräftig. Sie befand sich bereits unter ihm, und er brauchte nur noch ihren Körper ein wenig weiter nach vorne zu biegen. Er preßte ihren Kopf und ihre Schultern herunter auf die Mauer und hob ihr den Rock hoch.

Wieder einmal trug Bijou nichts unter ihrem Kleid. Der Mann war verblüfft. Er murmelte ihr sehnsüchtig ins Ohr, flüsterte Worte, mit denen er sie zu beschwichtigen glaubte, die sie beruhigen sollten. Gleichzeitig aber hielt er sie fest umklammert. Sie war ganz in seiner Gewalt. Sie spürte ihn an ihrem Rücken, aber er nahm sie nicht. Sie spürte den Druck seiner muskulösen Schenkel, sie vernahm seine beschwichtigende Stimme, aber das war alles. Auf einmal fühlte sie etwas Weiches, Warmes an ihrem Fleisch, und im Nu waren ihre Schenkel mit warmer Samenflüssigkeit bedeckt. Der Mann ließ sie los und verschwand wieder im Dunkel.

Leila und Bijou ritten im Bois. Zu Pferd war Leila eine wunderbare Erscheinung: schlank, maskulin, arrogant. Bijou sah üppiger aus, aber weniger selbstbewußt.

Dieser Ausflug im Bois de Boulogne war ein Genuß. Zuerst ritten sie an eleganten Leuten vorbei, dann auf entlegenen, kaum bevölkerten und baumbestandenen Parkwegen. Irgendwann kamen sie zu einem Café, wo sie sich stärken konnten.

Es war Frühling. Bijou hatte Reitstunden genommen, und dies war ihr erster Ausritt ohne ihren Lehrer. Sie ritten langsam und plauderten miteinander. Dann ließ Leila ihr Pferd im Galopp laufen. Bijou ritt hinterher. Etwas später verlangsamten sie ihr Tempo. Ihre Gesichter waren gerötet.

Bijou fühlte eine angenehme Reizung zwischen den Beinen; ihr Hintern war warm geworden. Fühlte Leila dasselbe? Nach einer weiteren halben Stunde war ihre Erregung gestiegen: Ihre Augen glänzten, ihre Lippen waren feucht. Leila sah sie voller Bewunderung an.

»Reiten steht dir gut«, sagte sie.

In der einen Hand hielt sie nonchalant eine Reitpeitsche. Ihre Finger steckten in engen Handschuhen. Sie trug ein Männerhemd mit Manschettenknöpfen. Ihr Reitkostüm akzentuierte die schmale Taille, die wohlgeformte Brust, das feste kleine Gesäß. Bijous üppigere Figur wurde von einem engen Kostüm umschlossen, das die vollen hoch angesetzten und keck nach oben weisenden Brüste hervorhob. Ihr Haar flatterte lose im Wind.

Wie warm war ihr Hintern, wie heiß war ihr zwischen den Beinen geworden! Es war fast so, als hätte eine geschickte Masseuse sie erst mit Franzbranntwein abgerieben und ihr dann leichte Schläge versetzt. Jedesmal, wenn sie sich im Sattel hob und wieder fallen ließ, verspürte sie dieses wunderbare Kribbeln. Leila ritt hinter ihr und genoß den Anblick von Bijous Figur auf dem Pferd. Bijou, eine Anfängerin, lehnte sich im Sattel vornüber und streckte den von engen Reithosen umspannten Hintern heraus; sie zeigte ihre formvollendeten Beine.

Die Pferde schwitzten und schäumten. Ein starker Geruch stieg von ihnen auf und durchdrang die Kleidung der beiden Reiterinnen. Leilas Körper schien immer leichter zu werden. Nervös fingerte sie an der Peitsche. Mit halb offenen Mündern galoppierten sie nun Seite an Seite, den

Wind in ihren Gesichtern. Als Bijou ihre Oberschenkel an die Flanken des Pferdes drückte, erinnerte es sie daran, wie sie einmal auf dem Bauch des Basken gesessen hatte. Hinterher war sie aufgestanden und hatte sich auf seinen Brustkasten gestellt. Dabei war ihre Fotze genau im Blickfeld des Basken gewesen. Er hatte sie festgehalten und sich an dem Anbklick geweidet. Ein anderes Mal war er auf allen vieren auf dem Boden gekrochen, und sie hatte sich rittlings auf ihn gesetzt und versucht, ihm durch den Druck ihrer Knie in seine Flanken Schmerz zuzufügen. Er hatte nervös gelacht und sie angefeuert, weiterzumachen. Ihre Knie waren so kräftig wie die eines Mannes, der ein Pferd reitet. Es hatte den Basken in eine derartige Erregung versetzt, daß er mit einem Riesenständer im ganzen Zimmer herumgekrochen war.

Von Zeit zu Zeit hob Leilas Pferd während des Galopps den Schweif, peitschte sich die Flanken und enthüllte dabei goldflimmernde Härchen. Im einsamsten Teil des Waldes hielten die beiden Frauen und stiegen ab. Sie führten die Pferde zu einer moosüberwachsenen Lichtung und setzten sich auf den Waldboden, um sich auszuruhen. Dann rauchten sie. Leilas Hand hielt noch immer die Reitpeitsche.

Bijou sagte: »Mein Hintern steht in Flammen vom Reiten.«

»Zeig doch mal«, entgegnete Leila. »Wir hätten das erstemal nicht so lange reiten sollen. Zeig mal, wie du aussiehst.«

Langsam öffnete Bijou ihren Gürtel, knöpfte sich die Hose auf und zog sie ein wenig herunter, damit Leila es sehen konnte. Leila nahm Bijou übers Knie und sagte wieder: »Zeig doch mal.« Dann streifte sie ihr die Hose herunter und entblößte die geröteten Pobacken. Sie berührte sie.

»Tut's weh?« wollte sie wissen.

»Es tut nicht weh. Es brennt nur, es ist warm.«

Leilas Hand umschloß beide Rundungen. »Arme kleine Dinger«, flüsterte sie zärtlich. »Tut es hier weh?« Und dabei fuhr sie mit der Hand tiefer in die Hose, tiefer zwischen Bijous Beine.

»Es brennt, es ist warm«, sagte Bijou.

»Dann zieh doch die Hose ganz aus, damit sich die Haut abkühlen kann«, schlug Leila vor und streifte die Hosen noch ein wenig weiter herunter. Bijou lag über ihren Knien, ihren Po in die Luft gereckt.

»Was hast du doch für eine herrliche Haut, Bijou. Wie sie das Licht einfängt, wie sie schimmert! Laß die Luft dich dort abkühlen.«

Und sie fuhr fort, Bijous Haut zwischen den Beinen zu streicheln, als sei sie ein Kätzchen. Jedesmal, wenn die Hose wieder heraufrutschte, um alles zuzudecken, schob sie sie aus dem Weg.

»Es brennt aber noch immer«, sagte Bijou und bewegte sich nicht.

»Wenn das nicht aufhört«, erwiderte Leila, »müssen wir zu anderen Mitteln greifen.«

»Du kannst tun, was du willst«, sagte Bijou.

Leila hob die Hand mit der Reitpeitsche und versetzte dem wohlgerundeten Hintern einen ganz sanften Schlag.

Bijou sagte: »Das macht mich noch wärmer.«

»Ich möchte, daß dir wärmer wird, Bijou, ich will dich dort unten ganz heiß haben, so heiß, wie du es ertragen kannst.«

Bijou hielt still. Wieder sauste die Peitsche herunter. Diesmal ließ der Hieb einen roten Striemen zurück. »Wie warm es ist, Leila«, sagte Bijou.

»Ich will, daß du da unten brennst«, erwiderte Leila, »bis du nicht heißer brennen kannst, bis du es nicht mehr aushältst.« Sie machte eine Pause. »Dann möchte ich dich dort küssen.« Wieder sauste ein Hieb herunter, wieder hielt Bijou ganz still. Dann kamen noch kräftigere Schläge. Bijou flüsterte: »Es ist so heiß, Leila. Bitte küß mich.«

Leila beugte sich vor und gab ihr einen langen Kuß, dort, wo die Kurven der Backen abwärts liefen und im feuchten Dickicht zwischen den Beinen mündeten. Dann schlug sie abermals zu. Und wieder. Bijou zuckte mit dem Hintern, als täte er ihr weh, aber sie spürte nur eine brennende Lust.

»Hau ruhig fest zu«, sagte sie.

Leila gehorchte. Dann sagte sie: »Willst du es auch bei mir machen?«

»Ja«, erwiderte Bijou und stand auf, zog sich aber nicht die Hose hoch. Statt dessen setzte sie sich ins kühle Moos, nahm Leila übers Knie, knöpfte ihr die Hose auf und schlug sie zuerst ganz sanft. Dann aber wurden die Hiebe kräftiger, bis Leila sich bei jedem Schlag krümmte. Ihre Arschbacken waren rot und brennend heiß geworden.

Sie ächzte: »Ziehen wir uns ganz aus und steigen wir zusammen auf ein Pferd.«

Sie zogen sich aus und bestiegen eines der Pferde. Der Sattel war warm. Sie kuschelten sich eng aneinander. Leila, die hinten saß, schlang ihre Arme um Bijous Brüste und küßte sie auf die Schulter. So ritten sie eine Weile. Bei jeder Bewegung rieb sich der Sattel an ihrer Scham. Leila biß Bijou in die Schulter. Bijou drehte sich um und biß Leila in die Brustwarze.

Dann ritten sie zurück zu ihrer moosigen Lichtung, wo ihre Kleider lagen, und zogen sich wieder an. Aber ehe Bijou ihre Reithose ganz hochziehen konnte, hielt Leila sie fest und küßte Bijous Kitzler. Bijou spürte aber nur ihre brennenden Hinterbacken und flehte Leila an, etwas dagegen zu unternehmen.

Leila liebkoste die geröteten Hügel, nahm die Peitsche wieder hoch und ließ sie mit voller Wucht heruntersausen. Bijou krümmte sich unter den Hieben. Dann spreizte Leila Bijous Hintern mit einer Hand, damit die Peitschenschnur genau zwischen die Backen traf, dort, wo sich die empfindliche Öffnung befand. Bijou schrie auf. Wieder und wieder schlug Leila zu, bis Bijou sich in Zuckungen wand.

Dann aber drehte Bijou sich um und verpaßte Leila Schläge mit der Peitsche. Sie war wütend, denn die Hiebe hatten sie zwar scharf gemacht, aber nicht befriedigt. Sie brannte weiter, die Reizung hörte nicht auf. Jedesmal, wenn sie zuschlug, spürte sie ein Pochen zwischen den Beinen, als würde Leila sie vergewaltigen. Zum Schluß waren beide ganz rot und wild vor lauter Schlägen. Mit Händen und Zungen fielen sie übereinander her, bis sie schließlich ihr tobendes Verlangen gestillt hatten.

Das nächste war ein gemeinsames Picknick, an dem Elena und ihr Geliebter, Pierre, Bijou und der Baske, Leila und der Afrikaner teilnahmen.

Das Ziel war ein Wald in der Nähe von Paris. Unterwegs kehrten sie in ein Restaurant am Ufer der Seine ein. Dann ließen sie den Wagen im Schatten stehen und machten sich zu Fuß auf in den Wald. Anfangs gingen sie nebeneinander, dann aber blieben Elena und der Afrikaner zurück. Elena hatte plötzlich die Idee, auf einen Baum zu klettern. Der Afrikaner lachte sie aus, denn er traute es ihr nicht zu.

Aber Elena konnte gut klettern. Zuerst setzte sie einen Fuß auf einen der unteren Äste. Dann zog sie den anderen nach und kletterte geschickt hinauf. Der Afrikaner stand am Fuß des Baumes und sah ihr zu. Er konnte ihr dabei unter den Rock sehen. Sie trug enganliegende, zart-rosa Unterwäsche. Der Afrikaner stand unten, lachte und neckte sie. Dann bekam er einen Steifen.

Elena hatte sich inzwischen oben in eine Astgabel gesetzt. Der Afrikaner konnte ihr nicht folgen, denn er war zu schwer. Es blieb ihm deshalb nichts übrig, als sich ins Gras zu setzen, sie mit den Augen zu verfolgen und dabei zu spüren, wie sein Steifer immer härter wurde.

Er fragte: »Was schenkst du mir heute?«

»Das da«, entgegnete Elena und warf ein paar Kastanien herunter. Sie saß jetzt auf einem Ast und baumelte mit den Beinen.

Bijou und der Baske waren inzwischen zurückgekommen. Bijou war ein wenig eifersüchtig, als sie die beiden Männer den Baum hinaufstarren sah. Sie warf sich ins Gras und rief: »Mir ist etwas unter die Kleider gekrochen! Es ist ekelhaft.«

Die beiden Männer kamen näher. Zuerst zeigte Bijou auf ihren Rücken. Der Baske fuhr ihr mit der Hand unters Kleid. Dann sagte sie, jetzt sei es vorne: der Afrikaner langte ihr in den Ausschnitt und gab vor, unter ihren Brüsten nach dem Eindringling zu fahnden. Dann behauptete Bijou, etwas krabbele ihr über den Bauch. Sie schüttelte sich und rollte im Gras herum. Die beiden Männer wollten ihr beistehen. Sie hoben ihr den Rock hoch, wollten weitersuchen. Bijou trug seidene Unterwäsche, die sie vollständig bedeckte. Sie öffnete die Haken am Seitenverschluß ihres Schlüpfers. Das war für den Basken gedacht, der ja das größere Recht hatte, an verborgenen Stellen zu suchen. Dies wiederum machte den Afrikaner scharf. Er drehte Bijou herum und fing an, ihr leichte Klapse zu versetzen. Er tat so, als wollte er das Insekt töten. Inzwischen hatte der Baske Bijous Körper überall mit seinen Händen abgetastet.

»Du mußt dich ausziehen«, sagte er schließlich. »Es bleibt dir nichts anderes übrig.«

Beide halfen ihr dabei. Von ihrem Baum aus beobachtete Elena sie. Ihr war warm und kribbelig geworden, und sie wünschte, sie wäre an Bijous Statt dort unten im Gras. Als Bijou nackt war, suchte sie zwischen ihren Beinen nach dem Insekt. Sie teilte ihren Pelz und fand schließlich – nichts. Also wollte sie ihre Unterwäsche wieder anziehen.

Aber das gefiel dem Afrikaner nicht, und darum nahm er einen Käfer vom Waldboden und setzte ihn Bijou auf die Haut. Er krabbelte ihr das Bein hoch. Bijou zappelte, um das Insekt abzuschütteln. Es war ihr zuwider, es mit der Hand zu berühren. »Nimm es weg, nimm es weg!« rief sie und rollte ihren schönen Körper im Gras. Dabei bot sie den beiden jeweils an, worüber der Käfer gerade krabbelte. Aber keiner der beiden Männer wollte ihr zu Hilfe kommen. Der Baske hatte sich einen Zweig gegriffen und schlug nach dem Insekt. Der Afrikaner war seinem Beispiel gefolgt. Die Hiebe waren nicht schmerzhaft, sie kitzelten nur und brannten.

Dann fiel dem Afrikaner Elena ein, die noch immer auf dem Baum saß. Er ging zu ihr.

»Komm herunter«, rief er. »Ich helfe dir. Du kannst deinen Fuß auf meine Schulter stellen.«

»Ich will aber nicht herunterkommen«, sagte Elena.

Der Afrikaner bat sie inständig. Schließlich kam sie langsam herunter und war gerade dabei, sich auf den untersten Ast zu stellen, als der Afrikaner ihr Bein festhielt und es über seine Schulter legte. Sie rutschte und fiel vom Baum. Mit beiden Beinen umklammerte sie den Hals des Afrikaners, ihre Möse lag auf seinem Gesicht. Entzückt atmete er ihren Geruch ein und hielt sie fest umklammert.

Durch ihre Wäsche hindurch konnte er ihre Muschel riechen und fühlen. Deshalb ließ er sie nicht los, sondern vergrub seine Zähne im Stoff ihres Höschens. Sie wollte sich freimachen, sie strampelte, sie hämmerte mit den Fäusten auf seinen Rücken.

Dann kam Pierre und wurde Zeuge dieser Szene. Er war wütend, sein Haar stand ihm wirr um den Kopf. Vergeblich versuchte Elena, ihm zu erklären, daß der Neger sie nur aufgefangen hätte, als sie den Halt verlor. Aber Pierre genügte das nicht. Er wollte sich an Elena rächen. Er entdeckte das Paar im Gras, er wollte mitmachen. Aber der Baske ließ es nicht zu. Nur er besaß das Recht, Bijou anzufassen. Er schlug immer noch mit dem Zweig auf sie ein.

Inzwischen war ein großer Hund aufgetaucht und zu Bijou gelaufen. Zuerst beschnupperte er sie, offenbar machte es ihm Spaß. Bijou schrie und zappelte und wollte sich aufsetzen. Aber der riesige Hund hatte seine Vorderpfoten auf ihre Brust gestemmt und versuchte nun, seine Schnauze zwischen ihre Beine zu stecken.

Da gab der Baske, der auf einmal einen grausamen Gesichtsausdruck bekommen hatte, Elenas Freund ein Zeichen. Pierre begriff sofort. Gemeinsam hielten sie Bijou an den Armen und Beinen fest und ließen den Hund weiterschnuppern, bis seine Nase dorthin gelangt war, wo der Geruch am stärksten war. Er begann, das seidene Hemd abzuschlecken. Es war genau die Stelle, auf die auch jeder Mann losgegangen wäre. Der Baske streifte ihr das Höschen herunter und ließ den Hund lecken. Seine Zunge war rauh, viel rauher als eine Männerzunge, lang und kräftig. Hingegeben leckte er weiter. Die drei Männer sahen gebannt zu.

Elena und Leila kamen sich vor, als schleckte auch sie ein Hund. Sie waren scharf geworden. Ob Bijou wohl Lust dabei verspürte?

Zuerst hatte sie Angst, sie zappelte und strampelte. Dann sah sie ein, daß Widerstand zwecklos war. Es tat ihr nur an den Handgelenken und Fußknöcheln weh, wo die beiden Männer sie festhielten. Und der Hund war sehr schön, mit einem großen, struppigen Kopf und einer sauberen Zunge.

Die Sonne fiel auf Bijous Busch, der wie Brokat flimmerte. Ihre Fotze war naß, aber niemand konnte sagen, ob von der Hundezunge oder vom eigenen Blütenhonig. Als ihr Widerstand nachließ, wurde der Baske eifersüchtig, versetzte dem Hund einen Tritt und befreite sie.

Dann kam die Zeit, da der Baske genug von Bijou hatte und sie verließ. Inzwischen aber hatte sich Bijou derart an seine Exzentrizitäten und raffiniert grausamen Späße gewöhnt, besonders an seine Art, sie so zu fesseln, bis sie ganz wehrlos war und alles mit sich geschehen lassen mußte, daß sie ihre neugewonnene Freiheit monatelang nicht recht genießen und auch keinen anderen Mann lieben mochte. Auch mit Frauen konnte sie nicht glücklich werden.

Sie versuchte es mit Modellstehen, aber es langweilte sie, ihren Körper zu zeigen und sich von hungrigen Malschülern anstarren zu lassen. Allein und ziellos durchstreifte sie die Straßen; in der Tat ging sie wieder auf den Strich.

Der Baske aber hatte sich wieder seiner fixen Idee zugewandt.

Als er siebzehn war, hatten seine wohlhabenden Eltern für seine jüngere Schwester eine französische Gouvernante engagiert. Diese Frau war klein, hatte eine üppige Figur und kleidete sich kokett. Mit Vorliebe trug sie schwarze Lackstiefeletten und schwarze Strümpfe. Ihre Füße waren zierlich und hatten einen ungewöhnlich hohen Spann.

Der Baske war ein hübscher Junge, was der Gouvernante nicht entgangen war. Zusammen mit der Schwester unternahmen sie längere Spaziergänge, und da sich in Gegenwart des Mädchens nicht viel abspielen konnte, beschränkten sie sich auf lange glühende Blicke, die sie einander zuwarfen.

Die Gouvernante hatte einen kleinen Leberfleck nahe dem Mundwinkel. Der Baske war fasziniert. Eines Tages wagte er es, ihr deshalb ein Kompliment zu machen.

Sie entgegnete: »Ich habe noch einen, aber der ist dort, wo du ihn niemals vermuten würdest und wo du ihn auch niemals sehen wirst.«

Der Junge quälte sich, er stellte sich die Gouvernante nackt vor. Wo war nur der Leberfleck? Er kannte nackte

Frauen nur von Bildern. So hatte er zum Beispiel eine Postkarte, auf der eine Tänzerin in einem kurzen Federrock abgebildet war. Blies man auf die Karte, so hob sich der Rock und zeigte die Frau. Eines ihrer Beine war in der Luft, wie das Bein einer Ballerina; man sah dann, wie sie unter dem Rock gebaut war. Wieder zu Hause holte er sich die Postkarte und blies das Röckchen hoch. Dabei stellte er sich vor, er hätte den Körper der Gouvernante und ihre üppigen vollen Brüste vor sich. Er nahm einen Bleistift und malte den winzigen Leberfleck zwischen ihre Beine. Dabei wurde er so aufgeregt, daß er die Gouvernante um jeden Preis nackt sehen wollte. Aber sie waren niemals allein, immer war irgend jemand in der Nähe.

Als sie am nächsten Tag wieder spazierengingen, gab ihm die Gouvernante ein Taschentuch. Er ging auf sein Zimmer, warf sich aufs Bett und legte sich das Tuch über den Mund. Es hatte noch ihren Körpergeruch. Sie hatte es in der Hand gehalten, es war heiß gewesen, und das Taschentuch roch nach ihrem Schweiß. Der Duft war so stark und wirkte derart auf ihn, daß zwischen seinen Beinen der Teufel los war! Er bekam einen Steifen. Bisher hatte er das nur im Traum erlebt.

Am folgenden Tag gab sie ihm etwas, das in Papier eingewickelt war. Er ließ es in der Tasche verschwinden. Nach ihrem Spaziergang eilte er auf sein Zimmer und wickelte das Päckchen aus. Es enthielt ein fleischfarbenes, mit Spitzen besetztes Höschen. Sie hatte es getragen, denn er roch ihren Duft. Der Junge vergrub sein Gesicht darin und verging fast vor Lust. Er stellte sich vor, daß er ihr das Höschen auszog. Wieder war das Gefühl so stark, daß er einen Steifen bekam. Er streichelte sich, er fuhr fort, das Höschen zu küssen. Dann rieb er seinen Schwanz daran. Die Berührung mit der Seide entzückte ihn, es schien ihm, als faßte er ihr Fleisch an, als berührte er womöglich genau die Stelle, wo sie den kleinen Leberfleck hatte. Plötzlich spritzte er.

Es war das erstemal, daß es ihm gekommen war. Seine Wonne war so übermächtig, daß er fast vom Bett rollte.

Am folgenden Tag gab sie ihm wieder ein Päckchen. Diesmal war es ein Büstenhalter. Er wiederholte das Spiel. Was würde sie ihm wohl als nächstes geben, um ihn wieder zu bezaubern? Diesmal war das Päckchen größer. Seine Schwester war neugierig geworden.

»Es sind nur Bücher«, sagte die Gouvernante. »Sie würden dich nicht interessieren.«

Der Baske eilte auf sein Zimmer. Dort wickelte er ein schwarzes, spitzenbesetztes Korselett aus, das ihren Körper modellierte. Die Schnüre waren abgewetzt, so oft hatte sie daran gezogen. Das Mieder erregte den Basken. Diesmal zog er sich ganz nackt aus und legte das Korselett an. Er zog an den Schnüren, wie er es bei seiner Mutter beobachtet hatte. Er fühlte sich beengt, es tat ihm weh, aber der Schmerz war köstlich. Er stellte sich vor, die Gouvernante hielt ihn fest und hätte ihre Arme derart eng um ihn geschlungen, daß er keine Luft mehr bekam. Als er die Schnüre wieder lockerte, malte er sich aus, er hätte ihren Körper aus der Umklammerung des Korseletts befreit, und sie stünde nun nackt vor ihm. Er war wie im Fieber. Alle möglichen Bilder quälten ihn – die Taille der Gouvernante, ihre Hüften, ihre Schenkel.

In der Nacht holte er sich ihre Sachen und nahm sie zu sich ins Bett. Er schlief auf ihnen ein. Er hatte sein Glied in den Wäschestücken vergraben, als wäre es ihr Körper. Er träumte von ihr, die Spitze seines Schwanzes war dauernd feucht. Frühmorgens, als er erwachte, lagen Schatten unter seinen Augen.

Dann gab sie ihm ein Paar Strümpfe, dann wieder ein Paar ihrer schwarzen Lackstiefeletten. Er stellte sie auf sein Bett und legte sich nackt zwischen all ihre Sachen; er wollte ihr Bild heraufbeschwören. Er sehnte sich nach der Gouvernante. Die Stiefel sahen so lebendig aus, es war, als wäre sie in sein Zimmer gekommen und spazierte nun über sein Bett. Er stellte sich die Stiefel zwischen die Beine und sah auf sie herab. Nun schien es, als spazierte sie mit ihren zierlichen Füßen über seinen Körper und zertrampele ihn. Die Vorstellung machte ihn wild, er bebte. Er preßte die Stiefel an seinen Körper. Den einen davon berührte er mit der Schwanzspitze. Ein derartiges Lustgefühl überwältigte ihn, daß er seinen Samen über das glänzende Leder verspritzte.

All das war zu einer Tortur für ihn geworden. Er schrieb der Gouvernante Briefe, in denen er sie beschwor, nachts in sein Zimmer zu kommen. Sie las sie mit Vergnügen und in seiner Gegenwart. Ihre dunklen Augen funkelten. Aber sie wollte ihre Stellung nicht aufs Spiel setzen.

Eines Tages mußte sie abreisen: Ihr Vater war krank geworden. Der Junge sah sie nie wieder. Aber ein verzehrender Hunger war in ihm zurückgeblieben. Ihre Kleider peinigten ihn. Eines Tages machte er aus ihnen ein Paket und ging damit in ein Bordell. Dort suchte er sich eine Frau aus, die der Gouvernante ein wenig ähnelte. Er befahl ihr, die Unterwäsche der Gouvernante anzuziehen. Er sah zu, wie sie sich in das Korselett schnürte, sah, wie es ihre Brüste hochpreßte und ihre Hinterbacken hervortreten ließ. Er sah zu, wie sie den Büstenhalter zuknöpfte, wie sie das Höschen überstreifte. Dann bat er sie, die Strümpfe und die Stiefeletten anzuziehen. Seine Erregung war unbeschreiblich. Er rieb sich an der Frau. Er legte sich vor ihr auf den Boden und beschwor sie, ihn mit der Spitze ihres Stiefels zu berühren. Zuerst berührte sie seine Brust, dann seinen Bauch, dann die Spitze seines Schwanzes. Er sprang auf, besessen vor Lust. Er stellte sich vor, die Gouvernante hätte ihn berührt.

Er küßte die Unterwäsche, er wollte die Frau besteigen, aber sobald sie die Beine öffnete, um ihn reinzulassen, erstarb seine Begierde, denn wo war der kleine Leberfleck?

PIERRE

Der junge Pierre schlenderte eines sehr frühen Morgens hinunter zu den Kais. Er ging am Seine-Ufer entlang, bis ihn der Anblick eines Mannes anhalten ließ, der gerade einen nackten Körper aus dem Fluß und an Deck seines Lastkahns hievte. Der Körper hatte sich in der Ankerkette verfangen. Pierre eilte dem Mann zu Hilfe, mit vereinten Kräften konnten sie den leblosen Körper bergen. Der Mann sagte zu Pierre: »Bleiben Sie hier. Ich hole inzwischen die Polizei.« Dann rannte er davon. Die Sonne ging gerade auf und übergoß den Leichnam mit einem rosigen Schimmer. Es war eine Frau, eine besonders schöne. Ihr langes Haar fiel über die Schultern und die üppigen Brüste. Ihre glatte, goldene Haut glänzte. Noch nie hatte Pierre einen schöneren Körper gesehen. Das Wasser hatte ihn reingewaschen und die bezaubernden, sanften Konturen entblößt.

Fasziniert starrte er auf sie. Die Sonne trocknete sie. Er faßte sie an: Sie war immer noch warm, sie konnte erst vor kurzem ertrunken sein. Er legte das Ohr auf ihre Brust, aber ihr Herz schlug nicht mehr. Ihre Brust schien wie für seine Hand geschaffen.

Er schauderte, beugte sich hinunter und küßte die Brust. Sie war elastisch und weich unter seinen Lippen, wie die Brust einer lebendigen Frau. Auf einmal verspürte er ein mächtiges Verlangen. Er fuhr fort, die Frau zu küssen, er zwang ihre Lippen auseinander. Ein wenig Wasser trat heraus, ihm kam es vor, als wäre es ihr Speichel. Der Gedanke kam ihm, daß er sie durch seine Küsse wieder zum Leben erwecken könnte, er müßte nur weitermachen. Die Wärme seiner Lippen ging auf ihren Mund über. Er küßte ihn, küßte ihre Brustwarzen, ihren Hals, ihren Bauch. Dann wanderten seine Lippen abwärts und küßten das nasse Schamhaar. Es war, als liebkoste er sie unter Wasser. Sie lag ausgestreckt da, mit leicht geöffneten Beinen und am Körper anliegenden Armen. Jetzt vergoldete die Sonne ihre Haut; ihr nasses Haar war wie Seetang.

Ihn entzückte der preisgegebene, wehrlose Körper, die geschlossenen Augen, der kaum geöffnete Mund. Ihr Körper schmeckte nach Tau, nach nassen Blumen, nach feuchten Blättern, nach einer Wiese im Morgenlicht. Die Haut war wie Seide unter seinen Fingern. Er liebte ihre völlige Passivität, ihr Schweigen.

Er spürte, wie er brannte, wie es sich in ihm staute. Er fiel über sie, und als er in sie eindrang, floß Wasser ihre Beine entlang wie bei einer Flußnymphe. Unter seinen Bewegungen schlängelte sich ihr Körper. Er drang tiefer in sie ein, er dachte, sie würde ihm nun antworten, aber ihr lebloser Körper bewegte sich nur im gleichen Rhythmus wie der seine.

Er bekam Angst, daß der Mann und die Polizei ihn so finden könnten. Deshalb beeilte er sich, er wollte kommen, aber es gelang ihm nicht. Noch nie zuvor hatte er so lange gebraucht. Ihr kühler, feuchter Schoß, ihre Passivität reizten ihn und verlängerten die Spannung – aber er konnte nicht kommen.

Er bewegte sich verzweifelt, er mußte Befriedigung haben, mußte seinen warmen Strahl in ihren kalten Körper spritzen. Ja, ja, er wollte kommen! Verzweifelt küßte er ihre Brüste und stieß immer wieder in sie. Aber die Erlösung blieb ihm versagt. Der Schiffer und die Polizei mußten jeden Augenblick da sein und ihn über ihr finden, über dem Körper einer toten Frau! Schließlich hob er sie halbwegs hoch und drückte sie mit aller Macht gegen seinen Schwanz. Dann stieß er ein letztesmal wie ein Wahnsinniger in sie. Stimmen kamen näher; im gleichen Augenblick explodierte er in ihr. Er zog zurück, ließ den Körper fallen und rannte davon.

Tagelang verfolgte ihn die Erinnerung an die Tote. Jedesmal, wenn er unter der Dusche stand, dachte er wieder an das nasse Gefühl ihrer Haut, entsann sich, wie sie in der aufgehenden Sonne geschimmert hatte. Niemals mehr würde er einen so vollendeten Körper sehen. Jeder Regenschauer rief ihm ins Gedächtnis zurück, wie das Wasser aus ihrem Schoß und ihre Beine entlanggelaufen, wie es aus ihrem Mund herausgetreten war, wie weich und glatt sie sich angefühlt hatte.

Er verließ die Stadt. Nach ein paar Tagen Wanderschaft kam er in ein Fischerdorf, wo es einfache Künstlerateliers zu mieten gab. Er nahm sich eins, dessen Wände jedoch so dünn waren, daß man alles hören konnte, was sich in dem Haus abspielte. Die Gemeinschaftstoilette befand sich im mittleren Stock, direkt neben Pierres Studio. Dieser war gerade im Begriff, einzuschlafen, als ein schwacher Lichtschimmer durch die Ritzen der Bretterwand schimmerte. Er legte sein Auge an den Spalt und sah, wie ein Junge von etwa fünfzehn Jahren sich über die Klosettschüssel gebeugt hatte und sich mit einer Hand an die Toilettenwand stützte.

Er hatte die Hosen halb herabgelassen und sein Hemd aufgeknöpft. Den Lockenkopf hielt er gesenkt. Mit der Rechten fingerte er gedankenverloren an seinem Schwanz herum. Ab und zu drückte er ihn, dabei fuhr ein Schauder durch seinen Körper. In dem fahlen Licht sah der Lockenkopf über dem jungen, blassen Körper wie der eines Engels aus, nur eben, daß dieser Engel seinen Schwanz in der rechten Hand hielt.

Nun nahm er mit der Hand, auf die er sich gestützt hatte, seinen Sack. Er rieb an seinem Schwanz, er drückte und preßte ihn. Aber er wollte nicht richtig steif werden. Gewiß, er war erregt, aber zu einem Höhepunkt reichte es nicht. Offenbar war er enttäuscht, denn er hatte jede Art von Spiel mit Fingern und Händen versucht. Er sah nachdenklich auf sein schlaffes Glied, wog es in der Hand, als verstünde er es nicht, und verstaute es schließlich wieder in der Hose. Er knöpfte sich das Hemd zu und verließ die Toilette.

Pierre war hellwach. Wieder peinigte ihn die Erinnerung an die ertrunkene Frau und vermischte sich mit dem Anblick des Jungen, der sich selbst befriedigen wollte. Verlangen schüttelte ihn, er warf sich auf sein Bett. In diesem Augenblick betrat wieder jemand die Toilette und machte das Licht an. Pierre drückte sein Auge an die Ritze der Bretterwand. Auf dem Klosett saß eine Frau von etwa fünfzig Jahren. Sie war massiv, mit einem fleischigen Gesicht und begierigen Lippen und Augen.

Sie hatte nur ein paar Augenblicke dort gesessen, als jemand die Klinke drückte. Anstatt die Tür zu verriegeln, öffnete sie sie. Draußen stand der Junge von vorhin. Er war offensichtlich verblüfft, daß die Tür geöffnet wurde. Die Frau hatte sich nicht erhoben. Mit einem Lächeln zog sie ihn hinein und machte die Tür wieder zu.

»Was für ein hübscher Junge du bist«, sagte sie. »Ich wette, du hast eine Freundin, nicht wahr? Nein? Du hast doch bestimmt schon mal was mit Frauen angestellt, oder?«

»Nein«, kam die schüchterne Antwort.

Ihre Worte klangen unbefangen, so selbstverständlich, als redete sie über das Wetter. Der Junge starrte sie unverwandt an, er nahm anscheinend nur ihren dicklippigen lächelnden Mund und ihre schmeichelnden Augen wahr.

»Hast du wirklich noch nie Spaß mit Frauen gehabt,

mein Junge? Das kann doch nicht wahr sein.«

»Nein«, wiederholte der Junge.

»Und du weißt auch nicht, wie's gemacht wird?« fragte die Frau. »Haben es dir deine Schulkameraden nicht erklärt?«

»Das schon«, antwortete der Junge. »Und ich habe ihnen auch dabei zugesehen. Sie tun es mit der rechten Hand. Ich habe es versucht, aber nichts ist passiert.«

Die Frau lachte. »Nun, da weiß ich einen besseren Weg. Hast du niemals davon gehört? Hat ihn dir niemand gezeigt? Bedeutet das, daß du nur weißt, wie man es mit der eigenen Hand tut? Glaub mir, es gibt eine andere Möglichkeit, und die funktioniert immer.«

Der Junge sah sie mißtrauisch an, ihr Lächeln war breit, einladend und beschwichtigend. Das Herumspielen an sich selbst hatte ihn scharf gemacht, er tat nun einen Schritt vorwärts.

»Was für einen Weg kennen Sie denn?« wollte er wissen.

Sie lachte nur.

»Das möchtest du gerne wissen, was? Und was passiert, wenn es dir Spaß macht, eh? Wenn es dir wirklich Spaß gemacht hat, versprichst du dann, wiederzukommen?«

»Das verspreche ich«, entgegnete der Junge.

»Also gut: Du kletterst auf meinen Schoß, ja, knie dich nur auf mich und hab keine Angst. So ist's richtig.«

Die Mitte seines Körpers befand sich nun genau auf derselben Höhe wie ihr großer Mund. Geschickt knöpfte sie ihm die Hose auf und holte den kleinen Pimmel heraus. Erstaunt beobachtete der Junge, wie sie ihn in den Mund nahm.

Als ihre Zunge ihn kitzelte, wurde er länger. Den Jungen überfiel ein derart wohliges Gefühl, daß er vorwärts und über ihre Schulter fiel. Ihr Mund hatte jetzt den ganzen Schwanz geschluckt, er berührte sogar seinen Busch. Was er fühlte, war weitaus aufregender als das, was er selber an sich versucht hatte. Pierre konnte erkennen, wie der große, vollippige Mund den zarten Schwengel bearbeitete, wie er ihn hin und wieder herausschlüpfen ließ, um ihn gleich danach wieder so weit zu schlucken, daß nur noch der Haarkranz zu sehen war.

Die Frau arbeitete gierig, aber ausdauernd. Der Junge war vor lauter Wollust erschöpft und fast einer Ohnmacht nahe; ihr Gesicht war gedunsen und gerötet. Aber sie fuhr fort, kräftig zu lutschen und zu lecken, bis der Junge anfing zu zittern. Sie mußte ihn mit beiden Armen festhalten, sonst wäre er ihr aus dem Mund geschlüpft. Er wimmerte jetzt; es klang wie das Girren eines Vogels. Sie verdoppelte ihre Anstrengung, und dann passierte es. Sie schob ihn mit ihren großen Händen sanft von sich, er lächelte matt und rannte hinaus.

Auf seinem Bett liegend, erinnerte sich Pierre an eine Frau, die er als Siebzehnjähriger gekannt hatte und die damals etwa um die Fünfzig gewesen war. Sie war eine Freundin seiner Mutter gewesen und stand im Ruf einer gewissen Überspanntheit, denn sie kleidete sich nur nach einer längst vergangenen Mode. Sie trug unzählige Unterröcke, fest geschnürte Korsetts und lange, überall mit Spitzen besetzte Beinkleider. Sie bevorzugte weiträckige Roben, die tief ausgeschnitten waren, so daß Pierre das kleine Tal zwischen den hochgepreßten Brüsten wie eine dunkle, schattige Linie verfolgen konnte, die sich in einem Gewirr von Spitzen und Rüschen verlor.

Sie war eine stattliche Frau und hatte üppiges, rötliches Haar und einen zarten Flaum auf der Haut. Ihre Ohren waren klein und zierlich, ihre Hände gut gepolstert. Besonders reizvoll war der Mund: von einem natürlichen Rot, sehr voll und breit, mit kleinen, ebenmäßigen Zähnen, die immer entblößt waren, als wollte sie gerade in etwas beißen.

Eines Tages, es regnete stark, kam sie zu Besuch, als gerade kein Personal da war. Sie schüttelte kokett ihren Schirm, nahm ihren großen Hut ab und band sich den Schleier los. Als sie so da stand in ihrem durchnäßten langen Kleid, mußte sie niesen. Pierres Mutter hatte die Grippe und lag im Bett. Aus ihrem Schlafzimmer rief sie der Freundin zu: »Zieh doch die nassen Sachen aus, Liebste! Pierre wird sie dir abnehmen und vor dem Kamin trocknen. Im Wohnzimmer steht ein Wandschirm, hinter dem kannst du dich ausziehen. Dann soll Pierre dir einen von meinen Kimonos bringen.«

Pierre ließ sich das nicht zweimal sagen. Er holte den Kimono aus dem Schlafzimmer der Mutter und stellte den Wandschirm auf. Im Wohnzimmer prasselte ein Feuer im Kamin. Überall standen Vasen mit Narzissen, es war wohlig warm und duftete nach Blüten, nach den lodernden Scheiten, nach dem Sandelholzparfüm der Besucherin.

Sie verschwand hinter dem Wandschirm und reichte Pierre ihr Kleid hinüber. Es war noch warm und duftete nach ihrem Körper. Er hielt es über den Armen und vergrub die Nase im Stoff, er berauschte sich an dem Geruch. Er hängte es über einen vor dem Kamin stehenden Stuhl. Als nächstes reichte sie ihm einen großen, sehr weiten Unterrock, dessen Saum völlig durchnäßt und verschmutzt war. Auch daran schnupperte er mit Wonne.

Während der ganzen Prozedur sprach und lachte sie ganz unbefangen, denn sie hatte seine Erregung nicht bemerkt. Dann warf sie ihm noch einen Unterrock zu: Diesmal war er feiner und mit einem Duft von Moschus behaftet. Und zu guter Letzt, mit einem Lachen, kam die lange spitzenbesetzte Unterhose. Pierre merkte jedoch, daß sie keineswegs vom Regen naß geworden war. Offenbar hatte sie sie einfach mutwillig über den Wandschirm geworfen. Nun stand sie fast nackt dahinter und war sich bewußt, daß auch er es wußte.

Sie sah ihn über den Rand des Wandschirms an und zeigte ihm ihre vollen Schultern. Sie glänzten wie weiche Kissen. Dann lachte sie wieder und sagte: »Gib mir jetzt den Kimono.«

»Sind Ihre Strümpfe denn nicht durchnäßt?« fragte Pierre.

»Doch, du hast recht. Ich werde sie ausziehen.« Sie bückte sich vornüber, und er stellte sich vor, wie sie die Strumpfbänder löste und die Strümpfe herunterrollte. Wie mochten wohl ihre Beine, ihre Füße aussehen? Er konnte seine Neugier nicht bezähmen und verschob den Wandschirm.

Dieser fiel um und offenbarte sie in genau der Pose, die er sich vorgestellt hatte. Ihr ganzer Körper hatte den gleichen goldenen Schimmer und die gleiche zarte Haut wie ihr Gesicht. Ihre Brüste waren üppig, aber straff.

Der umgefallene Wandschirm schien sie nicht weiter zu kümmern. Sie sagte: »Wie ungeschickt von mir! Reich mir doch bitte den Kimono herüber.« Er kam näher, er starrte sie an. Sie war wie die Frauen auf den Bildern, die er im Museum angestarrt hatte. Sie lächelte. Dann hüllte sie sich in den Kimono, als wäre nichts geschehen, ging hinüber zum lodernden Kaminfeuer und streckte ihre Hände der Glut entgegen. Pierre war völlig verwirrt. Sein Körper stand in Flammen, aber er wußte keinen Ausweg.

Sie gab sich keine Mühe, den Kimono vorne zusammenzuhalten. Es lag ihr offenbar nur daran, sich zu wärmen. Pierre ließ sich auf die Knie nieder und blickte unverwandt in ihr lächelndes, offenes Gesicht. In ihren Augen glaubte er eine Herausforderung zu lesen. Er rutschte näher. Auf einmal schlug sie den Kimono ganz auf, nahm seinen Kopf in ihre Hände und führte ihn zu ihrem Busch. Die zarten Löckchen ihres Haars kitzelten seine Lippen, und er verlor fast die Besinnung. Im selben Augenblick tönte die Stimme seiner Mutter aus dem Schlafzimmer: »Pierre, Pierre!«

Er richtete sich auf. Die Frau schlug den Kimono wieder zu. Beide bebten, brannten, waren unbefriedigt geblieben. Die Freundin ging ins Schlafzimmer zur Mutter, nahm auf dem Fußende des Bettes Platz und plauderte mit ihr. Pierre setzte sich dazu und wartete gespannt auf den Augenblick, da sie sich verabschieden und wieder anziehen würde. Der Nachmittag kam ihm endlos vor. Schließlich stand sie auf. Aber Pierres Mutter, die wohl etwas geahnt hatte, hielt ihn zurück. Sie wollte, daß er ihr etwas zu trinken holte, daß er die Vorhänge zuzog, kurz: Sie beschäftigte ihn, bis sich ihre Freundin wieder angekleidet hatte. Hatte sie wirklich geahnt, was sich im Wohnzimmer abgespielt hatte? Pierre blieb nur der Kitzel ihres Haares, der Duft ihres rosigen Fleisches, das Gefühl ihrer Haut auf seinen Lippen.

Nachdem die Freundin weggegangen war, unterhielt sich die Mutter mit Pierre in dem verdunkelten Zimmer.

»Arme Mary Ann«, sagte sie. »Wußtest du, daß sie als junges Mädchen etwas ganz Schreckliches durchmachen mußte? Damals waren die Preußen in Elsaß-Lothringen eingefallen. Sie wurde von Soldaten vergewaltigt. Und jetzt läßt sie keinen Mann mehr an sich heran.«

Die Vorstellung von einer Mary Ann, die von Soldaten vergewaltigt wurde, faszinierte den Jungen. Er konnte seine Verwirrung kaum verhehlen. Ihm also hatte Mary Ann vertraut. Er war jung, er war unschuldig, bei ihm hatte sie ihre Angst vor Männern verloren, für sie war er nur ein Kind. Deshalb hatte sie sein junges, sanftes Gesicht zwischen ihren Beinen geduldet.

Nachts träumte er, daß die Soldaten ihr die Kleider vom Leibe rissen, daß sie mit Gewalt ihre Beine auseinanderzerrten. Er wachte auf und sehnte sich nach ihr. Wie konnte er es bewerkstelligen, daß sie sich trafen? Würde sie ihm gestatten, mehr zu tun als nur sanft ihr Geschlecht zu küssen? Oder war es ihm für immer verschlossen?

Er schrieb ihr einen Brief und war erstaunt, eine Antwort zu bekommen. Sie bat ihn, sie zu besuchen. Sie empfing ihn in einem lose fallenden Kleid, der Salon war schwach erleuchtet. Er fiel ihr zu Füßen. Sie lächelte nachsichtig. »Wie sanft du bist«, sagte sie. Dann wies sie auf einen breiten Diwan in der Zimmerecke und legte sich darauf. Er streckte sich neben ihr aus. Er wagte nicht, sich zu bewegen. Dann aber spürte er, wie ihre Hand ihm sacht unter den Gürtel fuhr, in seine Hose langte und ihm über den Bauch strich. Jeder Quadratzentimeter Fleisch, den sie berührte, stand in Flammen. Die Hand streichelte weiter, glitt über ihn, langte tiefer.

Bei seinem Busch machte sie halt. Sie spielte damit, umkreiste sein Glied, berührte es jedoch nicht. Der Schwanz schnellte hoch. Er glaubte, er würde vor Verlangen vergehen, sollte sie ihn berühren. Sein Mund öffnete sich erwartungsvoll.

Ihre Hand wanderte weiter, sachte, immer wieder um seinen Busch. Ein Finger suchte und fand die kleine Furche zwischen Haar und Schwanzwurzel, dort, wo die Haut ganz weich war. Dann ging er weiter auf Entdeckungsreise, suchte und fand jede empfindliche Stelle, jeden reizbaren Fleck des Jungen. Die Hand glitt unter seinen Schwanz und preßte ihm die Hoden zusammen.

Schließlich schloß sie sich ganz um seinen bebenden Schwanz. Das versetzte ihm einen derartigen Schock, daß er laut aufstöhnte. Seine eigene Hand streckte sich aus und wühlte blind in ihrem Kleid, auch er wollte nun das Zentrum ihrer Lust berühren. Auch er wollte, so wie sie, entlanggleiten und ihre geheimsten Stellen erforschen. Endlich konnte er das Kleid nach oben schieben. Er berührte ihren Busch und fuhr mit dem Zeigefinger die Furche zwischen Schenkel und Venusberg entlang, strich über das zarte Fleisch, fand Feuchtigkeit, tauchte den Finger hinein.

Ein Übermaß an Spannung überwältigte ihn. Er wollte sie besitzen. In seiner fiebernden Phantasie fielen Soldaten über sie her. Das Blut stieg ihm zu Kopf. Sie stieß ihn weg, sie ließ es nicht zu, daß er sie nahm. Statt dessen flüsterte sie ihm ins Ohr: »Nur mit den Händen, bitte.« Sie spreizte wieder die Beine, sie hatte nicht aufgehört, ihn zu streicheln.

Als er sich wieder auf sie legen und versuchen wollte, seinen wildgewordenen Schwanz in sie zu stoßen, schob sie ihn wieder weg. Diesmal war sie wütend. Aber ihre Hand hatte ihn gereizt, er konnte einfach nicht länger still liegen.

Sie sagte: »Ich werde dich mit der Hand befriedigen, ich verspreche dir, du wirst es schön finden.« Er legte sich ruhig zurück und ließ es geschehen. Aber sowie er die Augen zumachte, sah er Soldaten sich über ihren nackten Körper krümmen, sah, wie sie gewaltsam ihre Schenkel auseinanderzerrten, sah, wie es von den Vergewaltigungen aus ihrer Möse troff. Was er nun empfand, war wie die Lust brutaler Soldaten.

Unvermutet zog Mary Ann ihr Kleid herunter und stand auf. Sie war urplötzlich ganz kalt geworden. Sie schickte ihn weg. Er durfte sie nie wiedersehen.

Inzwischen ein Mann von Mitte Vierzig, sah Pierre immer noch gut aus. Seine Erfolge bei Frauen und sein langes, aber nun beendetes Verhältnis mit Elena hatten den Leuten in dem kleinen ländlichen Flecken, wo er sich schließlich niedergelassen hatte, viel Gesprächsstoff geliefert. Nun aber war er mit einer sehr zarten, reizvollen Frau verheiratet, die Sylvia hieß. Doch nach zweijähriger Ehe wurde sie krank und bettlägerig. Zu Beginn hatte Pierre sie abgöttisch geliebt, und anfangs schien es auch, als würde seine Leidenschaft sie beleben, aber ihr schwaches Herz wollte nicht mitmachen. Die Ärzte rieten ihr zur Enthaltsamkeit. Der armen Sylvia standen viele keusche Jahre bevor. Natürlich hieß das, daß auch Pierre von einem auf den anderen

Tag zu einem mönchischen Dasein verurteilt war.

Es war klar, daß Sylvia keine Kinder haben konnte. Deshalb beschlossen Pierre und sie, zwei Kinder aus dem Waisenhaus zu adoptieren. Für Sylvia war es ein großer Tag, an dem sie sich sorgfältig zurechtmachte. Auch für das Waisenhaus war es ein Fest, denn alle wußten, daß Pierre und seine begüterte Frau ein schönes Landhaus mit einem großen Park besaßen und daß sie den Kindern ein gutes Heim geben würden.

Sylvia hatte die Kinder ausgesucht: den zarten, blondhaarigen John und Martha, ein brünettes, temperamentvolles Mädchen; beide waren etwa sechzehn Jahre alt. Im Waisenhaus waren sie unzertrennlich gewesen. Sie standen sich so nahe wie ein Geschwisterpaar.

Man brachte sie in das geräumige, schöne Haus. Jeder bekam sein eigenes, auf den Park gehendes Zimmer. Pierre und Sylvia umsorgten und behüteten sie zwar, aber unabhängig davon betrachtete John sich als für Marthas Wohl verantwortlich.

Ab und zu beobachtete Pierre die beiden und beneidete sie um ihre Jugend und ihre Freundschaft. John und Martha rauften gerne miteinander. An sich war Martha die stärkere, aber einmal, als Pierre ihnen gerade zusah, ließ sich Martha unterkriegen und von John auf dem Boden festnageln. Er hatte sich ihr auf die Brust gesetzt und ließ ein triumphierendes Geheul los. Pierre fiel auf, daß Martha diese Niederlage nach einem heißen Kampf keineswegs mißfiel, und er dachte: Aus dem Wildfang wird bald eine Frau werden, die will, daß der Mann stärker ist.

Aber obwohl die erwachende Frau in dem jungen Mädchen zaghafte Fühler ausstreckte, wurde sie keineswegs mit dem gebührenden Respekt behandelt. Im Gegenteil: John sah in ihr weiterhin nur den Spielkameraden, dem man niemals Komplimente machte, dessen Kleidung man übersah, dessen Koketterien man nicht bemerkte. In der Tat schien er sich Mühe zu geben, sie gerade dann vor den Kopf zu stoßen, wenn sie zärtlich sein wollte. Er behandelte sie ohne jede Sentimentalität. Martha war befremdet, ja sogar gekränkt, aber sie schluckte es. Nur Pierre hatte die verletzte Frau in Martha erkannt.

Pierre fühlte sich einsam inmitten seines großen Anwesens. Zwar mußte er sich um die an das Gut grenzende Landwirtschaft kümmern und auch um andere, Sylvia gehörende Grundstücke, aber es war nicht genug. Was ihm fehlte, war jemand, der seine Arbeit mit ihm teilte. John beherrschte Martha derart, daß sie für Pierre überhaupt keine Augen hatte. Gleichzeitig aber hatte er mit dem Blick des älteren Mannes und Frauenkenners erkannt, daß Martha eine ganz andere Art von Freundschaft brauchte.

Eines Tages begegnete er im Park einer in Tränen aufgelösten Martha. Ganz vorsichtig erkundigte er sich: »Was ist, Martha? Deinem Vater kannst du dich immer anvertrauen. Du kannst ihm erzählen, was du einem Spielkameraden verschweigen mußt.«

Sie blickte zu ihm auf; zum erstenmal spürte sie, wie sanft, wie sympathisch er war. Sie gestand ihm, daß John sie häßlich, tolpatschig, ja sogar tierisch genannt hatte.

»Was für ein dummer Junge«, sagte Pierre. »Das ist ganz falsch, das ist nicht wahr. Das sagt er nur, weil er gerade deinen Typ von gesunder, temperamentvoller Schönheit nicht begreift. In Wahrheit ist er doch nur ein kleiner Junge. Du aber bist auf eine Weise stark und schön, die er eben nicht begreift.«

Dankbar sah Martha ihn an.

Seit jenem Tage begrüßte Pierre sie allmorgendlich mit einem Kompliment. Zum Beispiel sagte er: »Blau paßt zu deinem Teint« oder: »Die neue Frisur steht dir sehr gut.«

Er überraschte sie mit kleinen Aufmerksamkeiten: Parfüm, bunten Schals und anderen Kleinigkeiten, die das weibliche Herz erfreuen. Sylvia war jetzt fast ständig ans Bett gefesselt. Sie durfte nur selten aufstehen und ruhte dann, wenn der Tag besonders warm und sonnig war, in einem Lehnstuhl im Garten. John widmete sich seinen Studien und schenkte Martha immer weniger Aufmerksamkeit.

Pierre hatte ein Auto, das er benutzte, wenn er auf seiner Landwirtschaft nach dem Rechten sehen wollte. Bisher war er stets allein gefahren, aber nun nahm er Martha auf seine Inspektionstouren mit.

Sie war inzwischen siebzehn. Das Landleben bekam ihr, ihre Haut war klar, ihr Haar glänzend schwarz. Ihr Blick war heiß und leidenschaftlich und ruhte oft lange auf Johns schlanker Gestalt – zu oft und zu lange, dachte Pierre. Offensichtlich war sie in John verliebt, aber der junge Mann bemerkte es nicht. Jedesmal, wenn Pierre diesen Blick entdeckte, gab es ihm einen Stich. Er besah sich im Spiegel, er verglich sich mit John, und der Vergleich fiel zu Pierres Gunsten aus. Gewiß war John ein hübscher junger Mann, aber er wirkte abweisend, kalt. Dagegen lag in Pierres Augen noch immer jener grüne Schimmer, der Frauen schwach machte. Sein Körper strahlte große Wärme und große Anmut aus.

Er beschloß, Martha zu erobern, er machte ihr Komplimente, war zuvorkommend, wurde zu ihrem Vertrauten. Sie gestand ihm sogar eines Tages, daß sie sich zu John hingezogen fühlte, fügte aber hinzu: »Ihm fehlt das Menschliche.«

Eines Tages beleidigte John sie in Pierres Gegenwart. Sie war herumgetollt und atemlos, sie sprudelte über vor guter Laune und Vitalität. John blickte sie vorwurfsvoll an und sagte dann: »Was für ein dummes Tier du doch bist, Martha. Du wirst deine Energien niemals sublimieren.«

Sublimierung! Also das war es, was er wollte. Ihm war nur daran gelegen, Martha in seine Welt der Theorien hineinzuziehen, um die Flamme, die in ihr brannte, zu ersticken. Wütend sah Martha ihn an.

Die Natur war auf Pierres Seite, sie unterstrich seine

Menschlichkeit. In der Sommerhitze wurde Martha träge, der Sommer zog ihr die Kleider aus. Sie trug immer weniger, ihr Körpergefühl wurde immer stärker. Die warme Luft fuhr ihr über die Haut wie eine Hand. Nachts konnte sie nicht einschlafen. Eine Rastlosigkeit war über sie gekommen, die sie sich nicht erklären konnte. Das Haar hing ihr lose um den Kopf. Sie hatte das Gefühl, als hätte eine Hand es aufgeflochten.

Pierre begriff, was mit ihr los war. Aber er ließ sich nichts anmerken. Wenn er ihr aus dem Wagen half, lag seine Hand auf ihrem sonnengebräunten nackten Arm. Wenn sie traurig war und Johns Gleichgültigkeit sie gekränkt hatte, fuhr er ihr übers Haar. Aber wenn sein Blick auf ihr ruhte, erkannte er jede Stelle ihres Körpers, sah er alles, was er unter ihrem Kleid vermutete. Er wußte, wie zart der Flaum auf ihrer Haut war, wie glatt und unbehaart die Beine, wie fest die jungen Brüste waren. Ihre Haarfülle, unbändig und dicht, kitzelte seine Wange, wenn sie sich gemeinsam über die Pachtzinsabrechnungen beugten. Ihr Atem vermischte sich mit dem seinen. Einmal legte er väterlich den Arm um ihre Mitte. Sie hielt ganz still. Offenbar erfüllten seine Gesten einen tiefen Wunsch nach Geborgenheit. Sie glaubte, sich einer allumfassenden, väterlichen Zuneigung zu überlassen. Nun war sie es, die seine Nähe suchte; wenn sie zusammen waren, war sie es, die den Arm um ihn legte, wenn sie im Auto saßen, war sie es, die den Kopf an seine Schulter legte, wenn sie am späten Nachmittag wieder heimkamen.

Sie kehrten jedesmal wie geheime Verschwörer von diesen Ausflügen zurück und strahlten etwas aus, das selbst John bemerkte. Die Folge davon war, daß er noch übellauniger wurde. Aber Martha hatte ihre Stärke entdeckt und rebellierte. Je reservierter und abweisender er sich gab, desto mehr wollte sie das Feuer, das in ihr brannte, bestätigt haben, desto mehr verlangte sie nun vom Leben. Deshalb stürzte sie sich in die Freundschaft zu Pierre.

Etwa eine Stunde Fahrt entfernt lag ein verlassener Gutshof, der früher einmal vermietet gewesen war. Jetzt drohte er zu verfallen. Pierre hatte sich entschlossen, das Haus restaurieren zu lassen, damit John es übernähme, wenn er erst einmal verheiratet war. Aber ehe er die Bauarbeiter kommen ließ, wollten er und Martha das Gebäude inspizieren.

Es war weitläufig, eingeschossig und überall mit Efeu überwuchert. Efeu umrankte selbst die Fenster und verdunkelte die Zimmer. Pierre und Martha stießen eines dieser Fenster auf. Alles war voller Staub, die Möbel rochen muffig und in ein paar der Kammern war der Regen eingedrungen. Nur ein Zimmer war noch einigermaßen intakt: das herrschaftliche Schlafzimmer. Ein großes, düsteres Bett stand darin, es gab Behänge, Spiegel und einen abgewetzten Teppich. All das verlieh dem Raum in der herrschenden Dunkelheit ein gewisses Gepränge. Über das Bett hatte man eine schwere Plüschdecke geworfen.

Pierre sah sich alles mit dem Blick des Innenarchitekten an und setzte sich dann auf den Bettrand. Martha stand neben ihm. Die sommerliche Wärme durchflutete jetzt das Zimmer und erhitzte ihr Blut. Wieder glaubte sie die unsichtbare Hand zu verspüren, die sie liebkoste. Darum fand sie auch nichts dabei, als eine lebendige, wirkliche Hand ihre Kleider beiseite schob. Sie war genau so sanft und weich wie der Sommerwind, der ihre Haut berührte. Es schien natürlich, angenehm, selbstverständlich. Sie schloß die Augen.

Pierre zog sie an sich und legte sie aufs Bett. Noch immer hielt sie die Augen geschlossen. Ihr kam es vor wie die Fortsetzung eines Traumes. Hatte sie nicht viele Sommernächte lang allein so dagelegen und auf diese Hand gewartet? Jetzt tat sie all das, was sie herbeigesehnt hatte. Sanft glitt sie ihr durch die Kleider und zog sie ihr aus, als wären sie nichts weiter als eine dünne Haut, die abgestreift wurde, damit die wahre, warme zutage käme. Die Hand berührte sie überall, sie wanderte über ihren Körper, sie streichelte geheime, pulsierende Stellen, Stellen, die so verborgen waren, daß sie sie selbst nicht gekannt hatte.

Dann schlug sie die Augen auf. Sie fielen auf Pierres Gesicht, der sich über sie gebeugt hatte und im Begriff war, sie zu küssen. Jäh setzte sie sich auf. Bei geschlossenen Augen hatte sie sich nämlich vorgestellt, es wäre John gewesen, der sich in ihr Fleisch geschlichen hätte. Doch als sie Pierre sah, war sie enttäuscht. Sie entwand sich ihm. Wortlos, aber nicht böse miteinander fuhren sie wieder nach Hause. Martha war wie betäubt. Sie konnte das Gefühl von Pierres liebkosender Hand nicht abschütteln. Pierre war zärtlich, behutsam gewesen. Er verstand ihr Zögern. John dagegen war störrisch und mißmutig wie immer.

Martha konnte nicht einschlafen. Jedesmal, wenn sie meinte, der Schlaf würde kommen, spürte sie wieder die Hand, wartete sie darauf, daß sie ihr Bein hinaufglitt bis an die geheime Stelle, wo sie ein pochendes Verlangen verspürt hatte. Sie stand vom Bett auf und ging zum Fenster. Ihr Körper schrie förmlich danach, von dieser Hand berührt zu werden. Es war schlimmer als Hunger oder Durst, diese Sehnsucht des Fleisches.

Am nächsten Tag stand sie blaß, aber entschlossen auf. Sobald das Mittagessen vorbei war, wandte sie sich an Pierre und sagte: »Heute sollten wir uns wieder um den Gutshof kümmern, nicht wahr?« Er nickte. Sie fuhren davon. Martha war erleichtert. Sie hatte den Wind im Gesicht, sie fühlte sich frei. Sie beobachtete, wie seine Rechte das Lenkrad hielt – eine schöne Hand, jugendlich, sehnig, zärtlich. Plötzlich beugte sie sich vor und drückte die Lippen darauf. Pierre lächelte ihr derart dankbar und erfreut zu, daß ihr das Herz aufging.

Gemeinsam durchquerten sie den verwilderten Garten, gingen den bemoosten Pfad entlang, betraten den dunkelgrünen Raum mit seinen Efeuranken am Fenster. Sie gingen direkt auf das Bett zu. Und diesmal war es Martha, die sich darauf ausstreckte.

»Deine Hände«, murmelte sie, »oh, deine Hände, Pierre. Ich habe sie die ganze Nacht lang gespürt.«

Wie sanft, wie zart seine Hände ihren Körper erforschten! Es war, als suchten sie die Stelle, wo ihre Sehnsüchte sich konzentrierten, als wüßten sie nicht, ob es um ihre Brüste herum war oder tiefer, entlang ihrer Hüften oder im Tal zwischen ihnen. Er wartete darauf, daß ihr Fleisch antwortete. Ein leiser Schauder verriet ihm jedesmal, daß die Hand die richtige Stelle berührt hatte. Ihr Kleid, die Laken, die duftigen Nachthemden, das Badewasser, der Wind, die Sommerhitze - sie alle hatten sich verschworen, ihre Haut derart empfindlich zu machen, daß seine Hand schließlich die Liebkosungen, deren Vorgeschmack sie ihr gegeben hatten, erfüllte. Die Hand war warm, war kraftvoll, war wirklich. Sie eroberte alles.

Aber sobald sich Pierre allzu nahe über sie beugte, um sie zu küssen, schob sich Johns Gesicht dazwischen. Sie schloß wieder die Augen. Pierre fühlte, daß sich ihm damit auch ihr Körper verschloß. Er besaß genügend Takt, um mit seinen Liebkosungen nicht weiterzugehen.

Als sie an jenem Tag nach Hause kamen, war Martha wie berauscht. Eine Trunkenheit war in ihr, die ihr die Hemmungen nahm. Das Haus war so aufgeteilt, daß Pierres und Sylvias Apartment eine Verbindungstür zu Marthas Zimmer hatte, welches wiederum an das Badezimmer, das John benutzte, grenzte. Als die beiden Adoptivkinder noch jünger waren, standen die Türen stets offen oder waren zumindest unverschlossen. Aber nun zog Pierres Frau es vor, ihre Schlafzimmertür abzuschließen. Auch die Tür, die Marthas mit Pierres Zimmer verband, war verschlossen. An jenem Tag nahm Martha ein Bad. Still lag sie im Wasser und hörte zu, wie John in seinem Zimmer hantierte. Ihr

Körper stand in Flammen, so hatten Pierres Liebkosungen gewirkt. Trotzdem war John es, den sie begehrte. Sie wollte ein letztesmal versuchen, ihn zu entflammen, ihn aufzutauen, um endlich Gewißheit zu haben, ob sie bei ihm eine Chance hatte.

Nach dem Bad wickelte sie sich in einen langen weißen Kimono. Ihr dichtes schwarzes Haar ließ sie lose hängen. Statt in ihr Zimmer zurückzugehen, ging sie zu John. Er war erstaunt. Sie erklärte ihr unvermutetes Kommen und sagte: »Ich habe etwas auf dem Herzen, John, ich brauche deinen Rat, denn ich werde nicht mehr lange hiersein.«

»Warum denn das?«

»Weil jetzt der Zeitpunkt gekommen ist, wo ich lernen muß, auf eigenen Füßen zu stehen. Ich möchte nach Paris gehen.«

»Aber du wirst doch gerade hier so sehr gebraucht.«

»Wie meinst du das, gebraucht?«

»Nun, als Gefährtin unseres Vaters«, erwiderte er, und seine Stimme klang bitter.

War er etwa eifersüchtig? Martha wartete gespannt darauf, daß er noch etwas sagte. Als er schwieg, fuhr sie fort: »Ich sollte unter Leute kommen, mir einen Mann suchen und anderen nicht länger zur Last fallen.«

»Du willst heiraten?«

Zum erstenmal sah er in Martha die Frau, denn bisher war sie für ihn immer nur das Kind gewesen. Was er sah, war ein reifer Körper, den der Kimono nicht verbergen konnte, feuchtes Haar, ein fieberndes Gesicht, ein weicher Mund. Sie wartete. Ihre innere Bereitschaft war so groß, daß ihre Hände unwillkürlich den Kimono losließen, der sich öffnete und ihren nackten Körper offenbarte.

Da erst wurde John klar, daß sie ihn wollte, sich ihm darbot.

Aber anstatt beeindruckt zu sein und Feuer zu fangen, wich er zurück. »Martha, ach Martha!«, rief er, »was bist du doch für ein Tier. Du bist in der Tat die Tochter einer Hure, jawohl, einer Hure! Das haben sie im Waisenhaus schon immer gesagt.«

Marthas Blut war in Wallung. »Und du«, rief sie empört, »was bist du denn? Impotent bist du, ein Mönch, du bist wie eine Frau, du bist gar kein Mann. Nur dein Vater – der ist ein Mann.«

Und sie rannte aus dem Zimmer.

Von jetzt an war das Bild von John gebannt. Sie wollte es ganz aus ihrem Blut, ihrem Körper tilgen. In jener Nacht wartete sie, bis alle schliefen, und schloß dann leise die Tür auf, die zu Pierres Zimmer führte. Sie war es, die an sein Bett trat und ihm wortlos ihren nun kühlen, verschmähten Körper darbot.

Pierre wußte sofort, daß sie sich von der Fixierung auf John befreit hatte, daß sie jetzt ihm gehörte. Welche Lust es doch war, den jungen Körper zu fühlen! In Sommernächten schlief er gerne nackt. Martha hatte den Kimono fallen lassen. Sofort reagierte er, und sie spürte das harte Glied an ihrem Unterleib.

Ihre einstmals unbestimmten Gefühle konzentrierten sich nun in einem einzigen Teil ihres Körpers. Sie bewegte sich und führte Handlungen aus, die ihr niemals zuvor jemand beigebracht hatte. Mit der Hand ergriff sie seinen Schwanz, ihr Körper schmiegte sich eng an den seinen, ihr Mund öffnete sich und empfing die vielen Küsse, mit denen Pierre ihn bedachte. Sie gab sich ihm in völliger Ekstase, sie inspirierte ihn zu neuen Höhenflügen.

Von jetzt an wurde jede Nacht zu einem Fest der Lust. Marthas Körper wurde geschmeidig und erfahren. Die Bindung zwischen ihr und Pierre war so stark geworden, daß es fast unmöglich wurde, sie tagsüber zu verleugnen.

Blickte Martha Pierre an, so war es, als hätte er ihren Schoß berührt. Manchmal umarmten sie sich in der dunklen Eingangshalle. Dann drückte er sie gegen die Wand. Nahe der

Haustür befand sich ein großer, düsterer Wandschrank für Wintermäntel und Überschuhe; in den Sommermonaten wurde er nicht benutzt. Ab und zu versteckte sich Martha dort und wartete auf Pierre. Wenn er kam, legten sie sich auf die Mäntel und ließen ihren Gefühlen in dem engen, luftlosen und verborgenen Raum freien Lauf. Sie gaben sich ihnen ohne Hemmung hin.

Pierre hatte jahrelang alle körperliche Liebe entbehren müssen; Martha schien wie für die Liebe geschaffen und erwachte auch nur in diesen Augenblicken richtig zum Leben. Sie empfing ihn stets mit geöffneten Lippen und feuchtem Spalt. Sein Begehren stieg in ihm auf, wenn er nur daran dachte, daß sie ihn in dem dunklen Wandschrank erwartete. Sie fielen übereinander her wie Bestien, die sich ineinander verbeißen. Wenn er die Oberhand gewonnen hatte und sie unter sich festnageln konnte, nahm er sie mit einer solchen Wut, daß es aussah, als wollte er sie mit seinem Schwanz erdolchen, denn wieder und wieder stieß er zu, bis sie erschöpft zurücksank. Sie hatte es sich zur Gewohnheit gemacht, auf ihm herumzuklettern wie ein behendes Tier. Sie rieb sich an seinem steifen Schwanz und an seinem Busch mit solcher Wildheit, daß es ihm den Atem verschlug. Der Wandschrank wurde buchstäblich zur Raubtierhöhle.

Dann wieder fuhren sie zu dem verlassenen Gehöft, um den Nachmittag dort zu verbringen. Sie waren beide derart erotisiert, daß sie es zwischen den Beinen spürte, wenn Pierre sie nur auf die Augenlider küßte. Ihre Körper waren spannungsgeladen und beseelt von einer Begierde, die sich nicht stillen ließ.

Johns Bild war verblaßt. Ihnen fiel nicht auf, daß er sie beobachtete. Die Veränderung, die bei Pierre stattgefunden hatte, war offenbar. Sein Gesicht strahlte, seine Augen brannten, sein Körper war verjüngt. Und wie sie sich erst verändert hatte! Jede ihrer Gesten war sinnlich: einerlei, ob sie nun gerade den Kaffee servierte, nach einem Buch griff, Schach oder Klavier spielte. Alles, was sie tat, war Liebkosung. Ihr Körper wurde voller, unter ihren Kleidern zeichneten sich ihre Brüste deutlicher ab.

John vermochte bald nicht mehr zwischen ihnen zu sitzen, denn selbst wenn sie einander nicht ansahen, nicht miteinander sprachen, floß ein mächtiger Strom zwischen ihnen.

Einmal waren sie wieder in das verlassene Bauerngehöft gefahren. John war es leid, immer über seinen Büchern zu hocken. Eine Trägheit hatte ihn befallen, er hatte Verlangen nach frischer Luft. Er setzte sich auf sein Fahrrad und radelte einfach los, ohne ein bestimmtes Ziel im Auge zu haben. Dabei dachte er nicht an die beiden. Vielleicht erinnerte er sich in seinem Unterbewußten daran, daß man im Waisenhaus behauptet hatte, Martha sei die Tochter einer stadtbekannten Prostituierten und von ihr ausgesetzt worden. Sein ganzes Leben lang, so schien es ihm, hatte er Martha zwar geliebt, sie aber gleichzeitig auch gefürchtet. Er war zu der Überzeugung gelangt, sie sei eigentlich doch nur ein Tier, das Menschen genieße, wie sie gutes Essen genoß. Ihrer beider Ansichten von Menschen waren diametral verschieden. So sagte sie zum Beispiel: »Er ist schön« oder: »Sie ist attraktiv«. Er dagegen hätte gesagt: »Er ist interessant« oder: »Sie hat Charakter«.

Schon als kleines Mädchen hatte Martha gezeigt, wie sinnlich sie war. Sie rang mit John, raufte mit ihm, liebkoste ihn. Ihr größtes Vergnügen war, Versteck zu spielen. Konnte er sie nicht finden, gab sie ihr Versteck preis, so daß er sie fangen und am Kleid festhalten konnte.

Einmal hatten sie in einem kleinen Zelt gespielt, das sie gebaut hatten. Sie versteckten sich darunter und saßen dort dicht aneinandergedrückt. Dann sah er Martha ins Gesicht. Sie hatte die Augen geschlossen, als wollte sie die Wärme der beiden eng aneinandergedrückten Körper besser spüren. Da war in John eine schreckliche Angst aufgestiegen. Weshalb ängstigte er sich? Sein ganzes Leben lang peinigte ihn diese Körperfeindlichkeit, die er sich selbst nicht erklären konnte. Sie blieb in ihm, bis er sich ernsthaft mit dem Gedanken abgab, in ein Kloster zu gehen.

Nun hatte er das alte Gehöft erreicht. Er war ziellos herumgeradelt und viele Monate nicht dort gewesen. Er stieg ab und schritt leise über den moosigen, unkrautüberwucherten Pfad bis zur Eingangstür. Aus purer Neugier stieß er sie auf und gelangte bis an die Schwelle des Schlafzimmers, dessen Tür offenstand. Der Anblick, der sich ihm bot, ließ ihn erstarren. Es war, als hätten seine schlimmsten Visionen Gestalt angenommen. Pierre lag mit halb geschlossenen Augen auf dem Bett. Martha, vollkommen nackt, kletterte wie von einem Dämon besessen auf ihm herum, als hätte sie die Gier nach seinem Körper rasend gemacht.

Der Anblick erschütterte John zutiefst. Trotzdem wich er nicht vom Fleck. Eine schlüpfrige, enthemmte Martha küßte nicht nur Pierres Glied – nein, sie kauerte sich über seinen Mund und warf sich dann wieder über seinen Körper und rieb ihre Brüste daran. Er lag da wie verzaubert, wie hypnotisiert von ihren Liebkosungen.

John machte kehrt und rannte davon. Die beiden hatten ihn nicht bemerkt. Er war Zeuge der schlimmsten der Todsünden gewesen, es bestätigte seine Vermutungen über die sexbesessene Martha. Er war überzeugt, sein Adoptivvater wäre nur das Opfer von Marthas zügelloser Aggression. Je inständiger er diese Szene aus seinem Gedächtnis tilgen wollte, desto tiefer grub sie sich in sein Selbst: unverhüllt, unauslöschlich, quälend.

Als Pierre und Martha zurückkamen, staunte er darüber, wie sich Menschen in ihrem Alltagsgebaren verändern können. Diesen Wechsel empfand er geradezu als obszön. Marthas Gesicht war verschlossen. Vorher war es offen gewesen und hatte ihre Lust durch Haare, Augen, Mund und Zunge herausgeschrien. Und erst Pierre, der nachdenkliche Pierre: Vor ganz kurzem noch war er alles andere als die Vaterfigur, sondern ein junger, auf dem Bett ausgestreckter Körper, der sich widerspruchslos der rasenden Gier eines entfesselten Weibes überlassen hatte!

John glaubte, er könnte nicht länger im Hause bleiben, ohne seine Entdeckung seiner kranken Adoptivmutter, ja aller Welt zu offenbaren. Als er daher beim Essen erklärte, er wollte zum Militär, sah Martha ihn erstaunt an. Bisher hatte sie geglaubt, nur sein Puritanismus wäre an seinem Verhalten ihr gegenüber schuld, in Wirklichkeit aber wäre er in sie verliebt. Früher oder später würde er ihr, Martha, unterliegen. Sie begehrte beide Männer: Pierre als den idealen Liebhaber, wie ihn sich Frauen träumten, und John als gelehrigen Schüler, den sie schließlich doch für sich zu gewinnen hoffte. Und jetzt wollte er sie verlassen. Gab es nicht noch etwas zwischen ihnen beiden zu erledigen? Im Spiel war ein warmer Strom erzeugt worden, der eigentlich bis in ihr Erwachsenenalter hätte bewahrt werden sollen. Wollte er ihn unterbrechen?

Im Laufe der Nacht versuchte sie es ein letztesmal. Sie kam in sein Zimmer. Er empfing sie mit einem solchen Ausdruck von Ekel, daß sie eine Erklärung von ihm verlangte. Schließlich gab er zu, daß er sie und Pierre in dem Schlafzimmer des Bauerngehöfts belauscht hatte. Er konnte einfach nicht begreifen, daß sie Pierre liebte: er war überzeugt, nur das Tier in ihr hätte es getan. Sie hatte erkannt, daß sie ihn jetzt nicht erobern konnte. An der Tür drehte sie sich um. »John, du bist also überzeugt, daß ich ein Tier bin. Nun, laß mich dir beweisen, daß das nicht stimmt. Ich habe dir erklärt, daß ich dich liebe. Ich werde jede Nacht zu dir kommen und bei dir bleiben. Wir werden wie Kinder Seite an Seite schlafen. Ich werde dir beweisen, daß ich keusch sein kann und frei von jeder Begierde.«

Johns Augen weiteten sich. Die Versuchung war sehr

groß. Der Gedanke, daß sein Vater und Martha einander körperlich liebten, war ihm unerträglich. Er rechtfertigte sich aus moralischen Gründen. Dabei ging ihm nicht auf, daß er einfach eifersüchtig war. Er begriff nicht, daß er Pierre beneidete um dessen Erfahrungen mit Frauen. Er stellte sich nicht die Frage, weshalb er Marthas Liebe zurückwies. Warum waren ihm die natürlichen Sehnsüchte anderer Männer und Frauen so fremd geblieben?

Er erklärte sich mit Marthas Vorschlag einverstanden. Martha war zu klug, um ihr Verhältnis mit Pierre kurzerhand abzubrechen und ihn mißtrauisch zu machen. Deshalb erzählte sie ihm nur, sie hätte gemerkt, daß John Verdacht geschöpft habe, und sie wollte seine Zweifel zerstreuen, ehe er seinen Militärdienst antrat.

Als John in der folgenden Nacht auf Martha wartete, versuchte er, sich jeden aufregenden Moment mit ihr ins Gedächtnis zurückzurufen. Seine frühesten Eindrücke waren an sie geknüpft: er und sie im Waisenhaus, wie sie einander beschützten, unzertrennlich waren. Damals liebte er sie leidenschaftlich und unbefangen. Er war entzückt, wenn er sie berühren durfte. Eines Tages, an Marthas elftem Geburtstag, war eine Frau zu Besuch gekommen. John hatte sie zufällig im Aufenthaltsraum gesehen. Ihre Erscheinung hatte einen außergewöhnlichen Eindruck auf ihn gemacht. Sie trug ein enganliegendes Kleid, das ihren kurvenreichen Körper unterstrich. Ihr Haar war rötlich-golden und gewellt, ihre Lippen stark bemalt. Der Junge starrte sie wie hypnotisiert an. Dann ging die Tür auf und Martha kam ins Zimmer geflogen. Die Frau schloß Martha in ihre Arme. Man sagte ihr, dies sei ihre Mama, die sie zwar als Kind ausgesetzt hätte, die sich aber nun wieder zu ihr bekennen wollte. Nur konnte sie leider das Mädchen nicht zu sich nehmen, denn sie war eine stadtbekannte Prostituierte.

Wenn Marthas Gesicht später einmal vor Aufregung glühte oder gerötet war, wenn ihr Haar schimmerte, wenn sie ein enges Kleid trug, ja wenn sie die geringste kokette Bewegung machte, verspürte John jedesmal einen inneren Aufruhr, einen großen Zorn. Sie erschien ihm als ein Ebenbild ihrer Mutter, mit einem herausfordernden, sinnlichen Körper. Er fragte sie aus, er wollte ihre Gedanken ergründen, ihre Träume erforschen, ihre geheimsten Wünsche erfahren. Sie antwortete auf all seine Fragen mit großer Unbefangenheit. John war ihr das Liebste auf der Welt. Was sie am meisten beglückte, war, von ihm berührt zu werden.

»Was spürst du dann?« wollte er wissen.

»Zufriedenheit, ein Wohlgefühl, ich kann es nicht erklären.«

John war überzeugt, daß nicht nur er ihr dieses halb unschuldige Glücksgefühl vermitteln konnte, sondern daß es jeder Mann könnte. Er bildete sich ein, Marthas Mutter empfände genauso, wenn die Männer sie anfaßten.

Weil er sich von Martha abgewandt hatte, weil er ihr die Zuneigung, die sie offenbar brauchte, versagt hatte, hatte er sie verloren. Aber es war ihm niemals klargeworden. Stattdessen verschaffte es ihm Befriedigung, sie zu beherrschen. Er würde ihr zeigen, was Keuschheit, was Liebe, Liebe frei von jeglicher Sinnlichkeit zwischen zwei Menschen, sein konnte.

Um Mitternacht kam Martha leise in sein Zimmer. Diesmal trug sie ein langes weißes Nachthemd unter dem Kimono. Ihr üppiges schwarzes Haar fiel ihr über die Schultern. In ihren Augen schimmerte ein seltsamer Glanz. Sie war ruhig und sanft wie eine Schwester. Ihr angeborenes überschäumendes Temperament hatte sie gezügelt, ja ganz und gar unterdrückt. So erschreckte sie John nicht, der glaubte, eine ganz neue Martha kennenzulernen.

Das Bett war breit und sehr niedrig. John schaltete das Licht aus. Martha schlüpfte in das Bett und legte sich hin, ohne seinen Körper zu berühren. Er bebte. Es erinnerte ihn an jene Zeit, da er, um noch ein wenig mit ihr zu plaudern, heimlich den Schlafsaal der Jungen verlassen hatte. Auch damals hatte sie ein weißes Hemd getragen, aber ihr Haar war in Zöpfen geflochten. Er erzählte es ihr und bat sie, ihm zu gestatten, ihr die Haare zu Zöpfen zu flechten. Er wollte sie wieder als kleines Mädchen sehen. Sie erlaubte es ihm. Im Dunkel berührten seine Hände ihr volles Haar und flochten es. Dann gaben sie beide vor, einzuschlafen.

Aber Johns Phantasien peinigten ihn. Er sah eine nackte Martha, er sah ihre Mutter in dem enganliegenden Kleid, er sah wieder Martha, wie ein Tier über Pierres Gesicht kauernd. Das Blut hämmerte in seinen Schläfen, er wollte die Hand ausstrecken. Er tat es. Martha ergriff sie und legte sie sich auf die linke Brust. Durch das Nachthemd hindurch spürte er ihr pochendes Herz. In dieser Stellung schliefen sie beide schließlich doch noch ein.

Am nächsten Morgen wachten sie zur selben Zeit auf. John war im Schlaf ganz dicht an sie herangerutscht und hatte sich an ihren Rücken gekuschelt. Beim Erwachen fühlte er, daß er sie begehrte, er fühlte, wie warm sie war. Wütend über sich selbst sprang er aus dem Bett, unter dem Vorwand, er müßte sich rasch anziehen.

So verging ihre erste Nacht zusammen: Martha war die Sanfte, Zurückhaltende, John der von seinem Verlangen Gepeinigte. Denn Stolz und Furcht waren stärker.

Jetzt wußte er, wovor er sich fürchtete. Er hatte Angst, er könnte versagen, Angst davor, daß sein Vater, der große Frauenkenner, potenter sein könnte. Er wollte sich nicht blamieren. Er fürchtete, daß er, wenn er Martha erst einmal entflammt hatte, das Feuer nicht würde löschen können. Eine weniger leidenschaftliche Frau hätte ihn womöglich nicht so verschreckt. Sein Leben lang hatte er sich bemüht, seine Natur zu besiegen, sein geschlechtliches Verlangen einzudämmen. Es könnte sein, daß es ihm allzu gut geglückt war. Jedenfalls zweifelte er an seiner Potenz.

Martha mußte es intuitiv gespürt haben. Nacht für Nacht

besuchte sie John. Jedesmal war sie noch zurückhaltender, noch sanfter, noch demütiger. Sie schliefen in aller Unschuld und gleichzeitig ein. Sie verriet ihm nicht, wie heiß es ihr zwischen den Beinen wurde, wenn er neben ihr lag. Manchmal blieb er wach, gequält von Visionen ihres nackten Körpers.

Einige Male war er mitten in der Nacht aufgeschreckt. Dann kroch er an sie heran und streichelte sie verstohlen. Im Schlaf war ihr Körper schlaff und warm. Er wagte es, ihr Nachthemd hochzuheben, es ihr über die Brüste zu schieben und mit der Hand die Kurven ihres Körpers nachzuzeichnen. Sie schlief weiter. Das gab ihm Mut. Er ging nicht weiter, er streichelte nur liebevoll jede Kurve ihres Körpers, fuhr mit der Hand darüber, bis er fühlte, daß die Haut seidiger wurde, das Fleisch üppiger. Er fuhr mit der Hand die Täler entlang und landete dort, wo ihr Busch war.

Was er nicht wußte, war, daß Martha nur im Halbschlaf war und seine Liebkosungen durchaus spürte. Sie lag reglos da, denn sie wollte ihn nicht verschrecken. Einmal hatten sie seine neugierigen Hände so erregt, daß es ihr fast gekommen wäre. Und einmal wagte er es, sein steifgewordenes Glied an ihre Hinterbacken zu drücken – aber nur einmal.

Jede Nacht ging er ein wenig weiter. Er wunderte sich darüber, daß Martha dabei nicht aufwachte. Sein Verlangen blieb unverändert. Martha war die ganze Zeit über in einem solchen Fieber, daß sie über ihre eigene Verstellungskunst erstaunt war. Inzwischen wurde John immer kühner. Er hatte gelernt, seinen Schwanz zwischen ihre Beine zu stecken und ihn ganz sanft hin und her zu bewegen, ohne dabei in sie einzudringen. Das Lustgefühl war so überwältigend, daß er sich eins fühlte mit allen Liebespaaren der Welt.

Nach dieser allnächtlichen Tortur hatte sich John eines Nachts vergessen und stahl die im Halbschlaf liegende Martha wie ein Dieb. Zu seinem Erstaunen kamen bei jedem Stoß kleine, lustvolle Seufzer aus Marthas Kehle.

Er ging nicht zum Militär. Und Martha hatte nun zwei Geliebte: Pierre am Tage, John in der Nacht.

MANUEL

Manuel hatte einen Tick, der seine Familie veranlaßte, sich von ihm loszusagen. Er lebte nun als Bohemien auf dem Montparnasse. Wenn er nicht Opfer seiner erotischen Zwänge war, betätigte er sich als Astrologe, Hobby-Koch, geistreicher Plauderer und beliebter Kaffeehauskumpan. Aber keine dieser Tätigkeiten vermochte ihn von seiner Besessenheit abzubringen. Unweigerlich kam der Augenblick, da Manuel seine Hosen öffnete und seinen gewaltigen Apparat vorführte.

Je mehr Leute anwesend waren, je exklusiver die Gesellschaft, desto besser. Kam er mit Malern und ihren Modellen zusammen, wartete er, bis alle etwas beschwipst waren. Dann zog er sich völlig nackt aus. Sein asketisches Gesicht, sein verträumter, poetischer Blick und sein hagerer, mönchischer Körper standen in einem derartigen Gegensatz zu seinem Verhalten, daß alle Welt verblüfft war. Wandten sich die Leute ab, war der Reiz dahin. Aber wenn sie hinsahen, einerlei ob flüchtig oder länger, verfiel er in einen Trancezustand, sein Gesichtsausdruck wurde ekstatisch, und eh man sich's versah, wälzte er sich auf dem Boden und ejakulierte.

Natürlich hielten es die Frauen nicht lange bei ihm aus und liefen weg, obwohl er sie beschwor, zu bleiben. Dann verfiel er auf allerlei Tricks. So suchte er sich zum Beispiel Arbeit als Modell in den Ateliers der Malerinnen. Aber der Zustand, in den er geriet, als ihn die Kunststudentinnen ansahen, veranlaßte deren Freunde, ihn wieder auf die Straße zu werfen.

Lud man ihn zu einer Party, richtete er es jedesmal so ein, daß er mit einer der anwesenden Frauen allein in einem leeren Zimmer oder auf einem Balkon war. Und dann ließ er die Hosen herunter. War die Frau interessiert, verfiel er in Ekstase. War sie es nicht, rannte er mit seinem Steifen hinter ihr her und zurück zu den anderen Gästen. Dann stand er da und wartete, daß man Notiz von ihm nahm. Es war kein schöner Anblick, aber immerhin ein recht merkwürdiger. Da sein Schwanz so gar nicht zu seinem strengen, ja fast vergeistigten Gesicht und zu seinem Körper zu passen schien, fiel er um so mehr auf. Es war, als gehöre sein Glied nicht zu ihm.

Schließlich lernte er die Ehefrau eines in Geldnöten steckenden literarischen Agenten kennen und traf mit ihm folgende Abmachung: Er würde jeden Vormittag in dessen Wohnung kommen, der Ehefrau die Hausarbeit abnehmen, das Geschirr spülen, das Atelier auskehren, die Einkäufe besorgen. Zum Dank und als Gegenleistung dafür wollte er sich nach getaner Arbeit zur Schau stellen. Und dabei müßte sie ihm all ihre Aufmerksamkeit schenken. Er bestand darauf, daß sie ihm zusah, wenn er seinen Gürtel öffnete, die Hosen aufknöpfte und sie herunterließ. Er trug keine Unterwäsche. Dann nahm er seinen Schwanz und wog ihn in der Hand wie jemand, der etwas sehr Kostbares abschätzte. Sie mußte ganz dicht neben ihm stehen und jede seiner Gesten beobachten. Sie mußte seinen Schwanz betrachten, wie sie etwas betrachtete, das sie gerne aß.

Nach und nach verstand es diese Frau, ihn auf diese Weise ganz zu befriedigen. So konzentrierte sie sich auf seinen Schwanz und schwärmte: »Da hast du aber wirklich einen bemerkenswerten Schwanz, den größten, den ich je auf dem Montparnasse zu Gesicht bekommen habe, den glattesten, steifsten. Er ist wunderschön.«

Während sie dies sagte, schwenkte Manuel seinen Schwanz vor ihrem Gesicht, als wäre er ein Goldschatz. Speichel trat ihm aus dem Mund. Auch er bewunderte ihn. Dann beugten sie sich beide über ihn, um ihn aus nächster Nähe anzusehen. Seine Lust wurde so übermächtig, daß er die Augen schloß und von Kopf bis Fuß zu beben begann. Dabei hielt er sein Glied immer noch fest und schüttelte es in ihr Gesicht. Aus dem Beben wurde ein Winden, er fiel zu Boden, rollte sich zu einer Kugel zusammen und kam. Manchmal spritzte er sich selbst ins Gesicht.

Ein andermal stellte er sich in eine dunkle Straßenecke, nackt unter seinem Mantel, und wenn eine Frau vorbeikam, schlug er den Mantel auf und fuchtelte mit seinem Schwanz herum. Doch dies war gefährlich, denn Exhibitionismus wurde von der Polizei streng geahndet. Noch öfter stieg er in ein leeres Zugabteil, machte zwei seiner Hosenknöpfe auf, lehnte sich zurück und tat so, als sei er betrunken oder schliefe. Durch den Hosenschlitz konnte man den Schwanz ein wenig sehen. Unterwegs stiegen dann Reisende zu, und wenn er Glück hatte, war eine Frau unter ihnen, die sich ihm gegenübersetzte und ihn anstarrte. Weil er betrunken aussah, machte meist niemand den Versuch, ihn zu wecken. Doch hin und wieder stand ein Mann auf, schüttelte ihn und schrie ihn an, sich doch gefälligst zuzuknöpfen. Die Frauen hingegen protestierten nie. Stieg eine mit einem Mädchen im Schulalter zu, war das für ihn die höchste Seligkeit. Er bekam einen Steifen, und schließlich wurde die Situation derart untragbar, daß die Frau und ihr kleines Mädchen das Abteil verließen.

Eines Tages aber begegnete Manuel sozusagen seinem Zwilling im Geiste. Wieder einmal hatte er sich allein in ein Abteil gesetzt und sich schlafend gestellt, als eine Frau einstieg und ihm gegenüber Platz nahm. Es war eine nicht mehr junge Prostituierte mit stark untermalten Augen und einem dick gepuderten Gesicht. Sie hatte tiefe Ränder unter den Augen, ihr Haar war kraus gebrannt, die Schuhe abgetreten, das Kleid kokett, der Hut zu jugendlich.

Er beobachtete sie durch die halbgeschlossenen Lider. Sie warf einen Blick auf seine Hosen und sah dann noch einmal hin. Dann lehnte auch sie sich zurück und tat so, als ob sie schliefe. Dabei spreizte sie die Beine so weit wie möglich. Als sich der Zug wieder in Bewegung setzte, schob sie ihren Rock ganz hoch. Darunter war sie nackt. Sie spreizte die Beine noch mehr und entblößte sich. Jetzt starrte sie wie gebannt auf Manuels Schwanz, der sich aufgerichtet hatte und schließlich ganz aus der Hose gekommen war. Manuel befürchtete, die Frau würde nun aufstehen und seinen Schwanz anfassen. Aber das hatte sie gar nicht im Sinn, denn auch sie war dieser passiven Lust verfallen. Sie sah, daß er auf ihre Möse unter dem pechschwarzen, buschigen Haar starrte. Schließlich lächelten sie sich zu. Bei ihm hatte die ekstatische Phase begonnen, und er merkte nicht, daß sie sich in einem ähnlichen Zustand befand. Er sah nur, daß eine glänzende Feuchtigkeit auf ihre Schamlippen getreten war. Die Frau bewegte sich fast unmerklich vorwärts und rückwärts, als wiegte sie sich im Schlaf. Sein Körper zitterte vor Wollust. Dann fingerte sie sich vor seinen Augen selbst einen ab, wobei sie ihn ununterbrochen anlächelte.

Später heiratete Manuel diese Frau, weil sie ihn niemals so wie normale Frauen besitzen wollte.

LINDA

Linda stand vor dem Spiegel und betrachtete sich kritisch – am hellichten Tag. Sie hatte die Dreißig überschritten und machte sich Sorgen wegen ihres Alters, obwohl es nichts gab, das ihre Schönheit hätte beeinträchtigen können. Sie war schlank, sie sah jung aus. Sie konnte jeden ohne weiteres über ihr Alter täuschen, nur sich selbst nicht. Nur sie glaubte zu wissen, daß ihr Fleisch nicht mehr so straff wäre, es hätte ein wenig von der marmornen Glätte, die sie so oft im Spiegel bewundert hatte, verloren. Dabei wurde sie keineswegs weniger geliebt. Im Gegenteil: Sie besaß jetzt eine Anziehungskraft auf alle diejenigen unter den jüngeren Männern, die überzeugt waren, daß nur eine reifere Frau sie in die Geheimnisse der Liebeskunst einweihen könnte; Mädchen ihres eigenen Alters, glaubten sie, wären zurückgeblieben, naiv, unerfahren und stets unter dem wachsamen Auge ihrer Familienangehörigen.

Lindas Mann, ein gut aussehender Vierziger, hatte sie jahrelang mit der Inbrunst eines jugendlichen Liebhabers geliebt. Daß nun jüngere Männer Linda bewunderten, schien ihm nichts auszumachen. Er war überzeugt, sie nähme sie nicht ernst, er dachte, ihr Interesse entstammte ihrer Kinderlosigkeit und dem Bedürfnis, sich mütterlich jungen Menschen zuzuwenden, deren eigentliches Leben gerade begonnen hatte. Dagegen stand er selbst in dem Ruf, sich an Frauen aller Klassen und jeder Art heranzumachen.

Sie dachte oft an ihre Hochzeitsnacht zurück, in der sich André als ein höchst rücksichtsvoller Geliebter gezeigt hatte. Er hatte buchstäblich jeden Fleck ihres Körpers angebetet, als sei er ein Kunstwerk. Er hatte sie berührt, er hatte sie bewundert und ihr geschmeichelt, er war entzückt über ihre zierlichen Ohren, ihre wohlgeformten Füße, ihren schlanken Hals, ihr üppiges Haar, ihre feingeschnittene Nase, ihre sanften Wangen, ihre wollüstigen Schenkel. Sein Geflüster, seine Stimme, sein Streicheln öffnete ihr Fleisch, wie eine Blume sich der Wärme und dem Licht öffnet.

Er machte aus ihr ein vollkommenes Instrument der Liebe, das bei jeder Art von Zärtlichkeit vibrierte. So brachte er ihr zum Beispiel bei, ihren Körper nur mit Ausnahme des Mundes, einzuschläfern und all ihre Sinnlichkeit im Mund zu konzentrieren. Sie war jedesmal wie eine halb betäubte Frau und lag völlig passiv da. Ihr Mund und ihre Lippen waren zum Geschlechtsorgan geworden.

André war besessen vom weiblichen Mund. Wenn er auf der Straße ging, hielt er Ausschau nach Frauenmündern. Er sah im Mund ein Abbild der Vagina. Waren die Lippen schmal, verkniffen, dann bedeutete das auch keine offene, sinnliche Möse. Waren sie dagegen voll, versprachen sie auch eine großzügige Muschi. Feuchte Lippen verfolgten ihn. Ein Mund, der sich nach außen stülpte, der geöffnet war wie für einen Kuß – dem stellte er beharrlich nach, bis er die Frau, zu der er gehörte, nehmen und wieder einmal seine Überzeugung von den verräterischen Eigenschaften des weiblichen Mundes unter Beweis stellen konnte.

Es war Lindas Mund, der ihn von Anfang an gefangengenommen hatte. Er war pervers, er war wie schmerzlich verzerrt. In der Art, wie sie ihn bewegte, wie sie ihre Lippen leidenschaftlich entfaltete, war etwas, das einen Menschen verriet, der wie ein Sturmwind über den Geliebten hinwegfegen würde. Als er ihr zum erstenmal begegnete, gab es für ihn nur diesen Mund, der ihn einsog, als befände er sich bereits in ihr. So war es auch in der Hochzeitsnacht. Ihr Mund faszinierte ihn. Über ihren Mund hatte er sich geworfen und ihn geküßt, bis er brannte, bis die Zunge erlahmte, die Lippen geschwollen waren. Und dann, als er endlich ihren ganzen Mund erregt hatte, war er in ihn gedrungen. Er hatte sich über sie gekauert und seine muskulösen Hüften gegen ihre Brüste gedrückt.

Er behandelte sie niemals wie eine Ehefrau. Er umwarb sie jedesmal wieder von neuem, machte ihr Geschenke, brachte ihr Blumen, bereitete Überraschungen vor. Er führte sie zum Abendessen in *chambres séparées,* zeigte sich mit ihr in den besten Restaurants, wo die Kellner stets glaubten, sie wäre seine Mätresse.

Er bestellte die erlesensten Speisen und Getränke, er berauschte sie mit geflüsterten Zärtlichkeiten, er umwarb ihren Mund. Er bestürmte sie, bis sie ihm gestand, daß sie ihn begehrte. Dann fragte er sie: »Wie willst du mich? Welcher Teil von dir will mich heut nacht?«

Manchmal antwortete sie: »Mein Mund will dich, ich will dich in meinem Mund spüren, ganz tief in meinem Mund.« Oder sie erwiderte: »Ich bin naß zwischen den Beinen.«

So unterhielten sie sich über Restauranttische hinweg und in den *cabinets particuliers,* die für Liebespaare reserviert sind. Wie diskret doch die Kellner waren, wie genau sie wußten, wann sie nicht stören durften! Musik erfüllte die kleinen Zimmer, es gab einen Diwan. Während man ihnen die Mahlzeit servierte, hatte André Lindas Knie gedrückt und sie verstohlen geküßt. Nun nahm er sie auf dem Diwan in all ihren Kleidern, als seien sie ein Liebespaar, das es zu eilig hatte, um sich auszuziehen.

Er begleitete sie in die Oper und ins Theater, wo es dunkle Logen gab, er liebte sie während der Vorstellung. Er liebte sie in Taxis, auf einem Hausboot, das vor der Kathedrale von Notre Dame vertäut war und Liebespaaren als Absteige diente. Er fuhr mit ihr in kleine, abgelegene Ortschaften und übernachtete mit ihr in romantischen Dorfgasthöfen. Oder aber er nahm sich ein Zimmer in einem der Luxuspuffs, die er aus seiner Junggesellenzeit kannte. Dort behandelte er sie wie eine Hure, er zwang sie, sich seinen Launen zu fügen, ihn anzuflehen, sie auszupeitschen, er befahl ihr, auf allen vieren herumzukriechen und ihn nicht etwa zu küssen, sondern ihn wie ein Tier überall abzulecken.

Diese Praktiken machten sie so scharf, daß sie es mit der Angst zu tun bekam. Sie fürchtete den Tag, an dem André ihr nicht mehr genügen würde. Ihre Sinnlichkeit, das wußte sie, war erst zum Leben erweckt worden, während seine das letzte Aufflackern eines Mannes war, der im Exzeß gelebt hatte und ihr nun das Beste, Auserlesenste präsentierte.

Eine nervöse Unruhe hatte sich Lindas bemächtigt. Der Tag kam, da André zehn Tage verreisen mußte. Ein Bekannter rief sie an, ein Freund von André, *der* Modemaler von Paris und Liebling aller Frauen. Er sagte: »Langweilst du dich denn nicht, Linda? Willst du zu uns kommen? Wir geben eine unserer speziellen Partys. Hast du eine Maske?«

Linda wußte, worauf er anspielte, denn sie und André hatten sich oft über Jacques' Partys im Bois de Boulogne amüsiert. Sie waren seine Lieblingsform der Unterhaltung und bestanden darin, daß sich an lauen Sommernächten maskierte Pariser Prominenz versammelte, die, wohlversorgt mit Champagner, in den Bois fuhr und sich auf einer geeigneten Lichtung vergnügte.

Die Versuchung war groß, denn Linda hatte niemals eine dieser Partys mitgemacht. André war dagegen gewesen und hatte beiläufig erklärt, die Sache mit der Maskierung gefiele ihm nicht, denn er könnte aus Versehen die falsche Frau erwischen.

Linda beschloß, die Einladung anzunehmen. Sie wählte eines ihrer neuen, aus schwerer Seide gemachten Abendkleider, das ihren Körper wie ein nasser Handschuh modellierte. Sie trug keine Unterwäsche und auch keinen Schmuck, der sie hätte verraten können. Sie änderte ihre Frisur, indem sie aus ihrem gewohnten Pagenkopf eine nach oben gekämmte Coiffure machte, die ihre zierliche Kopfform und ihren langen Nacken betonte. Dann band sie sich eine schwarze Maske vor und steckte sich vorsichtshalber das Gummiband mit einer Haarnadel fest.

Im letzten Moment entschied sie sich, auch ihre Haarfarbe zu ändern, und tönte sich ihr Blondhaar blauschwarz. Dann kämmte sie es wieder hoch und war selber erstaunt, wie sehr es sie veränderte.

Etwa achtzig Gäste hatten sich in dem Atelier des Malers versammelt. Das Licht war gedämpft, um die Anonymität der Gäste zu wahren. Als alle da waren, wurden sie auf die wartenden Autos verteilt. Die Fahrer wußten, wohin es ging. Dort, wo der Wald am dichtesten war, befand sich eine ideale, moosige Lichtung.

Dort ließ man sich nieder, schickte die Fahrer weg, und die Champagnerkorken knallten. In den überfüllten Autos hatten sich die Gäste bereits angeheizt. Die Masken verschafften offenbar selbst den vornehmsten und zurückhaltendsten unter ihnen die Illusion der Freiheit, denn sie benahmen sich wie hungrige Bestien. Hände fuhren unter elegante Roben und faßten an, was sie berühren wollten, Knie kämpften miteinander, der Atem ging schneller.

Zwei Männer hatten es auf Linda abgesehen: Der eine gab sich große Mühe, sie durch Küsse auf Mund und Brüste scharf zu machen. Der andere hatte mehr Erfolg, denn er verstand es gut, unter ihrem langen Kleid ihre Beine zu streicheln. Als er merkte, wie ihre Erregung stieg, wollte er sie ins Dunkel schleppen.

Der andere protestierte, aber er war zu betrunken, um seinen Rivalen aus dem Feld schlagen zu können. Sie ließ sich von der Gruppe wegführen und auf den moosigen Waldboden legen, dort, wo die Bäume besonders dunkle Schatten warfen. In der Nähe erklang Protestgekreisch, Grunzen und die Stimme einer Frau: »Mach's mir, mach's mir, ich kann nicht länger warten, mach's mir, mach's mir!«

Die Orgie war in vollem Gange. Frauen liebkosten einander. Zwei Männer kitzelten eine Frau, bis sie fast den Verstand verlor. Dann hörten sie auf, nur um sich an ihrem Anblick zu weiden. Ihr Kleid war verrutscht, ein Träger abgerissen, eine Brust entblößt. Verzweifelt versuchte sie, sich zu befriedigen. Mit einer obszönen Geste preßte sie sich gegen die beiden Männer und rieb sich an ihnen.

Linda war verblüfft über die Wildheit ihres Angreifers. Sie, die bisher nur die wollüstigen Zärtlichkeiten ihres Ehemannes erfahren hatte, befand sich im Griff von etwas ungleich Mächtigerem, einer Begierde, die so ungestüm war, daß sie sie verzehrte.

Seine Hände hatten sich wie Klauen in ihr Fleisch gegraben, er hatte ihren Schoß seinem Schwanz entgegengehoben, als wäre es ihm gleich, ob er ihr dabei die Knochen brach. Wie ein Bock stieß er zu, es war wie ein Horn in ihr, wie ein Aufspießen, daß aber nicht weh tat, sondern sie herausforderte, Gleiches mit Gleichem zu vergelten. Nachdem er sich einmal mit einer Vehemenz und Gewalt befriedigt hatte, die sie überwältigten, wisperte er: »Jetzt will ich, daß du dich befriedigst, daß du dich fertigmachst, verstehst du? Und zwar so, wie du es noch nie zuvor getan hast.« Dabei streckte er ihr seinen steifen Schwanz wie einen holzgeschnitzten Phallus entgegen, hielt ihn ihr hin, damit sie über ihn ganz nach Wunsch verfügte.

Er stachelte sie an, ihren Heißhunger an ihm zu stillen.

Sie fühlte es kaum, als sie ihre Zähne in sein Fleisch schlug. Er stöhnte ihr ins Ohr: »Weiter, mach weiter, ich kenne euch Frauen, ihr laßt euch niemals richtig gehen, um einen Mann so zu nehmen, wie ihr es wollt.« In bisher ungeahnten Tiefen, ja im Kern ihres Wesens loderte ein Feuer, das sich nicht löschen ließ, dem Mund und Zunge des anderen nicht genügten, auch nicht der Schwanz, der in ihr war. Es war ein Fieber, das selbst ein Orgasmus nicht linderte. Sie spürte seine Zähne, die sich in ihre Schulter gegraben hatten, sie biß ihn in die Kehle. Dann sank sie zurück und verlor die Besinnung.

Als sie wieder erwachte, befand sie sich auf einem Messingbett in einem ärmlichen Zimmer. Neben ihr schlief ein Mann. Sie war nackt, er war es auch, aber ein Laken deckte ihn halb zu. Sie erkannte den Körper, der sie in der Nacht im Bois fast vergewaltigt hatte. Es war der Körper eines Athleten, groß, sonnengebräunt, sehnig. Er war ein gut aussehender Mann mit einer wilden Mähne. Während sie voller Bewunderung auf ihn herabblickte, schlug er die Augen auf und lächelte.

»Ich konnte dich einfach nicht wieder mit den anderen zurückgehen lassen«, sagte er. »Wer weiß, ob ich dich jemals wiedergesehen hätte.«

»Wie hast du mich hierhergebracht?

»Ich habe dich gestohlen.«

»Und wo sind wir?«

»In einem armseligen Hotel. Ich wohne hier.«

»Dann bist du nicht . . .«

»Nein, ich gehöre nicht zu den anderen, wenn du das meinst. Ich bin ein einfacher Arbeiter. Eines Abends, als ich durch den Bois nach Hause radelte, wurde ich unfreiwilliger Zeuge eures Spielchens. Ein Ringelpiez, dachte ich. Da habe ich mich einfach ausgezogen und mitgemacht. Den Frauen schien es zu gefallen. Es war ja dunkel, also blieb ich unentdeckt. Nachdem ich sie gevögelt hatte, schlich ich mich davon. Und gestern abend, als ich von der Arbeit kam, hörte ich wieder Stimmen. Ich beobachtete, wie dieser Mann dich küßte. Da habe ich dich ihm einfach ausgespannt. Nun bist du hier, bei mir. Es ist gut möglich, daß du Unannehmlichkeiten haben wirst, aber ich konnte dich einfach nicht aufgeben. Du bist eine richtige Frau. Die anderen waren nur Attrappen im Vergleich zu dir. In dir lodert ein Feuer.«

»Ich muß jetzt gehen«, sagte Linda.

»Aber nicht, ehe du mir versprichst, wiederzukommen.«

Er setzte sich auf und sah sie an. Seine körperliche Vollkommenheit gab ihm etwas Würdevolles. Seine Nähe ließ sie vibrieren. Er fing an, sie zu küssen. Eine wohlige Mattheit überschlich sie. Sie legte die Hand auf seinen steifen Schwanz: Die Ekstasen der vergangenen Nacht pulsierten immer noch in ihrem Blut. Sie ließ ihn wieder in sich hineinkommen; es war, als wollte sie sich überzeugen, daß sie nicht träumte. Es war kein Traum. Dieser Mann, der sie wie mit einem heißen Eisen durchbohrte, der sie küßte, als sei es der letzte Kuß für ihn, er war wirklich.

Und Linda kam zurück, denn nur bei ihm fühlte sie sich wirklich lebendig. Aber ein Jahr später verlor sie ihn. Er verliebte sich in eine andere Frau und heiratete sie. Linda hatte sich inzwischen derart an ihn gewöhnt, daß ihr nun jeder andere Mann zu weich, zu rücksichtsvoll, zu schwach und blaß erschien. Unter den Männern ihrer Bekanntschaft war keiner, der die animalische Stärke und Leidenschaft ihres verlorenen Geliebten besaß. Sie suchte ihn überall, in den *bistros,* den trostlosen *quartiers* der Stadt – überall. Sie gab sich mit Boxern, Zirkusartisten, Athleten ab, aber keiner konnte sie erregen.

Als Linda nun ihren Arbeiter für immer verloren hatte, weil dieser eine Frau für sich allein, ein Heim und einen Menschen haben wollte, der sich seiner annahm, beichtete sie ihrem Friseur. Der Pariser Coiffeur spielt im Leben einer eleganten Französin eine Schlüsselrolle, denn er frisiert sie nicht nur, sondern er weiß auch immer, was gerade Mode ist. Er ist ihr schärfster Kritiker und gleichzeitig auch ihr Beichtvater in Liebesdingen. In den zwei Stunden, die eine Frau im Frisiersalon zubringt, wo man ihr Haar wäscht, in Wellen legt und trocknet, kann man vieles beichten. Und die kleine Kabine bewahrt Geheimnisse wie ein Beichtstuhl.

Als Linda aus der kleinen Provinzstadt im Süden Frankreichs nach Paris gekommen war und dort ihren künftigen Mann kennenlernte, war sie knapp zwanzig gewesen. Sie war ein unvorteilhaft angezogenes, schüchternes, naives Ding mit herrlich üppigem Haar, mit dem sie aber nichts anfangen konnte. Sie schmückte sich auch nicht. Tagsüber bummelte sie die Rue Saint Honoré entlang und besah sich die eleganten Auslagen. Dabei ging ihr auf, woran es ihr fehlte. Es wurde ihr klar, was mit dem berühmten Pariser Chic gemeint war, jenem minuziösen Sinn für das kleinste Detail, das aus jeder Frau ein Kunstwerk macht. All das diente ausschließlich der Betonung der körperlichen Vorzüge. Zum größten Teil war dieses Kunstwerk ein Erzeugnis der Schneiderin, denn sie verstand es wie keine andere, der französischen Kleidung ein erotisches Flair zu geben und die Linien des Körpers und alle seine Reize mittels der Kleider hervorzuheben.

Diese Künstlerinnen wußten nur zu gut, daß schwere schwarze Seide den Schimmer eines nackten, nassen Körpers suggeriert. Sie verstehen es vorzüglich, die Konturen der Büste zu modellieren und den Faltenwurf den Bewegungen der Glieder anzupassen. Sie kennen die Wirkung koketter Schleier, wissen, wie Spitzen auf der Haut, wie aufreizende Unterwäsche, wie ein gewagt geschlitztes Kleid wirken können.

Der Schnitt einer Sandale, die Glätte eines Handschuhs

– sie verleihen der Pariserin einen einmalig verwegenen Chic, der den Zauber anderer Frauen in den Schatten stellt.

Die Kunst der Verführung hat in Frankreich Tradition, und sie hat im Verlauf der Jahrhunderte eine Vollkommenheit erreicht, die nicht nur bei wohlhabenden Frauen, sondern auch bei kleinen Ladenmädchen zum Vorschein kommt. Der Friseur ist der Hohepriester dieses Kultes der Perfektion. Er ist es, der die Mädchen, die aus der Provinz kommen, schult, er ist es, der vulgäre Frauen lehrt, raffiniert zu sein, er gibt blassen Kreaturen Farbe, er verleiht ihnen eine neue Persönlichkeit.

Linda hatte das Glück, in die Hände von Michel zu fallen, der in der Nähe der Champs-Elysées einen Salon betrieb. Michel war ein schlanker, eleganter, ein wenig effeminierter Vierzigjähriger. Er war stets zuvorkommend und besaß untadelige Manieren. Er küßte seinen Klientinnen die Hand,er trug stets einen gepflegten, gewachsten und an den Enden hochgezwirbelten Schnurrbart. Seine Konversation war geistreich und niemals langweilig. Er war ein Philosoph, er kreierte Frauen.

Als Linda ihn das erstemal aufsuchte, legte er den Kopf zur Seite wie ein Porträtmaler, der gerade eine Skizze beginnt.

Nach ein paar Monaten wurde aus Linda ein perfektes Produkt und Michel zu ihrem Beichtvater und Regisseur. Übrigens war er nicht immer der Friseur der Damen der Pariser Hautevolee gewesen; er machte keinen Hehl daraus, daß er aus ärmlichen Verhältnissen stammte und in einem Armenviertel, wo sein Vater einen Frisierladen betrieb, seine Lehrjahre absolviert hatte. Die Frauen, die dort aus und ein gingen, hatten ungepflegtes, durch Unterernährung, billige Shampoos und lieblose Behandlung verdorbenes Haar. »Trocken wie eine Perücke«, sagte er. »Und viel zuviel ordinäres Parfüm. Da war ein junges Mädchen, an die entsinne ich mich noch genau. Sie arbeitete in einem Schneideratelier und war verrückt nach Parfüm, konnte es sich aber nicht leisten. Darum hob ich ihr immer auf, was in den Flacons übriggeblieben war. Jedesmal, wenn ich einer Frau das Haar mit einer wohlriechenden Lotion spülte, hob ich einen kleinen Rest davon auf. Und wenn Gisèle kam, goß ich es ihr in den Ausschnitt. Sie war so entzückt, daß sie überhaupt nicht wahrnahm, wie gerne ich es tat, denn jedesmal nahm ich den Kragen ihres Kleides zwischen Daumen und Zeigefinger, schob ihn ein wenig beiseite und ließ das Parfüm in den Ausschnitt laufen. Dabei erhaschte ich einen Blick auf ihre jungen Brüste. Und sie hatte eine Art, sich danach wollüstig zu drehen, sie schloß die Augen, sie atmete den Duft ein, ja sie schwelgte darin. Manchmal rief sie: »Ach Michel, diesmal hast du mich ja ganz naß gemacht!« Und dann rieb sie ihre Brüste an dem Kleid, um sie zu trocknen. Eines Tages konnte ich einfach nicht widerstehen: Ich ließ das Parfüm in ihren Halsausschnitt rinnen, und als sie den Kopf zurückwarf und die Augen schloß, fuhr ich ihr mit der Hand über die Brüste. Natürlich ist Gisèle nie wiedergekommen.«

Er fuhr fort. »Das war aber nur der Beginn meiner Laufbahn als Parfümeur der Frauen. Ich fing an, mich ernsthaft damit zu beschäftigen, und besorgte mir einen Zerstäuber, um damit die Busen meiner Kundinnen einzusprühen. Sie haben es niemals abgelehnt. Dann lernte ich, sie nach Sitzungen abzubürsten. Auch das macht Freude – den Mantel einer gut gebauten Frau abzubürsten.«

»Vielleicht«, sagte er, »wissen Sie, daß das Haar mancher Frauen – nun, es versetzte mich in einen Zustand, den ich Ihnen kaum beschreiben kann, möglich, Sie nehmen daran Anstoß. Jedenfalls gibt es Frauen, deren Haar intim duftet, nach Moschus. Es wirkt eben auf einen Mann, und ich kann mich nicht immer beherrschen. Sie wissen bestimmt, wie ausgeliefert und schutzlos Frauen sind, wenn sie sich zurücklehnen, um ihr Haar waschen zu lassen, wenn sie unter der Trockenhaube sitzen oder sich gerade eine Dauerwelle machen lassen.«

Manchmal fixierte Michel eine Kundin und sagte dann: »Sie könnten leicht Ihre fünfzehntausend Francs im Monat machen.« Und damit meinte er ein Apartment auf den Champs-Elysées, einen Wagen, elegante Kleidung und einen Freund, der sie aushielt. Oder aber sie hatte das Zeug zu einem jener Luxusgeschöpfe, die das Zeug hatten, die Mätresse eines Senators, eines prominenten Schriftstellers oder eines beliebten Schauspielers zu werden.

Gelang es ihm, einer Frau zu einem derartigen Status zu verhelfen, blieb es sein Geheimnis, denn er war diskret, und wenn er es erwähnte, dann nur verschlüsselt. So kannte er eine Frau, die seit zehn Jahren mit dem Vorsitzenden eines großen amerikanischen Konzerns verheiratet war. Sie besaß noch immer ihren Ausweis als eine registrierte Pariser Prostituierte und war sowohl der Polizei als auch den Ärzten der Krankenhäuser bekannt, bei denen sich Pariser Huren allwöchentlich untersuchen lassen mußten. Selbst nach zehn Jahren noch konnte sie sich nicht an ihren nun gar nicht mehr neuen Stand gewöhnen und vergaß manchmal, daß sie ja genügend Bargeld bei sich hatte, um den Stewards, die sie während ihrer Transatlantikflüge bedienten, ein Trinkgeld zu geben. Statt dessen überreichte sie ihnen eine kleine Karte mit ihrer Adresse.

Michel war es, der Linda geraten hatte, nie eifersüchtig zu sein und immer daran zu denken, daß in Frankreich die Frauen in der Überzahl waren und daß jede Ehefrau ihrem Mann gegenüber großzügig sein sollte. Er gab ihr zu bedenken, wie viele Frauen niemals die Liebe erfuhren. Er meinte das sehr ernst, denn er sah in der Eifersucht eine Form von Geiz. Die einzig wahrhaft großzügigen Frauen – das waren Huren, das waren Schauspielerinnen, die sich niemals versagten. Für ihn gab es kein geizigeres Wesen als den typisch amerikanischen *Gold-Digger,* eine Frau, die wußte, wie man den Männern das Geld aus der Tasche holte, die ihnen aber nichts dafür gab. Michel hielt es für ein Zeichen von schlechtem Charakter. Er war der festen Überzeugung, daß in jeder Frau eine Hure steckte und daß die Erfahrung einer Hure einer jeden von ihnen guttun würde, denn es gäbe keine bessere Art, sie daran zu erinnern, daß sie weibliche Wesen waren.

Als Linda ihren Arbeiter verlor, war es selbstverständlich, daß sie Michels Rat einholte. Er riet ihr, auf den Strich zu gehen. Nur so, erklärte er ihr, hätte sie die Gelegenheit, nicht nur sich und ihre Anziehungskraft zu bestätigen, sondern auch, ohne daß die Liebe dabei eine Rolle spielte, einen Mann zu finden, der sie mit der notwendigen Wildheit behandelte. In ihrer eigenen Welt würde sie zu sehr angebetet, idealisiert, verwöhnt, um ihren wahren Wert als weibliches Wesen zu erkennen.

Linda sah ein, daß dies in der Tat der beste Weg war, ihre Anziehungskraft, ihre Potenz, ihre Reize auf die Probe zu stellen. Darum nahm sie die Adresse, die ihr Michel gab, stieg in ein Taxi und ließ sich zu einer Wohnung in der Avenue du Bois fahren. Der Wagen hielt vor einem versteckt liegenden, vornehmen Privathaus. Man empfing sie, ohne weiter zu fragen.

»De bonne famille?« war alles, was man wissen wollte, denn es war ein Nobelbordell, wo man sich auf Frauen der besten Gesellschaft spezialisierte. Sofort nahm die Madame den Telefonhörer ab und ließ sich mit einem der Kunden verbinden. »Wir haben einen Neuzugang, eine Dame von großer Eleganz.«

Linda wurde in ein geräumiges Boudoir mit elfenbeinbeschlagenen Möbeln und Brokatvorhängen geführt. Sie hatte Hut und Schleier abgelegt und stand vor einem großen, goldgerahmten Spiegel, um sich ihr Haar zu kämmen. Die Tür tat sich auf.

Der Mann, der hereinkam, war eine groteske Erscheinung, klein, von gedrungener Gestalt und mit einem viel zu mächtigen Kopf. Seine Gesichtszüge waren die eines alten Kindes, weich, verschwommen und viel zu zart für sein Alter und seinen massigen Körper. Er schritt rasch auf sie zu und küßte ihr zuvorkommend die Hand. Dann sagte er: »Meine Liebste, wie wunderbar, daß Sie sich meinetwegen von Ihren häuslichen Verpflichtungen freigemacht haben.«

Linda wollte protestieren, aber dann merkte sie, daß der Mann Wert auf dieses Spiel legte. Sofort übernahm sie die ihr zugewiesene Rolle, aber gleichzeitig überkam sie ein unheimliches Gefühl, gerade diesem Mann zu Gefallen zu sein. Ihr Blick ging zur Tür, sie überlegte, ob und wie sie fliehen könnte. Er mußte ihre Gedanken erraten haben, denn er sagte: »Sie brauchen sich nicht zu fürchten. Was ich von Ihnen will, ist nicht zum Fürchten. Ich bin Ihnen sehr verbunden, daß Sie Ihren guten Ruf für mich aufs Spiel gesetzt, daß Sie Ihren Gatten um meinetwillen verlassen haben. Ich verlange nur ganz wenig, und Ihre Gegenwart hier hat mich überglücklich gemacht. Noch nie habe ich eine schönere, vornehmere Frau gesehen. Ich liebe Ihr Parfüm, die Art, in der Sie sich kleiden, Ihren erlesenen Schmuck. Bitte gestatten Sie mir, Ihre Füße zu betrachten. Was für schöne Schuhe, wie elegant sie sind, was für zierliche Knöchel Sie haben. Bitte glauben Sie mir, es geschieht nicht oft, daß eine so attraktive Frau zu mir kommt. Ich habe kein Glück bei Frauen.«

Ihr kam es vor, als hätte er sich noch mehr in ein Kind verwandelt, alles an ihm schien infantil, seine ungeschickten Gesten, seine weichen Hände. Als er sich eine Zigarette anzündete, hatte sie den Eindruck, er hätte noch nie geraucht, so unsicher benahm er sich dabei, so neugierig verfolgten seine Augen den Rauch.

»Ich kann nicht lange bleiben«, sagte sie, denn ihr wurde immer unheimlicher. So etwas hatte sie sich nicht vorgestellt.

»Ich will Sie auch nicht lange beanspruchen«, sagte er. »Darf ich Sie um Ihr Taschentuch bitten?«

Sie gab ihm ihr duftiges, zart parfümiertes Tuch. Er vergrub entzückt seine Nase darin und sagte: »Ich beabsichtige nicht mit Ihnen zu schlafen, ich will Sie nicht besitzen, wie Sie es sicherlich von anderen Männern gewohnt sind. Ich möchte Sie nur bitten, dieses Taschentuch zwischen Ihren Beinen hindurchzuziehen und es mir dann zu überlassen. Das ist alles.«

Also war es doch viel einfacher, als sie befürchtet hatte. Bereitwillig tat sie, was der Mann verlangte. Er sah ihr gespannt zu, wie sie ihren Rock hob, ihr spitzenbesetztes Höschen aufhakte, hinunterschob und mit dem Taschentuch langsam zwischen den Beinen durchfuhr. Dann beugte er sich vor und preßte die Hand auf das Tuch. Er wollte den Druck verstärken, er bat sie, es noch einmal zu tun.

Dabei bebte er am ganzen Körper. Die Augen waren glasig geworden. Linda merkte, wie erregt er war. Er nahm das Taschentuch an sich und betrachtete es, als wäre es eine Frau, ein kostbares Juwel.

Alles das nahm ihn zu sehr in Anspruch, um irgend etwas zu sagen. Er ging hinüber zum Bett, breitete das Taschentuch auf der Überdecke aus und warf sich, indem er sich gleichzeitig die Hosen aufknöpfte, darüber. Er stieß und rieb. Dann setzte er sich im Bett auf, wickelte das Tuch um seinen Schwanz und masturbierte, bis es ihm kam und er vor Wollust aufschrie. Linda war vollkommen vergessen. Er war wie von Sinnen. Das Taschentuch war durchnäßt. Dann legte er sich nach Luft ringend zurück.

Linda verließ ihn. Im Korridor begegnete ihr die Frau, die sie empfangen hatte. Sie war offenbar überrascht, daß Linda schon gehen wollte. »Ich habe Ihnen unseren distinguiertesten Klienten vorgestellt«, meinte sie, »eine harmlose Kreatur.«

Kurz nach diesem Zwischenfall saß Linda eines Sonntagvormittags auf einer Bank im Bois, um die neuesten Frühjahrstoiletten zu bewundern. Sie berauschte sich an der Farbenpracht, der Eleganz, den Parfüms. Aber dann bemerkte sie einen seltsamen Geruch in ihrer unmittelbaren Nähe. Sie wandte den Kopf zur Seite. Zu ihrer Rechten saß ein gut aussehender, etwa vierzigjähriger Mann von gepflegtem Äußerem. Sein glänzend schwarzes Haar war glatt und sorgfältig zurückgekämmt. War es seine Pomade, die so merkwürdig roch? Der Duft versetzte Linda zurück in eine Zeit, da sie sich in Fez aufgehalten hatte. Jedenfalls wirkte es erregend.

Sie sah den Mann an. Auch er hatte sich umgedreht und lächelte ihr mit blendend weißen Zähnen zu. Die Eckzähne waren ein wenig schief gewachsen und gaben seinem Lächeln etwas Verschmitztes.

Linda sprach ihn an. »Sie benutzen ein Parfüm, das ich in Fez kennengelernt habe.«

»Das stimmt«, erwiderte der Mann. »Ich war auch in Fez und habe mir das Parfüm dort auf dem Markt besorgt. Ich liebe Parfüms. Aber seit ich dieses entdeckt habe, gibt es für mich kein anderes.«

»Es duftet wie Edelholz«, fuhr Linda fort. »Ich meine, Männer sollten immer wie Edelhölzer riechen. Mein Traum ist es, Südamerika zu besuchen, wo es ganze Wälder von Edelhölzern geben soll, die ganz wunderbare Düfte ausströmen. Einmal hatte ich mich in Patschuliparfüm verliebt, einen sehr alten Duft. Er wird heute gar nicht mehr verwendet. Ursprünglich kam er aus Indien, und die indischen Schals unserer Großmütter rochen immer noch nach Patschuli. Ich gehe auch gern in der Gegend der Docks spazieren, wo die Speicherhäuser einen Gewürzgeruch ausströmen. Tun Sie das auch?«

»Ja«, entgegnete er. »Und ich verfolge manchmal Frauen, nur weil ihr Parfüm, ihr Duft mich anzieht.«

»Fez war eine Stadt voll der schönsten Männer. Ich wollte dort bleiben und einen Araber heiraten.«

»Weshalb taten Sie es nicht?«

»Weil ich mich in einen anderen Araber verliebte. Ich hatte ihn mehrmals besucht. Er war der schönste Mann, den ich jemals gesehen hatte. Sein Teint war dunkel, er hatte riesige, pechschwarze Augen und einen derart leidenschaftlichen Gesichtsausdruck, daß ich ganz hingerissen war. Seine Stimme klang wie ferner Donner, aber er selbst war ganz sanft. Sprach er mit jemandem, selbst auf der Straße, ergriff er ihn bei beiden Händen, ganz zärtlich, als wollte er jedes Lebewesen mit derselben Zuneigung und Zärtlichkeit berühren. Ich war ganz weg, aber dann. . .«

»Was dann?«

»Einmal, es war sehr heiß, saßen wir in seinem Garten und tranken Pfefferminztee. Er nahm den Turban ab. Darunter war sein Kopf völlig kahl. Das ist eine arabische Sitte. Offenbar rasieren sich die Männer das Haupthaar. Jedenfalls ernüchterte mich der Anblick, und ich wurde von meiner Leidenschaft geheilt.«

Der Unbekannte lachte.

Als seien sie verabredet, waren sie beide aufgestanden und gingen nun nebeneinander. Linda war betäubt von dem Duft, den seine Haare ausströmten, berauscht, als hätte sie zuviel getrunken. Ihre Beine schienen ihr nicht mehr zu gehorchen, ihr Kopf schwamm. Ihre Brüste hoben und senkten sich, sie holte bei jedem Schritt tief Luft. Der Unbekannte neben ihr betrachtete das Wogen, als wäre es das Meer, das sich zu seinen Füßen ausbreitete.

Am Rande des Bois hielt er an. »Dort oben wohne ich«, sagte er und wies mit dem Spazierstock auf ein Apartmenthaus mit vielen Balkonen. »Würden Sie einen Augenblick hereinkommen und auf meiner Terrasse einen Apéritif nehmen?

Linda nahm die Einladung an. Sie glaubte, sie würde ersticken, wenn man ihr den Duft, der sie so verzauberte, plötzlich entzöge.

Sie saßen auf der Terrasse vor ihren Apéritifs und schwiegen. Linda hatte sich zurückgelehnt und ihre Augen geschlossen. Die Augen des Unbekannten waren auf ihre Brüste geheftet. Dann aber machte er sie auch zu. Keiner von beiden rührte sich. Beide verfielen ins Träumen.

Er machte die erste Bewegung. Er küßte Linda und versetzte sie zurück in jene Tage in Fez, da sie in dem Garten des hochgewachsenen Arabers gesessen hatte. Sie entsann sich an alles, was sie damals empfunden hatte, an ihr Verlangen, in das weiße Cape des Arabers gehüllt zu sein, an ihr Verlangen nach seiner mächtigen Stimme, seinen brennenden Augen. Das Lächeln des Unbekannten *war* ihr Araber, aber diesmal mit dichtem, parfümiertem, schwarzem Haar, das duftete wie die Stadt Fez. Die beiden Männer liebten sie. Sie hielt die Augen geschlossen. Der Araber entkleidete sie, berührte sie mit seinen feurigen Händen. Schwaden von Parfüm dehnten ihren Körper aus, öffneten ihn, bereiteten ihn zur Hingabe vor. Ihre Nerven waren zum Zerreißen gespannt.

Sie öffnete die Augen einen Spalt und sah das weiße Gebiß, die wunderbaren Zähne und wie sie im Begriff waren, sich in sie zu vergraben. Sein Glied berührte sie, drang ein. Es war, als wäre er unter Strom gesetzt, als jagte jeder Stoß einen elektrischen Impuls durch ihren Körper.

Er zwang ihr die Beine auseinander, als wollte er sie zerbrechen. Sein Haar hing ihr ins Gesicht. Der Geruch stieg ihr in die Nase, sie fühlte ihren Orgasmus nahen und feuerte den Mann an, schneller zuzustoßen, damit sie gemeinsam kämen. Im Augenblick des Orgasmus brüllte er wie ein Tiger, es war ein überwältigender Aufschrei der Ekstase, der Wonne, des Entzückens, ungezähmt, wild, wie sie ihn noch nie vernommen hatte, das Gebrüll eines Urwaldtieres, das sich seiner Beute freut, das vor Vergnügen brüllt.

Sie machte die Augen auf. Ihr Gesicht war noch immer bedeckt mit seinem schwarzen Haar. Sie nahm es in den Mund. Ihre Körper waren ineinander verstrickt. In der Eile hatte sie ihr Höschen nur halb heruntergezogen, es hatte sich um ihren Knöchel gewunden. Sein Fuß hatte sich darin verfangen, und beide sahen hinunter auf ihre durch ein Stück schwarzen Chiffon aneinandergefesselten Beine. Sie mußten lachen.

Sie besuchte ihn viele Male. Ihre Sehnsucht nach ihm fing lange vor ihrer Zusammenkunft an, lange bevor sie sich für ihn anzog. Mitten am Tag überfiel sie die Erinnerung an das Parfüm, und wenn sie gerade im Begriff war, die Straße zu überqueren, schien eine Wolke von Duft auf sie zuzukommen, aus dem Nirgendwo. Sie war so überwältigt, daß es ihr zwischen die Beine fuhr und sie stehenbleiben mußte, hilflos, geöffnet. Ihre Haut duftete danach, und der Geruch weckte sie, wenn sie allein schlief. Noch nie war sie so leicht zu erregen gewesen. Sie hatte immer einen langen Anlauf gebraucht, sie wollte liebkost, gestreichelt werden, aber für den Araber, wie sie ihn in Gedanken getauft hatte, war sie stets bereit. Sie war geil, ehe er sie noch überhaupt berührt hatte, sie hatte Angst, sie könnte kommen, wenn er nur die Hand auf ihre Möse legte. So war es einmal geschehen. Sie hatte ihn besucht und war schon feucht und zitterte. Die Schamlippen waren hart, als hätte man sie gestreichelt, ihre Brustwarzen standen, ihr ganzer Körper vibrierte. Als er sie küßte, spürte sie die Sprengkraft in sich und legte seine Hand direkt auf ihren Venusberg. Das Übermaß erotischer Spannung ließ sie explodieren.

Und dann passierte es – es war etwa zwei Monate, nachdem sie einander kennengelernt hatten –, daß sie ihn besuchte, er sie in die Arme nahm, und nichts geschah. Es war, als sei er nicht mehr derselbe Mann. Er stand vor ihr, ein zwar gepflegter, aber doch ganz durchschnittlicher

Mann, der genau so aussah, wie irgendeiner von einem Dutzend gutgekleideter Franzosen, wie einer von vielen, die auf den Champs-Elysées flanierten, Theaterpremieren besuchten oder sich beim Pferderennen zeigten.

Was war geschehen, was hatte diesen Wandel bewirkt? Wo war der überwältigende Rausch geblieben, den sie in seiner Nähe gefühlt hatte? Weshalb kam er ihr auf einmal so durchschnittlich vor? Er war wie jeder andere Mann, er war dem Araber ganz unähnlich. Sein Lächeln war weniger blendend, seine Stimme weniger wohlklingend. Sie stürzte sich in seine Arme, sie wollte den Duft seines Haares einfangen. Dann rief sie verzweifelt: »Dein Parfüm! Du trägst ja kein Parfüm!«

»Es ist mir ausgegangen«, erklärte der Araber-Franzose, »und ich kann es nicht mehr beschaffen. Weshalb sollte dich das so verstören?«

Linda versuchte verzweifelt, die Stimmung wieder heraufzubeschwören, in die er sie jedesmal versetzt hatte. Aber ihr Körper reagierte nicht: In ihrer Phantasie mußte sie einfach den Garten in Fez, den Garten des Arabers sehhen. Sie stellte sich vor, er säße neben ihr auf einem niedrigen, weichen Diwan. Der Araber hatte sie auf den Diwan geworfen und sie geküßt, während der kleine Springbrunnen sanft plätscherte. Das geliebte Parfüm brannte als Weihrauchstäbchen in einem Gefäß an ihrer Seite. Aber nein: vergebens, der Traum schwand wieder. Es gab keinen Weihrauch, es roch genau so wie in jeder französischen Wohnung. Der Mann an ihrer Seite war ein Fremder geworden, die Magie, die ihn so begehrenswert gemacht hatte, war gewichen. Linda kam nie wieder zu ihm zurück.

Obwohl Linda das Abenteuer mit dem Taschentuch nicht besonders gefallen hatte, plagte sie nach Monaten des Eingeschlossenseins in ihre eigene Sphäre wieder die Unruhe.

Erinnerungen quälten sie, Geschichten, die man ihr erzählt hatte, und das Bewußtsein, inmitten von Männern und Frauen zu leben, die einander liebten. Sie fürchtete, da ihr eigener Gatte ihr nun nicht mehr genügte, körperlich abzusterben.

Sie erinnerte sich, daß sie schon in sehr jungen Jahren sexuelle Reize gespürt hatte. Ihre Mutter hatte ihr einen zu engen Slip gekauft, der ihr zwischen den Beinen scheuerte. Dies hatte ihre Haut gereizt, und nachts, als sie gerade einschlafen wollte, hatte sie sich da unten gekratzt. Beim Hinüberdämmern wurde aus dem Kratzen ein Streicheln. Sie merkte, daß es ein wohliges Gefühl verursachte. Deshalb machte sie weiter, bis ihre Finger einen ganz bestimmten Punkt im Zentrum berührten. Dann steigerte sich das Gefühl. Unter ihren Fingern wurde diese Stelle hart und noch empfindlicher.

Ein paar Tage später ging sie zur Beichte. Der Priester saß auf einem Stuhl, und sie mußte zu seinen Füßen niederknien. Er war ein Dominikaner und trug einen langen Gürtel mit einer Quaste, die fast auf den Boden reichte. Linda hatte sich an sein Knie gelehnt und spürte den Druck der Quaste. Der Priester hatte eine wohlklingende warme Stimme, die einschläfernd wirkte, wenn er sich vorbeugte und sie anredete. Als sie ihre läßlichen Sünden – Trotz, Lügen und so weiter – gebeichtet hatte, zögerte sie. Es fiel ihm auf, und er flüsterte ihr nun mit einer viel leiseren Stimme ins Ohr: »Hast du unkeusche Träume gehabt?«

»Was für Träume, Vater?«

Die harte Quaste befand sich genau zwischen ihren Beinen und preßte gegen die Stelle, die sie in den Nächten zuvor mit ihren Fingern liebkost hatte. Sie rutschte noch ein wenig dichter heran. Sie wollte die warme, einschmeichelnde Stimme des Priesters noch näher hören, die sie wegen ihrer unkeuschen Träume befragt hatte.

Er sagte: »Träumst du, daß du jemanden küßt oder von ihm geküßt wirst?«

»Nein, Vater.«

Inzwischen hatte sie herausbekommen, daß die Quaste viel wirksamer war als ihre Finger, denn sie war auf eine rätselvolle Weise Teil der warmen Stimme und der geflüsterten Worte – wie »geküßt« – geworden. Sie drückte sich noch dichter an ihn und sah zu ihm auf. Er ahnte, daß sie noch etwas auf dem Herzen hatte. »Hast du dich jemals gestreichelt?«

»Selber gestreichelt?« fragte sie. »Wo denn?«

Der Priester wollte schon zur nächsten Frage übergehen, denn er könnte sich ja geirrt haben, aber der Ausdruck ihres Gesichts bestätigte seinen Verdacht.

»Berührst du dich jemals mit den Händen?«

Genau in diesem Augenblick wünschte sich Linda, sie könnte eine Bewegung machen, damit durch die Reibung jenes unvergleichliche, überwältigende Lustgefühl einträte, wie sie es ein paar Nächte zuvor das erstemal erlebt hatte. Aber sie fürchtete, der Priester könnte Verdacht schöpfen und sie von sich stoßen. Und dann würde sie das Gefühl ganz und gar verlieren. Deshalb war sie entschlossen, seine Aufmerksamkeit um jeden Preis abzulenken. »Vater, es stimmt, ich muß Ihnen etwas sehr Schlimmes beichten. Eines Nachts habe ich mich da unten gekratzt, und dann . . .«

»Mein Kind, mein Kind«, unterbrach sie der Priester, »du mußt sofort damit aufhören. Es ist unkeusch. Sonst wirst du dein Leben ruinieren.«

»Weshalb ist es unkeusch?« fragte Linda und drückte sich wieder gegen die Quaste. Ihre Erregung stieg. Der Priester beugte sich so dicht über sie, daß seine Lippen fast ihre Stirn streiften. Ihr wurde schwindlig. »Das sind Liebkosungen, die dir nur dein Gatte geben darf. Wenn du es selbst tust, wenn du dich mißbrauchst, wirst du dich schwächen, und niemand wird dich später lieben. Wie oft hast du es getan?«

»Dreimal, Vater. Und dann habe ich auch etwas geträumt.«

»Was hast du geträumt?«

»Daß mich jemand gerade dort berührt.«

Jedes Wort, das sie sprach, steigerte ihre Erregung. Unter dem Vorwand, sich schuldig, sich beschämt zu fühlen, warf sie sich gegen die Knie des Priesters und beugte den Kopf, als wollte sie in Tränen ausbrechen. In Wahrheit aber war es die Berührung der Quaste, die ihr den Orgasmus verschaffte. Sie bebte. Der Priester hielt es für Schuld und Scham, bückte sich, hob sie aus ihrer knienden Stellung auf, nahm sie in die Arme und tröstete sie.

MARCEL

Marcel war auf das Hausboot gekommen, seine blauen Augen voll des Staunens, voll des Widerscheins, wie der Fluß. Hungrig waren sie, diese Augen, gierig und nackt. Den unschuldigen, aufnahmebereiten Blick überschatteten dichte Brauen, wie die eines Buschmanns. Ihre Wildheit stand im Gegensatz zu der klaren Stirn und dem seidigen Haar. Auch die Haut war zart, Nase und Mund zerbrechlich, durchscheinend, aber Marcels Hände waren die eines Bauern und verrieten, ebenso wie seine dichten Brauen, insgeheime Stärke.

Er sprach wie ein Besessener, mußte alle und alles analysieren. Gleichgültig, was er erlebt hatte, was er in die Hände bekam – es mußte zu jeder Tages- und Nachtzeit begutachtet, zerpflückt werden. Er brachte es nicht fertig, zu küssen, zu begehren, zu besitzen, zu genießen, ohne es nachher sofort zu analysieren. Nach einem astrologischen Schema plante er alles im voraus: Die Folge war, daß ihm oft Wunderbares widerfuhr, denn er besaß die Gabe, es heraufzubeschwören. Aber kaum war ihm dieses Wunderbare begegnet, griff er danach und packte es mit der Vehemenz eines Mannes, der im Zweifel war, ob er es wirklich gesehen und erlebt hatte, und der sich verzehrte, um es wahr zu machen. Mir gefiel er nur, wenn sein wunderbar sensibles, gewissermaßen poröses Selbst noch stumm und aufnahmebereit war, wenn er mir wie ein sehr weiches oder aber ein sehr sinnliches Tier vorkam, wenn seine Schwäche noch unsichtbar war. Dann nämlich schien er tatsächlich unversehrt und wie einer, der herumwandert mit einem Sack voller Entdeckungen, Notizen, Programmen, neuen Büchern, neuen Talismanen, neuen Parfüms, neuen Fotografien. Er glich dann einem Hausboot ohne Vertäuung. Er wanderte ziellos umher als Landstreicher, Entdecker, Besucher von Irrenhäusern, er stellte den Menschen Horoskope, häufte esoterisches Wissen an, botanisierte, sammelte Mineralien.

»Dinge, die man nicht besitzen kann«, pflegte er zu sagen, »sind immer vollkommen: ein abgebrochenes Stück Marmor, ein blankgescheuerter Tisch. Der Körper der Frau hat etwas Vollkommenes, etwas, das man niemals besitzen, niemals ganz verstehen kann, auch dann nicht, wenn man sich liebt.«

So trug er manchmal die lose gebundene Schleife des Bohémiens von einst, auf dem Kopf eine Schiebermütze, an den Beinen die gestreiften Hosen des französischen Bourgeois. Oder aber er erschien in einem schwarzen Mantel, ähnlich der Soutane eines Priesters; dann wieder zierte ihn die Fliege des Schmierenkomödianten. Oder aber er hatte ein Tuch um den Hals geknüpft wie ein Zuhälter – knallgelb oder ochsenblutfarben. Ein andermal trug er einen Anzug, den ihm ein Geschäftsmann geschenkt hatte, dazu eine Krawatte, die einem Pariser Gangster gehört, oder aber auch einen Hut, der sonntags das Haupt eines Vaters von elf Kindern gekrönt hatte. Er erschien im Schwarzhemd des Verschwörers, in dem karierten des burgundischen Winzers oder im Overall aus blauem Kord mit ausgebeutelten Hosen, wie ihn Werftarbeiter tragen. Ab und zu ließ er sich den Bart stehen und sah wie Christus aus. Dann wieder rasierte er sich wie ein ungarischer Zigeunerprimas.

Ich wußte niemals, in welcher Verkleidung er mich besuchen würde. Wenn er überhaupt eine Identität besaß, so war es die des Wechsels, des Alles-sein-Könnens, des Schauspielers, für den es nur ein unaufhörliches Rollenspiel gibt.

Er hatte gesagt: »Eines Tages werde ich kommen.« Und nun lag er auf dem Bett und starrte an die bemalte Decke des Hausbootes. Seine Hände fuhren über den Bettüberwurf. Dann blickte er zum Fenster hinaus auf den Fluß.

»Mir gefällt es hier auf deinem Boot«, sagte er. »Es wirkt beruhigend, der Fluß ist wie eine Droge. Worunter ich leide, verliert, wenn ich hier bin, seine Substanz.«

Der Regen prasselte auf das Dach des Hausbootes. Es war fünf Uhr nachmittags, eine Zeit, zu der in Paris immer eine erotische Stimmung herrscht. Es ist die Stunde, zu der sich die Liebespaare verabreden, die *l'heure bleue* in allen französischen Romanen. Fünf Uhr nachmittags bis sieben. Aber niemals nachts, so scheint es, denn alle Frauen sind verheiratet und sind nur zur Teezeit, dem großen Alibi, frei. Um fünf Uhr nachmittags lag immer etwas in der Luft, ich spürte einen Zauber, den ich mit einem wollüstigen Paris teilte. Kaum war das Tageslicht verblaßt, dachte ich, eilt jede Frau, der ich begegne, zu ihrem Rendezvous, jeder Mann zu seiner Geliebten.

Wenn er mich verläßt, küßt Marcel meine Wange. Sein Bart kitzelt wie eine Liebkosung. Dieser nach außen hin so brüderliche Kuß ist aber erotisch geladen.

Wir aßen zusammen zu Abend. Ich schlug vor, daß wir tanzen gingen. Wir besuchten den *bal nègre.* Aber Marcel war wie gelähmt. Er hatte Angst, mich anzufassen. Ich wollte ihn zum Tanz verführen, aber er weigerte sich, er behauptete, er sei ungeschickt. In Wirklichkeit aber hatte er Angst. Als er mich schließlich doch in den Armen hielt, zitterte er. Ich war froh, daß ich ihn durcheinandergebracht hatte. Seine Nähe entzückte mich, ich war verliebt in seine hohe, schlanke Gestalt.

»Bist du betrübt?« fragte ich. »Willst du hier weg?«

»Ich bin nicht betrübt, nur gehemmt. Es ist die aufgestaute Frustration in mir, ich kann mich nicht gehenlassen. Und diese Musik ist so barbarisch. Es kommt mir vor, als könnte ich nur einatmen, nicht ausatmen. Ich bin verkrampft, unnatürlich.«

Ich bat ihn nicht wieder, mit mir zu tanzen, ich tanzte mit einem Neger.

Draußen, in der kühlen, frischen Abendluft, beichtete mir Marcel und erzählte mir von den Hemmungen, den Ängsten, den Lähmungen in ihm. Ich hatte das Gefühl, das Wunder wäre eben noch nicht geschehen und es wäre meine Aufgabe, ihn durch ein Wunder zu befreien und nicht durch Worte, nicht mittelbar, nicht mit dem, was ich einem Kranken sagen würde. Ich weiß, was ihm fehlt, ich kenne den befreiten Marcel, ich will ihn befreien.

Aber als er wieder mit mir auf das Hausboot gekommen war und Hans dort traf, als er sah, daß Gustavo um Mitternacht kam und dableiben wollte, wurde er eifersüchtig. Seine blauen Augen verfinsterten sich. Als er mir einen Gutenachtkuß gab, starrte er Gustavo wütend an.

Er sagte zu mir: »Komm, begleite mich hinaus.«

Ich ging mit ihm, und wir gingen ein paar Schritte die dunklen Kais entlang. Als wir außer Sichtweite waren, beugte er sich über mich und küßte mich leidenschaftlich, wild. Sein voller, großer Mund trank meinen.

»Wann wirst du mich besuchen?« fragte er.

»Morgen, Marcel, morgen werde ich dich besuchen.«

Als ich in seine Wohnung kam, trug er Lappländertracht. Sie ähnelte einem russischen Kostüm. Dazu gehörten eine Pelzmütze und hohe schwarze Filzstiefel, die bis fast an die Hüften reichten. Das Zimmer war wie das eines Weltreisenden und voller Andenken aus jedem Land. An den Wänden hingen rote Teppiche, auf dem Bett lagen Tierfelle. Die Atmosphäre war schwül, intim, sinnlich, wie in den Kojen einer Opiumhöhle. Die Felle, die dunkelroten Wände, die Kunstgegenstände – sie wirkten wie die Fetische eines afrikanischen Schamanen. Alles strahlte Erotik aus. Ich spürte ein Verlangen, nackt auf den Fellen zu liegen und mich inmitten des animalischen Geruchs nehmen zu lassen, ich wollte das Fell unter mir spüren.

Ich stand mitten in diesem roten Raum. Marcel zog mich aus. Seine Hände hielten meine nackte Taille umklammert, sie strichen über meinen ganzen Körper. Sie zeichneten den Schwung meiner Hüften nach.

»Das erstemal eine richtige Frau«, sagte er. »So viele waren hier, aber zum erstenmal ist es eine richtige Frau, ist es jemand, den ich anbeten kann.« Als ich auf dem Bett lag, kam es mir vor, als hätten sich Geruch, Berührung der Felle und Marcels Animalität vereint. Eifersucht hatte seine Zurückhaltung besiegt. Er war wie ein Tier, er hungerte nach jeder Wahrnehmung, war begierig, mich überall zu entdecken. Er küßte mich wild, er biß mir in die Lippen. Er warf mich auf die Tierfelle, küßte meine Brüste, tastete nach meinen Beinen, meiner Spalte, meinem Hintern. Dann kroch er im Halbdunkel über mich und schob mir den Schwanz in den Mund. Meine Zähne streiften ihn, als er ihn vorwärts und rückwärts bewegte. Offenbar liebte er das. Er starrte mich an, streichelte mich, seine Hände waren überall auf meinem Körper, seine Finger ertasteten mich, als wollten sie mich ganz und gar kennenlernen, mich festhalten.

Ich legte ihm die Beine über die Schultern, ich hielt sie ganz hoch, damit er in mich hineintauchen und es gleichzeitig mitansehen konnte. Er wollte ja immer alles sehen, er wollte sehen, wie der Schwanz hineinglitt, wie er herauskam, glänzend, steif, groß. Ich hatte meine geballten Fäuste unter mein Hinterteil geschoben. Ich hob mich ihm entgegen, damit er noch tiefer stoßen konnte. Dann drehte er mich um und legte sich wie ein Hund auf meinen Rücken und stieß mir den Schwanz von hinten hinein. Seine Hände hielten meine Brüste umklammert und streichelten sie dabei. Er war unermüdlich. Er wollte nicht kommen. Ich wartete, hielt mich zurück, wollte mit ihm zusammen den Höhepunkt erlangen. Aber er zögerte ihn immer wieder hinaus. Er wollte in mir verweilen, wollte das Gefühl meines Körpers niemals verlieren, wollte ekstatisch bleiben. Aber ich war ermüdet und sagte: »Komm doch, Marcel, komm endlich!« Er stieß mit neuer Kraft zu und riß mich mit sich in einen wüsten Orgasmus, bis ich aufschrie. Er kam fast zur selben Zeit. Wir sanken zurück auf die Felle, befreit.

Wir lagen im Halbdunkel, umgeben von seltsamen Dingen - Schlitten, Stiefeln, russischen Silberlöffeln, Kristallen, Muscheln. An den Wänden hingen erotische Bilder aus China. Alles, selbst ein Stück erstarrter Lava von der versunkenen Insel Krakatau, ja sogar eine Flasche mit Sand aus dem Toten Meer, sah wie ein Phallussymbol aus.

»Du hast den richtigen Rhythmus«, sagte Marcel. »Meistens haben es die Frauen zu eilig für mich, und dann gerate ich in Panik. Sie haben ihr Vergnügen gehabt, und ich habe Angst, weiterzumachen. Sie lassen mir keine Zeit, sie erst einmal zu befühlen, zu betasten, sie kennenzulernen, ihnen nahezukommen. Es macht mich verrückt, wenn sie weggegangen sind, denn ich stelle sie mir immer noch nackt vor, und ich quäle mich mit dem Gedanken, daß ich nicht gekommen bin. Du läßt dir Zeit, du bist wie ich.«

Während ich mich anzog, standen wir vor dem Kamin. Marcel fuhr mir mit der Hand unter den Rock und streichelte mich. Plötzlich überfiel uns eine wilde Begierde. Ich stand da wie angewurzelt und hatte die Augen geschlossen. Ich spürte, wie seine Hand sich bewegte, ich antwortete ihr. Mit seinen kräftigen Bauernhänden hatte er meinen Hintern umspannt, und ich dachte, wir würden uns wieder auf das Bett fallen lassen, aber er sagte: »Heb dein Kleid hoch.«

Ich lehnte mich gegen die Wand und preßte mich an ihn. Er steckte den Kopf zwischen meine Beine, krallte sich mit den Händen in meinen Hintern und fuhr mir mit der Zunge in die Möse. Er saugte an ihr, er leckte sie, bis ich wieder ganz naß war. Dann nahm er seinen unglaublich Steifen heraus und nahm mich im Stehen, gegen die Wand. Sein Schwanz war hart wie ein Drill, der bohrte und bohrte und in mich stieß. Ich lief über, ich verging in seiner Leidenschaft.

Mir gefällt es besser, von Gustavo geliebt zu werden, denn im Gegensatz zu Marcel kennt er keine Hemmungen, keine Ängste, keine Spannungen. Er träumt am liebsten, und wir hypnotisieren einander mit Liebkosungen. Ich berühre seine Kehle, ich fahre ihm mit den Fingern durch sein schwarzes Haar, ich streichle seinen Bauch, seine Beine, seine Hüften. Wenn ich ihm mit der Hand den Rücken hinunterfahre, vom Nacken bis zu den Hinterbacken, schüttelt sich sein Körper vor Lust. Er liebt es, gestreichelt zu werden, er ist darin wie eine Frau. Sein Schwanz will sich aufrichten. Ich fasse ihn aber erst dann an, wenn er vor Erwartung hüpft. Dann stöhnt Gustavo vor Wollust. Ich schließe meine Finger um seinen Kolben, ich halte ihn fest und schiebe ihn hin und her in seiner Haut. Oder aber ich berühre die Spitze mit der Zunge. Dann drückt er ihn mir in den Mund und zieht ihn wieder heraus. Manchmal kommt es ihm dann, und ich schlucke den Samen. Dann wieder ist er es, der zuerst zärtlich wird. Ich werde ganz feucht, seine Finger sind so warm und wissend. Manchmal bin ich so erregt, daß ich den Orgasmus nahen fühle, wenn er mich nur ganz leicht mit dem Finger berührt. Wenn er merkt, daß ich pulsiere, wird er ganz wild. Er wartet nicht, bis der Orgasmus vorüber ist, er stößt seinen Schwanz in mich hinein, als wollte er nur die allerletzten Spasmen spüren. Sein Ding paßt in mich, als wäre es nur für mich gemacht. Er kann leicht eindringen. Und dann schließe ich meine inneren Lippenmuskeln um ihn und melke ihn. Manchmal ist der Schwanz dicker als sonst und wie mit Strom geladen. Dann ist das Vergnügen ungeheuer groß, dann dauert es lange. Und der Orgasmus hört nie auf.

Natürlich sind die Frauen hinter ihm her. Aber er ist selbst eine Frau, weil er sich einbildet, er müßte jedesmal verliebt sein. Eine schöne Frau wird ihn immer erregen können, aber wenn er sie nicht auf irgendeine Weise liebt, ist er impotent.

Ist es nicht merkwürdig, wie sich der Charakter eines Menschen im Geschlechtsakt offenbart? Ist man nervös, schüchtern, beunruhigt, ängstlich, wird der Akt ebenso sein. Ist man dagegen entspannt, ist es wunderbar. Der Schwanz von Hans wird niemals schlaff. Hans läßt sich Zeit, er fühlt sich sicher, macht es sich gemütlich in seiner Lust, in dem gelebten Augenblick,damit er ihn in aller Ruhe vollauf genießen kann, bis zur Neige. Marcel dagegen ist beklommen, er hat keine Ruhe. Ich spüre dann, auch wenn er steif ist, wie er sich bemüht, wie er seine Potenz demonstrieren will, wie er fürchtet, seine Kraft könnte ihn im entscheidenden Augenblick im Stich lassen.

Gestern abend, ich hatte ein wenig in den Manuskripten von Hans geblättert, hob ich die Arme über den Kopf. Ich spürte, wie mein seidenes Höschen die Taille hinunterrutschte, ich spürte meinen Leib und mein Geschlecht und wie lebendig sie waren. Im Dunkel erlebten Hans und ich eine wahre Orgie, ich dachte, ich hätte alle Frauen, die er jemals besessen hatte, genommen, alles, was seine Finger berührt hatten, alle Zungen, alle Mösen, an denen er gerochen hatte, jedes Wort, das er über den Sex gesprochen hatte – ich nahm alles in mich auf, es war eine Orgie erinnerter Szenen, eine ganze Welt der Orgasmen, der Leidenschaften.

Marcel und ich lagen auf seinem Diwan. Es dämmerte. Marcel erzählte mir von seinen erotischen Phantasien und wie schwierig es doch wäre, sie zu erfüllen. So wollte er zum Beispiel immer eine Frau besitzen, die eine Menge Unterröcke trug, er wollte sich unter sie legen und hinaufsehen. Er entsann sich, daß er das bei seinem ersten Kindermädchen getan hatte, er hatte vorgegeben, es wäre ein Spiel, und dann sah er ihr unter die Röcke. Dieses erste, kindliche Erlebnis hatte seinen Wunsch geprägt.

»Gut«, erwiderte ich, »ich werde es machen. Tun wir all das, was wir uns erträumt haben, lassen wir es mit uns geschehen. Wir haben ja die ganze Nacht dazu. Und bei dir gibt es so viel, was wir gebrauchen können. Außerdem hast du Kostüme. Ich werde mich für dich verkleiden.«

»Willst du das wirklich tun?« fragte Marcel erstaunt. »Ich werde alles tun, was du ersehnt hast, alles, was du verlangst.«

»Dann hole mir die Kostüme. Du hast ja Trachtenröcke, die ich anziehen kann. Beginnen wir mit deinen Wunschträumen. Wir werden so lange machen, bis sie alle erfüllt sind. Ich werde mich umziehen.«

Ich verschwand im Nebenraum, wo die vielen Röcke hingen – aus Griechenland, aus Spanien –, und zog sie übereinander an. Marcel hatte sich auf den Boden gelegt. Er sprang auf, er errötete vor Vergnügen, als er mich sah. Ich setzte mich auf die Kante des Diwans.

»Steh auf«, sagte Marcel.

Ich tat es. Er legte sich wieder auf den Boden und sah mir die Beine hinauf, unter die Röcke. Er breitete sie ein wenig mit seinen Händen aus. Ich stand still, die Beine auseinander. Daß Marcel mir unter die Röcke sah, erregte mich. Langsam fing ich an zu tanzen. Ich hatte es bei den Araberinnen beobachtet. Ich tanzte, ich schwenkte langsam die Hüften, ich bewegte mich genau über seinem Gesicht, so daß er sehen konnte, wie meine Möse unter den Röcken mittanzte. Ich tanzte, ich bewegte mich, ich drehte mich im Kreise. Und er sah zu mir hoch, er stöhnte vor Lust. Er hielt es nicht länger aus und zog mich herunter und über sein Gesicht. Er biß, er küßte mich. Nach einer Weile unterbrach ich ihn. »Hör auf, ich komme sonst.«

Dann ging ich wieder aus dem Zimmer und kam nackt zurück. Ich hatte nur die schwarzen Filzstiefel an. Marcels nächster Wunschtraum war masochistisch. »Bitte sei grausam zu mir«, bettelte er.

Nackt und in den hohen schwarzen Stiefeln ließ ich mir erniedrigende Dinge einfallen. »Gut, geh und hol mir einen schönen Mann. Ich will, daß er mich vor deinen Augen besteigt.«

»Das werde ich nicht tun«, sagte Marcel.

»Ich befehle es dir. Du hast versprochen, du würdest alles tun, was ich verlange.«

Marcel stand auf und ging hinunter. Etwa eine halbe Stunde später kam er mit seinem Nachbarn zurück, einem sehr gut aussehenden Russen.

Marcel war bleich geworden, denn er hatte gemerkt, daß der Russe mir gefiel. Er hatte ihm erklärt, was wir taten. Der Russe betrachtete mich und lächelte. Es war nicht notwendig, ihn aufzugeilen, denn als er mir entgegenkam, hatten die schwarzen Stiefel und meine Nacktheit bereits ihre Wirkung getan. Nicht nur gab ich mich dem Russen hin, ich flüsterte ihm auch noch ins Ohr: »Mach langsam, bitte, laß es lange dauern!«

Marcel litt. Ich aber vergnügte mich mit dem Russen, der groß, hart und ausdauernd war. Marcel hatte uns die ganze Zeit beobachtet. Er nahm seinen Steifen heraus, und als er merkte, daß unser Orgasmus nahte, wollte er ihn mir in den Mund schieben. Ich ließ es nicht zu. »Du mußt es aufheben für später«, sagte ich, »denn ich will ja noch mehr von dir, ich will nicht, daß du jetzt schon kommst.«

Der Russe war fertig. Nach dem Orgasmus war er in mir

geblieben und wollte wieder anfangen, aber ich entzog mich ihm. Dann sagte er: »Ich will euch zusehen.«

Marcel lehnte ab, und wir schickten ihn fort. Ehe er ging, bedankte er sich ironisch und noch immer erregt bei mir; es war offensichtlich, daß er bleiben wollte.

Marcel warf sich mir zu Füßen. »Das war gemein. Du weißt doch, daß ich dich liebe. Das war grausam von dir.«

»Aber es hat dich aufgegeilt, stimmt's?«

»Ja, aber es hat mir gleichzeitig auch weh getan. Ich hätte dir so etwas nie zugemutet.«

»Habe ich dich gebeten, mich grausam zu behandeln? Wenn die Menschen das tun, werde ich ganz kalt. Aber du, du wolltest es, es macht dich scharf.«

»Was willst du jetzt tun?«

»Ich will gevögelt werden, während ich am Fenster stehe«, antwortete ich, »wenn die Leute auf der gegenüberliegenden Seite der Straße mich sehen können. Du sollst dich hinter mich stellen und ihn mir von hinten hineinschieben, aber so, daß es niemand ahnen kann. Das regt mich auf.«

Ich stellte mich ans Fenster. Die Menschen gegenüber konnten in das Zimmer sehen, Marcel trat hinter mich und nahm mich. Äußerlich ließ ich mir nicht das geringste anmerken, aber es gefiel mir sehr. Marcel stöhnte, er konnte sich kaum noch zurückhalten. Aber ich sagte: »Ruhig, Marcel, ruhig und sachte, damit niemand etwas merkt.« Die Menschen sahen uns, aber sie dachten bestimmt, wir stünden nur am Fenster und blickten auf die Straße. In Wirklichkeit aber erlebten wir dieselbe Ekstase, die Liebespaare in Hauseingängen und unter den Seinebrücken Nacht für Nacht in ganz Paris erlebten.

Wir waren erschöpft, machten das Fenster zu, ruhten uns ein wenig aus. Inzwischen war es dunkel geworden. Wir flüsterten miteinander, wir träumten, wir dachten an vergangene Zeiten.

»Weißt du, Marcel, was mir vor ein paar Stunden passiert ist, als ich entgegen meinen Gewohnheiten in die überfüllte Métro gestiegen bin? Die Leute drängten in die Wagen und rissen mich mit, ich stand eingekeilt zwischen den Menschen und konnte mich nicht rühren. Da entsann ich mich an eine Episode, die mir Alraune einmal erzählt hat, als sie und Hans in der Untergrundbahn waren. Sie war sicher, daß Hans das Gedränge benutzt hätte, um sich an eine Frau heranzumachen. »In diesem Augenblick spürte ich, daß eine Hand ganz sanft mein Kleid berührte, wie aus Versehen. Mein Mantel stand offen, ich trug ein Sommerkleid, und eine Hand strich sachte über den Stoff und tastete sich vor zu meinem Schoß. Ich stand ganz still. Der Mann, der vor mir stand, war so hochgewachsen, daß ich sein Gesicht nicht erkennen konnte. Ich wollte aber auch gar nicht aufblicken. Ich war nicht sicher, ob er es war, ich wollte nicht wissen, wer es war. Jedenfalls streichelte die Hand das Kleid, verstärkte allmählich den Druck und tastete wieder nach meiner Möse. Ich machte eine winzige Bewegung, um sie der Hand ein wenig entgegenzuheben, sie sollte sie besser fühlen können. Die Finger wußten jetzt genau, wo es langging, und modellierten geschickt die Lippen. Ich spürte, wie in mir die Lust hochstieg. Der Zug schleuderte, ich warf mich gegen die ganze Hand. Die wurde immer dreister, denn sie hatte nun die Lippen ergriffen. Meine Wollust war derart, daß ich einen Orgasmus kommen fühlte. Ich rieb mich unmerklich an der Hand. Sie schien zu begreifen, was in mir vorging. Jedenfalls hörte sie nicht auf, mich zu streicheln. Dann kam ich. Ich bebte am ganzen Körper. Die Métro fuhr in eine Station ein, der Strom der Menschen schwemmte mich hinaus, der Mann war verschwunden.‹ «

Der Krieg ist ausgebrochen. In den Straßen weinende Frauen. Gleich am ersten Abend war Verdunklung angeordnet. Gewiß, wir hatten es geprobt, aber eine echte Verdunklung – das ist etwas anderes. Die Proben waren immer lustig gewesen, aber nun war es Ernst geworden. In den Straßen von Paris herrschte völliges Dunkel. Nur vereinzelt leuchtete ein winziges blaues, grünes oder rotes Kontrollämpchen auf, wie die Lichter vor den Ikonen in der russischen Kirche. Alle Fenster waren verdunkelt. Auch die Scheiben der Cafés waren entweder verhängt oder mit dunkelblauer Farbe angestrichen. Es war eine warme Septembernacht, die die Dunkelheit noch lauer erscheinen ließ. Etwas Seltsames lag in der Luft, eine Erwartung, eine Spannung.

Langsam ging ich den Boulevard Raspail entlang, in Richtung des *Dôme,* denn ich wollte nicht allein sein. Als ich ankam, war es gerammelt voll: Militär, das übliche Kontingent von Huren und Künstlermodellen, aber die Maler fehlten. Die meisten hatten ihren Stellungsbefehl bekommen und waren in ihre Heimatorte zurückgekehrt. Auch die Amerikaner waren weg und die spanischen Flüchtlinge, die deutschen Emigranten. Das Lokal hatte wieder eine rein französische Atmosphäre. Ich setzte mich an einen Tisch. Gisèle, eine junge Frau, mit der ich mich ein paarmal unterhalten hatte, setzte sich zu mir. Sie war froh, mich zu treffen, und sagte mir, daß sie es zu Hause nicht mehr aushalten konnte. Ihr Bruder war einberufen worden, das Haus verödet. Dann setzte sich Roger, ein anderer Bekannter, zu uns. Am Schluß saßen wir zu fünft am Tisch. Wir alle fühlten uns vereinsamt, die Dunkelheit hatte uns isoliert, unsere Geselligkeit war unterbrochen worden, aber man wollte trotzdem mit anderen Menschen zusammensein. Wir alle wollten es. Und darum hatten wir das hell erleuchtete Café aufgesucht. Die Soldaten waren in bester Laune, jeder freundlich, alle Schranken abgebaut. Man wartete nicht darauf, einander vorgestellt zu werden, jeder war sich derselben Gefahr bewußt, jeder spürte ein

Verlangen nach Geselligkeit, Zuneigung, Wärme.

Nach einer Weile sagte ich zu Roger: »Laß uns gehen.« Ich wollte wieder auf die dunkle Straße hinaus. Wir gingen vorsichtig den Bürgersteig entlang, bis wir zu einem arabischen Lokal kamen, das ich gerne besuchte. Wir gingen hinein. Die Gäste hatten sich um sehr niedrige Tische gruppiert. Eine üppig gebaute Araberin tanzte. Die Männer gaben ihr Geld, sie legte es auf ihren hüpfenden Busen und tanzte weiter. Heut abend war das Restaurant voll von Soldaten. Der schwere arabische Wein hatte sie betrunken gemacht. Auch die Tänzerin war betrunken. Sie trug nie viel beim Tanzen, meistens nur Gazeröcke und einen Gürtel, aber nun war ihr Rock aufgerissen, und als sie ihren Bauchtanz vollführte, entblößte sie ihren wippenden Busch. Die Fleischpolster, die ihn umgaben, bebten.

Einer der Offiziere bot ihr ein Zehn-Franc-Stück an. »Du mußt es aber mit deiner Fotze aufheben«, sagte er. Fatima blieb unbeeindruckt und tänzelte hinüber zu dem Tisch, legte die Münze auf die äußerste Tischkante, spreizte die Beine ein wenig und schüttelte sich wie bei ihrem Tanz. Die Lippen berührten die Münze zwar, konnten sie aber nicht ergreifen. Sie versuchte es ein zweitesmal, und diesmal klang es wie ein Saugen. Die Soldaten brachen in ein freches Gelächter aus. Dann versteiften sich die Lippen um die Münze und hoben sie auf.

Sie tanzte weiter. Ein junger Araber, der Flöte spielte, fixierte mich. Roger, der neben mir saß, hatte nur Augen für die Tänzerin und lächelte selig. Der Blick des jungen Arabers bohrte sich in mich, es war wie ein Kuß, es war, als ob einem die Haut angesengt würde. Als ich mich erhob, stand auch der Araber auf. Ich war völlig durcheinander. Beim Eingang befand sich eine kleine, dunkle Koje. Das Mädchen, das für die dort abgegebene Garderobe verantwortlich war, unterhielt sich mit den Soldaten. Ich ging in die Koje.

Der Araber begriff sofort. Ich wartete inmitten der Mäntel. Der Araber breitete einen davon auf dem Boden aus und drückte mich darauf. Im schwachen Licht konnte ich erkennen, was für einen herrlichen Schwanz er hatte: Glatt und wunderbar. So schön war er, daß ich ihn in den Mund nehmen wollte. Aber er ließ es nicht zu. Statt dessen steckte er ihn mir sofort hinein. Er war hart wie Eisen und heiß. Ich hatte Angst, man könnte uns überraschen, und wollte, daß er schnell machte. Ich war so erregt,daß ich sofort kam, aber er machte weiter, stieß in mich, wühlte in mir. Er hörte nicht auf.

Ein halbbetrunkener Soldat kam und wollte seinen Mantel. Wir lagen ganz still. Schließlich nahm er ihn vom Haken, ohne uns zu bemerken, und ging hinaus. Der Araber hatte sich Zeit gelassen. Sein Schwanz, seine Hände, seine Zunge waren unglaublich kräftig. Alles an ihm war fest. Ich spürte,wie sein Ständer immer länger und heißer in mir wurde. Er bewegte sich in einem ebenmäßigen Rhythmus, er steigerte sein Tempo nicht. Ich dachte nur an seinen harten Schwanz und wie er ihn in mich stieß, wie unter einem monomanen Zwang, hinein und hinaus. Ohne jede Vorwarnung, ohne jeden Wechsel im Rhythmus kam er. Es war wie der Strahl eines Springbrunnens. Aber auch danach zog er sich nicht zurück, sondern blieb hart in mir. Er wollte, daß ich ein zweitesmal käme. Aber das Lokal leerte sich zusehends. Glücklicherweise waren ein paar Mäntel heruntergefallen und bedeckten uns. Wir lagen unter einer Art Zelt. Ich hielt ganz still. Der Araber flüsterte: »Werde ich dich wiedersehen? Du bist so weich, so schön. Werde ich dich jemals wiedersehen?«

Roger hatte mich gesucht. Ich setzte mich auf und brachte mich in Ordnung. Der Araber verschwand. Immer mehr Gäste verließen das Restaurant. Sie hielten mich für die Garderobiere. Ich war ganz nüchtern geworden. Roger fand mich und wollte mich nach Hause begleiten. »Ich habe gesehen, wie dich der Araberjunge angestarrt hat. Du solltest dich vorsehen.«

Marcel und ich schlenderten durch die nächtlichen Straßen. Wir gingen in die bekannten Cafés und zogen die schweren schwarzen Vorhänge beiseite. Drinnen überwältigte uns ein Gefühl, als wären wir in eine Unterwelt hinabgestiegen, in eine Stadt der Dämonen. Alles war schwarz, schwarz wie die Reizwäsche der Pariser Hure, die langen Strümpfe der Can-Can-Tänzerin, wie die breiten Strumpfbänder, geschaffen, um die perversesten Launen der Männer zu befriedigen. Schwarz wie die engen kleinen Korseletts, die die Brüste nach oben und den Lippen der Männer entgegenpreßten, die Stiefel in den sadomasochistischen französischen Romanen. Marcel empfand es sofort und bebte vor Wollust. Ich wollte wissen, ob es denn wirklich Orte gäbe, die buchstäblich zum Vögeln einluden.

»Gewiß«, erwiderte er. »Ich bin jedenfalls davon überzeugt. Genauso wie dich seinerzeit die Felle auf meinem Diwan scharf gemacht haben, möchte ich immer bumsen, wenn alles verhängt ist mit Portieren, wenn die Wände mit Stoffen bespannt sind, wenn es so ist wie in einem Frauenschoß. Und besonders dann, wenn die Farbe Rot dominiert und wenn es viele Spiegel gibt. Der Ort, der mich am meisten aufregte, war ein Zimmer in der Nähe des Boulevard Clichy. Du erinnerst dich vielleicht, daß an der Ecke immer eine stadtbekannte Hure stand, die ein Holzbein und viele Freier hatte. Ich habe sie oft beobachtet und wollte sie ansprechen, aber ich hatte nicht den Mut, mit ihr ins Bett zu gehen, weil ich dachte, der Anblick ihrer Prothese würde mich sofort impotent machen. Sie war immer gut gelaunt, eine einladend lächelnde junge Frau mit blondgebleichtem Haar, aber tiefschwarzen, buschigen Brauen, wie die eines Mannes. Auf ihrer Oberlippe wuchs ein dunkler Flaum. Jedenfalls war sie von Natur aus brünett, hatte einen starken Haarwuchs und stammte wahrscheinlich aus dem Süden. Ihr gesundes Bein war stämmig und fest, ihr Körper durchaus schön. Aber ich konnte mich nicht überwinden, sie anzusprechen. Ich sah sie an und dachte dabei an ein Bild von Courbet, das ich einmal gesehen hatte, ein Gemälde, das er für einen Mäzen gemalt hatte, der eine Frau beim Geschlechtsakt abgebildet sehen wollte. Du weißt ja, daß Courbet ein großer Realist war. Deshalb malte er das Geschlecht einer Frau, sonst nichts. Er ließ Kopf, Arme und Beine weg, er malte nur einen Rumpf mit einer sorgfältig dargestellten Möse, der sich wollüstig wand und sich einem aus einem schwarzen Busch herauskommenden Schwanz entgegenbäumte.

Weiter nichts. Ich stellte mir vor, daß es mit dieser Hure ähnlich sein könnte. Ich mußte nur immer an ihre Fotze denken, mußte mir Mühe geben, ihr nicht auf die Beine zu sehen, sie überhaupt nirgends zu betrachten. Vielleicht könnte das reizvoll sein.

Ich stand also an der Ecke und war noch immer unschlüssig, als eine andere Hure vorbeikam, eine sehr junge. Junge Huren sind so etwas wie eine Rarität in Paris. Sie sprach die andere Frau an. Es hatte angefangen zu regnen. ›Ich bin jetzt zwei Stunden auf den Beinen, ich habe mir die Schuhe ruiniert und noch keinen Freier aufgegabelt.‹ Sie tat mir leid. Ich sagte: ›Darf ich dich zu einer Tasse Kaffee einladen?‹ Voller Freude akzeptierte sie. ›Bist du vielleicht ein Maler?‹

Ich entgegnete: ›Nein, aber ich habe tatsächlich an ein Bild gedacht, das ich einmal gesehen habe.‹

›Im *Café Wepler* hängen wunderschöne Bilder‹, erwiderte sie. ›Und schau dir das mal an.‹ Sie nahm aus ihrer Handtasche etwas, das wie ein feines Taschentuch aussah. Sie entfaltete es. Auf dem Stoff war der riesige Hintern einer Frau abgebildet, mit einer genau gezeichneten Möse und einem mächtigen Schwanz. Sie zog an dem Taschentuch, es war aus einem dehnbaren Material, und man hatte den Eindruck, als bewegten sich der Arsch und der Schwanz. Dann drehte sie es um, der Schwanz hatte sich erhoben und war nun in die Möse eingedrungen. Geschickt schüttelte sie das Tuch, damit das Ganze lebendig wurde. Ich mußte lachen, war aber gleichzeitig erregt, und zwar so sehr, daß wir das *Café Wepler* vergaßen. Statt dessen nahm mich das Mädchen zu sich auf ihr Zimmer. Es befand sich in einem heruntergekommenen Mietshaus in Montmartre, wo Zirkusdarsteller und Artisten wohnten. Wir kletterten hinauf zum fünften Stock.

Sie sagte: ›Du darfst nicht böse sein, daß es hier so verwahrlost aussieht, aber ich fange gerade erst in Paris an. Bis vor einem Monat habe ich in einem Provinzpuff gearbeitet. Es war so fade, Woche für Woche dieselben Kunden zu bedienen, fast so, als wäre ich verheiratet. Ich wußte jedesmal im voraus, wann sie mich aufsuchen würden, an welchem Tag, zu welcher Stunde, jedesmal pünktlich auf die Minute. Ich war mit allen ihren Gewohnheiten vertraut, niemals gab es Überraschungen. Darum bin ich nach Paris gezogen.‹

Wir traten ein. Das Zimmer war winzig und bot gerade genügend Platz für das große Messingbett. Ich warf sie darauf, und es ächzte, als vögelten wir drauflos wie zwei Affen. Der Raum hatte kein Fenster – wirklich nicht. Es war wie in einem Grab, einem Gefängnis, einer Zelle. Ich kann es kaum beschreiben, wie es mich berührte. Jedenfalls vermittelte es mir ein Gefühl der Geborgenheit. Es war herrlich, diese ausschließliche Körperlichkeit, dieses Zusammensein mit einer Frau. Es war das schönste Zimmer, in dem ich jemals gebumst hatte, es war so fern vom Getriebe der Welt, so eng, so anheimelnd. Als ich in sie kam, hätte ruhig die ganze Welt um mich herum versinken können, denn war ich nicht am allerbesten der Orte, in einem warmen, weichen Frauenschoß, der mich vor allem, was draußen war, abschloß, der mich beschützte, verbarg?

Ich wollte bei diesem Mädchen bleiben, ich wollte nie wieder weg. Ich blieb zwei Tage und zwei Nächte bei ihr. Zwei Tage und zwei Nächte lang lagen wir in ihrem Bett, liebten uns, schliefen ein, wachten auf, liebten uns wieder, schliefen wieder ein, bis alles wie ein Traum verdämmerte. Jedesmal wenn ich aufwachte, war mein Schwanz in ihr. Es war feucht dort, dunkel, offen. Dann bewegte ich mich und lag wieder still, und so ging es, bis wir beide fürchterlich hungrig wurden.

Ich holte Wein und kalten Aufschnitt, und zurück ging's, ins Bett. Kein Tageslicht drang zu uns, wir wußten nicht, ob es Tag oder Nacht war, wir lagen einfach da, sprachen zu uns mit unseren Körpern, der eine im anderen, und von Zeit zu Zeit flüsterten wir uns ein paar Worte ins Ohr. Einmal sagte Yvonne etwas, was ich lustig fand. ›Yvonne‹, sagte ich, ›bring mich nicht zum Lachen, sonst rutscht er raus!‹ Aber dann lachte ich doch, mein Schwanz glitt heraus, ich mußte ihn wieder hineinstecken.

›Yvonne, hast du es satt?‹

›Aber nein‹, sagte sie, ›zum erstenmal macht es mir richtig Spaß. Wenn meine Freier es eilig haben, du weißt schon, dann kränkt es mich jedesmal ein wenig. Ich lasse sie losrammeln, aber ich bleibe unbeteiligt. Außerdem ist es schlecht fürs Geschäft, es macht alt und ermüdet. Und dann habe ich immer das Gefühl, daß man mir nicht genug Aufmerksamkeit schenkt. Deshalb ziehe ich mich jedesmal zusammen, ich rolle mich weg von ihnen in mein Innerstes. Begreifst du das?‹ «

Marcel wollte wissen, ob er damals, als ich das erstemal bei ihm war, ein guter Liebhaber gewesen wäre.

»Doch, Marcel, du warst es. Ich fand es sehr schön, wie du mich mit beiden Händen am Hintern festgehalten hast, so fest, als wolltest du reinbeißen. Und wie du meine Muschi gepackt hattest. Und dann hast du mich genommen, so entschlossen, von einer harten Männlichkeit. Du bist eben ein Stück Urwaldmensch.«

»Warum kriegt man das nie von den Frauen zu hören, warum müssen sie immer alles mit einem Geheimnis, einem Mysterium umgeben? Weil sie meinen, sie würden ihr Rätsel enthüllen, nicht wahr? Du – du sagst es ganz unumwunden, du sagst, was du empfunden hast, und das gefällt mir.«

»Ich bin überzeugt, daß man es sagen muß. Es gibt schon genug Geheimnisse, deshalb sollte man aus seinem Glück, aus seiner Sexualität nicht noch ein Mysterium machen. Jetzt haben wir Krieg, viele werden sterben, als Unwissende sterben. Es ist einfach grotesk.«

»Ich denke zurück an St. Tropez«, sagte Marcel, »und was das für ein herrlicher Sommer war . . .«

Seine Worte riefen mir den Ort ins Gedächtnis zurück. St. Tropez . . . eine Künstlerkolonie, Treffpunkt der Reichen, der Leute vom Theater, deren Jachten dort vor Anker lagen. Die kleinen Cafés am Hafen, das unbeschwerte Leben, das *dolce vita.* Jeder im Badeanzug. Jeder mit jedem bekannt und befreundet: Jachtbesitzer mit Künstlern, Künstler mit dem jungen Postbeamten, dem jungen Polizisten, dem jungen Fischer, den jungen brünetten Südländern.

Es wurde getanzt – unter freiem Himmel auf einer Terrasse. Die Band kam aus Martinique, die Musik war heißer als die Sommernacht. Marcel und ich saßen in einer Ecke, als angekündigt wurde, daß fünf Minuten lang alle Lichter ausgeschaltet würden, dann zehn, dann fünfzehn Minuten lang, und zwar mitten während einer Tanznummer.

»Treffen Sie Ihre Partnerwahl mit Vorbedacht für die *quart d'heure de passion!* Wählen Sie umsichtig!« ermahnte uns eine Stimme. Einen Moment lang waren alle konsterniert. Dann begann die Tanznummer, und schließlich erloschen die Lichter.

Ein paar Frauen kreischten hysterisch. Dann kam eine Männerstimme: »Unerhört! Eine Frechheit!« Jemand rief: »Lichter an!«

Aber der Tanz im Dunkel ging weiter, und durch das Dunkel spürten wir, wie erregt die Körper waren.

Marcel war ekstatisch, er umklammerte mich, als wollte er mich entzweibrechen, er beugte sich über mich, er preßte mir seine Knie zwischen die Beine, ich fühlte seinen harten Schwanz. Fünf Minuten waren gerade genug, um den Menschen einen Kontakt zu verschaffen. Als die Lichter wieder angingen, sahen sie verwirrt aus. Einige Gesichter waren gerötet, andere totenblaß. Marcels Haar war zerzaust, die weißen Shorts einer Frau zerdrückt. Die Leinenhosen eines Mannes zerknittert. Die Atmosphäre war schwül, animalisch, spannungsgeladen. Aber gleichzeitig gab sich jeder Mühe, sich nach außen hin nichts anmerken zu lassen. Man tat, als wäre nichts geschehen, man befand sich ja unter gesitteten, weltgewandten Leuten. Nur ein paar hatten Anstoß genommen und waren gegangen, die anderen blieben, als ob sie ein Gewitter erwarteten. In ihren Augen funkelte es.

»Meinst du nicht auch, jeden Augenblick könnte jemand losbrüllen, sich in ein wildes Tier verwandeln, die Beherrschung verlieren?« fragte ich.

»Vielleicht ich«, anwortete Marcel.

Die nächste Tanznummer hatte begonnen. Wieder erloschen die Lichter. Der Bandleader sagte: »Dies ist die *quart d'heure de passion. Messieurs et Mesdames,* Sie werden zehn Minuten Zeit haben, und dann fünfzehn.« Verhaltene Schreie ertönten, Frauenstimmen protestierten. Marcel und ich hatten uns wie Tangotänzer aneinandergeschmiegt. Ich fürchtete, auf der Stelle einen Orgasmus zu bekommen. Dann gingen die Lichter wieder an.

Verwirrung und Spannung waren noch größer geworden.

»Das wird bald in eine Orgie ausarten«, sagte Marcel.

Die Menschen saßen da mit glasigen Augen, als wäre das Licht zu grell. Ihr Blick verschwamm, das Blut pulsierte, die Nerven zitterten.

Man konnte nicht mehr feststellen, wer Hure, wer Dame der Gesellschaft war, wer zu den Bohémiens gehörte, wer aus St. Tropez kam. Die einheimischen jungen Mädchen waren bezaubernd, sie strahlten Lebensfreude aus, sie waren sinnliche, verführerische Südländerinnen; jede von ihnen tief gebräunt wie eine Frau aus Tahiti, jede trug Schmuck aus Muscheln und Blumen. Beim Tanz waren einige dieser Muschelketten zerrissen, die Muscheln bedeckten die Tanzfläche.

Marcel sagte: »Ich weiß nicht, ob ich den nächsten Tanz aushalten kann, ich werde dich vergewaltigen.« Dabei war er mir mit der Hand in meine Shorts gefahren. Seine Augen brannten.

Körper, Beine, so viele Beine, manche behaart wie der Pelz eines Fuchses. Einer der Männer hatte eine derart haarige Brust, daß er ein Netzhemd trug, um sie zur Schau zu stellen. Er sah aus wie ein Gorilla, und er hatte seine langen Arme um seine Partnerin geworfen, als wollte er sie verschlingen.

Der letzte Tanz. Die Lichter gingen aus. Eine Frau stieß einen kleinen Schrei aus, es klang wie ein Vogel. Eine andere wehrte sich. Marcels Kopf fiel auf meine Schulter, er grub seine Zähne in mein Fleisch. Wir drückten uns aneinander, bewegten uns gegeneinander. Ich hatte die Augen zu, ich wankte vor Wollust. Eine Welle der Begierde hatte mich hochgetragen, sie ging von all den anderen Paaren aus, von der Nacht, der Musik. Ich fürchtete einen Orgasmus. Marcel biß mich immer noch, ich glaubte, wir würden alle beide hinfallen. Aber es war Trunkenheit, die uns davor bewahrte, die uns über der Vereinigung schweben, die uns all das genießen ließ, was jenseits der Erfüllung lag.

Als die Lichter wieder angingen, waren alle wie betrunken und schwankten, so hatte es sie gepackt. Marcel sagte: »So haben sie's lieber, es gefällt ihnen besser als der eigentliche Akt. Den meisten von ihnen gefällt es besser, weil man es hinauszögern kann. Aber ich kann es nicht länger ertragen. Lassen wir sie hier sitzen mit ihren Erektionen, ihren aufgegeilten Frauen mit den offenen, feuchten Mösen. Ich will es zu Ende bringen, ich kann nicht länger warten. Gehen wir zum Strand.«

Am Strand war es kühler, beruhigender. Wir lagen im Sand, der Rhythmus der Band drang von ferne wie das Pochen eines Herzens zu uns, wie ein Schwanz, der in einer Frau pulsiert, und während die Brandung zu unseren Füßen rollte, rollten die Wellen in uns, rollten uns herum, rollten uns übereinander. Wir kamen im gleichen Augenblick, wir rollten in den Sand, es war derselbe Rhythmus wie die Jazzmusik.

Auch daran erinnerte sich Marcel. Er sagte: »Was war das doch für ein herrlicher Sommer. Ich glaube, wir alle ahnten, daß es der letzte war.«

Knaur Krimis

Fesselnd · knisternd · brillant

Band 4901
E. V. Cunningham
Penelope

Band 4902
Jon A. Jackson
Hartnäckig

Band 4903
Bill Pronzini
Vier unheimliche Gäste

Band 4904
E. V. Cunningham
Samantha

Band 4905
Brian Garfield
Nicht aktenkundig

Band 4906
Winston Graham
Marnie

Band 4907
David Linzee
Diskretion erwünscht

Band 4908
E. V. Cunningham
Bianca

Band 4909
Fred M. Stewart
Mephisto-Walzer

Band 4910
Tony Kenrick
Kidnapping auf Wunsch

Band 4911
Elmore Leonard
Nr. 89 – unbekannt

Band 4912
E. V. Cunningham
Cynthia

Band 4913
Jon A. Jackson
Blindlings in die Falle

Band 4914
E. V. Cunningham
Lydia

Band 4915
Jane MacLean
Ein tödlicher Fall